河北省社会科学基金项目『遣明使策彦周良汉诗中的中国形象研究』，项目编号：HB22WW012

策彦周良《谦斋南渡集》研究

陈茜 著

河北大学出版社·保定

策彦周良《谦斋南渡集》研究

CEYAN ZHOULIANG QIANZHAI NANDU JI YANJIU

选题策划：杨显硕
责任编辑：冯博楠
装帧设计：杨艳霞
责任校对：王亚薇
责任印制：常　凯

图书在版编目（CIP）数据

策彦周良《谦斋南渡集》研究 / 陈茜著．-- 保定：河北大学出版社，2024.3
ISBN 978-7-5666-2275-4

Ⅰ．①策…　Ⅱ．①陈…　Ⅲ．①诗歌研究－日本－战国时代（日本）Ⅳ．①I313.072

中国国家版本馆 CIP 数据核字（2024）第 021632 号

出版发行：河北大学出版社
地址：河北省保定市七一东路 2666 号　邮编：071000
电话：0312-5073019　0312-5073029
邮箱：hbdxcbs818@163.com　网址：www.hbdxcbs.com
印　　刷：保定市正大印刷有限公司
幅面尺寸：170 mm × 240 mm
印　　张：23
字　　数：400 千字
版　　次：2024 年 3 月第 1 版
印　　次：2024 年 3 月第 1 次印刷
书　　号：ISBN 978-7-5666-2275-4
定　　价：116.00 元

序

陈茜的博士论文《策彦周良〈谦斋南渡集〉研究》修订后将由河北大学出版社出版，作为导师感到由衷高兴。

本书为2022年度河北省社会科学基金青年项目“遣明使策彦周良汉诗中的中国形象研究”（项目编号：HB22WW012）的结项成果，堪称陈茜博士八年来孜孜不倦、潜心耕耘的学术结晶。

2016年9月，陈茜考入南开大学外国语学院，师从本人攻读日本文学及中日比较文学方向的博士学位。入学伊始，便带来了牧田谛亮教授的名著《策彦入明记之研究》复印本（法藏馆，上册1955年，下册1959年；后一并收入《牧田谛亮著作集》第五卷，临川书店，2016年），立志将策彦周良的汉诗研究作为博士论文选题方向，为此较为系统地接受了中日古典文学、比较文学、历史学、文献学等方面的学术训练。2018年4月至2019年4月，陈茜利用赴日本国学院大学文学研究科交换留学的机会，上穷碧落下黄泉，遍访日本各大图书馆及收藏机构，搜集到日本现存的《谦斋南渡集》10余种写本及刊本。此外，还多次参加东京大学史料编纂所须田牧子博士组织的读书会，精心研读策彦周良《再渡集》，充分吸收日本学界的相关成果。回国后克服新冠疫情下的重重困难，经过一年半的艰苦努力，于2020年11月提交了博士论文《策彦周良〈谦斋南渡集〉研究》，顺利通过答辩，取得了文学博士学位。

策彦周良（1501—1579）是日本室町时期京都天龙寺的著名禅僧，由于具备深厚的汉学修养，先后于1539年（明嘉靖十八年，日本天文八年）和1547年（明嘉靖二十六年，日本天文十六年）担任来华朝贡及勘合贸易的遣明副使与正使，为促进中日政治、经济、文化交流做出了重要贡献。其出使期间的汉文日记手稿《初渡集》《再渡集》（二者亦统称《入明记》）成为研究中日文化交流史和明代社会文化的重要史料，受到中外学界的广泛关注。中国学人也利用该史料取得了诸多丰硕成果，如陈小法教授的博士论文《明代中日文化交流史研究》（商务印书馆，2011 年）有数章论述策彦周良与明代的典籍、文物、语言、宗教信仰等问题；朱莉丽博士的《行观中国——日本使节眼中的明代社会》（复旦大学出版社，2013 年）以《初渡集》为基础史料，细致考察了遣明使的朝贡路线及宁波城市生活、明代宗教及民间信仰等问题，成为国内首部研究策彦周良的专著；夏应元、夏琅合著的《策彦周良入明史迹考察记及研究》（中国社会科学出版社，2016 年）则采用实地调查的方法，重走策彦周良在华活动的大运河沿岸路线，考察了策彦周良每个停泊点的地理位置与历史变迁。

与此相对，作为日本五山汉文学后期代表人物之一，有关策彦周良的汉诗文研究却相对薄弱。中日学界对五山汉文学的研究，多集中于虎关师炼、雪村友梅、中岩圆月、义堂周信、绝海中津、万里集九等人。张晓希教授在《五山文学与中国文学》（中央编译出版社，2014 年）第九章“汉诗与文化交流”，曾选取《入明记》中的部分汉诗进行考察，论述了策彦周良深厚的中国文化功底及其在中日文化交流中发挥的重要作用。但总体而言，学界对于策彦周良汉诗的研究成果不多，有待开拓。

《谦斋南渡集》作为记录策彦周良遣明历程及中国文化体验的一部汉诗集，应当引起学界关注。然而学界所能使用的文本，唯有牧田谛亮在《策彦入明记之研究》上册根据天龙寺妙智院藏本整理出来的《谦斋南游集》，该文本并未细加校勘，有些字句出现讹误，难以反映诗集原貌，有必要对其重新进行整理。另外，对于该诗集的研究，学界也仅有牧田谛亮的简单解题，以及须田牧子对其中个别诗作展开的历史考辨，缺乏全面系统的深入考察。因此，作为首部专门研究策彦周良《谦斋南渡集》的博士论文，毋庸置疑，本书富有创新性和挑战性。

关于《谦斋南渡集》的诗集名称，岩波书店 1990 年刊行的《补订版国书总目录》第三卷“策彦和尚南游集”词条下，载有“南渡集、南游集、策彦南渡集、谦斋南渡集、谦斋南游集、策彦禅师南渡集”等多种，迄今学界多据牧田谛亮整理本，称之为《谦斋南游集》。陈茜在全面掌握现存写本与刊本、系统整理诗集流传情况的基础上，通过仔细比对笔迹，发现目前所知最早写本，应为策彦周良嫡系弟子、天龙寺妙智院四世三章令彰（1549—?）写本，因其内题卷首作《谦斋南渡集》，故将该诗集最终定名为《谦斋南渡集》而非《谦斋南游集》，为易一字，考镜源流，结论可信，颇具说服力。

据陈茜调查，现存《谦斋南渡集》共计 13 种，其中写本 10 种，刊本 3 种。本书以令彰本《谦斋南渡集》为底本，参校其他写本和刊本，以及妙智院所藏策彦周良手稿本《入明记》，重新校订了《谦斋南渡集》，为学界提供了最新整理本，具有重要的文献价值。

本书运用文献学、“以史证诗”、比较文学等研究方法，对《谦斋南渡集》所收 126 首汉诗进行了细致的爬梳剔抉，通过与《入明记》进行细致比较，系统考察了策彦周良遣明历程及文化体验，再现其时中日文学与文化交流的场景，全面深入地论述了《谦斋南渡集》的诗集名称与成书、流传情况、辑录标准，并对丰富多彩的诗集内容进行分门别类，总结了《谦斋南渡集》的汉诗特色，揭示了策彦周良汉诗受到杜甫、苏轼、黄庭坚的多种影响，追溯了策彦周良汉学修养的形成过程，并对《谦斋南渡集》中所涉及的人物、地点、事件做了细致考证，这些都是该研究的创新成果，受到论文评阅专家和答辩委员的一致好评。

当然，关于策彦周良及《谦斋南渡集》，仍有不少问题尚需探讨。一是有关《谦斋南渡集》本身的文献学研究，如《谦斋南渡集》究竟何时何地由何人编选？编选缘由及过程如何？另外，《谦斋南渡集》所收 126 首汉诗，只有 33 首见于《入明记》，其余 90 余首作于何时何地？记录在何处？这些都有待今后进一步深入研究。二是对策彦周良汉诗特色的总体把握。《谦斋南渡集》所收汉诗只是策彦周良汉诗的一小部分，远远不及《翰林五凤集》所收 768 首，要对策彦周良汉诗风格及其特色进行全面评价，有必要将其他诗作一并纳入考察视野，深入挖掘策彦周良诗作中的“日本要素”，同时进一步扩大阅读范围，横向比较策彦周良汉诗与其他五山诗僧汉诗的异同，明确其在日本五山汉文学的地位。

陈茜自 2016 年入学以来，发扬“咬定青山不放松”的精神，脚踏实地，目标坚定，取得了可喜成绩。2021 年入职河北大学后，获批多项课题。本书的部分内容，曾发表在《汉学研究》《东亚文化研究》《东方丛刊》《名作欣赏》等国内外学术期刊，受到学界同行的关注。相信本书的出版，将有力推动策彦周良及五山文学研究的深入发展。

2023 年，陈茜博士申报的课题“日本遣明使汉诗整理与研究”获批国家社科基金青年项目（项目编号：23CWW007），希望她不忘初心，再接再厉，为中日文学与文化交流研究作出更大贡献！

是为序。

刘雨珍

2024 年 2 月于南开园

目　录

凡　　例

一、正文统一使用通用规范汉字。

二、引文中出现的日文一律由笔者翻译成汉语，并改写成通用规范汉字。日文原文以脚注的形式列出。

三、正文中出现的日本人名统一改写为通用规范汉字。

四、正文中提到研究者时一律使用研究者姓名，不冠以职位、头衔、职称、职务等。

五、文中引用日语文献时，一律在正文中翻译成中文，日文原文在当页脚注中列出。

绪　论

中日两国一衣带水，自古通交不断。在古代，日本官方大规模派遣的使者有遣隋使、遣唐使与遣明使。相较于遣隋使、遣唐使研究在学界的颇受重视，遣明使研究则多受冷遇。

1401 年，室町幕府将军足利义满在商人肥富的劝说下，派遣肥富为正使、祖阿为副使的遣明团出使明朝。1402 年，肥富、祖阿归国，明朝派遣禅僧道彝天伦和教僧一庵一如同行护送，“完成对足利义满‘日本国王’的册封，并颁示大统历”①。天伦和一如二僧完成任务启程归国时，义满又派遣天龙寺的坚中圭密为正使，梵云、明空二僧为副使的遣明团出使明朝。日本使者到达中国后，永乐帝向日本颁发永乐勘合一百道，这也是明朝首次为日本制作勘合。1404 年，日本持永乐勘合向明朝派遣第一批朝贡贸易船团，由此拉开了长达一个半世纪的日明勘合贸易的大幕。中日勘合贸易曾一度中断，在明宣德年间重新恢复。明朝倭寇猖獗，为防治倭寇，治理东亚海域的秩序，明朝政府意欲将日本纳入朝贡体系，共同治理倭寇问题，因此颁发勘合以区别走私贸易。在此历史背景下中日勘合贸易应运而生，学界多称之为勘合贸易或朝贡贸易。相较于唐宋时期中日间的自由往来，明朝因为倭寇的原因只限持有勘合的使节进入，所以该时期出使中国的体验显得非常难得。

有明一代，日本共派遣 16 次遣明使团②，使团的正使与副使几乎皆由精通中国文化的五山僧侣担任，策彦周良先后担任最后两次的副使与正使。策彦周良（1501—1579）俗姓井上，管领细川家家臣井上宗信第三子，字策彦，名

---

① 陈小法. 坐看风云起——日本室町时代史研究［M］. 北京：中国社会科学出版社，2019：183.

② 陈小法. 坐看风云起——日本室町时代史研究［M］. 北京：中国社会科学出版社，2019：192.

周良，别号怡斋，后更称谦斋，京都五山天龙寺塔头妙智院三世塔主。9岁入心翁等安门下，18岁剃度受戒。明嘉靖十八年（1539年），以副使身份初次渡明，但实质上代替正使处理遣明船的所有事务。同年，四月十九日从五岛奈留发船开洋，五月二日抵达中国温州境，后在中国军船护送下于五月二十五日从宁波登陆入住嘉宾堂。同年十月十七日启程北上，嘉靖十九年（1540年）三月二日到达北京。完成朝贡礼仪后于同年五月九日离京南下，七月三十日到达南京领受正赏铜钱，九月十二日回到宁波。嘉靖二十年（1541年）五月二十一日从宁波发船归国，七月十一日从赤马关上岸，八月十九日向大内义隆复命。六年后，策彦以正使身份再度来明。明嘉靖二十六年（1547年）五月四日于五岛奈留发船，六月一日到达定海，因十年贡期未到被阻止上岸。经与明政府交涉未果，七月二日出定海着岙山，在岙山停泊约8个多月。嘉靖二十七年（1548年）三月十日宁波登陆，十月六日北上。嘉靖二十八年（1549年）四月十八日到达北京，八月九日离京南下，十二月三十日回到宁波，嘉靖二十九年（1550年）五月前后从宁波起航归国。归国后，日本后奈良天皇赏赐菊花与银数斤。僧众推举策彦为天龙寺住持，战国名将织田信长邀请策彦作《安土城记》，武田信玄请之担任惠林寺、继统寺住持，并欲皈依，都被策彦以无法胜任婉拒。除短暂赴山梨县，策彦一直隐居在龟山一角的妙智院，终身与诗酒为伴。

在明期间，策彦履行朝贡任务的同时，游览中国名山大川，与中国士大夫诗酒唱酬，充分体验中国文化，留下众多入明关系史料，这些史料以京都天龙寺妙智院所藏史料群“策彦入明记录及送行书画类三十一种”“同十四种”为中心。其中最为著名的是其入明日记《初渡集》《再渡集》（该二集亦称为《入明记》）。《初渡集》起于策彦在博多等待顺风时的明嘉靖十七年（1538年）七月朔日，止于策彦回到日本山口县时的嘉靖二十年（1541年）十月廿六日。《再渡集》起于在岙山停泊时的嘉靖二十六年十一月朔日，止于其离京南下途经山东济宁南城水马驿时的嘉靖二十八年九月三十日。《入明记》内容翔实，可信度较高，是考察中日交流与明代社会的绝好史料。另有策彦所著《驿程录》，记录策彦两次入明朝贡期间，由宁波至北京沿途驿站与周围名胜古迹，落款“大明嘉靖十九庚子年小春初五书于宁波嘉宾堂”，但其中散见《再渡集》

记录，也有个别记录与景泰年间遣明使笑云瑞䜣所著《笑云入明记》[①] 一致。[②]

除此之外，策彦入明关系史料还有《渡唐方进贡物诸色注文》、《至大唐御进物别幅分》、《策彦和尚一番渡唐·二番渡唐》（又名《入明略记》）、《大明谱》、《戊子入明记》、《壬申入明记》、《图相南北两京路程》、《于定海并夻山下行价银帐》、《大明别幅并两国勘合》、《嘉靖公牍集》等中日官方交涉史料，《明国诸士送行》《送朝天客诗并序》《策彦周良等往来杂记》等明代人士赠别策彦周良的诗文书画类，以及《圆通忏摩》《陈白·小回向》等策彦周良入明时随身携带的佛教书籍等。作为精通中国文化的五山诗僧，策彦周良留有诸多汉诗文集作品，例如《城西联句》《谦斋诗集》《策彦和尚诗集》[③]《谦斋杂稿》《梦想联句》《策彦周良文集》《蠡测集》[④]《策彦和尚笔记》《谦斋南渡集》等。

关于《谦斋南渡集》的诗集名称，有“谦斋南渡集”“谦斋南游集”“策彦和尚南游集”“南游集”“南渡集”“策彦南渡集”“策彦禅师南渡集”，学界因缺乏对该诗集足够的研究而多使用“谦斋南游集”。

该诗集编者与编纂时间不详，据牧田谛亮研究，《谦斋南渡集》是后人从《入明记》及其他史料中摘录策彦两度入明所作汉诗，根据策彦进贡北上的顺序编排而成。[⑤] 诗集最初收录 106 题，121 首，后人增补 5 首，共 111 题，126 首。其中署名中国人所作诗篇 10 首，明世宗赐韵诗 3 首，朝廷大臣赠诗 5 首，民间文人唱和诗 2 首，其余是策彦诗作。本书的研究对象即这 126 首汉诗。该诗集记录策彦遣明历程与中国文化体验，反映中日文化交流实态。

日本五山文学的重要研究者玉村竹二在其书《五山文学——作为大陆文化的介绍者的五山禅僧的活动》中，称策彦的出现改变了天龙寺不产生文学僧的状况。[⑥] 另一位五山文学的重要研究者荫木英雄在其书《中世禅林诗史》中，将策彦周良列为战国时代末期五山文学的代表人物。[⑦] 还有一位五山文学的重

---

① 按，该入明记录又名“允澎入唐记”“入唐记”“笑云入唐记”等，本书统一使用“笑云入明记”。

② 参见村井章介，須田牧子．笑雲入明記//駅程録（解説）[M]．東京：平凡社，2010：238．

③ 按，《策彦和尚诗集》收录于『続群書類従』（卷 352）．東京：続群書類従完成会，1933．

④ 按，《蠡测集》收录于『続群書類従』（卷 957）．東京：続群書類従完成会，1957．

⑤ 参见牧田諦亮．策彦入明記の研究（上）[M]．京都：仏教文化研究所，1955：385．

⑥ 玉村竹二．五山文学一大陸文化紹介者としての五山禅僧の活動 [M]．東京：至文堂，1955：276．

⑦ 蔭木英雄．中世禅林詩史 [M]．東京：笠間書院，1994：494．

要研究者俞慰慈称策彦为“五山儒家。重要作家。”① 五山汉文学唯一一部敕撰汉诗集《翰林五凤集》，收录大量策彦汉诗，汉诗数量位列所收禅僧的第三位。可见，策彦诗在五山汉文学史上占有重要地位。

对于策彦周良的研究，学界多聚焦于其外交使节的身份，以入明日记《初渡集》《再渡集》为主要研究对象，考察明代中日外交关系等历史问题。但对其五山诗僧的身份多有忽略，对这一反映中日文化交流的诗集《谦斋南渡集》缺乏关注与专门、全面、深入的研究。目前为止，没有一篇专门研究《谦斋南渡集》的论文，更别提专著。现仅有牧田谛亮对《谦斋南渡集》的写本、成书等进行过简单解题，以及须田牧子与张晓希对《谦斋南渡集》的部分诗作展开研究。学界或是在论述时一笔带过，或是在考察某些中日外交问题时引用若干汉诗为证，或是宏观探讨策彦周良汉诗在中日文化交流史上的意义。《谦斋南渡集》全文翻刻本也仅有一种。因此，《谦斋南渡集》的传承情况、辑录标准、诗集内容、汉诗特色等内容尚待论述，这给笔者留下很大的研究空间。以上即是笔者选题的缘由，也是本书试图解决的问题。

《谦斋南渡集》既是中日文化交流的产物，也是五山汉文学的一部分；既记录了中日文化交流的历史事实，也反映了五山汉文学的重要方面。可以说，其既是历史的，也是文学的。笔者通过研究，致力于进一步深入了解五山汉文学后期干将策彦周良的汉诗风貌，明晰日本五山汉文学受到中国文化影响的状况，了解日本文学发展历史的一个侧面，从而探讨汉字文化圈中文化的传播与流动，多元文化的交融；探明中日之间悠久的历史联系，总结历史经验，对现今中外文化交流提供借鉴；开辟东亚汉学研究新视角，纵是雪泥鸿爪，也望能给同人一些借鉴。

---

① 俞慰慈．五山文学の研究［M］．東京：汲古書院，2004：156．

第一章　考镜源流

——《谦斋南渡集》解题

第一节　“谦斋”

《谦斋南渡集》中的“谦斋”是策彦的别号。策彦初号“怡斋”，后更“谦斋”。别号反映使用主人的性格特点、行事方式及志向追求，进而影响其人生轨迹。策彦是中日文化交流史上一位重要人物，将别号“怡斋”更改为“谦斋”尤其值得注意。策彦在何时产生更改别号的想法？如何产生了这一想法？何时更改为“谦斋”？为何改为“谦斋”？“谦斋”有何特殊意义？寄寓主人怎样的志趣？这一行为又使其之后的人生发生了怎样的变化？弄清这一系列问题，将有助于更好地了解策彦的生平，更加深入了解《谦斋南渡集》。

一、从“怡斋”到“谦斋”

笔者爬梳剔抉将策彦别号“怡斋”变更到“谦斋”的有关记录整理如下，以便把握变更的大致脉络。

策彦初号“怡斋”，初渡中国时，于嘉靖十八年八月廿九日，在宁波等待北上期间，请丰坊门生柯雨窗制“怡斋号诗”一篇，以证其号，柯雨窗在当天制作完成送给策彦。

嘉靖二十年正月廿七日，初见“谦”字。“访方梅厓先生，先生出应，欣然虚左而延予。笔谈移刻，遂烦其手书‘谦菴雨玉’四大字并山谷一文”，《大日本佛教全书》收录的《策彦和尚入明记》中作“谦菴雨云（玉カ）”。据《汉语大词典》，“雨云”有两种意思：①降雨的云，比如唐李商隐有诗《杜工部蜀中离席》“座中醉客延醒客，江上晴云杂雨云”；②比喻男女欢会，比如唐方干《赠美人》诗有“才会雨云须别去，语惭不及琵琶槽”，皆与“谦庵”词意不符。策彦原稿本《初渡集》原字为：，乍看像云，但若是“云”字，中间一横与下面一横之间的一撇当是连贯。参考策彦原稿本《初渡集》中其他“云”字，有、、。而且意为自然物体的云，古代多写为“云”字，因此“雨玉”当为正字。

“谦庵”与“谦斋”只有一字之差，而“庵”与“斋”的意义相近，那么“谦庵”应是“谦斋”的前身，是策彦的初步设想。妙智院现存策彦诗集《谦斋杂稿》手稿本，内题“谦菴藁”。其中《菊后遇雨》一诗之前确为策彦笔迹，这部分主要是策彦晚年诗作。由此可见，“谦庵”是策彦使用过的别号，“谦庵”应是“谦斋”的前身。

与“谦庵雨玉”同时手书的还有“山谷一文”，这又是什么？策彦没有明说。笔者涉猎有限，未见“山谷一文”，想来“谦庵雨玉”与“山谷一文”应有某种关联。可以看到此时策彦对“谦”已有很深的印象，有从“怡”向“谦”更改别号的意向与酝酿。

策彦再渡中国时，嘉靖二十七年十月朔旦丰坊为其作《谦斋记》，以证其号“谦斋”。但丰坊并未及时送给策彦，而是等到策彦从北京归来才派人送去。策彦在《谦斋南渡集》中记录了此事：“再渡唐之时，归宁波府，谢南寓外史丰解元制予谦斋记文。丰解元字存叔，杭州浙江驿人也，远劳使令投记文于当府者也。”① 嘉靖二十八年十二月三十日，策彦返回宁波，嘉靖二十九年四、五月间归国，收到《谦斋记》当在此期间，但具体是哪一天，因涉猎有限，尚待考证。

嘉靖二十八年五月二十七日，策彦已经将别号由“谦庵”改为“谦斋”，并开始正式使用，可从伴送官淮山居士寄送策彦的书信中窥见一斑，信中称“时戊申冬孟六日，生与日本国使臣周谦斋、栎庵雪窗诸列赴京，越今年己酉夏至二十一日到京，宿于会同南馆。侯礼部诸当道下处分间，蒙钦赐谦斋等御宴”②。

① 牧田諦亮．策彦入明記の研究（上）［M］．京都：仏教文化研究所，1955：281—282.

② 岡本真，須田牧子．天竜寺妙智院所蔵『明国諸士送行』［J］．東京大学史料編纂所研究紀要，2013，23：236.

嘉靖二十九年策彦归国，此后固定别号为“谦斋”。策彦更改使用“谦斋”的具体时间，因涉猎有限，尚不明确。

二、方梅厓与丰坊

嘉靖二十年，策彦拜访的方梅厓先生是何许人也？据范金民考察，方梅厓即宁波文人方仕，字伯行，号梅厓，鄞县人，[①] 并且“从丰坊游，学其书法，假借坊名以行世”[②]。方梅厓擅长书法，所以策彦请他手书。嘉靖十八年八月十九日，策彦日记中有“命梅厓书祝英、芝隐、扬清、大器、斯文、纯绍等之号”[③] 的记载，疑是他请梅厓为朋友书写别号，由此看来“谦庵雨玉”当是策彦请他书写自己的别号。

方梅厓是丰坊的学生，此次应是策彦为请丰坊制字说作准备，借由方梅厓让丰坊知道别号的意义。策彦此前已请丰坊作《城西联句序》，想必此时对别号的更改已有目标，并且已有请丰坊为别号作解释的打算。

策彦在请方梅厓书写“谦庵雨玉”的三个月后的四月二十日启程回国，直到七年后再渡中国，于嘉靖二十七年九月廿日在宁波滞留等待北上期间，才得以初次拜见丰坊：

> 晴，斋罢，谒丰解元。予呈短书，书曰：“承闻老大人文物德望冠中华，况飞英声于外夷遐陬。生夙抱荆识之愿，今日何幸亲纳拜于钧床下。感荷弗胜，恐欣无涯。”老爹出迎于檐外，揖者二，次请予及土官。又入户有揖者礼，然而就座。座罢，吃茶。茶罢，笔谈移刻。然后，老爹请予及土官以下于寝室而下饭，酒及十行，伶优唱歌，宴到暮而归。谨奉献薄贽，小画参方等杨写、两面金扇一柄、只面金扇一柄元信写、浓纸八十张、小刀子一个，[④] 计。又以两金扇一柄，赠丰大人令子。[⑤]

---

① 详见范金民．从《入明记》看明代嘉靖年间日本使者与浙江士人的交游活动［J］．史林，2013：67.

② 黄宗羲．南雷文定（卷2）“丰南禺别传”［M］．续修四库全书，第1397册：500.

③ 牧田諦亮．策彦入明記の研究（上）［M］．京都：仏教文化研究所，1955：82.

④ 日文原文为：「小刀子一ケ」。

⑤ 牧田諦亮．策彦入明記の研究（上）［M］．京都：仏教文化研究所，1955：237.

对于此次拜访交谈的内容，策彦只用了“笔谈移刻”简略概之，关于其笔谈的内容不得而知。后策彦于十月初六日起程北上，在九月廿日至十月初一日之间，策彦与丰坊是否有书信往来或会面，笔者未见相关资料。从《谦斋记》的落款时间“孟冬十月壬寅朔旦”来看，应该在这次会面中，策彦向丰坊说明了更改别号之事以及即将启程北上的消息，请求其作文记之，而后丰坊将别号由“谦庵”改为“谦斋”，由于时间关系，未能当场作文记之，于是十月初一日，丰坊在宁波的家中作好《谦斋记》，也许是考虑到策彦即将北上，公务繁忙，也就没有立刻将此文送给他，直到策彦从北京归来宁波府时才派人送到策彦所住之嘉宾堂。由于策彦的入明日记《再渡集》在其离京归宁波的途中搁笔，故其到达宁波后至其启程回国这段时间内所发生的事情，无从知晓，因此，无法确切了解其与丰坊的后续交往，实属遗憾。①

策彦为何请丰坊为自己的别号作字说，丰坊究竟为何许人也？据《明史》“丰熙传”记载，丰坊乃翰林院学士丰熙之子。

> 丰熙，字原学，鄞人，布政司庆孙也。幼有异禀。……弘治十二年举殿试第二。孝宗奇其策，赐第一人袍带宠之。授编修，进侍讲，迁右谕德。以不附刘瑾，出掌南京翰林院事。父丧阕，起故官。
>
> 世宗即位，进翰林学士。
>
> ……
>
> 子坊，字存礼。举乡试第一。嘉靖二年成进士。出为南京吏部考功主事。寻谪通州同知。免归。坊博学工文，兼通书法，而性狂诞。②

又黄宗羲的《南雷文定》卷二所载：

> 已见坊所著五经世学，其穷经诚有过人者……坊更名道生，字人翁，别号南禺外史。③

---

① 关于策彦周良与丰坊的结识过程，详见（1）陈斐蓉. 丰坊与策彦周良［C］. 天一阁文丛，2015，12：194—201.（2）范金民. 从《入明记》看明代嘉靖年间日本使者与浙江士人的交游活动［J］. 史林，2013，3：67.

② ［清］张廷玉，等. 明史（卷191）“丰熙传”［M］. 北京：中华书局，2000：3377.

③ ［明］黄宗羲. 南雷文定（卷2）“丰南禺别传”［M］. 续修四库全书，第1397册：500.

在徐象梅的《两浙明贤录》卷四十“才望・翰林院学士丰原学熙・子坊附”中有：

> 丰熙，字原学，鄞人。生而颖志，志趣超卓。……举弘治乙卯乡荐，已未廷对，孝庙亲阅卷，大奇之，置第一，已而易置第二，特赐状元袍带，嘉宠之。授翰林院编修，升侍讲，与修孝宗实录，转春坊右谕德……时才望隆赫中外，士莫不倾心。
>
> 博极群书，而尤潜心六经。为文古雅典则，不规规模拟，而出入张弛，一不尽于矩度。至金石之作，尤其所长。
>
> （中略）子坊，乡举第一人，嘉靖癸未进士。官终南京吏部主事，以能书名。①

丰坊的父亲丰熙高中榜眼，被特赐以状元袍带，官至翰林学士；博览群书，尤潜心钻研儒家六经，作文古雅，有章法可循。丰坊，乡试第一，进士及第，博学工文，擅长书法，著有五经世学，即《古易世学》《鲁诗世学》《春秋世学》《〈易〉辩》《诗说》，明末清初经学家黄宗羲对其经学著述高度评价。

当时的日本崇尚中国文化，因此模仿中国的方方面面，比如文人起号的风尚，若是由中国负有雅望的文人为自己的别号作字说，更是无上光荣的事情。因此策彦请丰坊为自己的别号作字说《谦斋记》，则不难理解。

策彦的别号最后定为“谦斋”，从“庵”更改为“斋”，应是丰坊所改。“庵”字意为草屋或尼姑所居寺庙。策彦作为“勘合贸易”的副使与正使，具有一定的身份与社会地位，而且原本是日本五山第一的天龙寺禅僧，所以不论是一般文人所居的草屋还是尼姑所居的寺庙，都不符合策彦的身份。“斋”字既可指僧道或其信徒诵经拜忏、祷祈求福等活动；也可指家居的房屋，用作居室、书房的名称。“斋”的词语有“斋主”“斋所”“斋舍”。丰坊精通六经，解元出身，比策彦更加熟稔中国文化，于是将“谦庵”更改为“谦斋”，更加符合策彦的身份特征，同时又保持“谦”的追求。

---

① 徐象梅．两浙明贤录（卷 40）“才望・翰林院学士丰原学熙・子坊附”［M］．徐氏光碧堂刊印，1621（明天启元年）：9—10.

三、“谦”与“山谷一文”

（一）“谦”的由来与“山谷一文”

字说《谦斋记》中对“谦斋”这样解释：“上人初号怡斋，今更谦斋。盖慕《易》‘地中有山’之义云尔。传曰：天道亏盈而益谦，地道变盈而流谦，人道恶盈而好谦，鬼神祸盈而福谦。谦，尊而光，卑而不可踰。君子之终也。昔老聃语孔子亦曰：‘功盖天下，守之以谦。’孔子且举以告仲由。是知圣贤相传谦，固心法之要也。”①

这里称策彦更改其号大概是因其仰慕《周易》“地中有山”的意义，这是丰坊的推测，虽然没有文献材料明确记载策彦自己的这一想法，但想来这当符合实际，也得到策彦的默许。《周易》“谦”之义下文详说，暂且不论。

“昔老聃语孔子亦曰：‘功盖天下，守之以谦。’”见于《孔子家语》“观周第十一”：

> 至周，问礼于老聃，访乐于苌弘，历郊社之所，考明堂之则，察庙朝之度。于是喟然曰：“吾乃今知周公之圣，与周之所以王也。”
>
> 及去周，老子送之，曰：“吾闻富贵者送人以财，仁者送人以言。吾虽不能富贵，而窃仁者之号，请送子以言乎：凡当今之士，聪明深察而近于死者，好讥议人者也；博辩闳达而危其身，好发人之恶者也。无以有己为人子者，无以恶己为人臣者。”孔子曰：“敬奉教。”②

“孔子且举以告仲由”此事见于《孔子家语》“三恕第九”：

> 孔子观于鲁桓公之庙，有欹器焉。夫子问于守庙者，曰：“此谓何器？”对曰：“此盖为宥坐之器。”
>
> 孔子曰：“吾闻宥坐之器，虚则欹，中则正，满则覆。明君以为至诫，故常置之于坐侧。”顾谓弟子曰：“试注水焉！”乃注之。水中则正，满则覆。夫子喟然叹曰：“呜呼！夫物恶有满而不覆哉？”

---

① 牧田諦亮．策彦入明記の研究（上）［M］．京都：仏教文化研究所，1955：326.

② 孔子．孔子家语［M］．王国轩，王秀梅译注．北京：中华书局，2009：86.

子路进曰："敢问持满有道乎？"

子曰："聪明睿智，守之以愚；功被天下，守之以让；勇力振世，守之以怯；富有四海，守之以谦。此所谓损之又损之之道也。"①

妙智院所藏史料之"策彦入明记录及送行书画类三十一种"有策彦记录类《孔子家语》一帖，书内标题是"新刊标题句解孔子家语"，在"观周第十一"一章，"所以安存"一竖行上方至第二页"弟子行第十二"一竖行上方处，有策彦手写旁注：

黄帝金人器铭曰：武王向尚父曰："五帝之诫可得闻乎？"尚父曰："黄帝之戒。"曰："吾之居民上也，掘摇恐多不人，朝为故金人三对其口。"曰："古之慎言，尧之居民上也；振振如临深渊；舜之居民上也，栗栗之恐夕不见旦。"武王曰："吾并殷民居其上也，翼翼惧不敢息。"尚父曰："德盛者守之以谦，威强者守之以恭。"武王曰："欲如尚父言，吾因是为诫，随之身。"

《太平御览》

五百九十②

此旁注是策彦摘自《太平御览》卷五百九十"文部六·铭"③的内容。《太平御览》中，在此旁注的内容后紧接着是《孔子家语》的两段内容。第一段内容为孔子观周，入太祖后稷之庙，庙堂前有金人，背后有铭之事。第二段内容正是孔子观鲁桓公之庙，见到欹器的故事。

以上可知，策彦先是阅读了《太平御览》，顺藤摸瓜阅读了《孔子家语》，于是在《孔子家语》的相应部分作了旁注。

黄庭坚的《豫章黄先生文集》中有一篇摘录的铭文，即《题太公丹书后》，黄庭坚在摘录的铭文后写道："右太公所诵《丹书》之言，故武王惕若恐惧，书以为戒于所，起居服用皆勒铭。如是余从事于俗，甚漫意，行不忌，晚而待

① 孔子．孔子家语（卷2）[M]．王国轩，王秀梅译注．北京：中华书局，2009：76.

② 策彦周良．『妙智院所藏史料』（一）//孔子家語［Z］．東京：東京大学史料編纂所，2007.

③ ［宋］李昉．太平御览（卷590）[M]．京都：中文出版社，1980：2656.

罪。太史观礼书得此铭，以鉴小人之影，去道远矣，乃书于坐之左右，以为息黥补劓之方。”①

策彦是否读到了此文？其入明日记《初渡集》中多次出现摘录山谷诗作或是请人购买《山谷老人刀笔》的记录，但未见《豫章黄先生文集》。但从策彦这样热心购买与阅读山谷作品来看，《豫章黄先生文集》当也在其阅读范围之内，那么此篇铭文应不陌生。策彦将黄庭坚的“点铁成金”理论作为自己作诗的座右铭，那么其将黄庭坚“惕若恐惧”的座右铭也作为自己的座右铭则可以理解。而且此篇铭文的内容与“谦”之意义相符，都是警醒人们恭敬谦逊，行为审慎。

那么，策彦请方梅厓手书“谦庵雨玉”时一并手书的“山谷一文”很可能是黄庭坚的《题太公丹书后》，既是向先贤看齐，也作为铭文警醒自己。

（二）“谦”的意义

不论是“谦庵”亦或“谦斋”，核心思想都是“谦”。由字说《谦斋记》可知策彦取“谦”：“盖慕《易》‘地中有山’之义云尔。传曰：天道亏盈而益谦，地道变盈而流谦，人道恶盈而好谦，鬼神祸盈而福谦。谦，尊而光，卑而不可逾。君子之终也。”

谦卦是《周易》第十五卦，由坤与艮组成，坤处上位，艮处下位。坤表地，艮表山，因此卦名为“地山谦”。卦象如下：

谦：亨。君子有终。

《象》曰：谦“亨”。天道下济而光明；地道卑而上行；天道亏盈而益谦；地道变盈而流谦；鬼神害盈而福谦；人道恶盈而好谦。谦，尊而光，卑而不可逾。君子之终也。

《象》曰：地中有山，谦。君子以裒多益寡，称物平施。②

---

① ［宋］黄庭坚著. 四部丛刊：初编//豫章黄先生文集（卷 25）［M］. 上海：上海书店，1989：279—280.

② ［魏］王弼，［晋］韩康伯注，［唐］孔颖达疏. 周易正义［M］. 北京：中华书局，1980：30—31.

按，“谦：亨。君子有终”，这是卦辞，解释整个卦象。

《彖》传是对谦卦卦辞的解释。《谦斋记》中“人道恶盈而好谦，鬼神祸盈而福谦”一句与《周易·谦卦》原文顺序相反，古人凭记忆书写，出现这样的不同也属合理。“天道亏盈而益谦……人道恶盈而好谦”说明谦德之美，以导出“君子能终”的意义。“谦，尊而光，卑而不可逾。君子之终也。”意为谦虚可以使尊贵的人更加显耀，使卑下的人也不可踰越。只有君子能善始善终，恪守谦德，收获“谦”之终福。

《象》传依卦象专解卦名“地山谦”。从卦象来看，以山（艮）为主，于山（艮）为谦，于地（坤）为不谦，应说“山在地中”。但《象》传解释为“地中有山”，意取多予少者，皆得其益，就好像地中包裹着山，取山之物予人。

由上可知，策彦选取的是谦卦卦名与整体卦象的意义，而并未选择其中一爻的意义。

至于策彦产生改号“谦菴”的心路历程如何，因涉猎有限，尚不明确。衣锦荣归后的策彦隐居在龟山一角的妙智院，终生与诗酒为伴。别号“谦斋”的更改可以说是策彦人生的分水岭，呈现出前后很不一样的人生态度与走向。策彦的人生践行了《周易·谦卦》卦象的含义：“谦：亨。君子有终。”

第二节 “南渡”与“南游”

关于《谦斋南渡集》的诗集名称。牧田谛亮首次翻刻《谦斋南游集》，并对其解题，以现妙智院藏本为底本，诗集名称取妙智院本封面名称“谦斋南游集”。中外学界未对诗集《谦斋南渡集》展开深入研究，多使用名称“谦斋南游集”。笔者在整理诗集《谦斋南渡集》传承情况的基础上，发现今妙智院本原为三章令彰所书，妙智院本在其基础上加笔增补而成，并重新命名为“谦斋南游集”。三章令彰（1549—?）是策彦嫡系弟子，年 12 岁时入策彦门下，时年策彦 60 岁，策彦为其取名“令彰”，后继承策彦衣钵成为妙智院四世塔头。那么三章令彰本即今所见最早的本子，该诗集名称最初应为“谦斋南渡集”。

从该诗集的流传情况来看，三章令彰写本、宫内厅书陵部甲本、富冈铁斋旧藏本、小津桂窗旧藏本卷端题名皆作“谦斋南渡集”，宫内厅书陵部乙本、国立国会图书馆本、静嘉堂文库本卷端题名作“策彦禅师南渡集”。由此可见，两个卷端题名只是在对策彦的称呼上有所差异，都一致称策彦出使中国为“南渡”。诗集的封面题名也多以“南渡集”命名。妙智院藏本封面题为“谦斋南游集”，东京大学誊写本、《会余录》节本、牧田谛亮翻刻本以妙智院本为底本，皆作“谦斋南游集”。可见，该诗集在流传过程中多以“南渡集”名称命名，只有妙智院本系统以“南游集”命名，早期的宫内厅书陵部甲、乙本也以“南渡集”命名。

从字义而言，《康熙字典·水部》训“渡”曰：“《广雅》：去也，通也。又通作度。《前汉·贾谊传》：犹度江河亡维楫。”① 《说文解字注·㫃部》训“游”云：“又引申为出游、嬉游。俗作‘遊’。”②《康熙字典·水部》训“游”云：“又玩物适情之意。《礼·少仪》：少依于德，游于艺。(中略)。又自适貌。《诗·小雅》：慎尔优游。”③《康熙字典·辵部》训“遊”曰：“《玉篇》：遨遊也。(中略)。又友也，交遊也。《礼·曲礼》：交遊称其信也。《战国策》：士未有为君尽遊者。注：遊，犹友也。言不尽于交遊之道。”④ 即“渡”为横渡之意。“游”俗作“遊”，强调游览、出游；“遊”还有交友之意。“南渡”符合策彦横渡大洋，出使中国的经历。

综上所述，不论从三章令彰写本，还是各本流通情况与字义来看，该诗集的最初名称应为“谦斋南渡集”。因此，笔者认为使用“谦斋南渡集”这一名称更为恰当。

从“南渡”更改为“南游”，这当是策彦后人的意思，从“渡”与“游”语意来看，可能更改者想要突出策彦巡游中国的经历。妙智院写本《谦斋南游集》是在三章令彰写本的基础上加笔增补而成，故从“南渡”更改为“南游”，笔者认为还有一种可能，是后人想区别于原本《谦斋南渡集》。

从地图上看，中国与日本为东西方向，中国在日本偏西南方向。从中国去日本，一般说东渡。但从日本来中国，日本习惯用南游，比如入元僧别源圆旨

① 中华书局编辑部编. 康熙字典（检索本）[Z]. 北京：中华书局，2014：634.

② [汉] 许慎撰，[清] 段玉裁注. 说文解字注 [Z]. 上海：上海古籍出版社，1981：1242.

③ 中华书局编辑部编. 康熙字典（检索本）[Z]. 北京：中华书局，2014：635.

④ 中华书局编辑部编. 康熙字典（检索本）[Z]. 北京：中华书局，2014：1261.

的诗文集名为《南游集》，入明僧鄂隐慧奯的诗集《南游稿》。五山文学中常使用“南”指代中国。

> 地名以外，“南”多用来指代中国。“南船（中国船）”“南纸（中国制造的纸）”“南笺（同上）”等的用法是因为当时的日宋（元、明）通交主要在宁波附近的中国南部。（《南游东归集》）① ——笔者译

由此看来，策彦的诗集名称“南渡”遵循了日本五山禅林的使用习惯。

第三节　成书

《谦斋南渡集》的编者与编纂时间、原稿情况不详。牧田谛亮在《策彦入明记之研究》（上）中，对《谦斋南渡集》解题为：

> 内题作“谦斋南渡集”。后人从《入明记》等史料中随意摘录策彦周良两度入明时歌咏所历寺庙、景胜之诗，大致按照策彦周良北上的顺序编排。[本书 270 页下段中除最后一行外，其余部分应移至 282 页，笔迹不同，当是补遗。] 策彦周良南游时所作汉诗当然不止这些，《策彦和尚诗集》[续群书类从本]、《谦斋杂稿》等书中收录其他策彦周良旅明诗作。② ——笔者译

---

① 市木武雄．五山文学用語辞典（序）[Z]．東京：続群書類従完成会．2002．日文原文：「地名以外にも多く、「南」は、中国を指す意に用いられた。「南船（中国船）」「南紙（中国製の紙）」「南箋（同上）」等々の用法は、当時の日宋（元・明）交通が、寧波辺の中国南部が主であったためである。（『南遊東帰集』）」

② 牧田諦亮．策彦入明記の研究（上）[M]．京都：仏教文化研究所，1955：385．日文原文：「内題には謙斎南渡集となっている。両度の入明時、経過した寺廟、景勝の地を詠んだものを入明記等から後人がおほむね北上の順に無雑作に集録したものである。（本書二七〇頁下段の中終一行を除いた分は二八二頁にうつすべきであらう。異筆であり補遺と思はれる。）もとより南游中の詩がこれにつきるのではなく、策彦和尚詩集（続群書類従本）・謙斎雑稿等によればさらに多くの旅中詩が得られる。」

牧田谛亮在《策彦入明记的研究》（下）中再次对《谦斋南渡集》进行解题：

> 《谦斋南游集》选录自策彦周良《初渡集》《再渡集》及其他史料，编者不详。从所收诗序中误记不少来看，该诗集的编纂未经过策彦周良亲自校阅。《策彦入明记之研究》（上）所收《谦斋南游集》，收录七绝120首，现藏妙智院，系后人书写。有若干文字颠倒，不能称之为好的写本。① ——笔者译

从以上牧田谛亮的两次解题可以得到以下信息：

一、牧田谛亮认为《谦斋南渡集》由后人所编，编者不详。从《谦斋南渡集》所收诗序有多处误记来看，该诗集没有经过策彦亲自校阅。笔者经过史料调查，发现部分诗作内容与策彦经历不符。（详见第四章）。

二、《谦斋南渡集》的汉诗摘录自《初渡集》《再渡集》及其他史料。牧田谛亮认为《谦斋南渡集》中的汉诗摘选没有标准，较为随意。笔者将《入明记》所收诗作与《谦斋南渡集》诗作进行对比后，发现辑录者在辑录时侧重策彦出使中国的经历，而非平日五山禅林中常见的文学活动。（详见第三章）。

三、《谦斋南渡集》不是策彦在明所作汉诗的全部，《入明记》中数量众多的诗作未收录该诗集中。《策彦和尚诗集》《谦斋杂稿》也收录部分策彦入明诗作。《谦斋南渡集》也并非只以《入明记》为选择对象。（详见第三、四章）。

四、从牧田谛亮整理的《谦斋南渡集》第270页下段5首汉诗与诗集内题来看，牧田谛亮所用妙智院藏《谦斋南游集》本子即今笔者所见妙智院所藏《谦斋南游集》，也就是说现藏妙智院的《谦斋南游集》在牧田谛亮整理前已经存在，并一直流传至今。妙智院本中，这5首汉诗单独一页，装订在内题页前，当是后人增补。妙智院本《谦斋南游集》笔迹与策彦不同，当是后人所

---

① 牧田諦亮．策彦入明記の研究（下）[M]．京都：法蔵館，1959：153－154．日文原文：「策彦の初再渡入明記その他から採録された此の詩集は、何人が編者であるか不明であり、収められた詩の序に誤記が少なからず見出されることは、これが策彦自身の校閲を経ていないことを立証しているとも言える。本研究の上巻（二七〇―二八二頁）に収めた七絶百二十首にのぼる「南遊集」は、妙智院に蔵するもので、後人の書写にかかる。若干の錯簡もあって必ずしも良好な写本とは言えないが。」

书。(详见第二章)。

五、《谦斋南渡集》汉诗大致按照策彦进贡北上的顺序编排。妙智院本《谦斋南游集》中，七言绝句共105首，非牧田谛亮所言120首。

六、笔者按照牧田谛亮提示，将《策彦和尚诗集》《谦斋杂稿》与《谦斋南渡集》进行仔细比对，发现《策彦和尚诗集》《谦斋杂稿》中所收策彦入明诗作多见于《入明记》，三书共同收录的汉诗只有一首《再渡之时复上金山寺》。

小叶田淳在介绍牧田谛亮新书《策彦入明记的研究》时指出，《谦斋南渡集》是后人集录而成：

> 该书上卷收录以下妙智院所藏记录类史料：
>
> 一、《策彦和尚初渡集》
>
> 二、《策彦和尚再渡集》
>
> 三、《谦斋南游集》
>
> 四、《渡唐方进贡物诸色注文》
>
> 五、《策彦和尚一番渡唐·二番渡唐》
>
> 六《大明谱》
>
> 七、《驿程录》
>
> 八、《图相南北两京路程》
>
> ……
>
> 以上资料中，一、二、四、五、六、九等史料是策彦对入明经历的直接记录，其余资料中的第三项是后人从入明日记等中摘录出策彦两度入明

时所作诗篇编辑而成。[①] ——笔者译

日本大泽阳典也在介绍牧田谛亮《策彦入明记》（上）一文中指出《谦斋南渡集》是按照其北上的顺序编排的：

《谦斋南游集》（270 页）是大致按照北上顺序，摘录策彦在中国旅行中所历寺庙和景胜地所咏部分诗作编辑而成。[②] ——笔者译

现在学界几乎沿用牧田谛亮的说法，比如须田牧子对《谦斋南渡集》的解题：

《谦斋南游集》即从策彦诗作中选择只与其遣明经历相关的汉诗，不论初渡、再渡，按照策彦行程顺序编排的诗集。[③] ——笔者译

须田牧子未提及该诗集的编者，强调《谦斋南渡集》辑录汉诗的标准是着

---

① 小葉田淳. 批評・紹介　牧田諦亮著『策彦入明記の研究』[J]. 東洋史研究，1959，18(2)：213.

日文原文：「即ち上巻には次の如く妙智院所蔵の記録類を収める。

一、策彦和尚初渡集

二、策彦和尚再渡集

三、謙斎南游集

四、渡唐方進貢物諸色注文

五、策彦和尚一番渡唐・二番渡唐

六、大明譜

七、駅程録

八、圖相南北両京路程

……右の内、策彦入明の直接の記録としては、一、二、四、五、六、九などで、このほか三は両度の入明時に策彦が詠んだ詩を入明記等より後人が集録したものであり、」

② 大澤陽典. 牧田諦亮編『策彦入明記の研究』上 [J]. 立命館文学，1956，130：71.

日文原文：「『謙斎南遊集』（二七〇頁）は策彦が中国旅行中によぎった寺廟や景勝地で詠んだ詩の一部を概ね北上した順に集録したものである。」

③ 須田牧子. 寧波と博多 [M] //妙智院所蔵『初渡集』巻中・解説. 東京：汲古書院，2013：368.

日文原文：「策彦の詩作の中から遣明使節としての旅に関わるものだけを選び、初渡・再渡に関わらず行程順に排列した。」

意展现策彦的入明经历。

中国朱莉丽在《行观中国——日本使节眼中的明代社会》一书中指出：

> 而以策彦的号“谦斋”命名、收录其两次在明期间汉诗作品的诗集《谦斋南游集》（别名《谦斋南渡集》），虽然对诗文产生背景进行描述的文字采取了第一人称，但笔迹明显与策彦周良的不同。故小叶田淳在《东洋史研究》上发文对牧田谛亮《策彦入明记的研究》进行介绍时曾指出，《谦斋南游集》是后人集录而成，而非策彦亲自作成。①

综上所述，《谦斋南渡集》编者与编纂时间不详，笔者通过考证，发现诗集诗序中有多处讹误，甚至策彦出使中国的年龄也出现讹误，故笔者认同牧田谛亮的观点，该诗集是后人辑录的可能性较大，且没有经过策彦亲自校阅。三章令彰是策彦的嫡系弟子，因此，《谦斋南渡集》应是由三章令彰辑录，那么现妙智院所藏三章令彰写本即是《谦斋南渡集》原本。《谦斋南渡集》编纂体例大致按照《驿程录》所载策彦进贡北上的顺序编排，编集来源是《入明记》及其他入明关系史料。收录汉诗初为 121 首，后人增补 5 首，其中七言绝句 105 首，并非策彦的全部入明诗作。

---

① 朱莉丽．行观中国——日本使节眼中的明代社会［M］．上海：复旦大学出版社，2013：19—20.

第二章 源源传承
——《谦斋南渡集》流传

梳理《谦斋南渡集》的流传情况，不仅有助于整理策彦的文学成果，进一步研究其在日本汉文学史上的地位与贡献，而且能够明晰中日文化交流的具体情形，管窥日本中世时期中国文化对日本的影响。关于此诗集的流传情况，目前只有日本学界有过零星涉及，比如牧田谛亮曾提到的富冈铁斋藏本，上村观光在《五山文学全集》中只简单著录策彦周良有入明时所作《南游集》，俞慰慈在《五山文学的研究》中著录天龙寺藏写本《南游集》。此外，日本《国书总目录》一书中有较为详细的记载，“策彦和尚南游集”条载，“一册。别南渡集、南游集、策彦南渡集、谦斋南渡集、谦斋南游集、策彦禅师南渡集。类汉诗、纪行。著策彦。写国会鹗轩、静嘉、宫书（二部）、东大史料（天龙寺妙智院藏本写）、天龙寺慈济院。活策彦入明记之研究上（牧田谛亮、昭和三〇）”①。但《国书总目录》成书较早，历经战火，收藏状况已发生了改变，比如天龙寺慈济院本②已不知所踪。因此，可以说学界对《谦斋南渡集》的流传情况尚无系统、全面的梳理与研究。笔者在日留学期间，遍访日本几大图书馆与收藏之地，多方收集，对《谦斋南渡集》的传承状况有了更多了解，所搜集到的本子比文献所记增加不少。故特写此章，拟将所见策彦《谦斋南渡集》各本略作叙录与整理。

经笔者调查搜集，现发现《谦斋南渡集》本子 13 种，其中写本 10 种，分别是天龙寺妙智院本《谦斋南游集》（以下简称“妙智院本”）、三章令彰写本

---

① 国文学研究資料館編. 古典籍総合目録——国書総目録続編（巻 3）[M]. 東京：岩波書店，1990：679.

② 笔者曾几次致电天龙寺慈济院询问该本下落，皆得到现院不藏此本的答复。因此现在此本去向不明。

《谦斋南渡集》（以下简称“令彰本”）、东京大学史料编纂所誊写本《谦斋南游集》（以下简称“东大本”）、宫内厅书陵部本《谦斋南渡集》（以下简称“宫书甲本”）、宫内厅书陵部本《南渡集》（以下简称“宫书乙本”）、国立国会图书馆鹗轩文库本《南渡集》（以下简称“国会本”）、静嘉堂文库本《策彦南渡集》（以下简称“静嘉堂本”）、富冈铁斋旧藏本《谦斋南渡集》（以下简称“富冈本”）、小津桂窗旧藏本《谦斋南渡集》（以下简称“桂窗本”）、天龙寺慈济院本（以下简称“慈济本”）；刊本 3 种，分别是宫川道达编辑的《南游稿》（以下简称“宫川本”）、收于《会余录》中的《谦斋南游集摘录》（以下简称“会余本”）、收于牧田谛亮《策彦入明记之研究》（上）中的《谦斋南游集》（以下简称“牧田本”）。宫川本与其他各本相异较大而自成一派，其余各本名称与内容大体相近。现将各本分述如下：

第一节 写本

一、三章令彰写本《谦斋南渡集》与天龙寺妙智院本《谦斋南游集》

天龙寺妙智院本《谦斋南游集》，一册，线装，黄色封面，封面题“谦斋南游集”，书内第二页上题“谦斋南渡集”，此题下有一行小注“渡唐行年四十一再渡五十二岁”，右加纸订正“三十九岁再渡四十七岁”。封面与第二页上有“妙智禅院”四字朱方印，卷末左下角有小字“除空楮廿二帐”，从“谦斋南渡集”页开始至此页确有 22 页。全诗集共 23 页，有朱线、朱点、朱笔删订，无句读与训点。凡 111 题，126 首，首页 5 首汉诗（以下简称“妙智 5 首”），应为后人增补，笔迹与“谦斋南渡集”后的笔迹相异。

对照已确定是策彦自笔本的妙智院所藏《初渡集》，该本书写笔迹不像出自策彦之手，应不是策彦手稿本。比如“江南”，妙智院本作图 2.1，策彦《初渡集》手稿本中作图 2.2；又比如“凤凰”，妙智院本作图 2.3，《初渡集》作图 2.4。策彦字体遒劲有力，妙智院本字面软弱。此本当是策彦后人抄录补充而成。

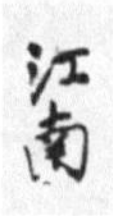

图 2.1　妙智院本笔迹

图 2.2　策彦周良笔迹

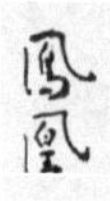

图 2.3　妙智院本笔迹

图 2.4　策彦周良笔迹

《妙智院所藏史料》中存有两份记事，言策彦手书《聚分韵略》之事，落款“三彰志”。该志有两张，一张较草（为便于行文，下文称为“1 号史料”），一张较工整（下文称为“2 号史料”）。2 号史料中有落款“三章志”。牧田谛亮认为两份史料都是三章令彰所书。① 从笔迹来看，两份记事都与《谦斋南游集》中内题“谦斋南渡集”后的笔迹相同。试举几例，详见下图。

（1）“笔”

图 2.5　1 号史料第一行“笔”字笔迹

图 2.6　《谦斋南游集》笔迹

（2）“不”

图 2.7　1 号史料第七行“不”字笔迹

图 2.8　《谦斋南游集》笔迹

① 详见牧田諦亮．策彦入明記の研究（下）［M］．京都：法蔵館，1959：27．牧田谛亮在书中附录 1 号史料图片。牧田谛亮所见两份史料包裹在策彦手书《聚分韵略》外面。2018 年，笔者所见两份史料是单独保存状态。

（3）“可”

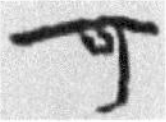

图 2.9　1 号史料第七行“可”字笔迹

图 2.10　《谦斋南游集》笔迹

（4）“之”

图 2.11　1 号史料第七行“之”字笔迹

图 2.12　2 号史料第四行“之”字笔迹

图 2.13　《谦斋南游集》笔迹

（5）“虽”

图 2.14　1 号史料第八行“虽”字笔迹

图 2.15　《谦斋南游集》笔迹

（6）“先”

图 2.16　2 号史料第一行“先”字笔迹

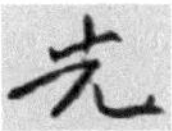

图 2.17　《谦斋南游集》笔迹

（7）“韵”

图 2.18　2 号史料第一行“韵”字笔迹

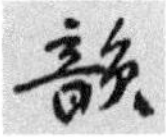

图 2.19　《谦斋南游集》笔迹

(8)“宁波”

图 2.20　2 号史料第三行“宁波”字笔迹

图 2.21　《谦斋南游集》笔迹

(9)“梅崖”

图 2.22　2 号史料第三行“梅崖”字笔迹

图 2.23　《谦斋南游集》笔迹

(10)“参内”

图 2.24　2 号史料第六行“参内”字笔迹

图 2.25　《谦斋南游集》笔迹

(11)“联”

图 2.26　2 号史料第六行“联”字笔迹

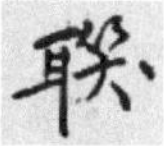

图 2.27　《谦斋南游集》笔迹

(12)“再”

图 2.28　2 号史料第七行“再”字笔迹

图 2.29　《谦斋南游集》笔迹

（13）“也”

图 2.30　2 号史料第七行“也”字笔迹

图 2.31　《谦斋南游集》笔迹

（14）“云云”

图 2.32　2 号史料第七行“云云”字笔迹

图 2.33　《谦斋南游集》笔迹

由此判定，《谦斋南游集》中内题“谦斋南渡集”后的部分最初应由三章令彰书写。

若是后人辑录，那么该诗集最有可能是三章令彰辑录，妙智院本“谦斋南渡集”题后的部分即为其原本。无论如何，妙智院本“谦斋南渡集”题后的部分是现发现诗集最早的本子，题名“谦斋南渡集”，暂且命名其为“令彰本”，将其作为有别于妙智院本的另一个本子。后人在令彰本基础上添加若干诗句异文，增补 5 首汉诗于令彰本前，重新装订并命名诗集为“谦斋南游集”，即为今妙智院本。卷首 5 首汉诗中，《和韵呈张大人执事下》《和靖读书台》笔迹相同，其余 3 首笔迹相似。因此这 5 首应该是陆续增补而成。妙智院本中诗句异文与 5 首汉诗由谁、何时所加，有待进一步考证。

二、宫内厅书陵部本《谦斋南渡集》

一册，无函，五节线装，橘红色封面，封面上边与左边部分发黑，四周翘起。书长 29 厘米，宽 20.3 厘米，厚 0.3 厘米。封面题“谦斋南渡集”，扉页题“谦斋南渡集　全”，墨笔书写，此页右上朱笔书“新”字，“新”字下有“第九十贰号”书签，黑色。此页纸张比下一页纸张在上边短了 0.4 厘米，颜色更黄。又有扉页题“谦斋南渡集　全”，黑色。从此来看，第一扉页应是原先的封面，记有索书号与所属，历经年月变得破旧便又重新加装新的封面。卷首页题“谦斋南渡集”，下并行有注记“渡唐行年四十一再渡五十二岁”。卷首有“宫内省图书印”“天爵堂图书记”两枚朱方印，阳印，单边框。卷末有“君美”朱方印，阳印。新井白石（1657—1725）号天爵、君美，这两册藏书即是新井白石的旧藏。此本无后记与落款。纸薄，黄色，有虫蛀和破损，部分字被污渍覆盖，难以辨认。

该本全20页，正文字约1×1厘米，页边距为上3.5厘米，下约1.1厘米，左1厘米，右1厘米。收录诗作104题，118首。该本有多处脱字、讹误。与令彰本相较，以下是其欠阙的内容：

表2.1　宫书甲本阙文

序号	诗题	宫书甲本	令彰本
1	补陀洛寺	何攸是匪大悲□	何攸是匪大悲洲
2	南沧老人向赐同韵诗二章	南沧老人向赐同韵诗二□	南沧老人向赐同韵诗二章
3	钱龙泉大人来问，笔谈移时。(后略)	此儿昔苏玉堂所亲李节推途□华胄也	此儿昔苏玉堂所亲李节推遥遥华胄也
4	赵一夔先生来遇，惠以桃果。(后略)	书闰七夕字	亲书闰七夕三字
5	连日秋雨不晴，客窗素月不来。聊筑小诗之城以遣郁怀云	聊筑小诗之城以遣郁怀□。	聊筑小诗之城以遣郁怀云。
6	夜来乡志曲折，耿不安枕。(后略)	此礼乐之美，感叹无措，作诗遣怀□。	此礼乐之美，感叹无措，作诗遣怀云。
7	镜清寺	求交友也	求交友之亲者也
8	丰存叔即和云	挥毫□帖法难论▲	挥毫晋帖法难论
9	林和靖庙	阙第二首	千岁尤香和靖诗， 横斜疏影几抽枝。 何须别尽先生去， 花自冻吟清瘦姿。
10	到净慈寺上宗镜阁	今年今日识永明□□镜百卷乎湖水中。▲	今年今日识永明旨，宗镜百函湖水中
11	太白楼	夜筵□□乐何央▲	夜筵两酌乐何央

续表

序号	诗题	宫书甲本	令彰本
12	太湖七十二桥	□□七十二桥▲	太湖七十二桥
13	寒山井	寒拾穿井	寒拾穿二井
14	剑池	退倒□□不奈何▲	退倒三千不奈何
15	惠山寺	□□寺▲	惠山寺
16	东坡书院	案头旧物今空在，□□□□□□□。	案头旧物今空在，一点山萤影是釭。
17	张子房庙	真□留侯定汉储。功在圯□□□□。	真个留侯定汉储，功在圯桥一卷书。
18	金山寺	稇载□□□□□。	稇载钟声树影还
19	六亭	曰□澜□，曰留云	曰观澜，曰留云
20	焦山寺	汉焦光隐于此	汉焦光隐于此山
21	宋太祖庙	在同甲马驿	在源齐县甲马营驿
22	老子庙	无题注	在鱼侪县乾宁驿，庙门揭三清殿三字。
23	玉河馆	河水流而入禁中之几几池	河水流而入禁中之凤凰池
24	赐御和	戒律再三如水□	戒律再三如水清
25	再渡唐之时，归宁波府，谢南寓外史丰解元制予谦斋记文	无题注	丰解元字存叔，杭州浙江驿人也，远劳使令投记文于当府者也。

*注：图中“▲”符号标记处为该本被污渍覆盖处。

该本中有两处朱笔批点，值得关注。

（1）《张子房庙》一诗，“真是留侯定汉储，功在桥一卷书”，方框部分是朱笔补入，“一卷书”后有两行红色小字，竖写：

明治壬午于宫内六角堂读之以朱字
补之　宫岛栗香

宫岛栗香即宫岛诚一郎，明治壬午即明治十五年（1882 年），宫岛时任宫内省御用挂一职，得以有机会接触此书。宫岛也能接触到宫书乙本《南渡集》，那么其补遗的底本是什么呢？

宫书乙本的此句诗是“真个留候定汉储”“功在圯桥一卷书”，其余各写本皆是如此，由此来看，宫岛并未以任何写本为底本进行补遗。宫岛擅长诗文，常与中国驻日公使馆员何如璋、黄遵宪、黎庶昌等人诗歌唱酬，汉学修养很高，此当是其在阅读时采取理校法与本校法。

（2）《楚项羽庙》一诗，“祠司休扫庙前草”，朱笔补入“祠”。此处与他本有异，可见校改者也是采取理校法与本校法。因未留下改校者信息，无法判断是否是同一人。

除此之外，文章还有多处朱笔批点，也未留下改校者信息。

（3）《九层铁塔》一诗有朱笔句读，符号“○”，停顿处在“工”“同”“斗”“宫”。第一句“天匠运云斤铁塔工”，“云”字上有朱圈“○”。此处与他本有差异，可见校改者同样采取理校法与本校法。

《歌风台》一诗，“白云阳春皆第二”一句将“云”朱笔在右改为“雪”。

《汉高祖遗像》一诗，朱笔句读，符号“○”，停顿在“天”“躔”“尽”“年”。“斩三秦虎狼蛇尽”一句，朱笔将原字“”上画“○”，改为正确的斩，朱笔加“尽”字。

《瑠璃井》一诗，朱笔句读，符号“○”，停顿处在“肩”“天”“变”“泉”。

《齐桓公庙》一诗，朱笔句读，符号“○”，停顿处在“緌”“哉”“耳”“苔”。“九合诸侯古庙緌”，“緌”字朱笔右改为“”，原字上无改动。

还有几首诗也添加朱笔句读，符号“○”，《入燕京参内》一诗停顿处在“天”“前”“寿”“仙”；《皇帝赐御诗》停顿处在“缁”“彝”“汝”“仪”；《应制和御诗》一诗停顿处在“缁”“彝”“掩”“仪”；《奉敕见花萼楼牡丹》一诗停顿处在“妍”“仙”“运”“前”；《再渡唐参内献野诗》一诗停顿处在“轻”“诚”“水”“清”。

《四月二十三日于上林苑赐宴》中“凤凰”两字，原字只有“几”字旁，朱笔加入偏旁“几”的内部部分。六首诗都有朱笔句读，符号不是“○”，是“、”，停顿处分别是第一首的“深、心、在、林”，第二首的“僧、曾、宴、层”，第三首的“光、煌、揖、乡”，第四首的“城、琼、使、荣”，第五首的“兰、弹、有、端”，第六首的“墨、人、宴、伦”。

该本在抄写过程出现多处形近字讹误，与令彰本的不同如下表：

表 2.2　宫书甲本形近字讹误

序号	宫书甲本	令彰本	序号	宫书甲本	令彰本
1	文珠	文殊	15	智惠花	智慧花
2	花南冈	范南冈	16	放	于
3	赐	助	17	始苏驿	姑苏驿
4	儿	几	18	带两清	带雨清
5	第	弟	19	僬光	焦光
6	全	余	20	舟揖	舟楫
7	水雨寺	水西寺	21	鹤花	鹃花
8	施俗	施浴	22	肩	眉
9	杨州	扬州	23	顶	顺
10	云魁	云冠	24	主	至
11	淅江	浙江	25	掩	卷
12	如	始	26	射	体
13	文倭	支倭	27	途	遥
14	上而	上面	28	南熏	南董

三、宫内厅书陵部本《南渡集》

一册，无函，五节线装，下方两节有脱落。书长 27.1 厘米，宽 20 厘米，厚 0.4 厘米。淡粉色封面，封面题为“南渡集　策彦”，右侧贴“新井本”标签。无扉页。卷首有题“策彦禅师南渡集”，下分两行，右写“初渡三十九岁”，左写“再渡四十七岁”。

首页上方自右而左依次有“宫内省图书印”“明治十八年改”“图书寮印”三枚朱方印，右下角有“天爵堂图书记”朱方印，卷末有“君美”二字朱方印，皆阳刻。卷末有落款（书签）“天龙仲长老寄赠前后二本”，“前后二本”并排两行，草书书写。全集无朱笔批点删改痕迹，纸张较厚，对虫蛀部分作了细致的修复，可说是善本。

该本共 23 页，正文字约 1×1 厘米。页边距为上 4 厘米，下 2 厘米，左 1 厘米，右 1 厘米。收录汉诗 106 题，121 首。抄写工整，字迹清晰，汉字的写法基本保持与令彰本一致。

从落款来看，该本当是天龙寺仲长老寄赠给新井白石的。与新井白石（1657—1725）生活在同时代，天龙寺确有一位仲长老——中山玄中[①]。中山玄仲（1659—1717）是天龙寺第 209 世，天龙寺塔头妙智院第七世，其法系图如下：

妙智院第三世		妙智院第四世		妙智院第五世		妙智院第六世		妙智院第七世
策彦周良	——	三章令彰	——	补仲等修	——	兰室玄森	——	中山玄中

中山玄中于 1697 年（日本元禄十年）被授予硕学料[②]，1698 年（日本元禄十一年）——1700 年（日本元禄十三年）、1712 年（日本正德二年）——1714 年（日本正德四年）先后两次受命对马以酊庵轮番，担任对州修文职[③]。新井白石（1657—1725）于 1686 年（日本贞享三年）入朱子学者木下顺庵门下，1693 年（日本元禄六年）由木下顺庵推荐至甲府藩主德川家，担任将军的侍讲。1710 年（日本宝永六年），德川纲丰改名家宣，继任第六代将军，由此新井白石作为将军家臣被编为幕臣，参与并开始主导幕府政权，期间举行有“正德之治”之称的政治改革。1716 年（享保元年）第八代将军德川吉宗就位后失势下台，隐退。由此看来，二人产生交集，当是在中山玄中第二次受命担任朝鲜修文职期间，查阅《新井白石日记》（《大日本古记录》第 2，岩波书店，1952）元禄九年—十四年、正德元年—享保二年的记录，未发现与中山玄中相关记载，也未有借阅策彦周良著作的记录。而中山玄中相关的史料非常缺

① 按，“仲”与“中”通用。

② 按，硕学料：德川家康为鼓励僧侣勤勉学问，为学问渊博的僧侣发放奖励，即硕学料。后发展为硕学僧接受硕学料的同时被任命对州修文职，赴任对马以酊庵，处理对朝外交事务，任期两年。以酊庵轮番共有 126 番，其中再住者 31 名，三住者 4 名，共 89 名。新旧轮番交替在 5 月。

③ 按，对州修文职：主要负责对朝外交文书的拟定，当有朝鲜使节来访时，指挥道中接待、与通信使一行诗歌唱和、赠答，引导护送通信使到江户拜见将军，而后一同返回。在中山玄中任期内，都未有朝鲜通信使来访。

乏，只能从同时代的其他记录中发现蛛丝马迹。[①]

僧侣受领硕学料、拜命朝鲜修文职后，首先要赴京都所司代拜谢，之后要专门赴江户拜见将军、老中以谢恩。在《五山硕学并朝鲜修文职次目》中记录了这一情况：

> ①东福寺本成寺南宗祖辰一项：
>
> 宽文十年庚戌十一月、学禄拜领、并朝鲜修文职蒙
>
> 台命、宽文十三年二月十五日、登城学禄御礼、同十九日、御暇、时服拜领

> ②建仁寺永源庵云壑永集一项：
>
> 宝永二年(一七〇五)乙酉六月九日、与天龙关中(智悦)东堂・月心(智悦)东堂・月心(性堪)西堂同时学禄拜领、并朝鲜修文职蒙
>
> 公命、同年参府、十月朔日、登城、十帖一卷献上、于御白书院独礼、同月五日、于柳之间御老中御暇被仰渡、时服四领拜领[②]

东福寺南宗祖辰和尚在1670年（日本宽文十年）拜领硕学料并受命朝鲜修文职，三年后登江户城谢恩。建仁寺云壑永集在1705（日本宝永二年）六月拜领硕学料并受命朝鲜修文职，同年十月登江户城，作为谢礼献上十帖一卷，拜见将军与老中。可见此时有书籍作为谢礼的风习。

中山玄中第二次受命朝鲜修文职还有其特殊的背景。其再任的前年即1711年（日本正德元年），为庆祝第六代将军德川家宣的就任，朝鲜派信使来贺。此时作为将军御用人的新井白石以信使接待给幕府财政带来巨大负担为由，改革简化了信使接待制度。朝鲜政府对此不满，并处置了此次的朝鲜信

① 据笔者所见，中山玄中相关的专门研究仅有四篇论文：（1）泉澄一．天竜第二〇九世・中山玄中和尚について——対馬以酊庵輪番時代を中心にして［J］．ヒストリア，1973，63：79—89．（2）泉澄一．天竜寺第二百九世・中山玄中和尚について（関西大学文学部史学科創設25周年記念）［J］．史泉，1975，50：234—244．（3）泉澄一．近世初頭の堺商人・平野屋道夏とその一族［J］．日本歴史，1973，301：85—99．（4）泉澄一．天竜寺塔頭・宝徳院について——その建立と再興［J］．史泉，1973，47：39—50．

② 田中健夫．前近代の国際交流と外交文書［M］．東京：吉川弘文館，2007：156—157．

使。此事还使其与对马藩儒雨森芳洲产生嫌隙。在此背景下第二年，中山玄中被选为对马以酊庵轮番，处理对朝事务。但在其任期内，并未发生外交困难之事。

在此背景下，中山玄中于 1697 年（日本元禄十年）拜领硕学料，1712 年再次受命朝鲜修文职，虽未明确文献记载其登城拜谢的史料，但从与其相隔七年的宝永二年的拜谢习惯来看，中山很可能也献上贵重书籍以示谢恩并为即将的赴任缓和紧张的关系。妙智院的寺宝当是策彦留下的史料。宫内厅书陵部现藏原属新井白石的有关策彦史料中，还有一本与该本装订、字迹完全一致的《策彦入唐杂录》，由此来看，中山玄中当是进献了此两本，则落款中的“前后二本”之意即可明了。

宫内厅书陵部藏有《策彦入唐杂录》，与宫书乙本封面、装订方式完全一致，字迹相似，字的大小也相同，且都进行了妥善的保管，对虫蛀部分作了细致的修复。联想此落款，那么前后二本当是《策彦禅师南渡集》与《策彦入唐杂录》。

四、小津桂窗旧藏本《谦斋南渡集》

两册一函，五节线装，函为土黄色，函上贴书签“谦斋南渡集　二册”，书脊有书签“谦斋南渡集　二册”。函长 28 厘米，宽 20 厘米，厚 2 厘米。上册蓝绿色封面，长 28 厘米，宽 19.2 厘米，厚 0.8 厘米。封面题“谦斋南渡集”，卷首题“谦斋南渡集”，下有一行小注“渡唐行年三十九岁再渡四十七岁”。封面有“西庄文库”朱方印，右下有“二酉堂监赏”无轮廓朱方印，“二酉堂监赏”的意义不明。下册厚 0.5 厘米，长宽与上册同，封面颜色与装订方式也相同。封面题“谦斋南渡集附录”，卷首题“策彦和尚附录”。封面无藏书印，卷末有“桂窗”字样的椭圆形朱印。西庄文库是江户时代末期商人、藏书家小津桂窗（1804—1858）的藏书称谓。

该本黑格书写，每半页七行，半页版高 19 厘米，宽 14.4 厘米。上册共 38 页，正文字约 1.1×1.1 厘米。下册共 23 页，正文字约 0.9×0.9 厘米。上册收录诗作 107 题，141 首，其中《谦斋南渡集》中的汉诗 120 首。下册收录诗作 24 首、文章 8 篇，主要是策彦入明关系史料。当是抄写者在抄写《谦斋南渡集》时，顺带抄写了策彦入明关系史料，附录于诗集之后，于是有了上下两册。两册均无朱线、朱笔点校。有虫蛀，但保存完好。

此本中《谦斋南渡集》外的内容详见下表：

表 2.3 桂窗本《谦斋南渡集》附录①内容

上册	下册
饯　龟阜策彦老人游大明国（汉诗 20 首）	大明世宗皇帝赐御诗（汉诗 1 首）
送古川上人游大明（汉诗 1 首）	皇帝赐御和（汉诗 1 首）
	四月廿三日于上林苑赐宴（汉诗 5 首）
	上林苑会帝赐御和（汉诗 1 首）
	赠怡斋禅师衣锦荣归序
	赠怡斋禅师衣锦荣归赋
	明人送行诗②（汉诗 10 首）
	赠日本使释周良等越还国有引
	谦斋记
	赠专使谦斋老师归日域图序
	怡斋策彦禅师像赞
	丰存叔即和云③（汉诗 1 首）
	城西联句序
	赠送临川策彦叟正使周老大人归国诗（汉诗 1 首）
	送副使策彦耆宿归国诗序（汉诗 4 首，最后一首有阙文）

该本抄写字迹工整，但讹误较多，抄写者只是对照抄写，未加详考。对校令彰本，有多处不同，具体见下表：

① 为便于行文，将上册与令彰本重合内容除去，两册的其余内容统称为附录。

② 题目笔者拟，原文没有诗题。

③ 原文没有诗题，从内容来看是《谦斋南游集》中《丰存叔即和云》一诗。

表 2.4　桂窗本与令彰本的异同

序号	桂窗本	令彰本	序号	桂窗本	令彰本
1	文珠	文殊	39	班	斑
2	以褒美也	以为褒美也	40	峰顶有堂释迦坐像。	安释迦坐像
3	不分逐四时不凋尘外丛	逐四时不凋尘外丛	41	三天王寺	三天竺寺
4	又卷卷又舒	舒又卷卷又舒	42	又左胁	又其左
5	画	昼	43	又左脇贺知章ノ像アリ	又其左脇有贺知章像
6	花南冈	范南冈	44	着意看时不是龙	着意看时不是龙
7	天诏之降	待天诏之降	45	木断	未断
8	归以暮鸦	约归以暮鸦	46	画口无吴具	画图无异矣
9	最盛也	最其盛也	47	脾	牌
10	吾国人	吾邦人	48	ササ	菩萨
11	卒作	卒仕	49	惠	慧
12	若	茗	50	拈	姑
13	肺	沛	51	摸	模
14	苍颜	苍头	52	冷冷	泠泠
15	花氏	范氏	53	昆陵	毘陵
16	揩法	楷法	54	堂院守官二员	堂院有守官二员
17	馆文	馆夫	55	庙守话曰	庙守话云
18	进邦	进拜	56	功在北桥一卷书	功在圯桥一卷书
19	荀	者	57	适	过
20	那	耶	58	文殊ノ像	安文殊像
21	交花	交参	59	猩猩洞　在金山寺旁	猩猩洞在金山山腰
22	无比花	无此花	60	表	丧
23	居座	两居座	61	旧时板	旧诗板
24	齐	斋	62	朊	脱
25	满枝热	满枝熟	63	扬	揭
26	英明清三字焉	英明清三字	64	庙前休扫无名草	臥司休扫庙前草

续表

序号	桂窗本	令彰本	序号	桂窗本	令彰本
27	所知也	所识也	65	临[illegible]县	源齐县
28	并置之	并而置之	66	年。写	年年
29	古画屏风	立古画屏风	67	勅	敕
30	豫地	豫北	68	軽	轻
31	归使	归便	69	问	向
32	淅江	浙江	70	杨子骞	杨氏骞
33	挑	祧	71	上林花	上林苑
34	忠臣岂为君移怒	忠臣岂于君移怒	72	翌日□明聪	翌日达明聪
35	宗镜录百卷	宗镜录百卷矣	73	钱	笺
36	揔门之额ナリ	总门之额也	74	厂	雁
37	今秊始识永明旨	今年今日识永明旨	75	棹夫莫倦 后句字泯	棹夫莫倦归舟重，载大唐来献我君。
38	门上额	门上颜			

五、东京大学史料编纂所本《谦斋南游集》

一册，无函，五节线装，砖红色封面，有虫蛀，誊写于 1887 年（日本明治二十一年）。书长 27 厘米，宽 19.2 厘米，厚 0.4 厘米。封面题“谦斋南游集”，书脊上方写“谦斋南游集”。扉页左上写“谦斋南游集”，此页下有“东京大学图书”与“史料编纂所图书之印”朱方印。正文第二页上题“谦斋南渡集”，下并行有“渡唐行年四十一　再渡五十二岁”，旁有夹页，呈一行写有“三十九岁再渡四十七岁”。从扉页开始，页面左上角标有表示页数的“1”“2”等，共 25 页，标有“25”页的页面左下角有“除空楮廿二帐”。最后一页无数字标记，页面中间有后记，分三行：

右谦斋南游集

山城国葛野郡嵯峨天龙寺塔头妙智院藏本明治

十九年九月采访同廿一年写了

正文字约 1×1 厘米。第 2 页下的字比此页上的字大，约 1.3×1.3 厘米。正文页边距为上 3 厘米左右，下 2 厘米左右，左 1 厘米左右，右 1.5 厘米。有朱线、朱点与朱笔删订。

该本完全保留妙智院本的原貌，妙智院本朱笔之处此本也使用朱笔标出。抄写工整，字迹清晰，字的写法多从妙智院本。相较妙智院本，有个别形近字的讹误，如“淮阴侯”误抄为“准阴侯”“宗镜”误抄为“宋镜”“冷”误抄为“泠”等。

六、国立国会图书馆鹗轩文库本《南渡集》

国立国会图书馆鹗轩文库是东京帝国大学医科大学教授土肥鹗轩（1866—1931）的旧藏，以江户时代至明治时代日本人所作汉诗文为主，那么此本应也是这一时期的抄写本。1950 年（日本昭和二十五年），国立国会图书馆将土肥鹗轩藏书的汉诗文部分购入，成立“鹗轩文库”，此本即是此时存入国立国会图书馆。

一册，线装，有函，函为藏蓝色，函长 27 厘米，宽 22 厘米，厚 1 厘米。函上贴书签“策彦禅师南渡集”，函的书脊上贴书签“策彦禅师南渡集”。封面为蓝绿色，书长 26.8 厘米，宽 19.3 厘米，厚 0.3 厘米。封面题“南渡集”，无扉页，卷首题“策彦禅师南渡集”，下有并排两行小字注记：右写“初渡三十九岁”，左写“再渡四十七岁”。封面里页有“国立国会图书馆藏书”朱方印。

卷后有落款：“天龙仲长老寄赠前后二本”，抄写过程中最大程度地保留了宫书乙本的原貌，诗集每半页的行数，每行字数、字的写法都与宫书乙本完全一致，比如：船、竹、尊、忝等字。在已发现的所有写本中，字迹最漂亮工整，无朱笔批点。落款中“前后二本”小字分两行草体书写，笔迹不同于汉诗的笔迹。

诗集共 25 页，正文部分 23 页，每页 10 行，页边距为上 3.7 厘米，下 2 厘米，左 1 厘米，右 1 厘米。正文字约 1.2×1.2 厘米。收录诗作 106 题，121 首。从无虫蛀来看，抄写年代较近，保存完好。与令彰本相较，除诗句的不同外，两本的不同详见下表：

表 2.5　国会本与令彰本的异文

序号	令彰本	国会本	序号	令彰本	国会本
1	蓬	篷	15	毘陵	昆陵
2	罔措	冈措	16	台上安文殊像	台上安文殊之像
3	眷惠	春惠	17	掬	掏
4	未	末	18	莱	来
5	浙江	淅江	19	《漂母祠》在同处	《漂母祠》在淮阴驿
6	诣	诸	20	老子庙	孝子庙
7	芳醇	若醇	21	《皇帝赐御诗》无题注	《皇帝赐御诗》世宗肃皇帝
8	霄	宵	22	弊垢	币垢
9	行道场	存道场	23	使臣	使巨
10	李白	季白	24	太	大
11	一一溢目画桥也	一一溢目画桥	25	询	谕
12	苏州	苏外	26	相该	相谈
13	法弟	法第	27	投	技
14	揭	扬			

七、静嘉堂文库本《策彦南渡集》

一册，线装，黄色封面，上有“静嘉堂”字样的印花。牧田谛亮在《策彦入明记之研究》（下）中记述：

> 静嘉堂文库藏有《策彦南游集》《策彦入唐杂录》[其中收录宁波府命令、《衣锦荣归序》《策彦和尚行实》《谦斋记》等]、《策彦和尚诗集》等新写本，这些写本抄写于明治二十四、五年左右，即此文库创设不久时。文库工作人员推测，这些抄本可能是岩崎弥之助下令抄写的。这些抄本的底本不明。但是《策彦入唐杂录》中有“君美补入”四字，由此类推，可能原有新井白石作为研学参考摘录的妙智院入明文书一书，文库所藏抄本

以此本为底本抄写。① ——笔者译

《策彦入明记之研究》（下）成书于 1959 年，距离该本抄写年代仅有 60 余年，故在牧田谛亮实地调查时，静嘉堂文库工作人员能够给出准确抄写时间，文库工作人员的推测也较为合理。笔者于 2018 年留学日本期间，也前往静嘉堂文库实地调查，同样向工作人员询问这三个写本的抄写时间与形成缘由，工作人员告知没有留下相关记录，无从得知。笔者所见该本《策彦南渡集》无虫蛀，由此判断此本抄写年代应相对较近，与牧田谛亮所言相符。此外，笔者所见该诗集的名称为"策彦南渡集"，而非牧田谛亮所言"策彦南游集"。

书长 27.3 厘米，宽 19.2 厘米，厚 0.4 厘米。封面题"策彦南渡集　完"，卷首题"策彦禅师南渡集"，下有两行小注：右写"初渡三十九岁"、左写"再渡四十七岁"。首页右下有"静嘉堂藏书"长方形印。卷后有落款："天龙仲长老寄赠前后二本"，"前后二本"字较小，分两行书写。

该本共 22 页，每半页 10 行，正文字约 0.8×0.8 厘米。页边距为上 4.7 厘米，下 2.1 厘米，左 1.1 厘米，右 3.1 厘米。收录诗作 106 题，121 首。抄写字迹工整清晰，汉字的正确率很高。与宫书乙本相比，汉诗数量与内容一致，每页行数相同，每行字数不同，部分字的写法也不同，比如：岛、忝、卷等字，是按照抄写者个人的书写习惯，并没有追求完全一致。

八、富冈铁斋旧藏本《谦斋南渡集》

此本是 1951 年（日本昭和二十六年）6 月 27 日京都大学人文研从京都府中山善次旧书店以 200 日元购入。扉页上右下角有"画禅盦"朱方印，此页下有"京大 昭和 26 6 27"紫色椭圆印、"京都大学图书之印"朱方印。"画禅盦"是明治大正时期儒学者富冈铁斋（1837—1924）的藏书印。富冈铁斋与其子富

① 牧田諦亮．策彦入明記の研究（下）［M］．京都：法蔵館，1959：142－143．日文原文：「静嘉堂文庫には、策彦南遊集・策彦入唐雑録（寧波府の命令・衣錦栄帰序・策彦和尚行実・謙斎記などを収む）・策彦和尚詩集などの、明治二十四五年頃、この文庫が創設されて間もない頃の新しい写本が蔵されている。これらは岩崎弥之助の命で、書写されたものであろうとの文庫の推測である。この写本の原本については不明であるが、「策彦入唐雑録」の中に、君美補人の四字があり、類推すれば、新井白石（一六五七－一七二五）が研学の参考として妙智院の入明文書を抜萃したものがあって、それにもとずいた写本ではなかろうかとの想定も成り立つ。」

冈谦藏共同积淀的福冈文库以藏书丰富而著称，但在 1938 年与 1939 年，富冈文库进行了两次大型拍卖，交易书籍上万册，其中包括国宝、重要文化财，堪称昭和时期最盛大的拍卖会。查阅《富冈文库御藏书入札目录》《富冈文库御藏书第二回入札目录》《富冈文库善本书影》，皆不见此本，但《富冈文库御藏书入札目录》《富冈文库御藏书第二回入札目录》中都记录“其他和本、唐本、写本、法帖、印谱、稀觏本类数万册 略之”，在这两本拍卖交易目录中还有《邻交征书》《善邻国宝记》、五山诗僧诗集等书，由此来看此本在其中的可能性很大。此本想必是那两次流落到古书店，后由京都大学买下。

京都大学人文科学研究所还藏有一本富冈铁斋旧藏《策彦入唐记》，根据牧田谛亮的记载：

> 此本与妙智院本所藏副本相同，是《策彦和尚初渡集》下之上的内容，尺寸比原本大一倍。因此不是影写本，与妙智院本《初渡集》相较，此本每行字数与原本相同，每页行数平均多一行。可能以妙智院原本为底本抄写，抄写于明治末期或大正初期。[①] ——笔者译

该本与《谦斋南渡集》一起同时被京都大学于 1951 年买下。此本《谦斋南渡集》也比其他本更大，书长 34.5 厘米，宽 24.2 厘米，厚 0.3 厘米。与令彰本《谦斋南渡集》相较，该本每页行数平均多两行，每行平均多 3 字。《策彦入唐记》与《谦斋南渡集》纸张相同，当是同时抄写的，从笔迹来看，不像一人所书。从配套抄写策彦周良诗文集来看，其抄写背景可能与日本兴亚会有关（有关此问题，详见下文，暂不赘述）。

一册，线装，有函，函为深蓝色，书签为“谦斋南渡集”，函的书脊贴书签“谦斋南渡集 抄本”，“抄本”二字比“谦斋南渡集”小，偏右。函长 34.5 厘米，宽 24.8 厘米，厚 1.3 厘米。封面土黄色，书的封面题为“策彦南渡集”。扉页有两页，第一页已和封面粘在一起，从纸的背面来看，其上有题

① 牧田諦亮．策彦入明記の研究（下）［M］．京都：法蔵館，1959：143－144．日文原文：「これは、妙智院所蔵の副本と同じく、策彦和尚初渡集下之上（上巻九六一一六三頁）にあたるもので、原本の倍大の寸法にあたる。したがって、これは影写ではない。一行の字詰は原本と同じであるが、行数は平均各頁一行あて多くつめられている。その書写年代も、おそらくは妙智院の原本にもとずいて、明治末期か大正初期に書写されたものと推測される。」

"策彦南游集 全"；第二页扉页左上墨书"谦斋南渡集　全"。卷首有题"谦斋南渡集"，下有一行注记："渡唐行年四十一再渡五十二岁"。最后无落款与后记。

诗集正文共 19 页，每半页 12 行，每行约 21 个字。字约 1×1 厘米。页边距约为上 7 厘米，下 4.5 厘米，左 0.9 厘米，右 4 厘米。收录诗作 104 题，118 首。此本纸张很薄，可以影写。无删改、批点、句读、训点。

此本抄写笔迹较潦草，盖据原本有阙，多留空格，且承讹袭谬。参照令彰本，该本的阙文详见下表：

表 2.6　富冈本阙文

序号	诗题	富冈本	令彰本
1	游月湖之次，诣会泉大人，谢昨日袖诗来，辄和前韵以二篇	欲纟佳篇愧客程	欲续佳篇愧客程
2	愚访戴子望（后略）	代酒水代茶味	代酒水茶味
3	连日秋雨不停，客窗素月不来。聊筑小诗之城以遣郁怀云	聊筑小诗之城遣郁怀	聊筑小诗之城以遣郁怀云
4	四明有先生号梅崖，盖以楷法鸣中华者也（后略）	需缀卑渍美称	需缀卑作渍美称
5	镜清寺	寺有诗之僧	寺有诗文之僧
		求交友之□□□	求交友之亲者也。
6	林和靖庙	只有第一首	千岁尤香和靖诗， 横斜疏影几抽枝。 何须别尽先生去， 花自冻吟清瘦姿。
7	到净慈寺上宗镜阁	今年今日识永明旨宗镜百卷乎湖水中。	今年今日识永明旨宗镜百函湖水中
8	寒山寺	南拾得普贤行愿菩萨	南无拾得普贤行愿菩萨
9	千人坐石	无此诗	岩上盘焉与镜同， 一千古佛坐谈空。 浮云若覆及肤寸， 法霈雨人西又东。
10	东坡书院	案头旧物今空在，□□□□□□□	案头旧物今空在， 一点山萤影是釭。

续表

序号	诗题	富冈本	令彰本
11	张子房庙	兵将祷此庙，必有□	兵将祷此庙，必有应
		真□留侯定汉储。 功在□□□□。	真个留侯定汉储。 功在圮桥一卷书。
12	金山寺	稛载□□□□□	稛载钟声树影还
13	六亭	曰烟雨奇观、润、曰留云	曰烟雨奇观、曰观澜、曰留云。
14	焦山寺	汉焦光隐于此	汉焦光隐于此山
15	楚项羽庙	□司休扫庙前草	司休扫庙前草
16	汉高祖遗像	斩三秦虎狼蛇□	斩三秦虎狼蛇了
17	赐御和	戒律再三如水□	戒律再三如水清
18	四月二十三日于上林苑赐宴	□□天恩与海深	今日天恩与海深
19	再渡唐之时，归宁波府，谢南寓外史丰解元制予谦斋记文	无诗题小注	丰解元字存叔，杭州浙江驿人也，远劳使令投记文于当府者也。
20	初渡之时于洋中赋一绝	无	

该本抄写过程也出现多处字形讹误，详见下表：

表 2.7　富冈本形近字讹误

序号	富冈本	令彰本	序号	富冈本	令彰本
1	文珠	文殊	20	智惠花	智慧花
2	古得	占得	21	放白檀	於白檀
3	花南冈	范南冈	22	书之	书焉
4	月潮	月湖	23	扬天下	揭天下
5	途途华胄也	遥遥华胄也	24	舟揖	舟楫
6	春惠	眷惠	25	却率宫	都率宫
7	水雨寺	水西寺	26	鹤花	鹃花
8	施俗	施浴	27	甘堂	甘棠
9	杨州	扬州	28	蒯通许	蒯通计
10	巳	已	29	白雲阳春	白雪阳春
11	浙江	浙江	30	顶天府	顺天府
12	不在吾邦	不在我邦	31	扬主清	扬至清
13	如见	始见	32	我是日东蓬莱仙	我是日东蓬岛仙
14	频迂	频迁	33	珠帘掩	珠帘捲
15	徃袖	征袖	34	道射	道躲
16	东北高峰之顶	在北高峰之顶	35	途历正其使	遥历正其使
17	远流此地为又泉	远流此地又为泉	36	日不弹	日不殚
18	太白醉像	李白醉像	37	上林花	上林苑
19	上而	上面	38	花落漾水锦机鲜	落花漾水锦机鲜

从以上来看，此本抄写时书写不规范，未详加辨认，可能只是照葫芦画瓢似的抄写，导致汉字讹误较多，或一字中多笔、或一字中少笔，或形近字混淆。同时阙字、句、诗等多处出现，可以说不是善本。

第二节　刊本

一、宫川道达辑写刻本《南游稿》

《南游稿》是日本国学家宫川道达（？—1701）所编，收录于《拾遗意行》中，刊行于1693年（清康熙三十二年，日本元禄六年）。笔者使用的是国立国会图书馆藏本。在书序一页有“福田文库”的藏书印，旧藏主为江户幕府味噌专用商家福田敬园[①]。该书线装，为写刻本，书长28厘米，宽17.5厘米，四周单边，细黑口，无界格，版心印有页数。有句读与日语训点。卷末有牌记“癸酉十一月吉旦 永原屋孙兵卫刊行”。《南游稿》的作者姓名在目录中为“策彦和尚”，在正文中为“天龙寺策彦”。《南游稿》共9页半，每半页9行，每行约20字，凡56首汉诗，节选《谦斋南渡集》中汉诗35题，38首，未见于他本的汉诗有：《重阳前一日赏菊花》《宁波知府曹大人以丧事谢府事聊赠此诗助哀叙别》《小春二十五日奉菅神》《十一月七日初雪自夜彻明》《彭城阻雨》《汉高祠》《歌风台》《瑠璃井》《太白楼二绝》《二月初六见红梅才开》《送魏提举归休于粉乡》《四月初四赏芍药》《送策彦老人大明行》《送策彦西堂赴大明行》《寄全仲山》。这15首中除《汉高祠》《二月初六见红梅才开》《送策彦老人大明行》《送策彦西堂赴大明行》外，其余12首皆见于策彦的《入明记》中。其中，《入明记》中所录《重阳节前一日赏菊花》共有三首，该本取第一首。《送魏提举归休于粉乡》诗题将“枌”误作“粉”。其余诗收录在何处有待进一步考证。

在《拾遗意行集》的跋中，作者这样写道：“盖世人嗜唐上典籍，而不爱本邦旧记踈、和咏、诗赋风雅篇，而喜街谈滑稽娇红风月书焉，梓人亦费梨枣于稗史杂简也，尤伙矣。呜呼！古人事实、琼章瑶句，韬光而空终者，诚可惜哉？因吃紧为人而书。”可见《南游稿》是作者对策彦汉诗的筛选。“拾遗”二字既可看出策彦汉诗在当时的流行状况，也可看到国学者宫川道达对策彦汉诗

① 按，关于此藏书印主，一种说法是江户幕府味增御用福田敬园，一种说法是福出敬同。日本国文学研究资料馆取“福田敬园”这一说法。在此笔者取后者。

水平的肯定。

编者筛选的标准是什么呢？该选本前半部分是策彦与中国文人的唱和，其中没有其与丰坊的唱和，后半部分是策彦游历的中国景点，其中包括很多寺庙，如惠山寺、甘露寺、金山寺等，这些寺庙集中于南京地区，在这一点上选者并没有忽略策彦僧人身份。其余景胜有自然景胜西湖、太湖七十二桥、枫桥、扬子江等，人文历史遗迹与先贤祠庙有楚汉之争的英雄人物张子房庙、授书房、淮阴侯祠、漂母庙、项羽庙以及宋代文人林和靖庙与东坡祠堂等。没有选取《谦斋南渡集》中作于大洋海上之诗，也没有收录策彦作于北京与明朝皇帝与大臣的唱和之诗。由此来看，该选本侧重策彦在异国他乡（中国）的见闻感受，忽略其作为遣明使的政治身份。

该本对诗题进行省略处理，与令彰本《谦斋南渡集》汉诗诗题有较大差异，详见下表：

表 2.8　宫川本与令彰本诗题比较

序号	宫川本	令彰本
1	次韵寄竹所	赓宁波府竹所大人见寄吾友珠宣公之韵以同酬
2	和答赵双谷	赵一夔大人前日忝赐尊诗，再诵三读，舒又卷卷又舒，何惠加焉。迩来官事纷纭，弗遑裁答似慢乎。聊缀蜂腰强续貂尾云
3	馆中闻蛩有感	维时七月，到夜炎热酷，客睡不安，月色如画。时闻砌下蛩声，与吾邦蛩声无异，不克靡感于怀，聊作此诗
4	谢范南冈来访	谢范南冈赍酒肴来访
5	依湖心和尚祇夜之韵悼曹娘掩妆	古岩大人有令子，顷丧其母，赠一偈以助其哀云
6	和答赵一元	南沧老人复见寄五言诗篇，再和而遣怀云
7	柯雨窗惠古文真宝副以诗画	予驻锡于宁波之府六旬余，闻柯雨窗之名不识雨窗之面，造次颠沛仰慕惟深矣。新凉入郊之顷，适有苍头捧一缄来，披而视之，见和余投范氏诗之佳作也，盖唐人句法晋人楷法出一手者。旦复副以新画一幅、古文两策，余获此三绝十袭而秘，何赐加焉。吁，未晤对之，先眷惠如此。何况一往一来之后哉。古人以画诗书为三绝，则文策其余波之及也。非可默止，磨瓦砾代琼瑶之报云

续表

序号	宫川本	令彰本
8	次韵赠陆会泉	俾馆夫王铛呈金紫光禄大夫陆亶大人
9	闰七夕	赵一夔先生来遇，惠以桃果，果大合吾邦三桃实，风味亦别也。先生游累刻，乞笔砚亲书“闰七夕”三字，需诗于余，余缀曰
10	赘湖心和尚之韵悼孤竹文友	新篁翁有悼孤竹老人之一偈矣，余与老人有青眼之旧者久矣，依厥韵遗哀伤云
11	夜雨口号	连日秋雨不晴，客窗素月不来，聊筑小诗之城，以遣郁怀云
12	梦见梅花	昨夜及三更，梦梅树大者枝枝交参，标格可见。未着花蕊，不知何兆。余卒缀野诗，远献北野圣君
17	晚过西湖二首	晚过西湖
18	林君后庙二首（其一）	林和靖庙（其一）
19	七十二桥　在太湖	太湖七十二桥
20	枫桥	枫桥
21	惠山寺	惠山寺
22	东坡先生祠二首	东坡先生祠堂
23	张留侯庙二首	张子房庙
24	甘露寺	甘露寺
25	金山寺	金山寺
26	猩猩洞　在金山之腰	猩猩洞
27	杨子江	渡扬子江
28	邵伯庙	邵伯庙
29	舟中值立春	舟中值立春
30	淮阴侯祠	淮阴侯祠
31	漂母祠	漂母祠
32	除夜　船中作	除夜 于北京海道舟中值除夜。
33	又用前韵	又用前韵
34	楚项庙	楚项羽庙
35	下邳授书坊	进履桥

此本为写刻本，多用异体字，字体不规范，亦不方正，讹误较多，体现在单个汉字或词语方面。笔者将该本《谦斋南渡集》的诗句与令彰本、宫书乙本、《入明记》进行比对，不同之处详见下表：

表 2.9　宫川本与令彰本、宫书乙本、《入明记》诗句比较

诗题	宫川本	令彰本	宫书乙本	《入明记》
赓宁波府竹所大人见寄吾友珠宣公之韵以同酬	愧我旅程无一物	愧我胸襟无一字	愧我胸襟无一字	愧我旅程无一物
维时七月到夜炎热酷，客睡不安，月色如画。时闻砌下蛩声，与吾邦蛩声无异，不克靡感于怀，聊作此诗	逢人道是不相逢	逢人却若不相逢	逢人道是不相逢	逢人道是不相逢
	闻似旧声唯暗蛩	我有旧声唯暗蛩	我有旧声唯暗蛩	闻似旧声唯暗蛩
谢范南冈赍酒肴来访	预恐明年忘归兴	预恐归期恼离思	预恐归期恼离思	预恐明年忘归兴
古岩大人有令子，顷丧其母，赠一偈以助其哀云	二十四年四大床	五十馀年四大床	五十馀年四大床	二十馀年四大床
	吾翁宣偈颁香后	金风体露生铁面	吾翁宣偈颁香后	吾翁宣偈颁香后
南沧老人复见寄五言诗篇，再和而遣怀云	枣龟何足恃	芋羊难辨错	芋羊难辨错	芋羊难辨错
予驻锡于宁波之府六旬余，闻柯雨窗之名不识雨窗之面。(后略)	久稔才名未遇君 何当清话解尘纷 一朝惠我以三绝 新画新书又古文	先识才名未见君 愿闻清话解尘纷 一朝赠我余三绝 赍画诗书赍古文	久识才名未遇君 何当清话解尘纷 一朝赠我以三绝 新画新诗又古文	久稔才名未遇君 何当清话解尘纷 一朝惠我以三绝 新画新诗又古文
俾馆夫王铛呈金紫光録大夫陆亶大人	君若许同志， 何曾谈利名。	君玉鞍我履， 推敲约送迎。	君若许同志， 何曾谈利名。	君若许同志， 何曾谈利名。

续表 1

诗题	宫川本	令彰本	宫书乙本	《入明记》
赵一夔先生来遇，惠以桃果，果大合吾邦三桃实，风味亦别也。先生游累刻，乞笔砚亲书闰七夕三字，需诗于余，余缀曰	若天借一只乌鹊 汝作人间再渡桥	天如借一只乌鹊 用作人间再渡桥	天如借一只乌鹊 汝作人间再渡桥	若天借一只乌鹊 汝作人间再渡桥
连日秋雨不停，客窗素月不来，聊筑小诗之城，以遣郁怀云	旅愁难忘梦难成 细数檐间积雨声 卧内无人四邻暗 多情鸡犬报天明	客愁易倍梦难成 细听檐间积雨声 缅忆吾乡水西寺 今宵色暗耶明。	客愁易倍梦难成 细数檐间积雨声 卧内无人四邻暗 多情鸡犬报天明	旅愁难忘梦难成 细数檐间积雨声 卧内无人四邻暗 多情鸡犬报天明
中秋之夕对月遣兴	秋已清时月更清 两乡千里无私照 东满大倭西大明	秋已清时月更清 两乡万里无私照 东大倭西又大明	秋已清时月更清 两乡千里无私照 东满大倭西大明	秋已清时月更清 两乡千里无私照 东满大倭西大明
四明有先生号梅崖（后略）	掩映江南野水滨	最映江南野水滨	最映江南野水滨	掩映江南野水滨
晚过西湖 （2 首）	两首诗的顺序与令彰本相反			只有《晚过西湖》（其一）
	日云暮矣兴何佳	日兹暮矣兴何佳	日兹暮矣兴何佳	日云暮矣兴何佳
	谙得雨奇晴好句	参得雨奇晴好句	参得雨奇晴好句	
林和靖庙（其一）	无童无鹤又无基 才有寒梅似旧时	无童无鹤又无碑 才有寒梅似旧时	无童无鹤又无碑 才有寒梅似旧识	
林和靖庙（其二）	第二首与令彰本、宫书乙本异			
枫桥	枫桥未断仅看踪	枫桥未断仅存踪	枫桥未断仅存踪	枫桥未断仅存踪
惠山寺	泠泠岩溜不知年	泠泠岩溜不知年	泠泠岩溜不知年	
东坡先生祠堂	死后文章千载行	身后文章千载行	身后文章千载行	
张子房庙	荣达虽荣不若闲	荣达皆忙不若闲	荣达皆忙不若闲	
甘露寺	塔耸层霄谢世纷	塔耸层霄千尺分	塔耸层霄千尺分	
	梵贝唱残深夜汐	梵呗唱残深夜汐	梵呗唱残深夜汐	
	木鱼吼裂半岩云	木鱼吼破半岩云	木鱼吼破半岩云	

续表 2

诗题	宫川本	令彰本	宫书乙本	《入明记》
金山寺	茶鼎烹泉销世味	茶鼎烹泉销午睡	茶鼎烹泉销午睡	
	蒲团坐砌杜禅关	蒲团坐劫杜禅关	蒲团坐劫杜禅关	
渡扬子江	杨子大江	扬子大江	扬子大江	
	闻曾濯足老臊胡	暗中独渡老臊胡	暗中独渡老臊胡	
邵伯庙	背	肖	肖	肖
	居民千载拜甘棠	居民千岁拜甘棠	居民千岁拜甘棠	居民千岁拜甘棠
舟中值立春	篷窗	蓬窗	篷窗	
楚项羽庙	监司休扫庙前草	臤司休扫庙前草	贤司休扫庙前草	庙前休扫无名草

注：表中《入明记》一栏空白之处表示《入明记》中没有记载该诗。

与他本相较，该本有多处诗句不同，有些诗句与其他本都不同，这些诗句产生的原因尚不清楚，其底本也无从判断。可能是编者擅自更改，已较原本甚远，也可能有其他系统的存在。但是，暂且不考虑其文献价值，在其他本中未见，在此本中所见的汉诗丰富了策彦周良汉诗的史料，在此意义上该本又具有史料价值。

二、亚细亚协会和刻本《谦斋南游集抄录》

《谦斋南游集抄录》收录于《会余录》第九集，该集初刻于 1890 年由亚细亚协会出版，后于 1977 年由开明书院再版。笔者使用的是明治二十三年由亚细亚协会出版的版本。亚细亚协会原名兴亚会，是 1880 年日本设立的亚细亚主义联合机构，目的为“日本、清国、朝鲜等东洋国家团结”，互相设置对方国家语言的学校，讲授汉学、汉语。该书序言中说明编纂《会余录》的目的：“本会余录专用汉文辑录亚细亚各国古今逸事遗闻、民情风俗及诗文杂说，随时上梓颁布，会员之外出售，公世以广见闻。”《会余录》第九集专开一期辑录策彦的作品。封面印有内容目录：《策彦和尚略传》《入明略记》《谦斋记》《同南游集抄录》《会余酬唱》。

此书线装，绿色封面，长 21 厘米，宽 13 厘米，厚 0.4 厘米，纸张为白色。无后记与落款，有句读与训点。四周双边，单黑鱼尾，白口象鼻印有书名

“会余录”，版心印有卷次与页次。《同南游集抄录》在书内的名称是“谦斋南游集抄录”，共 5 页半，每半页 10 行，每行约 20 字，字约 0.5×0.5 厘米。半页板框高 15 厘米，宽 11.5 厘米。该本共节选汉诗 23 题、26 首，大致按照策彦从日本出发出使明朝的过程编排汉诗，节选汉诗多为描写从宁波至北京沿路的历史文化遗迹与先贤祠庙，如西湖四贤堂、林和靖庙、东坡先生祠堂、邵伯庙、张子房庙、淮阴侯祠、楚项羽庙、歌风台等；淡化佛教色彩，只收录《补陀洛寺》一诗，与中国人唱和的诗也只收录 3 首，分别是柯雨窗、丰存叔、张大人。由此看来其选择标准是着意展现中国地理风情与人文风貌，更加凸显策彦作为中日交流大使的身份，以策彦为媒介，宣扬中国文化，促进中日交流。

笔者将会余本与令彰本进行对照，会余本形近字讹误及两者诗句的不同详见下表：

表 2.10　会余本与令彰本不同之处

序号	诗题	会余本	令彰本
1	洋中遣郁怀	回首西南不看山	回首西东不看山
2	补陀洛寺	只有一首 无第二首	优昙吐蕊色香浓， 四时不凋尘外丛。 众乌悉皆含佛性， 声声二十五圆通。
3	予驻锡于宁波之府六旬余，闻柯雨窗之名，不识雨窗之面。(后略)	盖唐人句法晋人揩法出一手者	盖唐人句法晋人楷法出一手者
		久识才名未见君， 愿闻清话解尘纷。 一朝赠我以三绝， 新画诗书又古文。	先识才名未见君， 愿闻清话解尘纷。 一朝赠我余三绝， 赍画诗书赍古文。
4	连日秋雨不晴，客窗素月不来，聊筑小诗之城，以遣郁怀云	客愁易倍梦难成， 细听檐间积雨声。 缅忆吾乡水西寺， 今宵月色暗邪明。	客愁易倍梦难成， 细听檐间积雨声。 缅忆吾乡水西寺， 今宵月色暗耶明。
5	中秋之夕对月遣兴	东满大倭西大明	东大倭西又大明

续表

序号	诗题	会余本	令彰本
6	丰存叔即和云	无	上人衣钵净离尘， 今日偶然迎上宾。 吐句周诗声入律， 挥毫晋法帖难论。 释而儒墨共该服， 席上珎璋不纳嫔。 归便得波涛远稳， 布帆无恙海东津。
7	于浙江驿，诣南寓外史丰存叔（后略）	才贤亲垂渭滨钩	才贤亲垂渭滨钓
		仁惠频迁合浦嫔	仁惠频迁合浦嫔
8	八月十七日之晚驻桥于浙江驿。土人云：明日十八，当县候潮之辰也。因幸之一宿于兹，翌日斋后，将日众而赴观潮塘。坡老诗："八月十八潮，壮观天下无"之句，今日熟于目者也	浙江驿	浙江驿
		将日众	将率众
9	晚过西湖	西湖	西湖
10	林和靖庙（其一）	尚有寒梅似旧时	才有寒梅似旧时
12	林和靖庙（其二）	无	千岁尤香和靖诗， 横斜疏影几抽枝。 何须别尽先生去， 花自冻吟清瘦姿。
13	邵伯庙	宲	棠
14	淮阴侯祠	淮阴侯祠	淮阴侯祠
15	和韵呈张大人执事下	题目不同 呈张大人和韵	和韵呈张大人执事下

整体而言，会余本翻刻正确率很高，与令彰本相较，有两个问题：一、个别形近字的混淆，集中在"西"与"酉""浙"与"淅""揩"与"楷""耶"与"邪""钩"与"钓""迁"与"迁""淮"与"准"等字，多一笔或相近偏

旁，一笔之差意义就南辕北辙。二、部分诗句是令彰本与宫书乙本诗句的杂糅用字，当是辑录者的一种主观选取。总而言之，会余本是参考价值很高的选本。

三、牧田谛亮翻刻本《谦斋南游集》

该本收录于牧田谛亮的《策彦入明记之研究》（上），该书于 1955 年由佛教文化研究所出版，复收录于 2016 年刊行的《牧田谛亮著作集》第五卷（临川书店）。该书是策彦遗稿的整理与辑录，该本是《谦斋南渡集》的首次全文整理翻刻，也是目前为止唯一的翻刻本，为后世的研究奠定重要基础。据此书作者后记，该本以妙智院本为底本。诗集名称取“谦斋南游集”，舍掉妙智院本第二页上的题目“谦斋南渡集”与注记“渡唐行年四十一 再渡五十二岁”及其订正“三十九岁再渡四十七岁”旁注，在诗集名称“谦斋南游集”后直接著录汉诗。

此本共 111 题、126 首汉诗，有句读，无训点，无后记，最大限度地保留妙智院本的原貌。与妙智院本不同的是：妙智 5 首被放在《洋中始见大唐之山》与《补陀洛寺》两诗之间。牧田谛亮对个别异体字未加详考导致辨识错误，比如：“羾”“翄”是“翼”的异体字，该本中作“翜”。还有个别汉字误认作异体字，如“竒”在此本中作“奇”。也有部分形近字的混用：如余与馀等。还有个别诗句的讹误。

该本前后两版都将妙智院本中的异体字换成现在常用字体，更易识读。但前后两版的刊刻略有差异，比如《和韵呈张大人执事下》一诗，初版作“交盟缱绻以诗酒酬”，再版作“交盟缱绻以诗酬”；《予的当和而遮少年之美目》一诗，初版作“古也香兮今也香”，再版作“古他香兮今也香”；《八月十七日之晚，驻桥于浙江驿，土人云：明日十八，当县候潮之辰也。因幸之一宿于兹，翌日斋后，将日众而赴观潮塘。坡老诗：“八月十八潮，壮观天下无”之句，今日熟于目者也》一诗，初版作“势风沙矣声雷霆”，再版作“势风沙兮声雷霆”。再版时产生诸多讹误，如把“余”与“馀”混用，把“扊扅”作“屐屡”。

笔者将该本与妙智院本进行比对，不同之处请见下表：

表 2.11　牧田本与妙智院本的不同

序号	诗题	牧田本	妙智院本
1	和靖读书台	书色断后泉色续	书声断后泉声续
2	补陀洛寺	四时不凋尘外丛	不逐四时不凋尘外丛
3	维时七月，到夜炎热酷，客睡不安，月色如画。时闻砌下虱声，与吾邦蛩声无异，不克靡感于怀，聊作此诗	逢人道是不相逢	逢人却若不相逢（逢人道是不相逢）
4	古岩大人有令子，顷丧其母，赠一偈以助其哀云	谁镜台成正觉场	妆镜台成正觉场
5	钱龙泉大人笔谈移时，予将出酒杯，大人再三辞之，故以吾邦宇治茶代之，座已终大人归去。黄南原继踵而来，携一少年，云此儿昔苏玉堂所亲李节推遥遥华胄也，为令慰翁旅寓，引之而至。云云。少年自袖中出诗一篇付予	乳燕出巢成矣戮	乳燕出巢成矣翼
6	予的当和而遮少年之美目	何宿业	何宿桑
		他主若在约恩先	他生若在约恩光
7	俾馆夫王铛（镗）呈金紫光禄大夫陆亶大人	王铛	王铛（镗）
8	昨夜及三更，梦梅树大者枝枝交参，标格可见。未着花蕊，不知何兆。余卒缀野诗，远献北野圣君	不待江北春色佳	不待江南春色佳
9	二号船头河上木工为三艘祈祷修忏摩一座，余副使、从僧、两居座、土官以下为请众矣。斋了施浴。新篁翁于室中作颂，余即冲口而和云	余副使、从僧、两居座、土官以下为谒众矣	余副使、从僧、两居座、土官以下为请众矣
		一洗人人客舍尘（离却人下客舍尘）	一洗人人客舍尘（离却人人脚下）
10	于浙江驿，诣南禺外史丰存叔（后略）	南禺外史	南寓外史
		扉风	屏风
		少屏出杯盘	少焉出杯盘
11	丰存叔即和云	挥毫晋法帖难论	挥毫晋帖法难论
12	晚过西湖	暗中模索	暗中摸索

续表

序号	诗题	牧田本	妙智院本
13	再渡之时，以先年遗憾白昼渡西湖，先上涌金门楼	白画渡西湖	白昼渡西湖
14	绕西湖六桥	征神	征袖
15	中天竺寺	奚黄昏	弄黄昏
16	枫桥	山塔	山笞
17	拾得井	秾绿	秾缘
18	点头石	每石竖点头云	每石竖点头云云
19	惠山寺	泠泠岩溜不知年	泠泠岩溜不知年
20	中泠泉	中泠泉	中泠泉
21	六亭	金山之绝顶	在金山之绝顶
		又山号金鳌也（初版） 又山号金鳌也（再版）	又山号金鳌也。
		栏上展开有声尽	栏上展开有声画
22	进履桥	其傍有授书坊，内有黄石公张子房像	其傍有授书坊，坊内有黄石公张子房像
		[illegible]	[illegible]
23	四月二十三日于上林苑赐宴	乡国奇哉何陋有	乡国哿哉何陋有

第三节　传承系统

一、基本情况

令彰本收录106题，121首汉诗。以令彰本为参照对象，从收诗数量与内容来看，宫书甲本、富冈本都收录104题，118首汉诗，少《千人坐石》《林和靖庙》第二首及《初渡之时于洋中赋一绝》，《漂母祠》与《淮阴侯祠》两首诗的顺序与令彰本相反。宫书乙本、静嘉堂本、国会本都收录106题，121首汉诗，最后一首由《初渡之时于洋中赋一绝》换作《和靖读书台》，令彰本的

《老子庙》诗题在这三个本中作“孝子庙”。桂窗本收录《谦斋南渡集》汉诗105题，120首，少《六亭》，《初渡之时于洋中赋一绝》一诗只有“回首西南是白云，摩睫东北近乡枌。棹夫莫倦”，后另起一行有“后句字泯”四字，当是底本有阙，抄写时特意记下此四字。妙智院本、东大本与牧田本皆收录111题，126首汉诗，增补《和韵呈张大人执事下》《和靖读书台》《副使竺裔游天童》《薛兰室先生有诗》《赐筵宴之翌日伴送官李大人作川八见寓贺忱》。宫川本与会余本都是节选本，宫川本收录50题，56首汉诗，会余本收录23题、26首。

从各本卷首题名与其下方注记来看，有五种情况：一、令彰本、宫书甲本、富冈本都卷首题“谦斋南渡集”，下并行有注记“渡唐行年四十一再渡五十二岁”；二、宫书乙本、静嘉堂本、国会本都卷首题“策彦禅师南渡集”，下并排两行小字注记：右写“初渡三十九岁”，左写“再渡四十七岁”；三、桂窗本卷首题“谦斋南渡集”，下有一行注记“渡唐行年三十九岁再渡四十七岁”；四、妙智院本与东大本都是第二页题“谦斋南渡集”，题下有一行小注“渡唐行年四十一再渡五十二岁”，右加纸订正“三十九岁再渡四十七岁”；五、会余录题“谦斋南游集抄录”，无下方注记。宫川本题“南游稿”，无注记。牧田本题“谦斋南游集”，无注记。

从外题来看，妙智院本、东大本、牧田本、会余本作“谦斋南游集”，宫川本作“南游稿”，其余各本皆作“南渡集”。

从有无落款来看，只有宫书乙本、静嘉堂本、国会本卷末都有落款“天龙仲长老寄赠前后二本”，其余各本皆无。

关于富冈本，牧田谛亮曾判断：“该本当是以妙智院所藏《谦斋南游集》为底本的抄本，有数首汉诗的脱落。——笔者译”① 在诗集收录汉诗的数量、内容与诗句异文等方面，笔者仔细比对后发现，富冈本与宫书甲本在这三方面高度一致。在诗句异文方面，富冈本、宫书甲本皆与令彰本一致。

以上来看，《谦斋南渡集》的各本可大致分为五个系统：一、令彰本、宫书甲本、富冈本；二、宫书乙本、静嘉堂本、国会本；三、妙智院本、东大本、牧田本、会余本；四、桂窗本；五、宫川本。

---

① 牧田諦亮．策彦入明記の研究（下）［M］．京都：法蔵館，1959：155．日文原文：「もとより妙智院蔵の「謙斎南遊集」にもとずくものであるが、数首の脱落も見出される。」

二、字句讹误

《谦斋南渡集》的各系统间有怎样的传承关系？每个系统内的各本间是否有传承关系？具体以何种形式传承？都需要一一弄明白。

首先是令彰本、富冈本、宫书甲本，三者在诗句方面高度一致。其中富冈本与宫书甲本在形近字讹误与阙文、字句方面略同，祖本盖同。两个本子间阙文的不同之处详见下表：

表 2.12 富冈本与宫书甲本阙文比较

序号	诗题	富冈本	宫书甲本
1	补陀洛寺	何攸是匪大悲洲	何攸是匪大悲□
2	游月湖之次，诣会泉大人，谢昨日袖诗来，辄和前韵以二篇	欲纟佳篇愧客程	欲续佳篇愧客程
3	南沧老人向赐同韵诗二章，宛如锦上花束，而附韵尾者一绝。余日夜侍天诏之降，故末句及之，以投几右云	同韵诗二章（章）	同韵诗二□
4	予驻锡于宁波之府六旬余，闻柯雨窗之名不识雨窗之面。(后略)	春惠	眷惠
5	连日秋雨不停，客窗素月不来，聊筑小诗之城，以遣郁怀云	聊筑小诗之城遣郁怀	聊筑小诗之城遣郁怀
6	镜清寺	求交友之	求交友也
7	东坡先生祠堂	身后文章千载行	身后文章千岁行
8	玉河馆	河水流而入禁中之凤凰池	河水流而入禁中之几几池
9	四月二十三日于上林苑赐宴	□□天恩与海深	今日天恩与海深

上表来看，富冈本与宫书甲本互不为底本。因宫书甲本有富冈本阙文（2、9），富冈本有宫书甲本阙文（1、3、8）。两者还有诗句的不同（7），那么两本属同一系统，相同的阙文与讹误是承讹袭谬，其余不同是由于抄写底本与抄写者的不同，产生出新的讹误与阙文。

宫书甲本与富冈本皆不是直接以令彰本为底本抄写。比如《连日秋雨不晴，客窗素月不来，聊筑小诗之城以遣郁怀云》一诗，令彰本有句“缅忆吾乡水西寺”，宫书甲本、富冈本皆作“缅忆吾乡水雨寺”。又如《到净慈寺上宗镜阁》一诗，令彰本有句“今年今日识永明旨，宗镜百函湖水中”，宫书甲本中间两字因污渍辨析不清，作“今年今日识永明□□镜百卷乎湖水中”，富冈本作“今年今日识永明旨宗镜百卷乎湖水中”，从富冈本判断，宫书甲本中间两字应也是“旨宗”。由此来看，宫书甲本与富冈本应是以令彰本的某个抄本为底本抄写。

其次，宫书乙本、静嘉堂本与国会本。国会本卷末落款笔迹与宫书乙本如出一辙，但从字面来看，宫书乙本作图 2.34，此本作图 2.35，此本字面较弱，由此可断定国会本是宫书乙本的影写本。

图 2.34　宫书乙本落款笔迹

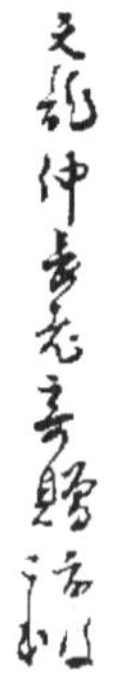

图 2.35　国会本落款笔迹

静嘉堂本有两处虫蛀的摹写也值得关注，一处是图 2.36，宫书乙本作图 2.37，国会本作图 2.38，此处来看，国会本更加接近宫书乙本。另一处为图 2.39，宫书乙本作图 2.40，国会本作图 2.41，由此可见静嘉堂本抄写的底本应是宫书乙本，抄写年代晚于国会本。从静嘉堂本无虫蛀现象判断，此本抄写年代相对较近。

图 2.36　静嘉堂本虫蛀摹写一

图 2.37　宫书乙本虫蛀摹写一

图 2.38　国会本虫蛀摹写一

图 2.39　静嘉堂本虫蛀摹写二

图 2.40　宫书乙本虫蛀摹写二

图 2.41　国会本虫蛀摹写二

再次，关于桂窗本。桂窗本最大的特色是《楚项羽庙》一诗，该本诗句与《入明记》一致，作“庙前休扫无名草”，令彰本、妙智院本与东大本为残字，作“臤司休扫庙前草”，牧田本补“庙”字，作“庙司休扫庙前草”，会余本认作“卧司休扫庙前草”，宫川本作“监司休扫庙前草”，宫书甲本与富冈本作“□司休扫庙前草”，宫书乙本、静嘉堂本、国会本补作“贤司休扫庙前草”。由此判断，桂窗本当是参照了《入明记》。该本其余多数诗句与令彰本一致，个别诗句参照宫书乙本、静嘉堂本、国会本系统，如《梅崖云冠大人手亲写墨竹一两茎（后略）》一诗，桂窗本中“画图诗句一般清”一句，令彰本作“画图诗句备员清”，宫书乙本、静嘉堂本、国会本作“画图诗句一般清”，《入明记》作“添诗添画一般清”。

最后，关于会余本。会余本与东大本有两处地方高度一致，一首是《楚项羽庙》，东大本为残字“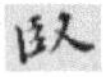”，会余本作“卧”，当是对东大本残字的猜测。另一首是《淮阴侯祠》，会余本将“淮阴侯”误作“淮阴侯”，其余本子中只有东大本也有此讹误。另有《林和靖庙》（其一）一诗，诸本中只有妙智院本、东大本作“才（尚）有寒梅似旧时”，该本作“尚有寒梅似旧时”。这当不是偶然，由此判断该本当是以东大本为底本进行了选择刊刻。

三、传承关系

宫川本与其他各本相异较大而自成一派，其余各本名称与内容大体相近。这 12 种本子以五个系统流传于世，笔者暂且将其命名为：①令彰本系统，属此系统有令彰本、宫书甲本、富冈本等；②宫书乙本系统，属此系统有宫书乙本、静嘉堂本、国会本等；③妙智院本系统，属此系统有妙智院本、东大本、会余本、牧田本等；④桂窗本系统，此系统现只发现此一种；⑤宫川本系统，此系统现只发现宫川本。

总而言之，该诗集早期以令彰本系统流传，宫书甲本与富冈本同属令彰本系统，但有各自的底本，其底本分别是令彰本系统中某个传本。相较令彰本，宫书乙本有多处异文诗句，形成全新的流传系统。后世抄本皆在令彰本与宫书乙本的基础上形成。令彰本出自妙智院四世，宫书乙本出自妙智院七世。宫书乙本与令彰本不同的诗句几乎与《入明记》一致，由此可见，可能中山玄中依据《入明记》对令彰本进行了校对与修改。

宫书乙本出自妙智院七世中山玄中，国会本是以宫书乙本为底本的影写本，静嘉堂本是以宫书乙本为底本的抄本。在《谦斋南渡集》流传过程中，后人在令彰本基础上添加宫书乙本等异文，又陆续增补 5 首汉诗，形成现在的妙智院本，东大本是以妙智院本为底本的誊写本，会余本又以东大本为底本进行选择刊刻，牧田本是以妙智院本为底本的刊印本。桂窗本主要吸收令彰本系统，并参照宫书乙本系统、《入明记》等史料。宫川本是宫川道达所编，参照了《入明记》，添加了其他本子未收录的汉诗，丰富补充了策彦汉诗的内容。宫川本中不见于其他本的诗句，当是编者手订修改或另有其他系统的存在。

《谦斋南渡集》各本的传承关系如下图：

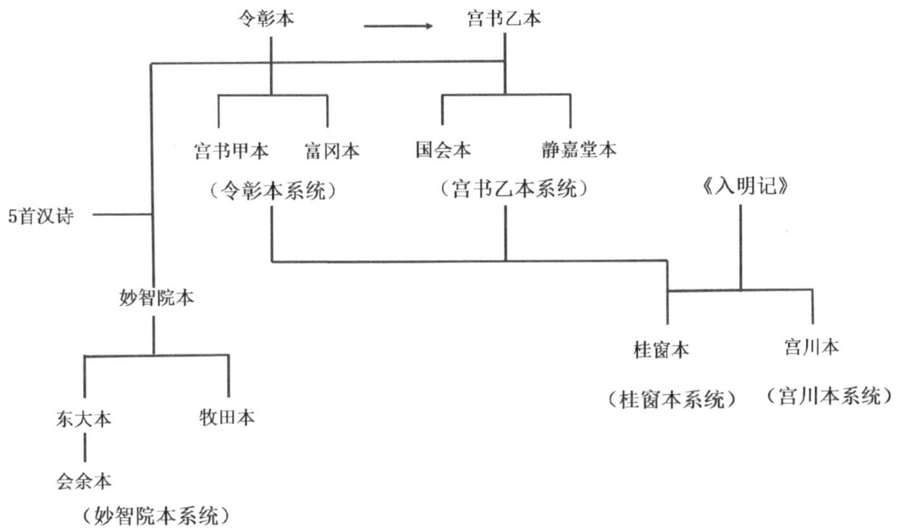

图 2.42　《谦斋南渡集》各本传承关系

从收诗数量而言，妙智院本系统最多，令彰本系统、宫书乙本系统与桂窗本系统其次，宫川本系统再次之。从与《入明记》的语句差别而言，宫川本系统与《入明记》诗句一致度最高，宫书乙本系统、妙智院本系统其次，桂窗本系统再次之，令彰本系统与《入明记》的差异最大。但是，令彰本成书时间最早，最接近《谦斋南渡集》原貌，因此在重新刊刻《谦斋南渡集》时，应以令彰本为底本，通校妙智院本、宫书乙本、桂窗本、宫川本、《入明记》，尽量体现《谦斋南渡集》的本来面目及其在流传过程中的变化。

四、广泛传承的原因

现阶段虽只发现 12 种本子，分属 5 个系统，时间由室町时期延续到昭和时期。纵观各本形成大致时间，可以看出后人在传抄刊刻与重新编纂上表现出极大的热情，呈现两个时段高峰。第一个高峰，是江户时代新井白石辅佐德川家宣与德川家继时，出于处理对朝事务的需要，参阅策彦的诗文集。第二个高峰，是明治时期兴亚会活动期间。

1880 年，日本兴亚会成立，打着联合中日韩，振兴东亚的口号，妄图实现日本在东亚的统治与扩张，由此开办汉语学校，培养汉语人才，以便向中国派遣搜集情报的“通讯员”。《会余录》是兴亚会的官方刊物，集中反映兴亚会的会旨，主要着眼于亚洲国际关系史料，正如其序言所述：“本会余录专用汉文辑录亚细亚各国古今逸事遗闻、民情风俗及诗文杂说，随时上梓颁布，会员之外出售，公世以广见闻。”兴亚会在当时的日本社会影响巨大，其成员包括皇亲贵族、现退役军人、社会财阀等。

宫岛诚一郎是该组织的主要创始人之一，1882 年，宫岛在宫内厅书陵部细读批点宫书甲本。1887 年，东京大学史料编纂所誊抄妙智院所藏策彦周良的诗文集。1890 年，兴亚会以东大本为底本节选刊刻。由此看来，此诗集已成为兴亚会成员阅读书籍之一。

据笔者调查，静嘉堂文库、宫内厅书陵部、旧三井鹗轩文库都保存有《策彦禅师南渡集》与《策彦入唐杂录》。旧三井鹗轩文库因战乱等原因，该两本现去向不明。静嘉堂文库和宫内厅书陵部还保留有此两本。笔者仔细比对，发现两者内容完全一致，都有“君美补入”四字。旧三井鹗轩文库本是土肥鹗轩的旧藏，因其夫人出自三井财阀家族，在其离逝后，其部分藏书被转入三井文库，也就是旧三井鹗轩文库。土肥鹗轩是东京大学教授，三井财阀家族也有成员加入兴亚会，静嘉堂文库创始人岩崎弥之助（1851—1908）也是兴亚会成员。联系牧田谛亮调查静嘉堂本所知，静嘉堂本是静嘉堂文库创设之初，岩崎弥之助下令抄写而成。由此推测，静嘉堂本与国会本是兴亚会成员以宫内厅书陵部所藏天龙寺仲长老赠给新井白石的两本为底本配套抄写的。富冈铁斋作为上流阶层知识分子，应该知道兴亚会，从其活动时间来看，富冈本想必受此影响。

综上所述，该诗集广泛流传，一方面其文学价值较高，被历代日本著名汉学家收藏阅读或编录，常用作汉诗创作学习材料；另一方面其题材与内容特殊，具体反映了当时中国风土人情，在东亚文化交流中独占一隅。因此，梳理考究《谦斋南渡集》的流传情况，在重新校对刊刻、探究其历史作用、研究东亚文化交流等方面，具有重要的现实意义与学术价值。

第四节　《翰林五凤集》全集选录

《翰林五凤集》是在后水尾天皇的敕令下由南禅寺以心崇传编纂而成，凡六十四卷，成书于1623年（明天启三年，日本元和九年），由各个寺院抄录完成，收录镰仓时代至江户初期五山禅僧的诗偈，分春、试笔、夏、秋等27部类，是唯一一部五山汉文学敕撰诗集。现唯一翻刻版为《大日本佛教全书》本，笔者使用的版本是大法轮阁2007年版的《大日本佛教全书》。据日本朝仓和研究，《翰林五凤集》的收集来源与收集态度尚不明确，其中收录汉诗数量较多的禅僧依次是月舟寿桂、天隐龙泽、策彦周良、希世灵彦等。[①] 其中收录策彦周良汉诗768首，可见策彦周良在五山汉文学史上的重要地位。《翰林五凤集》收录的策彦周良汉诗中部分也见于《谦斋南渡集》，凡92题，106首，散见在各个部类中，具体情况见下表：

表2.13　《翰林五凤集》收录《谦斋南渡集》汉诗的分布

序号	《谦斋南渡集》诗题	《翰林五凤集》卷数	序号	《谦斋南渡集》诗题	《翰林五凤集》卷数
1	奉敕见花萼楼牡丹	卷8	47	上净慈寺宗镜阁	卷37
2	赵一夔先生来遇，惠以桃果（后略）	卷17	48	会同馆	卷37
3	维时七月（后略）	卷17	49	玉河馆	卷37
4	中秋之夕对月遣兴	卷18	50	六亭	卷37
5	除夜（2首）	卷23	51	歌风台	卷37
6	驻锡于宁波府（后略）	卷24	52	妙高台	卷37
7	愚访戴子望（后略）	卷24	53	雁塔	卷37
8	钱龙泉大人（后略）	卷25	54	九层铁塔	卷37
9	俾馆夫王铛呈金紫光禄大夫陆亶大人	卷25	55	猩猩洞	卷38

① 详见朝倉和.「『翰林五鳳集』の基礎的研究」研究成果報告書［R］. 2019.

续表 1

序号	《谦斋南渡集》诗题	《翰林五凤集》卷数	序号	《谦斋南渡集》诗题	《翰林五凤集》卷数
10	张东津大人未面（后略）	卷 25	56	十里松（2 首）	卷 40
11	新篁翁有悼孤竹老人之一偈矣，余与老人有青眼之旧者久矣，依厥韵遣哀伤云。	卷 26	57	全仲山弟季山以书招余，余赴于彼（后略）	卷 40
12	赓宁波府竹所大人见寄吾友珠宣公之韵以同酬	卷 27	58	桃花口	卷 40
13	南沧老人向赐同韵诗二章。（后略）	卷 27	59	谢范南冈赍酒肴来访	卷 42
14	镜清寺	卷 28	60	寒山寺	卷 52
15	于浙江驿，诣南寓外史丰存叔（后略）	卷 28	61	再渡之时复上金山寺	卷 52
16	丰存叔即和云	卷 28	62	金山寺	卷 52
20	梅崖云冠大人手亲写墨竹一两茎添有声画，以赠焉。其画取“英明清”三字为轴子，实时和章而谢之	卷 30	66	同上飞来峰	卷 52
21	再渡唐参内献野诗	卷 30	67	中天竺寺	卷 52
22	赐御和	卷 30	68	鹤林寺	卷 52
23	南沧老人复见寄五言诗篇，再和而遣怀云	卷 31	69	虎丘寺	卷 52
24	古岩大人有令子，顷丧其妻，赠一偈以助其哀云	卷 34	70	枫桥	卷 52
25	点头石	卷 35	71	补陀洛寺	卷 52
26	千人坐石	卷 35	72	保叔寺	卷 52
27	入燕京参内	卷 35	73	同寺有八角塔婆	卷 52

续表 2

序号	《谦斋南渡集》诗题	《翰林五凤集》卷数	序号	《谦斋南渡集》诗题	《翰林五凤集》卷数
28	四月二十三日上林苑赐宴（6 首）	卷 35	74	昨夜及三更，梦梅树大者枝枝交参，标格可见，未着花萼，不知何兆。余卒缀野诗远献北野圣君	卷 55
29	上林苑会拙作，翌日达明聪，龙颜改观而赐御和	卷 35	75	二号船船头河上木工为三艘祈祷（后略）	卷 57
30	长安驿	卷 35	76	邵伯庙	卷 58
31	剑池	卷 36	77	齐桓公庙	卷 58
32	佛足泉	卷 36	78	老子庙	卷 58
33	中泠泉	卷 36	79	吴子胥庙	卷 58
34	瑠璃井	卷 36	80	王祥孝河	卷 58
35	拾得井	卷 36	81	张子房庙（2 首）	卷 59
36	寒山井	卷 36	82	淮阴祠	卷 59
37	绕西湖六桥（2 首）	卷 36	83	漂母庙	卷 59
38	进履桥	卷 36	84	宋太祖庙	卷 61
39	太湖七十二桥	卷 36	85	东坡书院	卷 61
40	初渡洋中赋一绝	卷 36	86	东坡先生祠堂（2 首）	卷 61
41	西湖（2 首）	卷 36	87	林和靖庙（2 首）	卷 61
42	渡扬子江	卷 36	88	连日秋雨不晴，客窗素月不来，聊筑小诗之城以遣郁怀云	卷 64
43	曲江	卷 36	89	洋中遣郁怀	卷 64
44	八月十七日之晚，驻轿于浙江驿（后略）	卷 36	90	洋中始见大唐之山	卷 64
45	日近皇都堂	卷 37	91	四明有先生号梅崖（后略）（2 首）	卷 64
46	西湖四贤堂	卷 37	92	夜来乡志曲折，耿不安枕（后略）	卷 64

《翰林五凤集》中未收录的《谦斋南渡集》汉诗（包括增补）共20首，内容如下：

表2.14 《翰林五凤集》未收录的《谦斋南渡集》汉诗

序号	题目
1	和韵呈张大人执事下（增补）
2	和靖读书台（增补）
3	副使竺裔游天童，于密庵塔有偈，次其芳韵。（增补）
4	薛兰室先生有诗，即次其韵。（增补）
5	赐宴筵之翌日，伴送官李大人作川八见寓贺忱，聊赘其韵以奉谢圣恩万乙云。（增补）
6	鹿岛文殊堂
7	二号船孤竹老人寄一绝，聊次厥韵
8	补陀洛寺（其二）
9	再渡之时，以先年遗憾，白昼渡西湖。
10	上孤山
11	太白楼（2首）
12	惠山寺
13	甘露寺
14	舟中值立春
15	楚项羽庙
16	汉高祖遗像
17	皇帝赐御诗
18	应制和御诗
19	再渡之时，归宁波府，谢南寓外史丰解元制予《谦斋记》文

注：其中2、3、4、15号汉诗也记载于《初渡集》。

《翰林五凤集》成书于1623年，三章令彰于1615年升任天龙寺住持。而且，《翰林五凤集》与《谦斋南渡集》重合的诗作，在《谦斋南渡集》的各系统间差异较大的诗句上，几乎与令彰本一致。《翰林五凤集》由各大寺院抄录完成，由此推测，《翰林五凤集》中收录的策彦汉诗很大可能由三章令彰抄录提供。因此从《翰林五凤集》可以管窥《谦斋南渡集》早期流传情况。

《翰林五凤集》中有两首《谦斋南渡集》诗作与其他本诗句都不同，一首是《九层铁塔》，《翰林五凤集》作“天匠运云斤铁工”，令彰本作“天匠运云斤铁塔工”，宫书乙本作“天运云斤铁塔工”。另一首是《到净慈寺上宗镜阁》，《翰林五凤集》作“今年今日永明日”，令彰本作“今年今日识永明旨”，宫书乙本作“如今始识永明旨”，妙智院本作“今年今（始）日识永明旨”。

《翰林五凤集》与令彰本的不同（详见本章附表 2.17）主要表现在以下方面：一、部分汉诗舍弃诗题题注；二、形近字的讹误，如“金”与“全”“杨”与“扬”“工”与“土”“佳”与“焦”“井”与“并”等；三、漏字少句。

第五节　《邻交征书》零星收录

《邻交征书》是日本江户时期伊藤松编选的一部重要中日关系史料集，收录中日两国人所撰中日外交史料与诗文，其中收录遣明使策彦有关汉诗 22 首，文章 7 篇，具体情况见下表：

表 2.15　《邻交征书》① 收录策彦周良相关诗文

卷数	文	诗
初篇卷之二　诗文部		《醉次朝使谦斋公赏牡丹诗韵》
二篇卷之一　诗文部	《谦斋记》（丰存叔）	
	《怡斋策彦禅师像讃并序》（柯雨窗）	

① 本书所用《邻交征书》为［日］伊藤松辑；王宝平，郭万平等编．邻交征书［M］．上海：上海辞书出版社，2007．

续表

卷数	文	诗
二篇卷之二　诗文部		《送日本使策彦（世宗）》
		《和周良韵》
		《于上林苑寄策彦》（朱佑）
		《又（李恒）》
		《又（程询）》
		《又（韩纻）》
		《又（杨骞）》
		《和策彦韵（世宗）》
		《赠送临川策彦叟正使周老大人归国诗（赵月川）》
	《赠专使谦斋老禅师归日域图序》（叶寅斋）	
三篇卷之一　诗文部	《城西联句序》（丰存叔）	
三篇卷之二　诗文部	《赠怡斋禅师衣锦荣归序》（黄允中）	
		《赠怡斋禅师衣锦荣归诗》① 魏一卿莲湖 赵德馨月川 何用中峰山 汪汝器松庵 王凤鸣西塘 高汉臣竹村 朱世美葵塘 金大卿雪江 杨济民尹野 柯雨窗南隐
	《赠怡斋禅师衣锦荣归赋》	
三篇卷之二　诗文部		《寄怡斋老师》（李少年）
		《和策彦上人韵》（丰存叔）
	《赠日本使释周良等越还国有序》（林懋和）	

① 按，该组诗题目为笔者自拟，此10首诗附在《赠怡斋禅师衣锦荣归序》后。

其中也见于《谦斋南渡集》的汉诗有10首，分别是《送日本使策彦（世宗）》《和周良韵》《于上林苑寄策彦》五首（作者分别是朱佑、李恒、程询、韩纻、杨骞），《和策彦韵（世宗）》《寄怡斋老师》（李少年）、《和策彦上人韵》（丰存叔）。与令彰本相较，有以下相异之处：

表2.16　《邻交征书》与令彰本《谦斋南渡集》汉诗的不同

《邻交征书》卷数	《邻交征书》诗题	《邻交征书》内容	令彰本诗题	令彰本内容
二篇卷之二 诗文部·明	和周良韵	熟路津中船戕轻	再渡唐参内献野诗	熟路洋中船翼轻
二篇卷之二 诗文部·明	又 韩　纻大监	言语吹香日不弹	四月二十三日于上林苑赐宴	言语吹香日不殚
二篇卷之二 诗文部·明	世宗	策彦云："上林苑会拙作，达御览，翌日赐和诗。" 〇《策彦入明记》①	上林苑会拙作翌日达明聪，龙颜改观而赐御和	
三篇卷之二 诗文部·明	黄南原来，携一少年云："此儿昔苏玉堂所亲，李节推遥遥华胄也，为令慰翁旅寓，引之而至。"少年自袖中出诗一篇付予，予的当和而遮少年之美目		钱龙泉大人来问，笔谈移时，予将出酒杯，大人再三辞之，故以吾邦宇治茶代之，座已终大人归去。黄南原继踵而来，携一少年云："此儿昔苏玉堂所亲李节推遥遥华胄也，为令慰翁旅寓，引之而至。"云云，少年自袖中出诗一篇付予	

除表中所列，《邻交征书》中《寄怡斋禅师》与《和策彦上人韵》的诗注中将诗集名称作"谦斋南渡集"。诗句讹误方面，"言语吹香日不弹"一句，富冈本与《翰林五凤集》皆有此讹误；"熟路津中船戕轻"一句，《翰林五凤集》

① 按，"策彦云：'上林苑会拙作，达御览，翌日赐和诗。'"出自《谦斋南渡集》，而非《策彦入明记》，经笔者仔细查阅，策彦周良入明日记《初渡集》《再渡集》中无此相关记录。

作“熟路津中船翼轻”。《翰林五凤集》中未收录《皇帝赐御诗》。笔者目前仅发现《谦斋南渡集》全部收录《邻交征书》中这10首汉诗。由此可见，《邻交征书》使用的《谦斋南渡集》底本应是令彰本系统中的某传本。

总而言之，《谦斋南渡集》编者、编纂时间有待进一步考证。《谦斋南渡集》是策彦出使中国的代表诗集，目前，唯一全文翻刻本的牧田本，个别诗句因形近字混淆导致讹误，牧田谛亮看到妙智院本诗题注记载多有错误，但未在翻刻本中呈现校勘。因此，牧田本不够真实、全面地反映《谦斋南渡集》原貌，因此有必要在二十一世纪，吸收最新的研究成果，系统整理《谦斋南渡集》各传本的基础上，重新翻刻该诗集，并对其中记载有误之处进行严密考订，对诗句进行细致校勘。

本章附表一

表 2.17　《翰林五凤集》与令彰本的不同

序号	诗题	《翰林五凤集》	令彰本
1	予驻锡宁波六旬余，闻柯雨窗之名不识雨窗之面（后略）	斋画诗书斋古文	赍画诗书赍古文
2	愚访戴子望秀才（后略）	豪忠道事	豪忠通事
		金仲山	全仲山
3	钱龙泉大人来问，笔谈移时（后略）	萧志来观上国光	秉志来观上国光
		乳燕出巢成矣翼， 一宵愿染袖衣香	乳燕出巢成矣羾， 一宵愿染衲衣香
4	俾馆夫王轮呈金紫光禄大夫陆亶大人	王轮	王铛
		李园方外友	李圆方外友
		君王鞍我屦， 推敲约送迎	君玉鞍我履， 推敲约送迎
5	张东津大人未面先有书简之赍，作诗以谢之	来见清容先识心	未见清容先识心
6	赓宁波府竹所大人见寄吾友珠宣公之韵以同酬	知君早岁□三余， 冰霜操志可消夏	知君早岁惜三余， 冰霜志操可消夏
7	南沧老人向赐同韵诗二章，宛如锦上花束，而附韵尾者一绝。余日夜侍天诏之降，故末句及之，以投几右云	故末句之以投几右云	故末句及之
8	境清寺	镜清寺有诗文之僧，人所识也	寺有诗文之僧，人所识也 越彻杭标是此人
		越彻抗标是此人	
9	予约当和而遮少年之美目	约	的
		第（节亻）推孙菊月中桂	节推孙叶月中桂
10	游月湖之次诣会泉大人，谢昨日袖诗来，辄和前韵以二篇	景白月湖晴后清	景自月湖晴后清
		再游春日讶君处	再游眷々访君处
11	梅崖云冠大人手亲写墨竹一两茎，添有声画以赠焉。其画取“英明清”三字为轴子，即时和章而谢之	其画取宋明清三为轴子	取英明清三字为轴子
		欣有郑庆三绝在	犹有郑虔三绝在

续表 1

序号	诗题	《翰林五凤集》	令彰本
12	再渡唐参内献野诗	熟路津中船翼轻	熟路洋中船翼轻
		禁驰再浴恩波水	禁池再浴恩波水
13	南沧老人复见寄五言诗篇，再和而遣怀云	吾言诗篇	五言诗篇
14	四月二十三日于上林苑赐宴	归使乡榆画锦荣	归使乡榆画锦荣
		言语吹香日不弹	言语吹香日不弹
15	中泠泉	扬天下第一泉	揭天下第一泉
16	瑠璃井	出山四皓耸其肩	出山四皓耸其眉
17	寒山井	无诗题注	寺僧云：山中及旱则动无水，寒拾穿二井而为遗物。云云
18	进履桥	无诗题注	在下邳驿之城里，其傍有授书坊，坊内有黄石公张子房像
		更使圯桥高于云	更使圯桥高似云
19	太湖七十二桥	无诗题注	一一溢目画桥也，在苏州松陵驿
20	渡扬子江	渡杨子江	渡扬子江
		杨子大江天下无	扬子大江天下无
21	曲江	景客骚人费万笺	墨客骚人费万笺
22	八月十七日之晚，驻桥于浙江驿。土人云：明日十八，当县候潮之辰也。因幸之一宿于兹，翌日斋后，将日众而赴观潮塘。坡老诗："八月十八潮，壮观天下无"之句，今日熟于目者也	翌日斋后将同众	翌日斋后将日众
		今日熟于者也	今日熟于目者也
23	日近皇都堂	无诗题注	在潞河驿，堂内上面颜"日近皇都"四大字，自此驾车入北京

续表 2

序号	诗题	《翰林五凤集》	令彰本
24	到净慈寺上宗镜阁	无诗题注	阁上有永明寿禅师语录十卷，宗镜录百卷矣
		清净慈门高耸空	清净慈门（总门之额也）高耸空
		今年今日永明日	今年今日识永明旨
25	会同馆	无诗题注	在北京顺天府之中馆也，万邦正贡聚于兹
26	玉河馆	无诗题注	在北京顺天府，河水流而入禁中之凤凰池，故有巡河官人，而不流污秽之物矣
27	六亭	无诗题注	在金山之绝顶，曰江山一览、曰烟雨奇观、曰观澜、曰留云、曰吞海、曰回澜，又山号金鳌也
28	雁塔	无诗题注	在曲江院
		雁变浮图脱卯生	雁变浮图脱卵生
		进士遮几儒释并	进士庶几儒释并
29	九层铁塔	天匠运云斤铁工	天匠运云斤铁塔工
30	十里松	无诗题注	在北冈峰之下，东坡在杭州之时多出游于此间
		苍松夹路见初奇	夹路苍松见始奇
31	全仲山弟季山以书招余（后略）	诗题略	
32	桃花口	桃花洞	桃花口
		节去也停行客难	节去也停行客鞍
33	谢范南冈赍酒肴来访	谢范南冈斋酒肴来访	谢范南冈赍酒肴来访

续表 3

序号	诗题	《翰林五凤集》	令彰本
34	寒山寺	殿之上面安寒山拾得二像，像形与画图无异。云云	殿之上面安寒山拾得二像，像形与图画无异矣
		古佛堂中空色并	古佛堂中空色并
		寒山拾得□如生	寒山拾得貌如生
35	金山寺	大徹微圆愇禅（语亻）师	大彻圆悟禅师书焉
		稛载钟□树影还	稛载钟声树影还
36	焦山寺	昔日佳光有遗韵	昔日焦光有遗韵
37	同上飞来峰	安释迦像	安释迦坐像
		大藏五千盈耳开	大藏五千盈耳哉
38	中天竺寺	有一山兼上天竺下天竺	有一山门，兼上天竺下天竺
39	鹤林寺	七七鹃花来谒见	七七鹃花来偶见
40	保叔寺	善道（导亻）开山一境彰	善导开山一境彰
41	昨夜及三更，梦梅树大者，枝枝交参标格可见。未着花蕊，不知何兆。余卒缀野诗，远献北野圣君	吾胸别有金梅在	吾胸别有全梅在
42	二号船船头河上木工为三艘祈祷修忏摩一座（后略）	工官	土官
43	齐桓公庙	在临济县水马驿	在源齐县水马驿
44	老子庙	无诗题注	在鱼侪县乾宁驿，庙门揭“三清殿”三字
45	题吴子胥庙	香火是晨灯火宵	香火是晨灯火霄
		忠臣岂□君移怒	忠臣岂扵于君移怒

注：按照《翰林五凤集》中汉诗的编排顺序。

本章附表二

表 2.18 各系统间诗句的主要不同

诗题	令彰本	宫书甲本	富冈本	翰林五凤集	宫书乙本	国会本	静嘉堂本	妙智院本	东大本	牧田本	会余录	桂窗本	宫川本	《入明记》①
补陀洛寺	逐四时不凋尘外从	逐四时不凋尘外从	逐四时不凋尘外从		不逐四时尘外从	不逐四时尘外从	不逐四时尘外从	不逐四时不凋尘外从	不逐四时不凋尘外从	四时不凋尘外从		不分(旁注)逐四时不凋尘外从		
赓宁波府竹所大人见寄吾友珠宜公之韵以同酬	愧我胸襟无一字	愧我胸襟无一字	愧我胸襟无一字	愧我胸襟无一字	愧我胸襟无一字	愧我胸襟无一字	愧我胸襟无一字	愧我胸襟无一字	愧我胸襟无一字	愧我胸襟无一字		愧我胸襟无一字	愧我旅程无一物	愧我旅程无一物
维时七月,到夜炎热酷,客睡不安,月色如昼。时闻砌下蛩声,与吾邦蛩声无异,不克靡感于怀,聊作此诗	逢人却若不相逢	逢人却若不相逢	逢人却若不相逢	逢人却若不相逢	逢人道是不相逢	逢人道是不相逢	逢人道是不相逢	逢人却若(道是)不相逢	逢人却若(道是)不相逢	逢人道是不相逢		逢人却若不相逢	逢人道是不相逢	逢人道是不相逢
	我有旧声唯暗蛩	我有旧声唯暗蛩	我有旧声唯暗蛩	我有旧声唯暗蛩	我有旧声唯暗蛩	我有旧声唯暗蛩	我有旧声唯暗蛩	我有旧声唯暗蛩	我有旧声唯暗蛩	我有旧声唯暗蛩		我有旧声唯暗蛩	闻似旧声唯暗蛩	闻似旧声唯暗蛩

① 依据策彦周良.『妙智院所藏史料』(第 11—12 册)[Z],東京:東京大学史料編纂所,2007.

续表 1

诗题	令彰本	宫书甲本	富冈本	翰林五凤集	宫书乙本	国会本	静嘉堂本	妙智院本	东大本	牧田本	会余录	桂窗本	宫川本	《入明记》
谢范南冈赍酒肴来访	预恐归期恼离思	预恐归期恼离思	预恐归期恼离思	预恐归期恼离思	预恐归期恼离思	预恐归期恼离思	预恐归期恼离思	预恐归期恼离思	预恐归期恼离思	预恐归期恼离思		预恐归期恼离思	预恐明年忘归兴	预恐明年忘归兴
古岩大人有令子，顷丧其妻，赠一偈以助其哀云	五十余年四大床	五十余年四大床	五十余年四大床	五十余年四大床	五十余年四大床	五十余年四大床	五十余年四大床	五十余年四大床	五十余年四大床	五十余年四大床		五十余年四大床	二十四年四大床	二十余年四大床
	金风体露生铁面	金风体露生铁面	金风体露生铁面	金风体露生铁面	吾翁宣偈颁香后	吾翁宣偈颁香后	吾翁宣偈颁香后	金风体露生铁面（吾翁宣偈颁香后）	金风体露生铁面（吾翁宣偈颁香后）	金风体露生铁面（吾翁宣偈颁香后）		金风体露生铁面	吾翁宣偈颁香后	吾翁宣偈颁香后
南沧老人复见寄五言诗篇，再和而遣怀云	芋羊难辨错	芋羊难辨错	芋羊难辨错	芋羊难辨错	芋羊难辨错	芋羊难辨错	芋羊难辨错	芋羊难辨错	芋羊难辨错	芋羊难辨错		芋羊难辨错	枣龟何足恃	芋羊难辨误（错）

续表 2

诗题	令彰本	宫书甲本	富冈本	翰林五凤集	宫书乙本	国会本	静嘉堂本	妙智院本	东大本	牧田本	会余录	桂窗本	宫川本	《入明记》
张东津大人未面，先有书简之赉，作诗以谢之	书中下鮹胜明箴	书中下鮹胜明箴	书中下鮹胜明箴	书中下鮹胜明箴	昨来慰寂寄嘉音	昨来慰寂寄嘉音	昨来慰寂寄嘉音	书中下鮹胜明箴（昨来慰寂寄嘉音）	书中下鮹胜明箴（昨来慰寂寄嘉音）	书中下鮹胜明箴（昨来慰寂寄嘉音）		书中下鮹胜明箴		昨来慰寂寄嘉音
	寸刻唯应直万金	寸刻唯应直万金	寸刻唯应直万金	寸刻唯应直万金	一诺唯应直万金	一诺唯应直万金	一诺唯应直万金	寸刻（一诺）唯应直万金	寸刻（一诺）唯应直万金	寸刻（一诺）唯应直万金		寸刻唯应直万金		一诺只须轻百金
钱龙泉大人来问，笔谈移时。予将出酒杯，大人再三辞之，故以吾邦宇治茶代之。座已终，大人归去。黄南原继踵而来，携一少年，云此儿昔苏玉堂所亲李节推遥遥华胄也，为令慰翁旅寓，引之而至，云云。少年自袖中出诗一篇付予。茫茫万里发扶桑，秉志来观上国光	乳燕出巢成矣戮	乳燕出巢成矣戮	乳燕出巢成矣戮	乳燕出巢成矣戮	果是车书同四海	果是车书同四海	果是车书同四海	乳燕出巢成矣戮（果是车书同四海）	乳燕出巢成矣戮（果是车书同四海）	乳燕出巢成矣戮（果是车书同四海）		乳燕出巢成矣戮		果是车书同四海
	一宵愿染衲衣香	一宵愿染衲衣香	一宵愿染衲衣香	一宵愿染袖衣香	袈裟端染御炉香	袈裟端染御炉香	袈裟端染御炉香	一宵愿染衲衣香（袈裟端染御炉香）	一宵愿染衲衣香（袈裟端染御炉香）	一宵愿染衲衣香（袈裟蜀染御卢香）		一宵愿染衲衣香		加沙端染御炉香

续表 3

诗题	令彰本	宫书甲本	富冈本	翰林五凤集	宫书乙本	国会本	静嘉堂本	妙智院本	东大本	牧田本	会余录	桂窗本	宫川本	《入明记》
予驻锡于宁波之府六旬余，闻柯雨窗之名不识雨窗之面造次颠沛仰慕惟深矣。新凉入郊之顷，适有苍头捧一缄来，披而视之，见和余投范氏诗之佳作也，盖唐人句法晋人楷法出一手者，且复副以新画一幅、古文两策。余获此三绝，十袭而秘，何赐加焉。吁未晤对之，先眷惠如此，何况一往一来之后哉？古人以画诗书为三绝，则文策其余波之及也。非可默止，磨瓦砾代琼瑶之报云	先识才名未见君	先识才名未见君	先识才名未见君	先识才名未见君	久识才名未遇君	久识才名未过君	久识才名未遇君	先（久）识才名未见（遇）君	先（久）识才名未见（遇）君	先（久）识才名未见（遇）君	久识才名未见君	先识才名未见君	久稔才名未遇君	久稔才名未遇君
	愿闻清话解尘纷	愿闻清话解尘纷	愿闻清话解尘纷	愿闻清话解尘纷	何当清话解尘纷	何当清话解尘纷	何当清话解尘纷	愿闻（何当）清话解尘纷	愿闻（何当）清话解尘纷	愿闻（何当）清话解尘纷	愿闻清话解尘纷	愿闻清话解尘纷	何当清话解尘纷	何当清话解尘纷
	一朝赠我余三绝	一朝赠我余三绝	一朝赠我余三绝	一朝赠我余三绝	一朝赠我以三绝	一朝赠我以三绝	一朝赠我以三绝	一朝赠我余（以）三绝	一朝赠我余（以）三绝	一朝赠我余（以）三绝	一朝赠我以三绝	一朝赠我余三绝	一朝惠我以三绝	一朝惠我以三绝
	赍画诗书赍古文	赍画诗书赍古文	赍画诗书赍古文	斋画诗书斋古文	新画新诗又古文	新画新诗又古文	新画新诗又古文	赍（新）画诗（新）书（诗）赍（又）古文	赍（新）画诗（新）书（诗）赍（又）古文	赍（新）画诗（新）书（诗）赍（又）古文	新画诗书又古文	齐画诗书齐古文	新画新书又古文	新画新诗又古文

续表 4

诗题	令彰本	宫书甲本	富冈本	翰林五凤集	宫书乙本	国会本	静嘉堂本	妙智院本	东大本	牧田本	会余录	桂窗本	宫川本	《入明记》
俾馆夫王铛呈金紫光禄大夫陆宣大人	君玉鞍我屦	君玉鞍我屦	君玉鞍我屦	君王鞍我屦	君若许同志	君若许同志	君若许同志	君玉鞍我屦（君若许同志）	君玉鞍我屦（君若许同志）	君玉鞍我屦（君若许同志）		君玉鞍我屦	君若许同志	君若许同志
	推敲约送迎	推敲约送迎	推敲约送迎	推敲约送迎	何曾谈利名	何曾谈利名	何曾谈利名	推敲约送迎（何曾谈利名）	推敲约送迎（何曾谈利名）	推敲约送迎（何曾谈利名）		推敲约送迎	何曾谈利名	何曾谈利名
连日秋雨不晴，客窗素月不来，聊筑小诗之城以遣郁怀云	客愁易倍梦难成	客愁易倍梦难成	客愁易倍梦难成	客愁易倍梦难成	客愁易倍梦难成	客愁易倍梦难成	客愁易倍梦难成	客愁易倍梦难成	客愁易倍梦难成	客愁易倍梦难成	客愁易倍梦难成	客愁易倍梦难成	旅愁难忘梦难成	旅愁难忘梦难成
	细听檐间积雨声	细听檐间积雨声	细听檐间积雨声	细听檐间积雨声	细数檐间积雨声	细数檐间积雨声	细数檐间积雨声	细听（数）檐间积雨声	细听（数）檐间积雨声	细听（数）檐间积雨声	细听檐间积雨声	细听檐间积雨声	细数檐间积雨声	细数檐间积雨声
	缅忆吾乡水西寺	缅忆吾乡水雨寺	缅忆吾乡水雨寺	缅忆吾乡水西寺	卧内无人四邻暗	卧内无人四邻暗	卧内无人四邻暗	缅忆吾乡水西寺（卧内无人四邻暗）	缅忆吾乡水西寺（卧内无人四邻暗	缅忆吾乡水西寺（卧内无人四邻暗）	缅忆吾乡水西寺	缅忆吾乡水雨寺	卧内无人四邻暗	卧内无人四邻暗
	今宵月色暗耶明	今宵月色暗耶明	今宵月色暗耶明	今宵月色暗耶明	多情鸡犬报天明	多情鸡犬报天明	多情鸡犬报天明	今宵月色暗耶明（多情鸡犬报天明）	今宵月色暗耶明（多情鸡犬报天明）	今宵月色暗耶明（多情鸡犬报天明）	今宵月色暗邪明	今宵月色暗耶明	多情鸡犬报天明	多情鸡犬报天明

续表 5

诗题	令彰本	宫书甲本	富冈本	翰林五凤集	宫书乙本	国会本	静嘉堂本	妙智院本	东大本	牧田本	会余录	桂窗本	宫川本	《入明记》
二号船船头河上木工为三艘祈祷，修忏摩一座，余副使、从僧、两居座、土官以下为请众矣，斋了施浴，新篁翁于室中作颂，余即冲口而和云	宣明妙触圆通水	宣明妙触圆通水	宣明妙触圆通水	宣明妙触圆通水	祖园分得温汤水	祖园分得温汤水	祖园分得温汤水	宣明妙触圆通水(祖园分得温汤水)	一洗人人客舍尘(离却人人脚下尘)	宣明妙触圆通水(祖圆分得温汤水)		宣明妙触圆通水		祖园分得温汤水
	一洗人人客舍尘	一洗人人客舍尘	一洗人人客舍尘	一洗人人客舍尘	离却人人脚下尘	离却人人脚下尘	离却人人脚下尘	一洗人人客舍尘(离却人人脚下尘)	一洗人人客舍尘(离却人人脚下尘)	一洗(离却)人人(下)客舍尘		一洗人人客舍尘		离却人人脚下尘
梅崖云冠大人手亲写墨竹一两茎添有声画，以赠焉。其画取"英明清"三字为轴子，实时和章而谢之	是翁笔力万人英	是翁笔力万人英	是翁笔力万人英	是翁笔力万人英	多君笔力万人英	多君笔力万人英	多君笔力万人英	是翁(多君イ)笔力万人英	是翁(多君イ)笔力万人英	是翁(多君)笔力万人英		是翁笔力万人英		多君笔力万人英
	画图诗句备员清	画图诗句备员清	画图诗句备员清	画图诗句备员清	画图诗句一般清	画图诗句一般清	画图诗句一般清	画图诗句备员(一般)清	画图诗句备员(一般)清	画图诗句备员(一般)清		画图诗句一般清		添诗添画一般清
中秋之夕对月遣兴	东大倭西又大明	东大倭西又大明	东大倭西又大明	东大倭西又大明	东满大倭西大明	东满大倭西大明	东满大倭西大明	东大倭西又大明(东满大倭西大明)	东大倭西又大明(东满大倭西大明)	东大倭西又大明(东满大倭西大明)	东满大倭西大明	东大倭西又大明	东满大倭西大明	东满大倭西大明

续表 6

诗题	令彰本	宫书甲本	富冈本	翰林五凤集	宫书乙本	国会本	静嘉堂本	妙智院本	东大本	牧田本	会余录	桂窗本	宫川本	《入明记》
题吴子胥庙	忠臣岂(扵)於君移怒	忠臣岂扵君移怒	忠臣岂扵君移怒	忠臣岂□君移怒	忠臣岂扵君移怒	忠臣岂扵君移怒	忠臣岂扵君移怒	忠臣岂(扵)於君移怒	忠臣岂(扵)於君移怒	忠臣岂於君移怒		忠臣岂为君移怒		
林和靖庙	才有寒梅似旧时	才有寒梅似旧时	才有寒梅似旧时	才有寒梅似旧时	才有寒梅似旧时	才有寒梅似旧时	才有寒梅似旧时	才（尚）有寒梅似旧时	才（尚）有寒梅似旧时	才（尚）有寒梅似旧时	尚有寒梅似旧时	才有寒梅似旧时	才有寒梅似旧时	
到净慈寺上宗镜阁	今年今日识永明旨	今年今日识永明□	今年今日识永明旨	今年今日永明日	如今始识永明旨	如今始识永明言	如今始识永明旨	今年今（始）①日识永明旨	今年今（始力）②日识永明旨	今年始识永明旨		今禾始识永明旨		
	宗镜百函湖水中	□镜百卷乎湖水中	宗镜百卷乎湖水中	宗镜百函湖水中	宗镜百函湖水中	宗镜百函湖水中	宗镜百函湖水中	宗镜百函湖水中	宋镜百函湖水中	宗镜百函湖水中		宗镜百函湖水中		
灵隐寺	不求向西竺移步	不求向西竺移步	不求向西竺移步	不求向西竺移步	不求向西竺移步	不求向西竺移步	不求向西竺移步	不求向西　竺（竺干）移步	不求向西　竺（竺干）移步	不求向西　竺（竺干）移步		不求向西竺移步		
太白楼	得支倭两地得欺瞒	得文倭两地得欺瞒	得支倭两地得欺瞒		支倭两地得欺瞒	支倭两地得欺瞒	支倭两地得欺瞒	得支倭两地得欺瞒	得支倭两地得欺瞒	支倭两地得欺瞒		支倭两地得欺瞒		

① 按，“今”字左有小注：“二字未考”。

② 按，“始”字有虫蛀，字形模糊。“今”字左有小注：“二字未考”。

续表 7

诗题	令彰本	宫书甲本	富冈本	翰林五凤集	宫书乙本	国会本	静嘉堂本	妙智院本	东大本	牧田本	会余录	桂窗本	宫川本	《入明记》
九层铁塔	天匠运云斤铁塔工重々法界样皆同	天匠运云斤 铁 塔工。重々法界样皆同	天匠运云斤铁塔工重々法界样皆同	天匠运云斤 铁 工，重々法界样皆同	天运云斤铁 塔 工，重重法界样皆同	天运云斤铁 塔 工，重重法界样皆同	天运云斤铁塔工重重法界样皆同	天匠运云斤铁塔工重々法界样皆同	天匠运云斤铁塔工重々法界样皆同	天匠运云斤铁塔，工重法界样皆同		天匠运云斤铁塔工重々法界样皆同		
楚项羽庙	臤司休扫庙前草	祠（朱笔补入）司休扫庙前草	□司休扫庙前草		贤司休扫庙前草	贤司休扫庙前草	贤司休扫庙前草	臤 司休扫庙前草	臤 司休扫庙前草	庙司休扫庙前草	臤 司休扫庙前草	庙前休扫无名草	监司休扫庙前草	监司（庙前）休扫庙前（无名）草①
入燕京参内	我是日东蓬岛仙	我是日东蓬莱仙	我是日东蓬莱仙	我是日东蓬岛仙	我是日蓬岛仙东	我是日蓬岛仙东	我是日东蓬岛仙	我是日东蓬岛仙	我是日东蓬岛仙	我是日东蓬岛仙	我是日东蓬岛仙	我是日东蓬岛仙		

① 按，此句最初为“□□（此二字因涂改无法辨识）休扫庙前草”，“□□”左有“庙前”二字，右有“监司”二字，“庙前草”的“庙前”两字左有“\”符号，右有“无名”二字。

第三章　重在“南渡”
——《谦斋南渡集》辑录

策彦两次出使中国，把两次出使经历详实地记录下来，即入明日记《初渡集》与《再渡集》。《初渡集》全文十五万余字，几乎无一遗漏地记录策彦初到中国的所见所闻所感。《再渡集》只有三万余字，因为两次相同的路径与地点，故策彦此时记录相对省略。两部日记中，详细地记录策彦的文化活动，或有感作诗，或聚集联句、诗会等。据牧田谛亮研究，《谦斋南渡集》是后人从《入明记》等史料中摘录策彦两次入明所作汉诗，那么《谦斋南渡集》摘录了《入明记》中的哪些汉诗？没有摘录哪些汉诗？摘录的标准是什么？因此，本章通过重点考察《谦斋南渡集》与入明日记《初渡集》《再渡集》的关系，试图明晰《谦斋南渡集》的辑录标准。

第一节　《谦斋南渡集》与《入明记》都收录的汉诗

经过爬梳剔抉，《谦斋南渡集》中见于《入明记》的有 33 首汉诗，约占诗集汉诗总量的三分之一，这些诗作详见下表：

表 3.1 《谦斋南渡集》与《入明记》都收录的汉诗

序号	《谦斋南渡集》诗题	《入明记》日期
1	和韵呈张大人执事下（增补）	嘉靖十八年（1539 年）八月二十八日
2	和靖读书台（增补）	嘉靖十九年（1540 年）八月二十五日
3	二号船孤竹老人寄一绝，聊次厥韵	嘉靖十八年（1539 年）五月十一日
4	赓宁波府竹所大人见寄吾友珠宣公之韵以同酬	嘉靖十八年（1539 年）七月二日
5	赵一夔大人前日忝赐尊诗，再诵三读舒又卷卷又舒，何惠加焉。迩来官事纷纭，弗遑裁答似慢乎。聊缀蜂腰强续貂尾云	嘉靖十八年（1539 年）七月十九日
6	维时七月，到夜炎热酷，客睡不安，月色如画。时闻砌下蛩声，与吾邦蛩声无异。不克靡感于怀，聊作此诗	嘉靖十八年（1539 年）七月十九日
7	谢范南冈赍酒肴来访	嘉靖十八年（1539 年）七月二十一日
8	游月湖之次，诣会泉大人。谢昨日袖诗来，辄和前韵以二篇（2 首）	嘉靖十八年（1539 年）七月二十一日
9	古岩大人有令子，顷丧其母，赠一偈以助其哀云	嘉靖十八年（1539 年）七月二十七日
10	南沧老人复见寄五言诗篇，再和而遣怀云	嘉靖十八年（1539 年）七月二十八日
11	张东津大人未面，先有书简之赉，作诗以谢之	嘉靖十八年（1539 年）七月二十九日
12	钱龙泉大人来问，笔谈移时。予将出酒杯，大人再三辞之，故以吾邦宇治茶代之，座已终大人归去。黄南原继踵而来，携一少年，云此儿昔苏玉堂所亲李节推遥遥华胄也，为令慰翁旅寓引之而至。云云。少年自袖中出诗一篇付予	嘉靖十八年（1539 年）闰七月朔旦
13	予驻锡于宁波之府六旬余，闻柯雨窗之名不识雨窗之面，造次颠沛仰慕惟深矣。新凉入郊之顷，适有苍头捧一缄来，披而视之，见和余投范氏诗之佳作也。盖唐人句法、晋人楷法出一手者，且复副以新画一幅、古文两策。余获此三绝，十袭而秘。何赐加焉。吁未晤对之，先眷惠如此。何况一往一来之后哉？古人以画诗书为三绝，则文策其余波之及也。非可默止，磨瓦砾代琼瑶之报云	嘉靖十八年（1539 年）闰七月五日

续表 1

序号	《谦斋南渡集》诗题	《入明记》日期
14	赵一夔先生来遇，惠以桃果，果大合吾邦三桃实，风味亦别也。先生游累刻，乞笔砚亲书“闰七夕”三字，需诗于余，余缀曰	嘉靖十八年（1539 年）闰七月七日
15	俾馆夫王锴呈金紫光禄大夫陆亶大人	嘉靖十八年（1539 年）闰七月五日
16	新篁翁有悼孤竹老人之一偈矣，余与老人有青眼之旧者久矣，依厥韵遗哀伤云	嘉靖十八年（1539 年）闰七月十日
17	连日秋雨不停，客窗素月不来。聊筑小诗之城，以遣郁怀云	嘉靖十八年（1539 年）闰七月十五日
18	昨夜及三更，梦梅树大者，枝枝交参，标格可见。未着花蕊，不知何兆。余卒缀野诗，远献北野圣君	嘉靖十八年（1539 年）闰七月十九日
19	夜来乡志曲折，耿不安枕。时将彻晓，余适哦老杜“秋天不肯明”句之顷，乐音琅琅然，起自外面，顿有阳春冲融之气，使人散羁忧。凡中州之为州，千岁之下周孔礼义行世。虽樵竖牧童之口，唯非圣道则不谈。及礼叶将秋，复有乐花回春。所感弗俾吾邦平生久要视此礼乐之美。感叹无措，作诗遣怀云	嘉靖十八年（1539 年）八月十一日
20	二号船头河上木工为三艘祈祷修忏摩一座，余副使、从僧、两居座、土官以下为请众矣。斋了施浴，新篁翁于室中作颂，余即冲口而和云	嘉靖十八年（1539 年）八月十八日
21	四明有先生号梅崖，盖以楷法鸣中华者也。其人和气温然，如春在花，实明道叠山流亚乎？一日访余于旅馆之顷，需缀卑作渍美称。弗获险拒，裁二章塞其请云（1 首）	嘉靖十八年（1539 年）八月二十四日
22	梅崖云冠大人手亲写墨竹一两茎，添有声画，以赠焉。其画取“英明清”三字为轴子，即时和章而谢之	嘉靖十八年（1539 年）八月十九日
23	中秋之夕对月遣兴	嘉靖十八年（1539 年）八月十九日
24	镜清寺	嘉靖十八年（1539 年）八月二十日
25	晚过西湖（1 首）	嘉靖十八年（1539 年）十一月八日
26	枫桥	嘉靖十八年（1539 年）十一月十六日
27	再渡之时复上金山寺	嘉靖十九年（1540 年）八月五日

续表 2

序号	《谦斋南渡集》诗题	《入明记》日期
28	邵伯庙	嘉靖十八年（1539 年）十二月十三日
29	除夜（2 首）	嘉靖十八年（1539 年）十二月三十日
30	楚项羽庙	嘉靖十八年（1539 年）十二月三十日
31	进履桥	嘉靖十九年（1540 年）正月四日

这些汉诗中策彦酬唱赠答中国宁波文人之作占绝大多数，共有 18 首；其中描写策彦游历的中国胜迹之作有 7 首，还有策彦初到中国时感时抒怀而作的 8 首汉诗，另有 1 首策彦悼念客死中国的日本友人孤竹的诗作。这些诗都是策彦初渡中国时所作，集中在初到中国的嘉靖十八年五月至九月，暂宿宁波之时。初次来到中国，面对新鲜事物的兴奋心情，加上公务并不那么繁忙，故策彦此时多结交宁波当地文人，诗酒酬唱，互相赠答，生活得很快乐。偶尔深夜，因蛩声或不适的环境而思乡不能寐。在起程北上后，饱览沿路胜迹，深受中国文化熏陶。这部分诗歌大多创作于明嘉靖十八年，只有《和靖读书台》《再渡之时复上金山寺》《进履桥》作于嘉靖十九年。

《谦斋南渡集》摘录自《入明记》的汉诗 33 首中，17 首汉诗与《入明记》有字句差异，其余 16 首与《入明记》完全一致。《谦斋南渡集》中这 17 首汉诗与《入明记》的不同大致为以下几点：一、诗句与《入明记》完全不同；二、《谦斋南渡集》中的个别诗句有两种，其中一种与《入明记》相同；三，《谦斋南渡集》的诗题与《入明记》有异，比如古岩大人到底是失去了其妻还是其儿媳，因身份不同导致诗中的年龄出现较大差异。为何会产生如此大的差异，笔者推测可能是《谦斋南渡集》的编集者将“古岩大人令子之妻”理解为“古岩大人之妻”，故将“妻”改为“母”。因《谦斋南渡集》编者不详，讹误众多，而《入明记》是策彦的亲笔日记，史料价值高，足以凭信，故与《入明记》有异之处当以《入明记》为准，至于不同的诗句出自谁手，有待进一步的发掘。而且，通过《入明记》的记录，可以加深理解《谦斋南渡集》汉诗的创作背景。比如《梅崖云冠大人手亲写墨竹一两茎，添有声画，以赠焉。其画取英明清三字为轴子，即时和章而谢之》，通过《入明记》可了解到此诗不是策彦本人与中国文人方梅厓的唱和之作，而是代替其从僧三英梵生所作唱和方梅厓之作。

第二节　《谦斋南渡集》中收录，《入明记》中未收录的汉诗

收录于《谦斋南渡集》，未见于《入明记》的汉诗有两种情况：一种是《入明记》中只记录地点和人物，未记载诗作，有62首，其中大部分为游览胜景之作；另一种是《入明记》中丝毫未提及，这样的诗歌有30首，主要集中于策彦在北京的经历。

一、《入明记》有记录但无诗

《谦斋南渡集》中不见于《入明记》，但《入明记》中有相关记录的诗作详见下表：

表3.2　《入明记》有记录但无诗的《谦斋南渡集》汉诗情况

序号	《谦斋南渡集》诗题	《入明记》的时间
1	鹿鸣文殊堂	嘉靖十八年三月五日 嘉靖十八年三月九日
2	补陀洛寺（2首）	嘉靖十八年六月二十五日 嘉靖十八年七月二十七日 嘉靖十九年十月二日 嘉靖二十年正月二十日 嘉靖二十七年六月十八日
3	予的当和而遮少年之美目	嘉靖十八年闰七月朔旦
4	愚访戴子望秀才，俾豪忠通事前导，盖为谢昨之书问也。秀才出而倒履挽留，笔谈移晷，以建溪叶字茶代酒水，茶味甜而又香矣。又假道于此，诣前翰林全仲山大人，大人喜而迎接，出杯更酌，烂醉扶人归	嘉靖十八年闰七月二日
5	全仲山弟季山以书招余，余赴于彼，则关于扊扅，井于輨辖，约归以暮鸦，故焉不心于忽忽发游兴者也。砌下有数个盆壶，壶中贮榴树，每树开花者烨烨。余问曰：“吾邦亦有此花，五六月之交最其盛也，只今上国闰七月初二，花方盛鲜，奇哉。”仲山把笔书，答曰：“吾邦人多赏此花，花之久自五月及七八月，又至十二月再着花。”感赏罔措，请笔赋卒什一章	嘉靖十八年闰七月二日

续表 1

序号	《谦斋南渡集》诗题	《入明记》的时间
6	四明有先生号梅崖，盖以楷法鸣中华者也。其人和气温然，如春在花，实明道叠山流亚乎？一日访余于旅馆之顷，需缀卑作渍美称。弗获险拒，裁二章塞其请云（其二）	
7	于浙江驿，诣南寓外史丰存叔，叔相见，予讲礼后请归，叔挽留前导以引于游宴之堂。俾予坐七宝瑠璃床榻，居座琇首座、从僧生首座坐中宾之榻。视左右则青贝曲录之榻、金漆花纹之榻，十五、六脚并而置之。主人床榻之右边，十五、六岁美童十二三人，廿岁许侍从十六、七人，着履踞于长连床。堂内环堵立古画扉风，屏风有脚，以金桐造之，画图咸李唐名笔也。少焉，出杯盘，酌天赐黄封之酒，主宾互请隗始，予遂从存叔之命资始。酒味之芳醇不在吾邦矣。嘉肴再三出之，以予杯进存叔，次琇首座，次生首座，前后五行而止矣。中庭有莲池，花未开也，画船二艘泛泛然。存叔请予船中，琇、生二首座也同矣，叔于船中复宴饮，出豫北之竹叶酒，淡而如水。叔云："不可累觞，醉三五日也。"故以小杯酌之，仍乞笔赋即事云	嘉靖二十七年九月二十日
8	丰存叔即和云	
9	八月十七日之晚，驻桥于浙江驿。土人云："明日十八，当县候潮之辰也。"因幸之一宿于兹，翌日斋后，将日众而赴观潮塘。坡老诗："八月十八潮，壮观天下无"之句，今日熟于目者也	嘉靖十八年八月十九日 嘉靖十九年九月五日
10	题吴子胥庙	嘉靖十九年八月二十五日 嘉靖十九年九月四日 嘉靖二十七年十月十九日
11	晚过西湖（其一）	嘉靖十八年十一月朔日 嘉靖十九年九月三日 嘉靖二十七年十月晦日
12	再渡之时，以先年遗憾白昼渡西湖，先上涌金门楼	嘉靖二十七年十月晦日
13	绕西湖六桥（2 首）	嘉靖十九年九月三日 嘉靖二十七年十月晦日
14	题西湖四贤堂	嘉靖十九年九月三日 嘉靖二十七年十月晦日

续表 2

序号	《谦斋南渡集》诗题	《入明记》的时间
15	上孤山	嘉靖十九年九月三日 嘉靖二十七年十月晦日
16	林和靖庙（2 首）	嘉靖十九年九月三日 嘉靖二十七年十月晦日
17	十里松（2 首）	嘉靖十九年九月三日 嘉靖二十七年十月晦日
18	保叔寺	嘉靖二十七年十月晦日
19	同寺有八角塔婆	嘉靖二十七年十月晦日
20	到净慈寺上宗镜阁	嘉靖二十七年十月晦日
21	灵隐寺	嘉靖十九年九月三日 嘉靖二十七年十月晦日
22	同上飞来峰	嘉靖二十七年十月晦日
23	中天竺寺	嘉靖十九年九月三日 嘉靖二十七年十月晦日
24	佛足泉	嘉靖十九年九月三日 嘉靖二十七年十月晦日
25	太白楼（2 首）	嘉靖十九年正月二十一日 嘉靖十九年正月二十二日 嘉靖十九年六月二十一日 嘉靖二十八年九月二十九日
26	太湖七十二桥	嘉靖十九年八月廿五日
27	寒山寺	嘉靖十八年十一月十九日
28	寒山井	嘉靖十八年十一月十九日
29	拾得井	嘉靖十八年十一月十九日
30	虎丘寺	嘉靖十九年八月廿三日 嘉靖二十七年十二月十一日
31	千人坐石	嘉靖十九年八月廿三日 嘉靖二十七年十二月十一日
32	点头石	嘉靖十九年八月廿三日 嘉靖二十七年十二月十一日
33	剑池	嘉靖十九年八月廿三日 嘉靖二十七年十二月十一日

续表 3

序号	《谦斋南渡集》诗题	《入明记》的时间
34	惠山寺	嘉靖十八年十一月二十一日 嘉靖十九年八月十三日
35	东坡先生祠堂（2 首）	嘉靖十八年十一月二十五日 嘉靖十九年八月十日
36	东坡书院	嘉靖十八年十一月二十五日 嘉靖十九年八月十日
37	张子房庙（2 首）	嘉靖十八年十一月晦日 嘉靖十九年六月二十七日
38	金山寺	嘉靖十八年十二月三日 嘉靖十九年八月五日 嘉靖二十七年十二月二十七日
39	妙高台	嘉靖十八年十二月三日 嘉靖十九年八月五日 嘉靖二十七年十二月二十七日
40	中泠泉	嘉靖十八年十二月三日 嘉靖十九年八月五日 嘉靖二十七年十二月二十七日
41	猩猩洞	嘉靖十八年十二月三日 嘉靖十九年八月五日 嘉靖二十七年十二月二十七日
42	六亭	嘉靖十八年十二月三日 嘉靖十九年八月五日 嘉靖二十七年十二月二十七日
43	焦山寺	嘉靖十九年八月五日
44	渡扬子江	嘉靖十八年十二月三日
45	甘露寺	嘉靖十八年十二月四日 嘉靖十九年八月五日 嘉靖二十七年十二月二十七日
46	九层铁塔	嘉靖十八年十二月四日 嘉靖十九年八月五日 嘉靖二十七年十二月二十七日
47	淮阴侯祠	嘉靖十八年十二月二十三日 嘉靖二十八年二月朔旦

续表 4

序号	《谦斋南渡集》诗题	《入明记》的时间
48	漂母祠	嘉靖十八年十二月二十三日 嘉靖二十八年二月朔旦
49	歌风台	嘉靖十九年正月十四日 嘉靖十九年六月二十六日 嘉靖二十八年二月二十四日
50	汉高祖遗像	嘉靖十九年正月十四日 嘉靖十九年六月二十六日 嘉靖二十八年二月二十四日
51	瑠璃井	嘉靖十九年正月十四日 嘉靖十九年六月二十六日 嘉靖二十八年二月二十四日
52	老子庙	嘉靖十九年五月二十六日
53	日近皇都堂	嘉靖十九年五月九日
54	会同馆	嘉靖十九年三月二日 嘉靖二十八年四月十八日
55	玉河馆	嘉靖十九年三月二日 嘉靖二十八年四月十八日

虽然《入明记》中只有相关记录而无诗，但是由于《谦斋南渡集》的汉诗内容为策彦周良出使中国的经历，故《入明记》可作为背景史料，补充了解诗集中汉诗的创作背景、时间等。

有些景胜，策彦不止游览一次，那么《谦斋南渡集》中相应的汉诗作于何时就难以判断。好在策彦在日记中详细记载了其游览的过程，有时公务在身，行程紧张，匆匆一瞥；有时时间充裕，得以充分饱览。利用这些记录，从蛛丝马迹中大致判断汉诗的创作时间。比如描写西湖系列景胜的汉诗，从日记来看，有记载的三次西湖游览，第一次是策彦初渡北上，到西湖已天黑，行程紧张，故没有看到西湖。几天后的十一月八日，策彦作诗表示遗憾的心情。第二次是策彦初渡南下，未刻（下午 1—3 点）到西湖，游玩三四个小时后，申刻（5—7 点）归船，此次也是行色匆匆，日记中记录“三天竺、灵隐、净慈等之诸寺，孤山、苏境、六桥之烟景，如画图中物，但望梅林止渴耳。就中孤山乃林和靖隐处也，至今三贤堂岿然存，堂中塑白传、东坡、和靖三像，所谓三贤是也。净慈乃画僧玉涧栖迟之寺也，七层塔影辉映山光水色。又上天竺之层塔屹立于山之绝顶，余旧年在海东见其图，今见其真，颇增感慨”①。三四个小时的短暂游览，策彦只能远望净慈寺的七层塔影，上天竺寺的层塔，以望梅止渴。此次策彦走马观花式游览孤山、苏境、六桥，三贤堂一带。第三次是策彦再渡北上时，此次为了弥补先年遗憾，天未亮就早早出发去往西湖，日记中记录“晓戴星出本驿，游西湖。自北山山下乘扁舟，第一道净慈寺，于宗镜堂后永明室内下饭，经六桥，历览诸寺。始于净慈，终于大佛寺。取归途于北山山顶，再游保叔寺”②。这一次是深度、充分地游览了西湖诸景。故可推测《谦斋南渡集》中的《保叔寺》《同寺有八角塔婆》《到净慈寺上宗镜阁》《灵隐寺》《同上飞来峰》《中天竺寺》《佛足泉》《径山寺》，这些细致描写寺庙内景观之诗应是作于策彦再渡中国时。

二、《入明记》完全未提及

《谦斋南渡集》中有 30 首汉诗在《入明记》中完全没有提及，这 30 首汉诗是：

表 3.3 《入明记》中完全未提及的《谦斋南渡集》汉诗

序号	《谦斋南渡集》汉诗诗题
1	副使竺裔游天童山，于密庵塔有偈，次其芳韵（增补）
2	薛兰室先生有诗，即次其韵（增补）
3	赐筵宴之翌日，伴送官李大人作川八见寓贺忱，聊赘其韵以奉谢圣恩万乙云（增补）
4	洋中遣郁怀
5	洋中始见大唐之山
6	径山寺
7	长安驿
8	鹤林寺
9	舟中值立春

① 牧田諦亮．策彦入明記の研究（上）[M]．京都：仏教文化研究所，1955：148.
② 牧田諦亮．策彦入明記の研究（上）[M]．京都：仏教文化研究所，1955：240.

续表

序号	《谦斋南渡集》汉诗诗题
10	王祥孝河
11	齐桓公庙
12	宋太祖庙
13	桃花口
14	入燕京参内
15	皇帝御赐诗
16	应制和御诗
17	奉敕见花萼楼牡丹
18	再渡唐参内献野诗
19	赐御和
20	四月二十三日于上林苑赐宴（6 首）
21	上林苑会拙作，翌日达明聪，龙颜改观而赐御和
22	曲江
23	雁塔
24	再渡唐之时，归宁波府，谢南寓外史丰解元制予《谦斋记》文
25	初渡之时于洋中赋一绝

《谦斋南渡集》中的这些诗作可能摘录自其他未被发现或未被解读的史料上。以《赐筵宴之翌日，伴送官李大人作川八见寓贺忱，聊赘其韵以奉谢圣恩万乙云》一诗为例，李大人所寄之诗见于《明国诸士送行》史料。（详见本章第四节）。此部分诗具体摘录何处，有待今后发掘。

第三节 《谦斋南渡集》中未收录，《入明记》中收录的汉诗

《入明记》中记载大量策彦在明所作汉诗，《谦斋南渡集》仅摘录其中一小部分，其余没有被收入《谦斋南渡集》的汉诗内容是什么？为什么没有被收入

《谦斋南渡集》？从中是否可以看出《谦斋南渡集》的辑录标准？特殊的中国生活经历给策彦的汉诗创作带来怎样的影响。只有将策彦在明创作的所有汉诗纳入研究范围，才能宏观、全面、准确考察《谦斋南渡集》特点，本节试图一一解决以上问题。

一、次韵诗

策彦喜唱和友人诗作，仅在《入明记》中记载的策彦唱和之作有 38 首（不包括《谦斋南渡集》中的诗作，下文皆同），其中和韵正使和尚湖心硕鼎 24 首，仁叔崇恕 2 首，大光 2 首，安山苌公佳髫 2 首，孤竹 1 首，继光 1 首，关西俊少 1 首，以及唱和中国诗僧与官员 3 首。除次韵中国通事邓璧七言律诗 1 首与中国官员周世贤七言律诗 1 首，其余皆是七言绝句。

（一）和正使和尚

策彦唱和正使和尚的诗作多为佛家偈颂，作诗场合多在使团成员去逝或举行斋祭等佛事活动时。这些诗中有的是策彦为自己创作，有的是代他人创作。以下依次列举之：

（1）嘉靖十七年十二月四日

新篁和上为先师一华和上见设斋筵，盖三十三回之忌辰也。惊起和，和上有拈香偈，予亦和之。

三十年来一剑高，笑他露刃与吹毛。

看看狮子岩中物，红色文殊压倒桃。①

（2）嘉靖十八年正月十日

欢奉步新篁大宗师岁旦华偈之韵末，“宓希”“慈斤”

宗师作略具玄三，后学初机痴与贪。

古佛何曾隔今佛，有梅花处即江南。

又代生公：

吾曹暮四又朝三，廉者益廉贪亦贪。

要待猊傍闻慈悔，从来鼻孔在江南。②

---

① 牧田諦亮. 策彦入明記の研究（上）[M]. 京都：仏教文化研究所，1955：18.

② 牧田諦亮. 策彦入明記の研究（上）[M]. 京都：仏教文化研究所，1955：25.

嘉靖十八年伊始，正使和尚有“岁旦华偈”，策彦和之，又代使团成员生公作偈一首，韵脚“三”“贪”“南”，押下平声十三覃韵。反推之，“慈斤”可能是“覃”字的拼音。

（3）嘉靖十八年二月四日

神屋寿祯设斋，盖统公上司北堂之父春叟元仲三十三白忌辰也。新篁和尚有烧香偈，一座见和之，予亦备其员，打嚫予烟景，生公求球。本韵“赴斋时”“骂钝痴”“与孙枝”。代拈香佛事以贯华尊偈。

新篁大和尚丁春叟元仲禅人三十三白忌辰有烧香尊偈，诸老属和，予亦在座侧，弗获默止。卒奉攀高韵云。、、拜颡。

时不待人人待时，诸方兀兀又痴痴。

刻舟求剑卅年后，闲却珊瑚撑月枝。

又代三英

一弹指顷卅春时，利利剑剑总是痴。

贻厥孙谋旧家业，难兄难弟脊令枝。

又代寅上司

卅余年在刹那时，八百遐龄八百痴。

劫外春回无影树，不须摘叶又寻枝。

又代贺首座

无阴阳地不干时，三十三回卖一痴。

令子令孙皆大器，晚成二月晚梅枝。①

（4）嘉靖十八年四月十六日

正使禾上以际舍弟某三十三白设斋，斋次有烧香之偈，偈韵脚“尘尘”“日新”“白云宾”，予即席和焉。

三十余年绝一②尘，不须送故又迎新。

① 牧田諦亮．策彦入明記の研究（上）[M]．京都：仏教文化研究所，1955：33.

② 按，“一”：根据东京大学史料编纂所写真帐策彦周良手稿本《初渡集》校对，此字作“一”，牧田谛亮翻刻本作“白”字，当讹。

出生入死自家底，错学神仙吕洞宾。①

（5）嘉靖十八年闰七月二日

钓云从仆与次郎有微恙，卒尔死了。正使和上有送津偈，余亦次韵寓哀。

百年亦与电光过，三十余龄一刹那。

日没处边不留迹，扶桑国里念摩诃。

本韵

三十年来一鸟过，朝离日本暮支那。

木人高唱还乡曲，穿破尽阎浮萨诃。

余拙和②

七月的中国江南潮湿阴冷，日本使团初到中国，环境不适，加之不算良好的住宿条件，使得日本使团成员多人客死他乡。此日成员钓云的从仆与次郎病逝。正使和尚作偈，韵脚“电光过”“一刹那”“念摩诃”，策彦步韵一首。

（6）嘉靖十八年闰七月十日

又依正使和上之韵悼东禅。

奉续正使大和上尊偈之韵，追悼仙甫座元归寂，以助诸徒哀情云。盖东禅讳曰鹤。

蓬山有鸟绝罗笼，抹过大洋飞又冲。

这没踪由追不及，卅余年种电栽风。③

（7）嘉靖十九年正月四日

代三英和正使之韵。

身在南涯心北城，何当颁诏又蒙荣。

船窗夜夜朝天梦，几误橹声成佩声。④

（8）嘉靖十九年正月廿一日

---

① 牧田諦亮．策彦入明記の研究（上）［M］．京都：仏教文化研究所，1955：41．

② 牧田諦亮．策彦入明記の研究（上）［M］．京都：仏教文化研究所，1955：71．

③ 牧田諦亮．策彦入明記の研究（上）［M］．京都：仏教文化研究所，1955：73．

④ 牧田諦亮．策彦入明記の研究（上）［M］．京都：仏教文化研究所，1955：116．

天气暄佳，赴正使和上小斋之请，三英亦从尾。正使和尚为萱堂德林大师见请斋之次，有烧香妙伽陀。谨依高韵云。

人间尽木偶刍灵，明不是明冥不冥。

何用斋僧涉饶舌，松风江月大乘经。①

(9) 嘉靖十九年四月八日

正使有酬佛诞生辰之偈，余赓其韵。

大小瞿昙开祸门，错令人唤世中尊。

掠虚四十九年说，五逆闻雷五逆孙。②

(10) 嘉靖十九年七月五日

赴正使和上斋筵，盖为建仁开山千光国师年讳也。和上有烧香宝偈，予迅笔和之。本韵：鼻孔长、冠扶桑、大觉皇

千佛佛光万丈长，几回东海变为桑。

吾翁也是现嘉瑞，佥曰僧中有凤皇。③

(11) 嘉靖十九年七月十六日

正使和上有佛欢喜日之偈，予卒次其韵。本韵：不二谈、胜伽蓝、叫饱参

余得金仙未了谈，大唐国里叫乌蓝。

祇言禅味难尝过，参到无参始实参。④

(12) 嘉靖十九年七月廿四日

午时，吴通事俾藏人赠烟景，盖为来廿六亡子吴霖周忌也。

廿六日

为吴霖设小斋，待即休、吸江。正使和上有偈，予依其韵。本韵：过二年、泪凄然、供梵天

人生莫道百千年，蝶梦蘧然又栩然。

请看阎浮旧颜色，一方明月屋头天。

古句云：岂知潭底月，元在屋头天。又老杜《梦李白》诗云：落月满

① 牧田諦亮．策彦入明記の研究（上）[M]．京都：仏教文化研究所，1955：119.
② 牧田諦亮．策彦入明記の研究（上）[M]．京都：仏教文化研究所，1955：128.
③ 牧田諦亮．策彦入明記の研究（上）[M]．京都：仏教文化研究所，1955：139.
④ 牧田諦亮．策彦入明記の研究（上）[M]．京都：仏教文化研究所，1955：140.

屋梁，犹疑照颜色。①

(13) 嘉靖十九年十月廿二日

杢左设斋，煎点，点了，施食一会，会了，半斋。正使和上有颂，予卒和之。

嘉子孟冬念二乃以筹居士卒哭忌之辰也，正使大和上以贯华尊偈，拟拈香佛事。予时在斋筵，不克默止，谨奉攀高韵云。

无心到处主人翁，何隔江南与海东。

不信试摇枝上雪，依然冬日瑞云红。

又代生上司

孰是吾翁孰若翁，鸿沟何必割西东。

天心亦感孝心否，霜叶染成大小红。

又代万英祝首座

甘言可众蜜翁翁，曾得佳名日本东。

清客出生入死底，朝阳红是夕阳红。②

(14) 嘉靖十九年十二月廿日

土官吉见治部正赖设小斋，待正使及予以下同列从僧众，盖为凌云院殿前左京兆杰叟秀公大居士十三回忌也。斋后，入浴，矢田备前守施之，是亦为凌云院殿也。

正使和上本韵

十有三年不动尘，威名日本大唐均。

须弥耸立凌云院，画上其彝③第一人。

嘉靖己亥，吾国有修贡之事。予亦偶尔渎器使之列，于是寓宁郡怀柔馆者年余矣。今兹腊月二十日，乃前西城府君凌云大居士十三回之讳辰也。陪臣正赖设斋筵之次，正使新篁大宗师拈宝瓣酬其檀心，演宝偈彰其英德，可谓至矣尽矣。予虽昧钝，岂可默而止乎？聊假严韵以奉祝厘今府君之远大云。

① 牧田諦亮．策彦入明記の研究（上）[M]．京都：仏教文化研究所，1955：141.

② 牧田諦亮．策彦入明記の研究（上）[M]．京都：仏教文化研究所，1955：154.

③ 按，“彝”：牧田谛亮翻刻本作“邻”，东京大学史料编纂所写真帐策彦周良手稿本《初渡集》作“彝”，故本书依据后者作“彝”。

家有宁馨想出尘，笑他虞舜产商均。

英声飞入大明国，佛法金汤是此人。

又代大光

忆我旧年陪后尘，此心况与在时均。

前村昨夜梅如①雪，银盘盛来供木人。

又代万英祝

无谓截断九州岛尘，一十三年一日均。

幻灭幻生如梦似，牡丹戴雪诳时人。

又代生上司

盖代功名点不尘，儿童走卒词之均。

十三年顷一弹指，驻景恨无秦越人。②

（15）嘉靖二十年四月七日

午后，就于正使和上馆施食一会，会了晚炊，盖为明日孤竹追荐夙所设也。

四月八日

今晨，又就正使馆帙斋筵，半斋。正使唱颂，颂曰：

脱出轮回才去来，风根电影向空栽③。

定香熏彻博山上，四月桃花七月梅。④

以上来看，策彦唱和正使和尚之诗多与佛事相关，大致有以下三个方面：一、某人的忌辰，多是三十三周年或十三周年，众僧作偈颂以悼念仙逝之人，也有安魂之用，向先人表示尊敬。忌辰当天的流程是为众僧设斋，斋后僧人作偈。正使和尚首当其冲作偈悼念，作为副使的策彦于情于理不能默止，于是步韵正使和尚。有时在场的其他日本人汉学修养不足，碍于场合，请策彦代之作诗。二、日人在中国去逝，为同伴作偈送别安魂，比如策彦的挚友孤竹、2号

① 按，“如”：牧田谛亮翻刻本作“加”，大日本佛教全书翻刻本作“如”，比照东京大学史料编纂所写真帐策彦周良手稿本《初渡集》，此字更接近“如”。

② 牧田諦亮．策彦入明記の研究（上）[M]．京都：仏教文化研究所，1955：174.

③ 按，“栽”：牧田谛亮翻刻本作“裁”，大日本佛教全书翻刻本作“栽”，东京大学史料编纂所写真帐策彦周良手稿本《初渡集》作“栽”，故此字当作“栽”。

④ 牧田諦亮．策彦入明記の研究（上）[M]．京都：仏教文化研究所，1955：190.

船居座东禅、1号船居座钓云的从仆等。三、佛家祝日，比如佛欢喜日、佛诞圣日，还有新年祝日。喜庆的日子，僧人也喜作偈表示祝贺。

（二）和仁叔崇恕

《初渡集》嘉靖十九年正月四日载：

依仁叔恕上司春首之韵
无限乡情千万般，倩谁报与我平安。
欲裁尺素凭双鲤，春雪[①]未消江未澜。
代三英和仁叔恕上司之韵
又同仁叔之韵
此郎学力压诸般，可愧吾无一字安。
格外参诗不师迹，眇观煅炼与波澜。[②]

仁叔恕上司本名仁叔崇恕，以从僧身份参与此次使团。嘉靖十九年新年之际，仁叔崇恕作诗庆新春，策彦步韵之，押韵上平声十四寒韵，又代三英和韵一首。

（三）和大光

《初渡集》嘉靖十七年腊月二十九日载：

和大光试笔之韵
羡闻送故与迎新，独忍寒怀十二辰。
从一佳篇落吾手，无花门户亦知春。
又代生公
人自旧交年自新，从今何处赏芳辰。
余寒花晚旅檐雨，若是无诗春不春。[③]

---

① 按，“春”：牧田谛亮翻刻本作“云”，大日本佛教全书翻刻本作“雪”，东京大学史料编纂所写真帐策彦周良手稿本《初渡集》作“雪”，故本书作“雪”。

② 牧田諦亮．策彦入明記の研究（上）［M］．京都：仏教文化研究所，1955：116.

③ 牧田諦亮．策彦入明記の研究（上）［M］．京都：仏教文化研究所，1955：23.

从诗作内容来看，日本人大光在嘉靖十八年新年来临之际，试作一首，押韵上平声十一真韵，策彦唱和一首。生公本名三英梵生，是策彦的从僧，日记中常出现，称“三英”“生公”“生”“梵生”等，此次策彦也代其和韵一首。

（四）和安山苌公佳髫

《初渡集》嘉靖十八年朔月十日载：

> 安山苌公佳髫有试春之芳什，诸彦竞而属和，予偶以事届此间，岂可默止乎？聊叙卑怀以狂斐，只恐取效颦之笑。
>
> 投闲置散任年新，七里滩头一叶身。
>
> 可笑岩陵侵帝座，青云不换白鸥春。
>
> 又代生公
>
> 黄九奇兼苏二新，才名今属少年身。
>
> 明窗净几读书处，燕子日长宜惜春。①

使团成员安山苌公佳髫有春天之诗作，众人竞相唱和，策彦也在其间，唱和一首，又代从僧三英梵生作诗一首，押韵上平声十一真韵。

（五）和孤竹

《初渡集》嘉靖十八年三月三日载：

> 孤竹老人寄以一诗，戏以患眼之事。
>
> 予患眼无验，上巳之日，奉投怡公老人以杏花一枝，不可无诗。
>
> 为客一朝辞洛涯，知君佳节倍思家。
>
> 朦胧老眼病无验，欲折桃花折杏花。
>
> 余迂笔和之云。
>
> 吾友孤竹老人遗眼中患者有日，日之巳，以此事见戏，且复赠以杏花一枝、新诗一篇。何惠加焉，卒赓前韵代胡膜金鎞云。
>
> 心在城涯身海涯，三逢上巳未归家。
>
> 活机指杏作桃去，不是吾翁老眼花。②

① 牧田諦亮. 策彦入明記の研究（上）[M]. 京都：仏教文化研究所，1955：25.

② 牧田諦亮. 策彦入明記の研究（上）[M]. 京都：仏教文化研究所，1955：37.

策彦与孤竹是密友，二人常常以诗赠答。孤竹患眼疾多日，此日作诗一首，调侃自己。是何如调侃的呢？孤竹送给策彦一枝杏花，作诗言："我"因为眼疾，老眼昏花，本来想送你桃花，却错折一枝杏花。策彦回复说，不是你老眼昏花，而是你故意活机将杏作桃，暗藏佛法机锋。

（六）和关西俊少

《初渡集》嘉靖十八年二月十日载：

> 西塞山前张志和，绿蓑青蒻赋渔歌。
> 公才别在云霄上，变化待看陶壁梭①。
> 和天龙关西俊少试高志韵，代人②

这首诗突兀地记载在日记中，未交待前因与唱和原诗。天龙关西俊少是天龙寺少年，出生关西的三益尊藏。化用唐张志和的词作《渔歌子·西塞山前白鹭飞》："西塞山前白鹭飞，桃花流水鳜鱼肥。青箬笠，绿蓑衣，斜风细雨不须归。""陶壁梭"化用宋代释正觉的诗作《禅人并化主写真求赞》"待云雷而陶壁梭蛰，授衣钵而卢老逃春"。

（七）和继光

《再渡集》嘉靖二十七年五月十三日载：

> 今旦，下田为力丸施行作善小斋，继光作颂，予和之
> 日东有个宁馨婴，洋海迢迢绝别情。
> 本地家乡归去后，梅天闲却杜鹃声。③

此诗也是一首佛事偈颂，属日本禅僧间的应酬之作。继光本名启竺继光，在此次使团中担任居座一职。

---

① 按，"梭"：牧田谛亮翻刻本作"梭"，大日本佛教全书翻刻本作"梭"，东京大学史料编纂所写真帐策彦周良手稿本《初渡集》作"梭"，故此字当为"梭"。

② 牧田諦亮．策彦入明記の研究（上）[M]．京都：仏教文化研究所，1955：34.

③ 牧田諦亮．策彦入明記の研究（上）[M]．京都：仏教文化研究所，1955：228.

（八）和中国僧人与官员

1. 和僧梅江

《初渡集》嘉靖十八年八月二十日载：

> 旧境清寺僧梅江作诗投余，余不得已和之，又代三英。
> 可惭解后寄斯身，非啻踪真语亦真。
> 世上风尘浑不到，白云深处属高人。
> 白云深处屋里也。①

中国旧镜清寺僧梅江寄诗于策彦，以求交好，策彦唱和一首回应寺僧好意，又代自己的从僧三英梵生作诗一首。策彦所作之诗收入《谦斋南渡集》中。

2. 和邓壁

《初渡集》嘉靖十九年六月十七日载：

> 又前日大通事寄诗，和而赠焉。
> 中华风物古来昌，渐觉他乡胜故乡。
> 南贡蛮琛东海货，朝迎楚舵暮吴樯。
> 愿言蓑笠伴渔隐，不料袈裟裹御香。
> 欲写和②篇还自愧，行行棘句又钩章。③

“大通事”是指明朝鸿胪寺通事邓壁，《初渡集》中常用“大通事”称呼邓壁。策彦一行完成朝贡任务后南下归宁波，邓壁随行护送，此时舟行至山东聊城一带。邓壁是何时寄诗，《初渡集》中没有明确记载，但嘉靖十九年六月十四日记录二人会面：

---

① 牧田諦亮．策彦入明記の研究（上）[M]．京都：仏教文化研究所，1955：83.

② 按，“和”：牧田谛亮翻刻本缺此字，大日本佛教全书翻刻本作“和”，东京大学史料编纂所写真帐策彦周良手稿本《初渡集》作“和”，故本书补入“和”。

③ 牧田諦亮．策彦入明記の研究（上）[M]．京都：仏教文化研究所，1955：137.

午时，待邓通事、赵周二大人于正使船中，设茶饭，其费自三艘出，引杯到晡。①

十四日，策彦一行在正使船上招待邓壁通事，可能是此时邓壁寄诗于策彦，缔结好意。十七日，策彦得空作诗唱和邓壁，表达友善之意。

这不是策彦与邓壁的第一次酬唱，在北京期间，同年三月二十四日，《初渡集》有“天快晴，二大通事寄诗”②。可见策彦善作诗文在其此次外交活动中起到重要作用，是中日文化交流的桥梁与润滑剂。

3. 和周世贤

《再渡集》嘉靖二十八年正月二日载：

于昨，周世贤示元旦值雨之作，予迅笔和而还之。偶记以为后会口实云。

《赓元旦值雨之韵》

客里迎年又送年，遍惊梅柳互争先。

涳蒙烟霭③吹为雨，荏苒光阴流似川。

望远玉堂金马上，迹浮春水白鸥前。

几回借问长安路，舟子掀篷指日边。④

周世贤是此次策彦一行北上的伴送官之一，《再渡集》中常用“周大人”称呼，未提及其名。《再渡集》中提到的伴送策彦北上的中国官员有两位周姓，一位是周通事，名周文苑，另一位是伴送官周大人，当是周世贤。嘉靖二十八年伊始，使团舟行至南京附近。根据《再渡集》，此日“李周二大人在京口驿过岁，以故副使钓云以下列官于以讲一礼。雨余泥滑滑，予上岸不便，托琇公于列官且俾通事说情素，之次赠只金扇者各一握。于昨，周世贤示元旦值雨之作，予迅笔和而还之”⑤。由此记录可知，初一下雨，故新年的拜访拖延至初

① 牧田諦亮．策彦入明記の研究（上）[M]．京都：仏教文化研究所，1955：137.

② 牧田諦亮．策彦入明記の研究（上）[M]．京都：仏教文化研究所，1955：126.

③ 按，“霭”：牧田谛亮翻刻本作“谒”，大日本佛教全书翻刻本作“霭”，东京大学史料编纂所写真帐策彦周良手稿本《再渡集》作“霭”，故该字作“霭”。

④ 牧田諦亮．策彦入明記の研究（上）[M]．京都：仏教文化研究所，1955：245.

⑤ 牧田諦亮．策彦入明記の研究（上）[M]．京都：仏教文化研究所，1955：245.

二。伴送官李、周二大人的船在他处，因雨后泥滑，策彦没有亲自去给二位伴送官贺岁，托从僧代自己去问候，并请同事说情，顺便捎去金扇一把，并一起将唱和周世贤之诗送达。虽然日记没有记录，可以推测元旦时伴送官周世贤托人送来新年贺诗一首，翌日日本使团去拜访周大人时，策彦迅速作诗和之并托人带去。

二、咏物诗

大自然的万物常常成为中国文人墨客的抒咏对象，并在其中寄寓自己的思想。五山禅僧效仿中国文人的生活，追求风雅韵致，对松、梅、菊等中国传统代表事物喜爱备至，因此常作诗吟咏，《入明记》中收录众多此类诗歌。

（一）梅

《初渡集》嘉靖十八年二月十日载：

> 与各扣钓寂庵赏梅，予偶发孤吟。
> 寒勒梅花花较迟，仲春才放两三枝。
> 横斜谁道似渔笠，不钓寂寥唯钓诗。①

这一天，使团成员集于钓寂庵赏梅花，触发策彦诗兴，乘兴作诗一首。诗中化用中国诗人林逋的写梅名句“横斜疏影水清浅，暗香浮动月黄昏”。没有正面描写，而是采用侧面描写梅花像渔笠，不会触发人的悲寂心情，反而激发人们的诗兴。最后一句看出策彦以文人自居、赏梅时的愉悦心情。

（二）松与梅

《初渡集》嘉靖十八年二月十三日载：

> 予旧冬诣太宰府菅庙，以无吟伴，不言半回，颇以为憾。一日卒赋松与梅以献神君。
> （1）霜辛雪苦一髯龙，五百年来合改容。
> 天下称君家旧物，青毡不换此青松。

① 牧田諦亮．策彦入明記の研究（上）［M］．京都：仏教文化研究所，1955：34．

（2）西州北野别无梅，飞入谪居深处来。
明主非明弃如土，万夫雄与百花魁。①

平安朝菅原道真曾被贬太宰府（即今九州岛），故在博德等地多有祭祀菅原道真的庙宇与神社，菅原道真被后世誉为“学问之神”，独爱梅花。所以策彦在参拜菅原道真庙后作诗咏梅。在《谦斋南渡集》中也有一首咏梅诗，晚上策彦梦见梅花，枝枝参天，但未着花蕊，不知有何预兆，于是作梅花诗献菅原道真，以求保佑。

（三）菊

《初渡集》嘉靖十八年九月八日载：

即休琳公惠白菊一枝，予偶以《重阳前一日赏菊花》为题作诗，诗云：
佳节未佳先见功，人心虽别菊花同。
枝头消息小元佑，秋属九分司马公。
又
吟衣冲露立篱边，菊岂愧居重九前。
明日菊花非敢后，一枝秋色祖生鞭。
又
菊虽日浅使情深，节未佳先费苦吟。
手把一杯为知足，九分秋色十分心。②

重阳节前一天，三号船居座即休周琳送给策彦一枝白菊，以应节气。策彦欣喜，便以《重阳前一日赏菊花》为题连作三首诗。第一首诗化用宋元佑元年九月一日，司马光去逝的典故。这个典故其实是苏轼与程颐结怨的一段故事。这一天，宋哲宗皇帝率领百官祭祀天地神灵，结束后，百官想赶往悼念司马光，参加其葬礼。可是被固守礼节的程颐拦下来，理由是孔子《论语》有“子于是日哭，则不歌”，即在一天之内同时参加葬礼与祭祀是不合礼节。苏轼看

① 牧田諦亮．策彦入明記の研究（上）[M]．京都：仏教文化研究所，1955：35.
② 牧田諦亮．策彦入明記の研究（上）[M]．京都：仏教文化研究所，1955：87.

不惯程颐古板的作风，于是挖苦其为“此乃鏖糟陂里叔孙通所纸礼也”，讽刺程颐是从京城郊区污泥烂草的水泥坑里爬出来的假冒汉朝大儒叔孙通。

第二首诗化用“祖生鞭”典故，出自《晋书》卷六十二“刘琨列传”：

琨少负志气，有纵横之才，善交胜己，而颇浮夸。与范阳祖逖为友，闻逖被用，与亲故书曰：“吾枕戈待旦，志枭逆虏，常恐祖生先吾著鞭。”其意气相期如此。①

刘琨胸怀大志，喜欢结交比自己强的人。刘琨与祖逖是好朋友，得知祖逖先被朝廷任用，后在给亲友的信中说：“我每天枕着戈睡觉，立志平虏，常担心祖逖先于我挥鞭。”策彦收到的菊花是九月八日，其笑称明日重阳开放的菊花也不敢落后，将今明两天的菊花比喻成刘琨与祖逖。用典恰当，诙谐自然。

第三首诗表达深情与感谢。尚未到佳节，先费苦吟。虽只有一枝，已很知足，九分秋色，十分心意。情感真挚自然，表达流畅。

三、赠答诗

中国诗人常用诗赠答友人的馈赠，礼品种类丰富，既有常见的纸、墨、砚、画、扇、花、果、茶、酒等，还有日常所用食材笋、汤、粥、羊、猫等，都是诗人笔下的诗料。五山禅僧模仿中国文人，也常作诗对友人的馈赠表示感谢。在《入明记》中有多处体现。

（一）风雨来过

《初渡集》嘉靖十七年十月晦日载：

作一诗以谢稟公，效村体者一绝，奉谢昨宵风雨来过云，笑掷惟幸。
柴门九月绝敲推，不意佳人问寂来。
红叶扫残秋后夜，和风和雨作良媒。②

十月二十七日，日记中有“今夜，主人统公上司见开炉，侑予以一盏，稟

① ［唐］房玄龄，等．二十四史：简体字本//晋书［M］．北京：中华书局，2000：1118—1119.
② 牧田諦亮．策彦入明記の研究（上）［M］．京都：仏教文化研究所，1955：16.

公侑座，及夜半彻矣，与禀公战友，风雨连明”①，此诗中所言“昨宵”当指此日之事。当晚，三正宗统设宴，策彦与德禀藏主在席宴饮，直到夜半结束。之后策彦与德禀藏主又来到策彦居所，继续饮酒对谈，直至天明。策彦化用贾岛月下推敲的典故，谦虚地称自己寒舍无风雅也无人来访。十月霜叶满地，得幸于秋风秋雨，佳人德禀藏主来访问寂。语言晓畅明白，用典精切。

（二）杨梅

《初渡集》嘉靖十八年六月六日载：

> 正使和上见惠杨梅子数颗，予作禅诗谢之。
>
> 嘉宾堂头大禾上，见投我以杨梅子，盖喷味外美，夸果中宗。何惠加焉，聊缀禅诗以代谢牍，所愧非琼瑶之报矣。
>
> 禅翁须我以杨梅，梅子殚②时下肯来。
>
> 除却会阇梨③栗棘，别无凡果当舆佁。④

阇梨指代高僧。栗棘是禅宗语，作栗棘蓬，栗树的所结栗子外部多刺，称作栗棘蓬，禅宗喻指机锋因缘、禅宗公案。除却高僧参悟公案，除却杨梅别无其他凡果可以令人参透禅机，比喻正使和尚德行深厚，连其赠送的杨梅也拥有佛性。

（三）红药

《初渡集》嘉靖十九年卯月四日载：

> 河上李左卫门惠红药一枝，予以小诗赏之。
>
> 四月芳菲欲尽头，花中宰相拔其尤。

---

① 牧田諦亮．策彦入明記の研究（上）[M]．京都：仏教文化研究所，1955：16.

② 按，“殚”：牧田谛亮翻刻本作“殚”，大日本佛教全书翻刻本作“弹”，东京大学史料编纂所写真帐策彦周良手稿本《初渡集》作“殚”，故本书作“殚”。

③ 按，“会阇梨”：牧田谛亮翻刻本作“会阇梨（阇梨会）”，大日本佛教全书翻刻本有注“考第三句恐‘除却阇梨会栗棘’之讹”，东京大学史料编纂所写真帐策彦周良手稿本《初渡集》作“会阇梨栗棘”，故本书作“会阇梨栗棘”。

④ 牧田諦亮．策彦入明記の研究（上）[M]．京都：仏教文化研究所，1955：58.

春风权柄今犹在，二十四番输一筹。①

红药别名芍药花，被称为“花相”，与牡丹并称花中二绝。二十四番为二十四番花信风，即应花期而来的风，从小寒到谷雨，五日为一侯，三侯为一节气，一共八个节气。每一侯有一种花如期开放。芍药的花期在 4—6 月，不在风侯内。四月花几开尽，芍药独盎然开放。卯月始入夏，二十四番花信风输于筹谋，春风仍指挥芍药盛开。诙谐活泼，比喻贴切。

（四）来访

《初渡集》嘉靖十九年五月十五日载：

晡时，仁叔恕上司来访，携以苏香圆一贝，予即付生公。

嘉靖十九年五月十六日

斋后，谢恕公以小诗，诗云：

黄梅雨暗黑甜余，身在他乡与友踈。

旅泊感君寻旧约，一宵清话十年书。②

五月十五日，仁叔崇恕傍晚来访，并赠送苏香圆一贝，策彦转送给从僧三英梵生。翌日，策彦作诗谢答仁叔崇恕。时值五月梅雨季节，策彦每天只顾睡大觉，以致在中国与亲友疏远。幸旅途中仁叔崇恕念旧情，来访夜谈，受益良多。“黑甜余”化用苏轼《发广州》的诗句“三杯软饱后，一枕黑甜余”。

（五）酒

《初渡集》嘉靖十九年六月九日载：

谢浦云惠酒之诗并叙。

余与浦云老不面者有日于兹矣，盖以其微恙也。昨之晡，依人见惠佳酒。余欣欣然才遭一酌，则酷暑不推而去，清风不挽而来。何慰加焉，聊缀小绝泄卑忱之万乙云。

① 牧田諦亮．策彦入明記の研究（上）［M］．京都：仏教文化研究所，1955：127.

② 牧田諦亮．策彦入明記の研究（上）［M］．京都：仏教文化研究所，1955：133.

酒水分来洗我肝，知君病后钓诗难。
一杯杯底无三伏，超道医家消暑丸。①

遣明使团成员浦云，日记中又称浦云精公，与策彦交往密切，同年八月十一日去逝。六月七日，浦云因病长时间未见策彦，于是送来酒一壶。九日，策彦作诗赠答。浦云养病不出，策彦为失去诗友感到可惜。喝下浦云送来的美酒，一杯下肚，顿觉心生凉意，三伏天不辞而去，其效胜过医药消暑丸。

四、思亲怀友诗

思亲怀友是中国古代诗歌永恒的主题。自古以来，我国人民珍惜朋友间真挚的感情，故有杜甫感人肺腑的《梦李白》，有杜甫与朋友相见时的涕泪横流《赠卫八处士》。古代文人离家千里做官谋生，交通不便，身不由己，思乡也是诗人常常歌咏的内容。前有晋代张翰的莼羹鲈鲙，后有李白著名的《静夜思》。策彦周良远越潮溟，初次来到千里之外的异国他乡，语言不通，朋友不在，任务艰巨，气候不适，一系列的原因使其思乡、思亲、思友。

（一）怀祝英

《初渡集》嘉靖十八年十一月五日载：

今夜，夜寒彻被，至夜半小假寐。偶梦得吾祝英尊君之御简，惮傍人不及开封，只中心独悰而已。少焉，梦已觉矣。感叹之余，聊缀小诗为旋朝话柄云。

梦得音书意思浓，畏人默坐未开封。
晓来一觉寂无迹，只听江风吹入松。②

祝英与策彦交好，是策彦梦见最多的人，梦里二人欢颜畅谈。在日记中策彦又称其为“万英祝首座”。比如，同年六月十六日“浴罢就寝，栩然见祝英尊君于梦寐之间，绿发红颜倍于曩时。斯文亦在侧，欵语移刻。少焉觉矣”③。

① 牧田諦亮. 策彦入明記の研究（上）[M]. 京都：仏教文化研究所，1955：136.
② 牧田諦亮. 策彦入明記の研究（上）[M]. 京都：仏教文化研究所，1955：104.
③ 牧田諦亮. 策彦入明記の研究（上）[M]. 京都：仏教文化研究所，1955：61.

策彦梦见与祝英、斯文一起畅谈。又如，同年八月十九日“今夜，梦祝英尊君”①，嘉靖十七年七月十日“此夜甘寝，仿佛见祝英尊君，交欢倍曩时”②。

这一天，策彦梦见收到一封祝英的来信，因有旁人在场没有打开，但是心中已激动不已，欢欣鼓舞。不一会醒后，作诗记下此梦，留作后日二人谈话之资。诗作感情真挚，如临其境，自然生动。

（二）思二兄

《初渡集》嘉靖十九年正月九日载：

> 今夜，夜雨浪浪，蓬底灯前浩无睡。因思慕二兄，感叹之余作小诗，记二苏对床故事云。
>
> 独坐灯前忆阿兄，天涯阻雨宿彭城。
>
> 追羡苏家两鸿雁，连夜对床听此声。③

此日策彦一行行至江苏彭城，夜间大雨，波涛浪浪，船只摇晃不能入睡，策彦由此想到兄长二人。诗中化用二苏对床听雨故事，漫漫雨夜，真希望可以像苏轼与苏辙两兄弟一样，对坐听雨。

（三）寄即休

《初渡集》嘉靖十八年十二月二十七日载：

> 偶兴一绝简，即休琳公顷以细故不面着有日，故诗意及之。
>
> 君负吾耶吾负君，咫尺千里几重云。
>
> 浊醪独酌消残腊，真是真非睡不闻。④

根据《入明记》记载，策彦与即休周琳的上次见面是十二月十一日“晚景钓云来访，手谈至夜，于时即休琳公携壶而来”⑤。半个月没见，策彦作诗戏

① 牧田諦亮. 策彦入明記の研究（上）[M]. 京都：仏教文化研究所，1955：82.
② 牧田諦亮. 策彦入明記の研究（上）[M]. 京都：仏教文化研究所，1955：1.
③ 牧田諦亮. 策彦入明記の研究（上）[M]. 京都：仏教文化研究所，1955：117.
④ 牧田諦亮. 策彦入明記の研究（上）[M]. 京都：仏教文化研究所，1955：114.
⑤ 牧田諦亮. 策彦入明記の研究（上）[M]. 京都：仏教文化研究所，1955：111.

说此事。北上时，策彦作为副使与正使乘坐一号船，即休周琳作为随行团员乘坐二号船。故策彦在诗中说：是你负我还是我负你呢？我们只隔着一条船，却好像相距千里几重云。每日独酌聊遣岁末时日，你都没有关心我呢？情景生动鲜活，感情真挚。

（四）寄孤竹

《初渡集》嘉靖十八年四月十六日载：

> 予偶梦一绝句，觉后粗记其一二，戏足所不足以呈孤竹。
> 海寺萧条复记曾，白鸥相对白头僧。
> 影堂斜掩黄昏雨，唯有渔灯无佛灯。①

策彦与孤竹是亲密无间的好友，常互相游戏笔墨。此日，策彦梦中作一绝句，醒后犹记其大概，于是戏呈孤竹。

（五）寄五井三郎次郎

《初渡集》嘉靖十七年十二月十七日载：

> 今夕，五井三郎次郎下向。予于昨于顺心与禀公电欢，翌旦，以卑冗欠谢词，遂缀一诗价恕上司遣之。诗之狂而斐者②一章，奉谢畴昔不意之宠眷云，微哂③惟幸。
> 若不逢君奈此时，多寒寒杀雪生涯。
> 被端裹得合欢梦，十里松风一任吹。
> 盖十里松招提境致也。④

这天晚上五井三郎次郎到达遣明船的出发地博多，与其他成员汇合。这时策彦正与团员从僧仁叔崇恕与德禀藏主相谈甚欢，没能迎接五井三郎次郎。策

① 牧田諦亮．策彦入明記の研究（上）[M]．京都：仏教文化研究所，1955：41.

② 按，“者”：牧田谛亮翻刻本有“者”字，大日本佛教全书翻刻本无此字，东京大学史料编纂所写真帐策彦周良手稿本《初渡集》有“者”字，故本书补“者”。

③ 按，“哂”：牧田谛亮翻刻本作“晒”，大日本佛教全书翻刻本作“哂”，东京大学史料编纂所写真帐策彦周良手稿本《初渡集》作“哂”，故本书作“哂”。

④ 牧田諦亮．策彦入明記の研究（上）[M]．京都：仏教文化研究所，1955：19.

彦与五井三郎次郎是旧识，于是翌日早晨，寄诗一首表达歉意，通过从僧仁叔崇恕送给五井三郎次郎，以表昔日蒙恩之情。十里松招提境是佛教寺院景色，盖策彦在博多暂居的寺院。在十里松风招提境中，我们再一起把酒言欢。

五、赠友送别诗

临别赠友是中国古代诗歌常见的主题。朋友一别，如杜甫所言“人生不相见，动如参与商”。离别时刻无限悲伤，诗人常以诗相赠，如陆凯《赠范晔诗》“江南无所有，聊赠一枝春”。策彦在中国期间，恰逢官员接替，由是赠诗给离任官员。遣明使团完成朝贡任务归国后，各回原住。临别之际，同甘共苦完成任务的一幕幕又浮现在策彦脑海中。

（一）送骏岳元甫

《初渡集》嘉靖二十年七月二十二日载：

> 正使和上归休于博德，德云上山口。巳刻，诗以答承天。
> 会期此去又何时，一别三年多所思。
> 十里干涛来入梦，青松月白白鸥枝。①

遣明使团圆满完成朝贡任务，回到日本，登岸赤关，团员各回原住。此日，正使和尚归博多，德云去往山口。巳刻（9—11点），策彦作诗寄答博德承天寺僧骏岳元甫。前一日，《初渡集》中有其寄信与赠诗记录：“得承天寺骏岳元甫东堂书并诗。”② 策彦在日记中常称呼其“承天寺”，骏岳元甫未渡海去中国，在策彦一行停泊博多等待季风时，此人也来送行。此月十一日，策彦登陆赤关。二十一日，骏岳元甫寄来书信，附诗一首，虽内容不得一见，但想必是向策彦表示祝贺。策彦于嘉靖十八年五月从博多发船前往中国，嘉靖二十年七月归来，正是与骏岳元甫三年未见。策彦在赤关短暂停留，起程前往山口，谒见此次勘合贸易的派出者大内义隆，向其汇报此次勘合贸易的情况，然后回归京都天龙寺。诚如诗中所言“会期此去又何时”。策彦与骏岳元甫的真挚情感可见一斑。

---

① 牧田諦亮. 策彦入明記の研究（上）[M]. 京都：仏教文化研究所，1955：204.
② 牧田諦亮. 策彦入明記の研究（上）[M]. 京都：仏教文化研究所，1955：204.

（二）送曹知府

《初渡集》嘉靖十八年十月九日载：

知府曹大人休衙于官还故里，盖以丧双亲也。正使及予、两居座、两土官以下送到西门，舟行迟迟，曹大人先行，俾支倭二通事追其踪，各出扇子一把为饯，且又正使及予诗而送之。

窃承老爹大人近以丧事谢府事去，恻恻之情，何可胜言。生等侨居于此，而既更葛裘，沐惠渥者，不测其涯。亦顾大人之于为人，克勤于邦，克俭于家，谁不仰慕焉？弊邑使臣之心，本府民人之心，岂有二乎？然生等欲遮路停旋辕，则诚孝之志虽夺，欲望尘送行船。则生别之忧难忍，感叹不已，聊呈蜂腰致蚁悃云，伏乞采纳。副使周良拜颡。

哀情无几别情增，十事人间九不恒。

遐迩两乡同慕德，江南黎庶海东僧。①

宁波知府曹大人因双亲去逝，辞官还家，守孝故里。遣明使团出于礼节，正使、副使、两位居座、两位土官前往送行。因舟行缓慢，日本使节未能赶上，曹大人已先行出发。于是派日中两方通事追上曹大人行船，遣明使团送行的人各赠扇子一把以饯别，正使与策彦各又附诗一首。

策彦的诗作不免有吹捧之嫌，在诗序中，其言日本使团承蒙曹大人各方照顾，非常感激。称赞曹大人在公勤于职守，在家俭以治家，无人不仰慕之。无论是百姓还是日本使团，都恨不得拦住曹大人的去路以挽留，可孝心难夺，只得目送其归家。面对这样的离别，策彦非常痛心，作诗一首。人间十事九不恒，愿曹大人节哀顺变，不要过度悲伤。曹大人德行高洁，中国江南的百姓与日本的僧侣都仰慕您。字句流畅，感情真挚哀婉。

（三）送魏提举

《初渡集》嘉靖十九年四月朔旦载：

送魏提举归休于枌乡

① 牧田諦亮．策彦入明記の研究（上）[M]．京都：仏教文化研究所，1955：96.

圣代祇今多宠华，休官何事独归家。
晚春一别两行泪，半恨啼鹃半落花。①

此时的策彦正在北京，进行朝贡等一系列事情。官员魏提举归乡，策彦作诗赠别。诗中盛赞当今圣上任贤使能，为何魏提举还要独自归家呢？四月朔旦值晚春，此时相别两行泪，鹃啼花落。

（四）别柯雨窗

《初渡集》嘉靖二十年四月十九日载：

午前，访柯雨窗，携以苏香圆一贝。劝酒者三五行，又小诗一首，写将离之情。

诗友忘形又对床，三年不梦见扶桑。
归舟他日海洋上，却指明州是故乡。②

柯雨窗是宁波文人，策彦自来宁波后，与其交好，二人常饮酒作诗，互赠礼物。《入明记》中二人来往的记录多达四十次，比如柯雨窗作策彦别号字说《怡斋赋》并图章一枚。柯雨窗多次赠书、画、文与策彦，两人平日频繁互通书信与和诗。策彦北上时，柯雨窗“惠以诗并糕，盖饯北行也”③。还积极向宁波著名文人丰坊引荐策彦。策彦归国时，柯雨窗又赠送衣锦荣归诗序，镂钿小箱子一个。策彦于嘉靖二十年五月二十日归国，日记中四月十九日是两人的最后一次见面，策彦带佛家物苏香圆一贝拜访柯雨窗，二人饮酒三五杯，酒兴之下策彦作诗叙别离。在中国三年，有诗友欢畅对床，生活愉快。这里就像故乡，故未曾一次梦见日本故乡。他日归舟海上，定会指认宁波是故乡。

六、怀古咏史诗

怀古诗常是凭吊古人，感慨昔盛今衰，沧海桑田。策彦的写景诗多表现对中国大好河山的热爱。

---

① 牧田諦亮. 策彦入明記の研究（上）[M]. 京都：仏教文化研究所，1955：127.
② 牧田諦亮. 策彦入明記の研究（上）[M]. 京都：仏教文化研究所，1955：191.
③ 牧田諦亮. 策彦入明記の研究（上）[M]. 京都：仏教文化研究所，1955：96.

（一）歌风台

《初渡集》嘉靖十九年正月十四日载：

着泗亭驿，舟行十五里。同刻上岸，到歌风台。台门横揭“歌风台”三大字，台中中央安牌，牌书以“汉高祖皇帝位”六字。台前有瑠璃井，井畔有碑文。又高祖手敕大字书镌于石，别记之。余偶作歌风台并瑠璃井诗。

苛法已蠲民气和，升平乐入大风歌。
歌台遗响犹盈耳，丰沛雪消春涨多。

汤沐邑荒无主人，苔封古井几回春。
岂知一滴瑠璃碧，曾洗五年兵马尘。①

策彦北上途经刘邦故乡沛县，当地有历史遗迹歌风台，台前有井名瑠璃井，策彦感慨作诗。站在歌风台，仿佛还能听见汉高祖击鼓高歌，暴秦已除，全国迎来升平气象，如春天般生机勃勃。台前瑠璃井已生荒苔，曾经刘邦从此举兵，井中甘霖为其接风洗尘。有趣的是《谦斋南渡集》中也有三首诗，不知作于何时，日记中没有记录，内容分别写大风歌、汉高祖遗像、汉高祖手敕太子书。结合日记中的此两首，则策彦在歌风台可能作诗五首，对其中的事物分别题咏歌颂。一方面可见其对楚汉之争故事的熟悉，另一方面可见其对汉高祖的崇敬。

（二）太白楼

《初渡集》嘉靖十九年正月二十二日载：

又登太白楼以极目，兴味有余，所恨与乡友不同此兴。

登太白楼二绝句
流水绕城城绕流，李公此地昔曾游。
有何面目对遗像，不酒不诗空倚楼。

---

① 牧田諦亮. 策彦入明記の研究（上）[M]. 京都：仏教文化研究所，1955：118.

又

夜郎京洛雨茫茫，醉里乾坤到处乡。

纵倒银河酿为酒，终当不满翰林肠。①

太白楼位于山东济宁，策彦北上时路径此地，与同伴登临太白楼，凭高远眺，诗兴大发，可惜诗友不在身边。第一首绝句描写登高所见，“有何面目对遗像”以谦卑之姿瞻仰李白遗像，可见对李白的崇敬。第二首化用李白不摧眉折腰事权贵的典实，表现李白豪迈的性格。《谦斋南渡集》中也有两首诗作命名为《太白楼》，对比诗集与日记中的诗作内容，诗集的两首诗作重在描写楼中的李白遗像与贺知章遗像，内容互为补充。

（三）越国道中

《初渡集》嘉靖十九年九月九日载：

越国道中

不知何国旧封提，山郭江村望转迷。

想是定应于越地，幽禽啼黑槿花西。②

此日策彦从曹娥驿行驶至上虞县，穿行在古越国境内，故有诗题“越国道中”。此诗的韵字“迷”“西”，策彦多次使用，如《谦斋南渡集》中的《二号船孤竹老人寄一绝聊次厥韵》“意转迷”“初辨西”。

（四）保叔寺

《再渡集》嘉靖二十七年十月晦日载：

晓戴星出本驿，游西湖。自北山山下乘扁舟，第一道净慈寺，于宗镜堂后永明室内下饭。经六桥，历览诸寺，始于净慈，终于大佛寺。取归途于北山山顶，再游保叔寺，偶记前提：

北山山顶倚中条，佳境何辞磴路遥。

---

① 牧田諦亮．策彦入明記の研究（上）[M]．京都：仏教文化研究所，1955：119.

② 牧田諦亮．策彦入明記の研究（上）[M]．京都：仏教文化研究所，1955：150.

白日僧稀黄叶寺，塔铃响似说前朝。[1]

策彦再渡来明，抽出一整天时间饱览西湖美景，起于南面净慈寺，归途登北山山顶。游保叔寺后，作诗一首。白日的保叔寺僧人稀少，黄叶满地，环境幽静，塔铃随风作响，好像在向策彦诉说前朝故事。此诗意境幽美，语言生动，余味悠长。

七、写景抒情诗

（一）初雪

《初渡集》嘉靖十八年十一月八日载：

余偶作初雪之诗，遣寒怀，所撼击节无人。
雪耶非雪夜[2]寒稠，果是疎声到枕头。
晓看篷[3]窗分外白，半疑宿鹭半疑鸥。[4]

《初渡集》十一月七日记“又至夜半雨雪，盖初雪也”，翌日策彦有感作此诗。躺在屋里听见外面雨雪交加的声音，早晨掀开篷窗一看，一片雪白，这里策彦采用间接描写，“半疑宿鹭半疑鸥”用一种比喻带诙谐的手法，将白雪皑皑的景象生动地描绘出来。

（二）银山

《初渡集》嘉靖十九年八月五日载：

又假道于银山山下，偶题银山。
银山舟中作
扬子江头一叶身，孱颜相对外风尘。

---

① 牧田諦亮．策彦入明記の研究（上）[M]．京都：仏教文化研究所，1955：240.

② 按，“夜”：牧田谛亮翻刻本作“衣”，大日本佛教全书翻刻本与东京大学史料编纂所写真帐策彦周良手稿本《初渡集》皆作“夜”，故本书作“夜”。

③ 按，“篷”：牧田谛亮翻刻本作“蓬”，大日本佛教全书翻刻本与东京大学史料编纂所写真帐策彦周良手稿本《初渡集》皆作“篷”，故本书作“篷”。

④ 牧田諦亮．策彦入明記の研究（上）[M]．京都：仏教文化研究所，1955：104.

人间山亦有荣辱，金寺名高不道银。①

四日，策彦到达京口驿（今镇江市）。五日策彦重游金山寺，与寺僧一见相识，归途时路过银山，顺便游览。回到舟中，有感而发作此诗。前两句起兴说自己乘浮舟于扬子江头，作为外国人的自己登上高耸的银山。后两句抒发感慨，人间世界连山也有荣辱，金山寺闻名遐迩，与此相对，银山寺却不曾被人提起。

（三）焦山寺

《初渡集》嘉靖十九年八月五日载：

午刻，乘舟便游焦山寺。舟行五里，中流有小岛，曰罗山。楼门面于东，横揭“焦山寺”三大字。佛殿横颜“大雄宝殿”四字，殿里按三世如来，左右有十六罗汉像。方丈横扁“方丈”二大字，堂里正面横揭“海云堂”三大字，青字。方丈门右方壁傍有石碑，镌以“焦山禅寺重建圆悟接待庵记”十二字，记文不遑录。佛殿右方有焦光旧祠堂，门横揭“隐士祠”三大字。庙里中央有遗像，像前有木牌，书“汉隐士焦公之神”七字。又面南有小门，横揭“天开胜境”四大字。出此门则西壁贴石额，横镌“海不扬波”四大字。各上翠微攀磴路，南边有快石，石上镌“浮玉”二大字。此外石之奇快者多多，或镌“江山一览”四大字，或镌“醉石”“剑石”之字。又行少许而有小亭，面于西亭，里中央北方横揭“江山壮观亭”五大字。亭前有泉，上有石栏，栏上镌“东冷泉”三字。过亭少许而有小亭，面于西，亭里中央横揭“三峰亭”三大字。过此亭攀磴路者少许而有石洞，横镌“三诏洞”三大字，又洞中镌于石以“三诏洞”三大字，以朱装之。又跻攀者少许而有善缘阁，阁之东南有蹬径，通绝顶。绝顶有二重亭，面于南，亭里中央横揭“吸江亭”三大字，第一重额横揭“壁立万仞”四大字。又此亭西边又有堂宇，堂中横颜“天风海涛”四大字，胁有“道人泉厓”四字。寺中有诸寮舍，海云庵、宝莲庵、海峰庵、海门庵、朝阳庵、伍圣庵、一笑轩、水晶庵、佳处亭之类，难尽记焉。本

① 牧田諦亮．策彦入明記の研究（上）[M]．京都：仏教文化研究所，1955：143.

山类狮子形，曰狮子山。又隔江有山，曰象山。余偶作一诗八句遣之。

维缆焦山下，偶寻隐士踪。
暗潮藏屿柳，空籁答岩松。
鱼散午时梵，鸦翻日暮钟。
留题强上壁，胜境罕重逢。

就海云堂有茶饭，山长以下三人光伴，小僧数人给仕。饭了各言归，寺僧接武相送挐茶，茶罢出门，门送惜别，各上船。①

这是一首五言律诗，押韵上平声二冬韵。策彦南下归宁波途中，朝贡任务完成，得以有时间、以放松的心情饱览中国名山大川与名寺圣迹。镇江有三大名山，金山、焦山与北固山。焦山位处江中，是一座孤岛。山上郁木苍翠，掩映焦山寺，环境幽美，古往今来是文人墨客的向往之地。策彦当然不能错过，五日这一天，一大早乘船游览金山寺。午时解舟寻迹焦山寺，造访东汉隐士焦光的隐居之地。与寺中僧侣共进斋饭与饮茶，直到傍晚才尽兴而归，归前在壁上作诗一首。而《谦斋南渡集》中也有一首以《焦山寺》命名的诗作，重点写焦光隐居的故事，与此首相互补充。

（四）西湖

《初渡集》嘉靖十九年九月四日载：

西湖
三百精蓝点不尘，秋风一锡了前因。
荷花已落梅花未，失却西湖面目真。②

九月三日策彦初见西湖，当日作此诗。策彦南归宁波途中经杭州，因北上时行程匆匆，急于赶路，未见西湖。九月三日，得以一睹西湖真容，四日在日记中记此诗。那么此诗当是游览西湖时有感而作。杭州庙宇伽蓝众多，佛性通悟，九月的秋风吹醒迷悟。策彦醉心的西湖当是满湖荷花盛开，或冬雪落梅，可惜时值九月，荷花已落，冬梅尚开，故其言西湖失去其真容。

① 牧田諦亮. 策彦入明記の研究（上）[M]. 京都：仏教文化研究所，1955：144.
② 牧田諦亮. 策彦入明記の研究（上）[M]. 京都：仏教文化研究所，1955：149.

（五）红叶

《再渡集》嘉靖二十七年十月八日载：

> 拂晓，着车厩驿之岸，处处红叶如花，然不曾见真枫树。卒哦曰
> 小春好景入吟篷，终日坐吾图画中。
> 山郭江村尽红树，不知若个是真枫。①

红叶如花，仿佛春天百花盛开，策彦终日坐在舟中，如在画中行。江村山郭处处红树，不知哪个是真枫树。其实是没有真枫树。明易晓畅的语言，作诗随口即来，毫无生涩之感。

（六）待月轩

《初渡集》嘉靖十九年十月二日载：

> 斋罢，同即休、三英扣卢月禅门，携以山口杉原一帖、胡升一包。遂会于待月轩，有茶酒之设。
> 题待月轩
> 古来待月莫如楼，饱看清光忘却愁。
> 只为诗人赏心切，四时何夜不中秋。②

策彦在宁波等待归国季风，此日，携居座即休周琳、从僧三英梵生拜访卢月禅门。卢月可能是宁波当地一位禅僧，附送见面礼日本山口县杉原纸一帖，胡升（胡椒）一包。众人在待月轩飨宴。兴致突发，策彦作诗《题待月轩》。古往今来，登楼赏月，一时快哉。“待月轩”之名为满足文人墨客赏月心切，登临待月轩，感觉每天都是中秋满月。策彦酒酣兴致的诗人形象跃然纸上。

八、感时抒怀诗

（一）寒夜难眠

异乡的生活有苦有甜，遇到挫折或环境不适时，策彦会作诗遣怀。《初渡

① 牧田諦亮．策彦入明記の研究（上）[M]．京都：仏教文化研究所，1955：238.
② 牧田諦亮．策彦入明記の研究（上）[M]．京都：仏教文化研究所，1955：152.

集》嘉靖十八年十月二十四日载：

申刻，将发东关驿，阻风泊舟于柳岸芦湾之间。今夜，夜寒彻被，耿无睡，偶独哦：

东关关外枕寒江，夜傍岸隈船影双。

铁铸愁人争睡得，芦风柳月入蓬窗。①

这是策彦初渡中国，北上朝贡行至东关驿时所作。当晚为避风泊舟于柳岸芦苇湾之间，寒夜侵被，无睡意，有感而作。此诗押上平声窄韵江韵，用字“江”“双”“窗”，此韵字也曾用于《谦斋南渡集》《东坡书院》一诗，用字“窗”“江”“釭”。

（二）怀北野圣君

《初渡集》嘉靖十八年十月二十五日载：

今日乃吾国京师风俗，竞诣北野君之辰也。乡念潜萌于下襟，聊作一绝奉北野神君。

北野神君旧姓菅，缅怀和梦扣禅关。

飞梅不借②舟车力，抹过大洋登径山。③

十月二十五日是日本祭祀“学问之神”菅原道真的日子，策彦由是想念家乡，远隔千里不能去祭拜，姑且作诗一首远献北野天神。诗中化用渡唐天神的神话，传菅原道真喜爱梅花，远渡中国参拜径山寺无准师范为师。

综上所述，《谦斋南渡集》与《入明记》皆收录的汉诗有 34 首，约占诗集汉诗总量的 1/4，其中包括 2 首增补诗作。《谦斋南渡集》中在《入明记》中只有相关记录的汉诗有 62 首，诗作内容主要为运河沿岸自然风景与历史遗迹、寺院祠庙等。《谦斋南渡集》在《入明记》中完全没有记录的汉诗有 30 首，主

① 牧田諦亮．策彦入明記の研究（上）[M]．京都：仏教文化研究所，1955：100.

② 按，“借”：牧田谛亮翻刻本作“惜”，大日本佛教全书翻刻本与东京大学史料编纂所写真帐策彦周良手稿本《初渡集》皆作“借”，故本书作“借”字。

③ 牧田諦亮．策彦入明記の研究（上）[M]．京都：仏教文化研究所，1955：100.

要是策彦在京经历，其中包括 3 首增补诗作。《谦斋南渡集》没有收录，《入明记》中收录的策彦周良汉诗有 72 首，这类汉诗的内容大致有以下三类：一、佛教偈颂，多是佛教忌辰，文学性较弱，说理性较强；二、限于五山诗僧生活范围的酬唱赠答、游戏笔墨，以诗会友，反映五山诗僧的闲情逸趣，由于生活面狭小，导致诗境狭隘。诗歌主题流于单调重复，内容与其他五山诗僧诗作无异；三、写景怀古，属在中国的所见所闻所感，数量较少，只有 6 首。该部分诗中景物与《谦斋南渡集》所描述景物互相补充，比如太白楼、歌风台等。

可看出《谦斋南渡集》的辑录标准突出“南渡”二字，作品或是与中国文人交好唱和之作，或是游览中国名山大川之作，或是在京觐见明朝皇帝之作，或是与朝廷高层官员唱和之作。内容更新颖、充实，少了矫揉造作与无病呻吟。无论是感时抒怀还是写景怀古，都是有感而发，真实生动，思想内容充实积极。特殊的出使中国经历，使得《谦斋南渡集》的题材内容较其他五山诗僧诗作更加新颖。

《入明记》与《谦斋南渡集》互相补充，互相参照。《谦斋南渡集》侧重策彦与中国各方面的交流，《入明记》中未收入《谦斋南渡集》的汉诗多反映策彦与日本使团成员间的交流，得以了解日本五山禅僧的生活与喜好，以及遣明使在明的心理与生活状态。

第四章　丰富多彩
——《谦斋南渡集》内容

《谦斋南渡集》是策彦周良记录“南渡”过程所创作的汉诗摘录，《入明记》事无巨细地记录策彦“南渡”的过程，内容包括策彦作为外交使节与明朝官员的交涉、在明贸易情况、与日本友人的生活日常等，这为“以史证诗”提供可能。

本章主要运用“以史证诗”的研究方法，探讨《谦斋南渡集》中策彦汉诗的题材内容与创作背景。前六节以第三章中的第一、二类汉诗，即《入明记》中记载或只有相关游览记录的《谦斋南渡集》汉诗（包括增补）为研究对象，共 96 首。这部分汉诗题材可分为六种：写景抒情诗、怀古咏史诗、佛寺诗、即事感怀诗、唱和诗、赠答诗。在这 96 首诗中，《再渡之时复上金山寺》虽记录为“再渡之时”创作，但在《入明记》中记载为“初渡”所作，其余能确定创作时间的汉诗皆为初渡时所作。

本章最后对《入明记》未收录的《谦斋南渡集》部分汉诗，利用相关策彦入明关系史料，试图解决其中若干汉诗的创作背景与创作时间等问题；结合中国地方志、古驿站研究、《明史》等史料，考辨这类汉诗中地点、人物等方面讹误。通过以上研究，以对《谦斋南渡集》汉诗创作的来龙去脉有更为清晰的认识。

第一节　写景抒情诗

该诗集名曰“南渡”，故写景是其一大主题，占据该诗集主要篇幅。策彦两次入明朝贡，从宁波至北京沿途跨越浙江、江苏、山东、河北、天津、北京六个省份，历经 60 余座驿站，途经宁波、绍兴、杭州、嘉兴、苏州、无锡、常州、镇江、扬州、高邮、淮安、宿迁、徐州、济宁、聊城、临清、德州、沧州、天津、北京等 20 余个城市，沿途景致幽美，历史文化底蕴丰厚。运河沿途美丽独特的景致成为策彦身在异乡，圆满完成朝贡任务压力的精神慰藉。有些景观，策彦在日时已烂熟于心，今日来华终于有幸一睹其容，欣喜之情自然流露。喜爱吟诗作对的策彦自然不肯错失机会，兴之所至赋诗一首，于是有了这些歌颂中国大好河山的汉诗。

一、山水风光

京杭大运河沿线自然风光优美，尤其江浙一带，有“人间天堂”美称的苏州、杭州，滚滚东逝的扬子江等。杭州西湖的美名远播东瀛，日本中世五山禅僧通过创作绘画、汉诗等方式描绘西湖的美，西湖美景烙印在每个五山禅僧的心中，使其对西湖心驰神往。《翰林五凤集》中收录多首五山诗僧题画杭州美景的诗篇，比如瑞岩龙惺有诗《西湖图》“西湖胜冠浙西东，人在荷香柳影中。五马双旗疑李及，红舷乌榜认苏公。”① 等。策彦有幸来到中国，途经杭州，自然要饱览一番。《谦斋南渡集》收录描写中国自然风光的汉诗详情如下：

表 4.1 《谦斋南渡集》收录描写自然风光的汉诗

地点	景胜	汉诗	数量
浙江省杭州市（浙江驿）	钱塘江	《八月十七日之晚，驻轿于浙江驿。土人云：“明日十八，当县候潮之辰也。”因幸之一宿于兹，翌日斋后，将日众而赴观潮塘。坡老诗：“八月十八潮，壮观天下无”之句，今日熟于目者也》	1
	西湖	《晚过西湖》（两首）、《再渡之时，以先年遗憾白昼渡西湖，先上涌金门楼》	3
	六桥	《绕西湖六桥》（两首）	2
	孤山	《上孤山》	1
	十里松	《十里松》（两首）	2
江苏省吴江市（松陵驿）	太湖七十二桥	《太湖七十二桥》	1
江苏省镇江市	扬子江	《渡扬子江》	1

① 以心崇伝. 大日本仏教全書（巻 145）//翰林五鳳集（巻 36）[M]. 東京：大法輪閣，2007：765.

这 11 首描写中国自然风光的汉诗中，描写杭州自然风光的汉诗 9 首，江苏省 2 首。关于钱塘江，日记中记载四次策彦观潮情况：

（1）嘉靖十八年八月十九日：

昨日十八日乃钱塘候潮之辰也，日人不幸到杭州迟了，故不克观之。①

（2）嘉靖十八年十月二十八日：

又总构有楼门，面于西北，横书“全越都会”四大字，装额以浅红，自此门里许，而至钱塘江之浒，盖此江乃自竺之流沙所流出也。其气势及千里，故南游之船，避此气向南周回者数千里。未刻，乘站船。（中略）须臾，着杭府东门人外之岸。②

（3）嘉靖十九年九月五日

至钱塘江转运小船，正使、予、大光、钓云货物运搬了，其余未了。虽然大人责以潮侯之念，巳刻，正使及予、大光、钓云同徒步，到钱塘江浒映江楼下，暂登映江楼，凝远眺，须臾而上船。（中略）申刻，观潮，实壮观也。③

（4）嘉靖二十七年十月十四日

即刻，转运行李于钱塘江渡船，巳刻，发西兴驿。（中略）。午时，各渡钱塘江。晡时，冒雨驾轿入浙江驿。④

策彦初渡北上，于十月二十八到达杭州，故没能在八月十八日观潮。返程时，于嘉靖十九年九月三日到达杭州，五日观潮。再渡时，北上于嘉靖二十七年十月十四日到达浙江驿，日记中未提观潮之事。回程时，嘉靖二十八年九月三十日策彦行至南城水马驿时，日记《再渡集》搁笔，后在当年十二月三十日抵达宁波，从去程所用时间推测，策彦到达杭州的时间在十二月二十二日左右。

策彦到达杭州与观潮的时间，《入明记》与诗题均有出入。针对这一不同，

① 牧田諦亮．策彦入明記の研究（上）[M]．京都：仏教文化研究所，1955：82.
② 牧田諦亮．策彦入明記の研究（上）[M]．京都：仏教文化研究所，1955：101.
③ 牧田諦亮．策彦入明記の研究（上）[M]．京都：仏教文化研究所，1955：149.
④ 牧田諦亮．策彦入明記の研究（上）[M]．京都：仏教文化研究所，1955：239.

须田牧子认为这是日本常用的“歌枕”[①] 修辞手法，实际策彦并未实地观潮，而是由于仰慕苏轼，因苏轼有一首描写钱塘江观潮的诗作而憧憬，幻想自己观看了钱塘江大潮，写下这首诗。[②]

关于《晚过西湖》两首诗，第二首诗作于嘉靖十八年（1549 年）十一月八日：

> 又前日过西湖之顷，照沈雾暗，不能见风景。嗟恨之余作诗，孤吟未了，故未记焉。今写于此示不忘云。
>
> 日云暮矣兴何佳，暗度西湖湖水涯。
>
> 眼似老年看不见，六桥风景雾中花。[③]

十一月初一，策彦与明朝官员交涉后，终于得以进入杭州城内游览。拜访过该府长官，完成公务礼节，策彦便来到西湖之涯，时已傍晚。朦胧之中未能一见西湖美景，遗憾之余作诗一首。当日没有作完此诗，故没有记录下来。八日才记录下来。《晚过西湖》（其一）作于何时何地有待考证。

关于《再渡之时，以先年遗憾白昼渡西湖，先上涌金门楼》一诗，涌金门是从杭州城里进入西湖的通道，是区别于清波门的另一个门。《再渡集》中没有记录此诗，但嘉靖二十七年十月晦日条记载了策彦北上途经杭州时游览西湖的情况：

> 晓戴星出本驿，游西湖。自北山山下乘扁舟，第一道净慈寺，于宗镜堂后永明室内下饭，经六桥，历览诸寺。始于净慈，终于大佛寺。取归途于北山山顶，再游保叔寺。偶记前题：
>
> 北山山顶倚中条，佳境何辞磴路遥。

① 按，歌枕：和歌题材，写和歌时必不可少的和歌用语、枕词、名胜古迹等。

② 详见須田牧子. The Experiences of Japanese Monks Sent as Envoys to Ming China[J]. ACTA ASIATICA,2012,103:53－75.

須田牧子. 入明記から読み解く一五・一六世紀の日明関係［R］. 中国浙江工商大学“异域之眼——日本人的汉文游记研究”学术研讨会，2015.

③ 牧田諦亮. 策彦入明記の研究（上）［M］. 京都：仏教文化研究所，1955：104.

白日僧稀黄叶寺，塔铃响似说前朝。①

关于《上孤山》《绕西湖六桥》《十里松》诗，日记中没有记录诗作，从《驿程录》的记载来看，可能也是策彦游览西湖时所作。

《太湖七十二桥》一诗作于嘉靖十八年（1539年）十一月九日：

戍刻，至松陵驿而泊矣，舟行四十里。驿门额竖书“松陵驿”三大字。太湖有七十二桥，云云。余作诗说之，云：

跨湖有物为谁容，着意看时不是龙。

浸影桥桥何所似，洞庭七十二诸峰。②

晚上八点左右，策彦一行达到松陵驿（今苏州吴江县一带），天色已晚，策彦不太可能夜游太湖七十二桥。这是策彦初次来明，也是第一次经过松陵驿。此时，策彦知道松陵驿附近有太湖七十二桥。明景泰四年（1453年）入明的笑云瑞䜣所著《笑云入明记》中，笑云北上途经松陵驿时，记载其所见：

明景泰五年五月十二日

吴江县，宝带桥五十三洞，垂虹桥七十二洞，桥半有垂虹亭，从此泛太湖，湖盖跨湖、常、宣（宜）、苏之四州，片帆所过，震泽、笠泽、松江、苕溪、顾渚、霅溪、姑苏山、西塞山、洞庭，湖中有石堤，其长四十里。③

策彦入明前曾大量阅读前人所著入明日记《戊子入明记》《壬申入明记》等，因此，策彦可能也阅读了《笑云入明记》，从中得知此桥。由此在十一月九日晚上停泊该驿站时有感而发。回程的途中，再次经过此驿站，策彦得以一睹垂虹桥：

① 牧田諦亮．策彦入明記の研究（上）［M］．京都：仏教文化研究所，1955：240.

② 牧田諦亮．策彦入明記の研究（上）［M］．京都：仏教文化研究所，1955：104—105.

③ 村井章介，須田牧子．笑雲入明記［M］．東京：平凡社，2010：226.

嘉靖十九年八月廿五日

辰刻，着松陵驿。舟行三十三里，从苏之阊门至松陵总计四十里。巳刻，同大光、钧云到垂虹桥。三正统上司、仁叔恕上司、三英上司亦从后。桥中间有亭，亭中中央横揭“垂虹胜概”四大字。石碑列于左右，一则有垂虹亭记，一则有鲈乡亭记。亭之左方有祠，祠门横揭“三忠祠”三大字。祠中央按吴子胥像，像前有牌，牌上书“吴太宰伍公之神”六字。桥之上头又有石碑，镌以重修垂虹桥之记。俗谓此桥为七十二桥，盖其梁七十二有之。①

从此日记述如此详细来看，策彦当是初次游览垂虹桥，那么十一月九日途经时未下船游览。那么《太湖七十二桥》一诗创作背景即可明了，即策彦提前得知苏州吴江县有景观垂虹桥，也称七十二桥。初渡北上朝贡时途经此地，因天色已晚未得游览，便作诗一首，完成朝贡任务回程南下时，迫不及待地上岸游览。

关于《渡扬子江》一诗，《入明记》中未载此诗，但有三次策彦渡江记录，从中可对该诗创作时间与背景窥见一二。第一次渡江过程是先行至丹徒坝，超坝后渡扬子江，停泊在京口驿。第二次渡扬子江，日记中未提及过江之事，但从与北上路线一致来看，当是从京口驿渡扬子江至丹徒坝，其间舟行十八里。夏天雨水充沛，江水深阔，行船便利，可能因此记录简单。第三次渡扬子江，与前两次不同，这次因时间原因，江水浅窄。故分三路超坝，小船运送行李，策彦等使者乘船绕道别路，进贡大座船直接超坝渡江。超坝后，策彦等使者与行李再次移至座船上，渡江。第四次渡江，日记中途搁笔没有记载。从初渡时策彦从北京到镇江京口驿所用时间推测，再渡时，策彦南下行至扬子江的时间大致在十一月上旬，与初渡北上时时间相近，故可能也是类似情形。《渡扬子江》诗可能是在这样的背景下创作的。

二、植物盆景

《谦斋南渡集》中有诗《全仲山弟季山，以书招余，余赴于彼。则关于庾

---

① 牧田諦亮. 策彦入明記の研究（上）[M]. 京都：仏教文化研究所，1955：147.

廖，井于輨辖，约归以暮鸦，故不心于忽忽发游兴者也。砌下有数个盆壶[①]，壶中贮榴树，每树开花者烨烨。余问曰：吾邦亦有此花，五六月之交最其盛也。只今上国闰七月初二，花方盛鲜，奇哉！仲山把笔书答曰：吾邦人多赏此花，花之久自五月及七八月，又至十二月再着花。感赏罔措，请笔赋卒什一章》，内容如下：

惊人春色柘榴浓，及夏及秋秋又冬。
红映酒杯青映茗，一盆花叶主翁悰。

该诗未被记录于《入明记》中，但是日记嘉靖十八年（1539 年）闰七月二日有相关记录：

次访翰林修撰仲山，前日余偶出游，全仲山挽余衣，延以燕寝，且又求诗。余就馆未几，有畏人默之意，故拂袖而归矣。仲山乃风流儒雅君子也，于是不克弃疎，缀小诗申怀。

△前日邂逅于门下，实千载一遇也。其翌将企拜谒，申卑忙。然而府命严紧，除官事外，不得容易出馆。有志不果，因循而至今。恕恕察察。楮面[②]有余地，诗以为后会起本云：

莫道江南隔海东，相亲千里亦同风。
从今若许忘形友，语纵不通心可通。
怡斋散释拜顿

全仲山弟季山出迎一笑，遂以茶瓜为祗待。雨又作，仲山供雨具。告别，惠余以天地图各一幅。仲山父见处苏州翰官，云：砌下有数个盆壶[③]，壶中贮榴树，时方开花者烨烨。余指花问仲山曰："吾国亦有此花，五六月之交可见其盛。今也上国闰七月初二，此花方盛奇哉（壶中别置惊人春色乎？）！仲山

① 日文原文：「砌下有数ヶ盆壷」

② 按，"楮面"：牧田谛亮翻刻本作"楮国"，大日本佛教全书翻刻本作"楮国"，东京大学史料编纂所写真帐策彦周良自笔本《初渡集》作"楮面"。"楮面"意为纸面，"楮国"意义不明。此句句意应为：因纸面上还有空白余地，附诗一首以启后会。故本书作"楮面"。

③ 日文原文：「砌下有数ヶ盆壷」。

> 把笔书答曰：吾邦人多赏此花，年年开花，自五月至七月，且又到十二月再着花。云云。遂诺以惠此花，不知实不实。[①]

先前策彦偶尔出馆时，路遇全仲山，全仲山请策彦到家中交流，并向其求诗。当时策彦因刚到宁波不久，为避免麻烦，未当面答应全仲山的邀请。后策彦寄书信一封给全仲山，信上说自己很想去拜访风流儒雅的全仲山，但因管制严格，不易出馆，或因事务繁忙，由此迟迟未能登门造访。信后附上一首汉诗，以作后会谈资。

全仲山的弟弟全季山出门迎接策彦，拿出茶与瓜果招待。时天降雨，全仲山借给策彦雨具。策彦临走时，又送天、地图各一幅。全仲山的父亲任职苏州，向策彦介绍院中的榴花，于是有了诗集中的诗序。《谦斋南渡集》诗序中所言“全仲山弟季山，以书招余”有误，是策彦先通书一封。

关于全仲山，日记中言其为翰林修撰，其父为苏州翰官。但是笔者查阅《明史人名索引》《明清进士题名碑录索引》，皆未查到此人。据范金民研究，全仲山“非为翰林，也非为修撰，恐实为修撰全元立之兄弟。(中略)。而全元立之父全政，学者称南川先生，由岁荐为博士，所至甚得士心，即为翰官。元立字汝德，号九山，兄弟四人，本人中嘉靖十四年（1535 年）进士，授翰林检讨，后为修撰，掌南京翰林院，升南京工部右侍郎”[②]。《（乾隆）鄞县志》载“全元立字汝德，嘉靖十四年进士，选庶吉士，历官修撰”[③]。

三天后即闰七月五日，全仲山作诗唱和策彦“东”字韵诗，也就是二日时策彦在书信中附录的那首诗，通过日本人即休送给策彦。

> 酉刻，赵月川、全仲山和余“东”字韵，价于即休贻焉。[④]

---

① 牧田諦亮. 策彦入明記の研究（上）[M]. 京都：仏教文化研究所，1955：70.

② 范金民. 从《入明记》看明代嘉靖年间日本使者与浙江士人的交游活动 [J]. 史林，2013，03：67.

③ [清] 钱维乔，等撰.（乾隆）鄞县志（卷 16）[M]. 1788（清乾隆 53 年）：2.

④ 牧田諦亮. 策彦入明記の研究（上）[M]. 京都：仏教文化研究所，1955：72.

第二节 怀古咏史诗

一、历史遗迹

京杭大运河沿线人文景观众多，历史文化底蕴深厚，留下许多脍炙人口的历史故事与灿烂的历史文化遗产。有些历史遗迹，策彦在日时已有所耳闻，比如枫桥、进履桥等。策彦来明途经这些地方，自然不能错过。《谦斋南渡集》中描写历史遗迹的汉诗，详见下表：

表 4. 2 《谦斋南渡集》中描写历史遗迹的汉诗

序号	地点	景胜	汉诗诗题	汉诗数量
1	姑苏驿（苏州府）	枫桥	《枫桥》	1
2	松陵驿（苏州府吴江县）	和靖读书台	《和靖读书台》（增补）	1
3	毘陵驿（常州府武进县）	东坡书院	《东坡书院》	1
4	下邳驿（淮安府邳州）	进履桥	《进履桥》	1
5	泗亭驿（徐州沛县）	歌风台	《歌风台》	1
		汉高祖遗像	《汉高祖遗像》	1
		琉璃井	《琉璃井》	1
6	南城水马驿（兖州府济宁州）	太白楼	《太白楼》	2

这 9 首汉诗涉及 6 个历史遗迹，多数集中于江苏省，人物涉及帝王将相、诗人、理学家。这些人物与故事在日本也广为人知，以下分别详述。

关于枫桥，因唐代诗人张继的一首《枫桥夜泊》而闻名天下，远播日本，成为日本五山禅僧常常吟咏的诗题。比如：绝海中津有诗《文焕章归姑苏》云："枫落秋江水，钟清夜泊船。"① 还有诗《钟声近》云："清夜沉沉月中楼，疎钟声近月中楼。十年梦断枫桥泊，吟兴正逢长乐秋。"② 景徐周麟有诗《霜钟》云"长天月落霜初满，染出枫桥夜半声"③。

① 絶海中津. 五山文学全集（卷 3）//蕉堅稿［M］. 京都：思文閣，1973：4.
② 絶海中津. 五山文学全集（卷 3）//蕉堅稿［M］. 京都：思文閣，1973：29.
③ 景徐周麟. 五山文学全集（卷 4）//翰林葫蘆集（卷 3）［M］. 京都：思文閣，1973：121.

策彦于嘉靖十八年十一月十六日游览枫桥，《枫桥》一诗即写于此时。《初渡集》详细记录了其游览经过：

又北行一里而有枫桥，石桥也。桥畔有门，以杂木造之，白板额，横揭"枫桥"之二大字。隔河有枫桥寺。又西相去七里而有虎丘寺，此行忽忽，不觉到彼，唯闻路人之说而已。余偶作小诗记张继故事云：

枫桥未断仅存踪，人物难逢境易逢。
张继去来无宿客，旧时山答旧时钟。

余又督三英，三英诗云：

寒山遮莫得诗难，张继前题铭肺肝。
今是昨非霜夜月，江枫落尽一钟残。①

枫桥仍在，也还是旧时的钟声，但难以相逢张继，张继之后也再无人写出如此不朽篇章。眼前的景致激发了策彦的雅兴，策彦即兴作诗抒发感慨，并且催促从僧三英梵生也作诗一首。

《和靖读书台》一诗作于策彦初渡中国时，《初渡集》详细地记录了创作的背景与时间：

嘉靖十九年八月廿三日

辰刻，同正使和上游虎丘寺。钧云、三正统、仁叔恕、三英以下同途，大光以恙不出。舟行二十里。上岸则打头有法界门。横揭"虎丘"二大字。古文。按二王像。入此门则瓦径一丁许。左右筑地。筑地侧古树不知几株。又列于左右。第二门门里挂额。又横书"虎丘"二大字。胁有"瞎堂惠远重立"之字。非古文。按四天王像。自此门磴路通翠微。左方有翠崖。（中略）。山北有楼，楼檐横颜"望海楼"三大字。楼中中央横揭"和靖读书台"五大字。楼右方有小斋房，揭"三畏斋"三字。下楼少许而有小门，横揭"和靖书院"四大字。出此门则左畔以柏树作门形，挂额揭"威镇北方"四字，入此门则有小莲池，石桥架其上。过桥上少许而有

---

① 牧田諦亮. 策彦入明記の研究（上）[M]. 京都：仏教文化研究所，1955：105.

祠堂，檐端横颜“玄帝殿”三字，殿里横揭“翊我皇明”四字。①

嘉靖十九年八月廿五日

余向游虎丘寺，寺后有和靖读书台，余偶作诗未记录，故写于此。

路自翠微深处通，荒台无主粉墙空。

书声断后泉声续，却讶先人读未终。②

据《（乾隆）江南通志》卷三十一“舆地志”载“和靖读书台：在元和县虎丘山，宋尹焞读书处，后人绘像祀之，为和靖书院。”③ 策彦所见“和靖读书台”非北宋初林逋，而是北宋末理学家尹焞。

《百城烟水》卷一载：

尹和靖先生祠：祀宋儒尹焞，洛阳人，寓虎丘西庵，榜曰“三畏斋”。嘉定七年，郡守陈芾等度西庵空地建祠，黄軨记。后二年，贰卿孟猷改建，于上方通幽轩之南。端平二年，秘建丞曹豳易祠为书院，刘宰记。元初为寺僧所据。延佑元年，移建长洲县治东乌鹊桥北，后废。明初，仍于西庵故址建和靖读书台。嘉靖三年，郡守胡缵宗复于台右建祠，今废。④

关于“和靖书院”的变迁，据《（正德）姑苏志》卷二十四“社学”：

和靖书院：祀宋尹肃公，初公读书虎丘西庵，题斋曰三畏。嘉定七年，士人黄士毅请于知府陈希，绘像祀之。端平二年，胡淳请即其地为学仓，司曹豳因奏立书院，以和靖为额，斋凡四，曰三省、务本、朋来、时习。提举马述建君子堂。嘉熙四年，提举陈振孙作藏书堂。景定二年，陈淳祖建曹豳祠堂。咸淳初，提举李芾建燕居堂，以奉先圣，建时习斋持敬亭。元初，为云岩寺，僧所据。延佑元年，始移置今所在，长洲县治东乌

① 牧田諦亮．策彦入明記の研究（上）［M］．京都：仏教文化研究所，1955：147.

② 牧田諦亮．策彦入明記の研究（上）［M］．京都：仏教文化研究所，1955：147.

③ ［清］黄之隽，赵弘恩．（乾隆）江南通志（卷31）［M］．扬州：广陵书社，2010.

④ 徐崧，张大纯辑．中国名山胜迹志丛刊（第五辑）//百城烟水［M］．台北：文海出版社．1971：23.

鹊桥北，即宋常平提举司故址。郡守道通重建殿庑门，堂总若干间，今废。国朝嘉靖二年，郡守胡缵宗又以吴县学生多在湖山，往复险阻，然憩寓假赁，靡所宁止，弗称养士，遂因学，后有龙兴寺，改复书院，堂宇庑舍仍旧而修饰之。①

据《（同治）苏州府志》卷三十七，载：

尹和靖先生祠：旧在虎邱云岩寺西，祀宋尹焞。嘉定中，知府陈芾即先生所尝读书处建。九年，郡人孟猷等移于上方通幽轩之南，提举吴格割公田四十亩，为岁修费。端平间，提举曹豳即其地为书院。元明移置，详见书院。嘉靖十七年，吴县知县汪旦仍建祠于故址，左有读书台，岁久圮废。国朝乾隆五十四年，郡人许森、叶文焯移祀于白莲泾养正书院。咸丰十年毁。②

由上来看，虎丘寺中的和靖书院与和靖读书台建于明初，在尹焞读书之处，即在虎丘寺西庵旧址上重建。宋嘉定七年（1214 年），初祀尹焞。南宋端平二年（1235 年），曹豳建立“和靖书院”。中间一度废除与迁移，明嘉靖二年（1523 年），郡守胡缵宗为便利吴县学生，将龙兴寺改建书院，在旧有堂宇庑舍的基础上翻新修建。尹焞何时在此读过书呢？据《宋黄干新建尹先生祠记》载：

和靖尹先生寓居平江府虎邱西庵，榜曰“三畏斋”，去之七十有五年。（中略）。其冬除徽猷阁待制，提举万寿观，辞不已，遂奉外祠，即虎邱以居，年已七十矣。后二年竟没于会稽之寓舍。③

---

① ［明］王鏊，等. 天一阁藏明代方志选刊续编（12）//（正德）姑苏志［M］. 上海：上海书店，1990：31.

② ［清］李铭皖，谭钧培修；［清］冯桂芬纂.（同治）苏州府志（卷 37）［M］. 南京：江苏古籍出版社，1991：59.

③ ［清］李铭皖，谭钧培修；［清］冯桂芬纂.（同治）苏州府志（卷 37）［M］. 南京：江苏古籍出版社，1991：59.

南宋绍兴九年（1139 年）冬，尹焞任虎丘寺祠禄官，年已七十。祠禄官是虚职，有薪无事，一般是晚年所任。在其著作《和靖集》卷三“杂文・书伊川先生修禊序帖”落款载：“绍兴九年十月七日平江虎丘西庵三畏斋洛阳尹焞书”①，平江即苏州，绍兴九年十月七日，尹焞在虎丘寺西庵“三畏斋”读书写字。尹焞是程朱理学代表人物程颐的高足，书斋之名“三畏”的由来也有程颐有关。据《宋史》卷四百二十八・列传第一百八十七“道学二”载：

> 尹焞字彦明，一字德充，世为洛人。
>
> ……
>
> 少师事程颐，尝应举，发策有诛元祐诸臣议，焞曰：“噫，尚可以干禄乎哉！”不对而出，告颐曰：“焞不复应进士举矣。”颐曰：“子有母在。”焞归告其母陈，母曰：“吾知汝以善养，不知汝以禄养。”颐闻之曰：“贤哉母也！”于是终身不就举。
>
> ……
>
> 靖康初，种师道荐焞德行可备劝讲，召至京师，不欲留，赐号和靖处士。
>
> ……
>
> 次年，金人陷洛，焞阖门被害，焞死复苏，门人舁置山谷中而免。刘豫命伪帅赵斌以礼聘焞，不从则以兵恐之。焞自商州奔蜀，至阆，得程颐易传十卦于其门人吕稽中，又得全本于其婿邢纯，拜而受之。绍兴四年，止于涪。涪，颐读易地也，辟三畏斋以居，邦人不识其面。②

尹焞，字彦明、德充，世代居洛阳。少师从程颐学道，为人笃行敦厚，靖康年，尹焞被举荐，不仕，由此被赐号“和靖处士”。金兵南下攻洛，尹焞于绍兴四年逃至涪州（即今重庆涪陵一带）。程颐曾被贬涪州，在此钻研《易经》，于是尹焞在涪州开辟书斋，命名“三畏斋”。从此，“三畏斋”成为尹焞的书斋名称，伴随其一生。

---

① ［宋］尹焞．景印文渊阁四库全书//和靖集［M］．台北：台湾商务印书馆，1986：7.

② ［元］脱脱，等．二十四史：简体字本//宋史（卷 428）［M］．北京：中华书局，2000：9952—9953.

嘉靖十九年，策彦游览虎丘寺时，“和靖读书台”修缮完好，上有楼阁，右是“三畏斋”，前是“和靖书院”。“和靖书院”已不再是祭祀和靖处士之处，由于嘉靖皇帝对道教的痴迷而演变为道观，成为“玄帝殿”。

《东坡书院》一诗，诗题注云：“同在祠堂之傍，堂院有守官二员”，此祠堂即东坡祠。《入明记》中未记录此诗的创作背景与时间，但《初渡集》中记载策彦初次游览的情景：

> 嘉靖十八年十一月廿五日
>
> 午刻，同正使和上上岸，岸畔有门，横揭“皇华”二大字。次有楼门，揭“毗陵驿”三大字。入门则有堂，堂里揭“驻节”二大字。又有桥，桥头有门，面额横揭“迎恩坊”三大字，里额揭“朝京桥”三大字。过桥少许而有楼门，横揭“怀李楼”三大字。入此门五步许，而有东坡祠。祠门无额，堂里中央按东坡塑像。案上有木牌，牌书“文忠公东坡苏先生”八字。右柱书云“气节文章炳于有宋”，左柱书云“精神庙貌表于吾党”。于右方上有诗板，（诗略）。
>
> 又后堂横揭“眉山精舍”四大字，中央挂墨竹之轴。又傍有古额，横书“东坡书院”四大字。又有东坡文忠公祠祝文，镌于石。祝文曲折，不遑说焉。此文之末，有“侨没于此”之语，然则东坡实终焉之地也。①

毗陵驿即常州武进县，也是苏东坡仙逝之地，故当地建有东坡祠堂与东坡书院。东坡祠堂中按东坡塑像，东坡书院有东坡文忠公祠祝文。《谦斋南渡集》的该诗有句“来见玉堂云雾窗”，“玉堂云雾窗”出自黄庭坚的《子瞻诗句妙一世，乃云效庭坚体，盖退之戏效孟郊、樊宗师之比，以文滑稽耳。恐后生不解，故以韵道之》：

> 我诗如曹桧，浅陋不成邦。公如大国楚，吞五湖三江。赤壁风月笛，玉堂云雾窗。句法提一律，坚城受我降。枯松倒涧壑，波涛所舂撞。万牛挽不前，公乃独力扛。诸人方嗤点，渠非晁张双。但怀相识察，床下拜老

① 牧田諦亮．策彦入明記の研究（上）［M］．京都：仏教文化研究所，1955：107—108.

庞。小儿未可知，客或许敦厖。诚堪婿阿巽，买红缠酒缸。①

黄庭坚的此诗是次韵苏轼诗之作，苏轼的原诗为《送杨孟容》：

我家峨眉阴，与子同一邦。相望六十里，共饮玻璃江。江山不违人，遍满千家窗。但苦窗中人，寸心不自降。子归治小国，洪钟噎微撞。我留侍玉坐，弱步欹丰扛。后生多高才，名与黄童双。不肯入州府，故人余老庞。殷勤与问讯，爱惜霜眉厖。何以待我归，寒醅发春缸。②

汉朝良将张良圯桥进履的故事深受日本五山禅僧的喜爱，常常成为他们绘画及题画诗的题材。比如月舟寿桂有诗《张良圯上进履图》云“一卷功多于五车，留侯终破祖龙居。此中开辟汉天下，莫道高皇不读书”③。仁如集尧同题画诗云“孺子寻常游下邳，忽逢老父未曾知。殷勤进履开炎运，四百年间王者师”④。

诗集中《进履桥》一诗作于策彦初渡南下途经下邳驿（属淮安府邳州）时，《初渡集》载：

嘉靖十九年正月四日

巳刻，着下邳驿，舟行四十里。即刻，携三英、宗桂上岸，访圯桥遗址。东去驿门二里许而有圯桥，授书房亦在此。房里中央按黄石公像，右侧有二童，左方按张子房像，右侧有一童捧书。有授书山房记，镌于石。其略云：子房佐汉高帝蹙秦灭项，克复韩家五世之仇。事功忠义与日月争光，而实赖黄石公命圯下取履，折其豪迈之气。云云。

---

① ［宋］黄庭坚著；［宋］任渊，史容，史季温注；黄宝华点校. 山谷诗集注（上）［M］. 上海：上海古籍出版社，2003：117.

② ［宋］苏轼著；［清］冯应榴辑注. 苏轼诗集合注（卷 28）［M］. 上海：上海古籍出版社，2001：1398—1399.

③ 以心崇伝. 大日本仏教全書（卷 146）//翰林五鳳集（卷 59）［M］. 東京：大法輪閣，2007：1142.

④ 以心崇伝. 大日本仏教全書（卷 146）//翰林五鳳集（卷 59）［M］. 東京：大法輪閣，2007：1142.

予偶作小诗记遗事云：

蹶项颠嬴天下分，运筹帷幄树元勋。

黄公一授素书后，更使圯桥高似云。①

《谦斋南渡集》中的该诗题注如实记录策彦所见，言“在下邳驿之城里，其傍有授书坊，内有黄石公张子房像”②。策彦一到下邳驿就立即上岸寻访圯桥遗迹，说明是有备而来。到达圯桥后，发现旁有授书房，详细记录下房内陈设，授书山房记等。在阅读授书山房记后，有感写下这首汉诗。

汉高祖刘邦的故事在日本五山禅林中也脍炙人口。五山禅僧常创作此类题材汉诗与绘画以弄风月，比如刘邦项羽楚汉之争、刘邦斩蛇故事等。比如，村庵《读汉高祖纪》诗云“三尺减秦英主剑，一杯欺楚若翁羹”③。《高祖洗足图》诗云“隆准龙颜势壮哉，路床欲洗脚跟埃”④。

《歌风台》《汉高祖遗像》《瑠璃井》三首汉诗没有记录在《入明记》中，但《初渡集》中详细记录策彦初次游览歌风台的情形：

嘉靖十九年正月十四日

着泗亭驿，舟行十五里。同刻上岸，到歌风台。台门横揭“歌风台”三大字，台中中央安牌，牌书以“汉高祖皇帝位”六字。台前有瑠璃井，井畔有碑文。又高祖手敕大字书镌于石，别记之。余偶作歌风台并瑠璃井诗。

苛法已蠲民气和，升平乐入大风歌。

歌台遗响犹盈耳，丰沛雪消春涨多。

汤沐邑荒无主人，苔封古井几回春。

岂知一滴瑠璃碧，曾洗五年兵马尘。⑤

① 牧田諦亮. 策彦入明記の研究（上）[M]. 京都：仏教文化研究所，1955：116.

② 策彦周良. 妙智院所藏史料//谦斎南渡集［M]. 東京：東京大学史料編纂所，2007.

③ 以心崇伝. 大日本仏教全書（巻146）//翰林五鳳集（巻59）［M]. 東京：大法輪閣，2007：1140.

④ 以心崇伝. 大日本仏教全書（巻146）//翰林五鳳集（巻59）［M]. 東京：大法輪閣，2007：1140.

⑤ 牧田諦亮. 策彦入明記の研究（上）[M]. 京都：仏教文化研究所，1955：118.

这两首歌咏歌风台与瑠璃井的诗作与《谦斋南渡集》中三首诗作的内容侧重点不同，《谦斋南渡集》中的《歌风台》侧重歌咏大风歌，《瑠璃井》侧重歌咏井旁碑文“汉高祖手敕太子书”。

《太白楼》诗题注云“楼上有李白醉像，又其左胁有贺知章像”，太白楼在山东济宁城内，策彦四次途经，其中初次到访时记录最为详细：

> 嘉靖十九年正月廿一日
>
> 酉刻，下廪给口粮。即刻，携三英、宗桂上岸。登太白楼，在城之南门。有小门，门楣揭“谪仙楼”三大字。入此门则移步少许而有楼，面于南，横揭“太白楼”三大字。楼上按太白像，像上有额，书以“意不在酒”四字。又有诗板，诗云（中略）。
>
> 又楼中有“壮观”二大字，白字也，乃太白所亲书也，尾有“太白”二字。予偶哦谢眺“青山李白楼”句，以追怀故事。又自楼上瞰下，则有泉水，所谓浣笔泉乎？今大人营山庄，门揭“观澜亭”三大字。又有重修李白酒楼记，今忽忽不得写之。①

《入明记》中只记录楼中有李白像，未提及贺知章像，为何策彦没有记载呢？《太白楼》题注所言如实吗？在《驿程录》“南城水马驿”条有如下记载：

> 太白楼
>
> 楼上中央横额“意不在酒”四字，楼下壁间有“壮观”二大字，即太白遗墨也。在南门城上，八十五里，楼中有李白醉像，又左有贺知章像，楼下有浣笔泉，到分水龙王庙，分水成两片。②

可知，策彦确实在太白楼中看到贺知章像，《谦斋南渡集》的《太白楼》一诗在创作时参考了《驿程录》。

---

① 牧田諦亮．策彦入明記の研究（上）[M]．京都：仏教文化研究所，1955：119.

② 村井章介，須田牧子．笑雲入明記//駅程録 [M]．東京：平凡社，2010：246.

二、先贤祠庙

在京杭大运河沿线，历史上涌现出许多贤达志士，人文遗迹众多。当地人出于崇敬，建祠祭祀，以求保佑。策彦深谙中国文化，每到访一处必探寻遗迹，有时作诗抒怀。《谦斋南渡集》中涉及的历史人物祠庙详见下表：

表 4. 3 《谦斋南渡集》中描写祠庙的汉诗

地点	祠庙	汉诗诗题	汉诗数量
吴山驿（杭州）	吴子胥庙	《题吴子胥庙》	1
武林驿（杭州）	西湖四贤堂	《题西湖四贤堂》	1
	林和靖庙	《林和靖庙》	1
邵伯驿（扬州府江都县）	邵伯庙	《邵伯庙》	2
淮阴驿（淮安府）	淮阴侯祠	《淮阴侯祠》	1
	漂母祠	《漂母祠》	1
钟吾驿（淮安府宿迁县）	楚项羽庙	《楚项羽庙》	1
夹沟驿（徐州府）	张子房庙	《张子房庙》	1
乾宁驿（河间府兴济县）	老子庙	《老子庙》	1

关于西湖四贤堂（详见第四章），此处暂略。关于林和靖庙，可能是策彦在游览西湖时所作。关于吴子胥庙，策彦共四次经过此地，《入明记》中有两处记录：

(1) 嘉靖十九年九月四日

酉刻，到吴山驿前而泊矣，舟行四五里许。吴子胥庙在吴山山颠。①

(2) 嘉靖二十七年十月十九日

宵分，点行灯登吴山。经忠节坊，诣伍子胥庙。携琇公、樗也、熊

① 牧田諦亮．策彦入明記の研究（上）[M]．京都：仏教文化研究所，1955：149.

一，钓云亦同途。①

伍子胥庙在杭州吴山山顶，初渡时，策彦于下午六点左右达到吴山驿，天色已晚，应没有登山访庙，可能是听人说起吴山山顶有伍子胥庙。再渡时，策彦天黑出发，点灯登吴山，游伍子庙。值得注意的是，日记中对伍子庙的前后记述不同，初渡时记载为“吴子胥”，再渡时记载为“伍子胥”。

关于邵伯庙。初渡时，策彦行至邵伯驿，从驿站名称猜测该驿站与邵公有关，猜想当地肯定有祠庙，于是立即寻访邵伯庙，并前往拜访，在日记中详细记录下邵伯庙的陈设，并有感创作《邵伯庙》一诗：

嘉靖十八年十二月十三日

冻雨霏霏。……此驿号邵伯，邵伯之所发也。予俾宗桂问其庙，庙在驿外。庙中央按邵公像。题左右柱云：“隐隐雷神居此地”“轰轰圣像镇甘棠”。庙额横揭“列仙道院”四大字。又题柱有“龙吞苍海月”“鹤伴华山云”“名刹红尘远”“玄门白昼长”等之句。又或揭“洞府烟霞”四字。由是思之，则列仙道院之额决非故额，今作道院者明矣，道士杂处于其侧，云云。庙门之外有外人家，横颜“邵伯镇巡检司第九铺”九字，云云。偶作邵伯庙诗：邵公所憩有祠堂，古往今来慕德香。意足不求遗像肖，居民千岁拜甘棠。②

关于韩信庙、漂母祠，策彦在初次游览时详细记录祠庙的情况：

嘉靖十八年十二月廿二日

犹在本驿（淮阴驿——笔者注）。斋后，三英上司上岸。还报曰：此去七八里而有韩信庙，庙门横揭“乡贤祠”三字。庙里中央按遗像，像前有木牌，牌上书“汉淮阴侯韩公信”七字。又右胁有徐仲车塑像，像前有木主，书“宋楚州教授赐节孝处士徐公仲车”十四字。又左胁有赵师旦塑

① 牧田諦亮．策彦入明記の研究（上）［M］．京都：仏教文化研究所，1955：240.
② 牧田諦亮．策彦入明記の研究（上）［M］．京都：仏教文化研究所，1955：111—112.

像，像前有木主，书“宋知康州事赠光禄卿赵公师旦”十三字。又漂母祠在近。①

嘉靖十八年十二月廿三日

天气佳暄。斋罢，同三英上岸散步。驿门揭“皇华亭”三大字，入门少许而有漂母庙，庙门横镌“漂母祠”三大字。庙里有漂母像，像前供香火，白发满簪，左右有侍女像。壁间诗版多多，生亦作诗，别记焉。人里有楚元王庙，庙门揭“楚王祠”三大字，庙中央有塑像。其次有韩信庙，庙门横揭“乡贤祠”三大字。庙中央按韩公像，左右有徐仲车、赵师旦二塑像。香火俨然，纸马森然，就中韩信像生气凛凛，眼光射人。予偶作诗书之壁间，别记之。②

二十二日，同行日本禅僧三英梵生上岸，发现驿站附近有韩信庙与漂母祠，回船告知策彦。于是，翌日，策彦与三英梵生上岸，依次到访漂母庙与韩信庙。日记中载策彦当场即兴作诗，记在别处，可能是收录于《谦斋南渡集》的两首诗。另一方面，可见五山禅僧对韩信漂母故事的熟悉，对韩信充满敬佩之情。

关于楚项羽庙，策彦初次游览时详细记录当时情形：

(1) 嘉靖十八年十二月廿九日

天气佳暄。卯刻，发船。巳刻，着钟吾驿，舟行四十里。未刻，同大光、钓云③上岸散步。……诣项羽庙，庙在冈上。冈外有一小门，横揭“灵应行祠”四大字。入此门则有石桥，过则有庙门，横揭“楚王祠”三大字。庙檐贴纸，揭“西楚项王”四大字。中央坛上按项羽塑像，右胁书云：“力拔山气盖世、千古英雄”。④

(2) 嘉靖十八年十二月三十日

楚项羽庙

执锐被坚亡暴秦，岂图天下属宽仁。

① 牧田諦亮．策彦入明記の研究（上）［M］．京都：仏教文化研究所，1955：112.

② 牧田諦亮．策彦入明記の研究（上）［M］．京都：仏教文化研究所，1955：113.

③ 按，“钓云”：牧田谛亮翻刻本作“钧云”，大日本佛教全书翻刻本与东京大学史料编纂所写真帐策彦周良手稿本《初渡集》皆作“钓云”，故本书作“钓云”。

④ 牧田諦亮．策彦入明記の研究（上）［M］．京都：仏教文化研究所，1955：114.

庙前休扫无名草，又有春风生美人。①

二十九日上午十点左右，遣明使到达钟吾驿站（淮安府宿迁县）。下午两点左右，策彦与大光、钧云上岸访项羽庙。翌日，策彦将拜访项羽庙有感而作汉诗记录下来。故推测《谦斋南渡集》中《楚项羽庙》一诗应是在这两天内所作。有一处不同的是诗集诗序说门揭“西楚霸王”，日记中言“西楚项王”。

关于张子房庙，《张良庙》诗题注云“榜曰‘天枢庙’，在京口驿。庙守话云：兵将祷此庙，必有应”。《驿程录》中没有提及庙守之事。日记中只记录策彦初次到访的情况，详细描写庙中的陈设，也未提庙守一事：

嘉靖十八年十一月晦日

午时，至丹徒坝，舟行六十里。未刻，同钓云、即休、浦云上岸。（中略）。次诣张良庙，揭以“天枢庙”三大字。中央按塑像，有幢，书云：“上相留文成公”，云云。又左右柱书云：“雪复韩仇·耿耿丹心昭日月”“匡扶汉室·斑斑青史耀乾坤”。又像前有木牌，牌上书“天枢上相留文成侯道德真君”十二字。②

关于老子庙，策彦初渡南下行至乾宁驿时，到访三清殿，详细记录其中的陈设：

嘉靖十九年五月廿六日

酉刻，同即休、三英上岸到道士观。观门竖揭“阐威门”三大字，入此门则左右有钟、鼓之二楼。又有碑亭。有殿揭“三清殿”三大字，中央安老子像，像前揭“承恩”二大字。又东西廊庑构小殿者多多，安诸星斗之像。殿里壁间丹青可睹，殿檐逐一揭额有“咸通殿”三大字。③

乾宁驿在兴济县，非牧田谛亮所言鱼侪县，也非村井章介、须田牧子所言

① 牧田諦亮. 策彦入明記の研究（上）[M]. 京都：仏教文化研究所，1955：115.
② 牧田諦亮. 策彦入明記の研究（上）[M]. 京都：仏教文化研究所，1955：109.
③ 牧田諦亮. 策彦入明記の研究（上）[M]. 京都：仏教文化研究所，1955：134—135.

鱼济县。（考辨详见本章第七节）。《谦斋南渡集》中《老子庙》诗题注云“在鱼侪县乾宁驿。庙门揭‘三清殿’三字”，与日记记录一致。

第三节　佛寺诗

日本禅僧荣西将禅宗从中国带至日本，开启禅宗在日本的兴盛。随后，日本模仿中国建立禅寺五山十刹制度。策彦作为日本五山之首天龙寺禅僧，自然对中国名刹不陌生。作为禅僧，策彦日常修行佛法，学习中国佛教公案，听闻中国禅僧逸闻。虽然来明目的不是求法，但是策彦也不失时机寻访寺院，与寺内僧侣茶话交流，创作众多游览佛寺的诗篇。《谦斋南渡集》中收录 27 首描写寺院的汉诗，详见下表：

表 4. 4　《谦斋南渡集》中描写寺院的汉诗

地点	景胜	汉诗诗题	汉诗数量
鹿岛	文殊堂	《鹿岛文殊堂》	1
宁波	补陀寺	《补陀洛寺》	2
杭州	保叔寺	《保叔寺》《同寺有八角塔婆》	2
	净慈寺	《到净慈寺上宗镜阁》	1
	灵隐寺	《灵隐寺》《同上飞来峰》	2
	中天竺寺	《中天竺寺》	1
	上天竺寺	《佛足泉》	1
	径山寺	《径山寺》	1
苏州	寒山寺	《寒山寺》《寒山井》《拾得井》	3
	虎丘寺	《虎丘寺》《千人坐石》《点头石》《剑池》	4
常州无锡县	惠山寺	《惠山寺》	1
南京	金山寺	《金山寺》《妙高台》《中泠泉》《猩猩洞》《六亭》《再渡之时复上金山寺》	6
	焦山寺	《焦山寺》	1
	甘露寺	《甘露寺》《九层铁塔》	2

这些寺院以杭州寺院居多，诗作8首，这与中国禅宗五山十刹多在杭州有关，其中涉及的中国禅宗五山十刹有位列五山第二的杭州灵隐寺、五山第四的杭州净慈寺、位列十刹第一的杭州中天竺寺。诗集所涉寺院有些是沿途景致，有些是策彦特意寻访。策彦是何时寻访？又是在何时创作汉诗？下文一一道来。

关于鹿岛文殊堂，《初渡集》中记录策彦两次到访此地赏花，未提创作《鹿岛文殊堂》之诗一事：

> 嘉靖十八年三月五日
>
> 今旦辰刻，开帆。午前，至志贺岛……今夕月清朗，同钓云见文殊堂前花，浦云提壶来，催以诗歌会，以《月来花弄影》为题。
>
> 今宵春色恼人无，月映山楼影不孤。
>
> 压倒赵昌天水墨，一花散作百花图①。②
>
> 同年三月九日
>
> 午刻，正使和上俾各见文殊堂前之花。与钓云、吉治赴之，大光以头风不出。晚炊已后引杯，及夜而归矣。文殊堂颜“妙吉祥堂”。③

从遣明使团常在文殊堂前赏花，并在文殊堂前举办诗歌会来看，策彦于此地创作该诗的可能性很大。

关于补陀寺，即今宁波七塔寺。策彦在宁波停留时间最长，日记中有记载的是策彦前后五次到访此寺，分别是嘉靖十八年（1539年）六月二十五日、同年七月二十七日、嘉靖十九年十月二日、嘉靖二十年正月二十日、嘉靖二十七年六月十八日。补陀寺是宁波地区名蓝，因供奉观音大士而命名补陀。策彦初渡中国时，曾在海上遭遇风暴，众僧默念观音大士名号后转危为安。上岸

---

① 按，“图”：东京大学史料编纂所写真帐策彦周良手稿本《初渡集》作“□”，牧田谛亮翻刻本作“园”，大日本佛教全书翻刻本作“图”。此诗应是一首七言绝句，从诗作押韵来看，押上平声七虞韵，用字“无”“孤”。“图”属虞韵，“园”属十三元韵。因此本书依大日本佛教全书翻刻本，作“图”。

② 牧田諦亮. 策彦入明記の研究（上）[M]. 京都：仏教文化研究所，1955：37.

③ 牧田諦亮. 策彦入明記の研究（上）[M]. 京都：仏教文化研究所，1955：37.

后，一行人前往补陀寺还愿上香。将要归国时又与正使和尚一道再次参诣补陀寺。再渡时，同样是上岸不久，策彦等遣明使在中国政府官员的陪同下，跨马参诣补陀寺，进献香资。由此可见，补陀寺对策彦等遣明使的重要性，保佑其航行平安。但是，《补陀洛寺》一诗是策彦何时所作，记录于何处等问题，因笔者涉猎有限，不能一一解答，有待今后进一步的考证。

关于保叔寺、净慈寺、灵隐寺、中天竺寺、上天竺寺，这五个寺院位于杭州。从《入明记》所载的三次策彦游览西湖记录来看，策彦初渡时行程匆匆未能有时间一一游览诸寺，直到再渡时，才白昼游西湖，历览诸寺。因此，描写这五个寺院景观的汉诗应该是策彦再渡时所作。

关于寒山寺，《谦斋南渡集》中有《寒山寺》《寒山井》《拾得井》三首汉诗，日记中详细记录了策彦两次游览寒山寺的经过：

(1) 嘉靖十八年十一月十六日

辰刻，游寒山寺，舟行七里。寺乃面于西南，门额朱漆金字也，里竖揭“寒山寺”三大字，额面左方有“处州顾荣书”五字，右方有“住山文泽立”五字。佛殿横揭“大雄宝殿”四大字，本尊安释迦尊像于中央，左无量寿佛，右弥勒尊佛。又其交左有迦叶破颜之像，右有阿难随侍之像，又有十六罗汉像。堂外东隅有钟楼，无华鲸。佛殿里东南之隅挂一钟，所谓夜半钟也，钟铭有“佛日增辉”“法轮常转”“皇图永固”等之语。本尊面前有牌，书“皇帝万万岁”五大字。殿之后有方丈，揭“方丈”二大字。过一院，院长出迎相揖，遂设榻侑茶。有小堂宇，左右之柱书“香烧柏子延三宝”“漏刻莲华礼六时”十四字。①

(2) 嘉靖十八年十一月十九日

午刻，携三英、熊松再游寒山寺，盖要详访事迹也。佛殿后有堂，堂里横颜“方丈”二大字，胁有“住山永恩立”五字。又其后堂按寒山、拾得二木像，左寒山，右拾得。又像左方有幢，书以“南无文殊师利寒山菩萨”十大字，又右方书以“南无大行普贤拾得菩萨”十大字。堂前壁间书“松风清客座”“花雨湿禅关”之句。又过一院，院主出应茶话，予乞笔研

① 牧田諦亮．策彦入明記の研究（上）[M]．京都：仏教文化研究所，1955：105.

书枫桥偶作。院壁书“茶话情怀好”“菜根滋味长”之句。又柱书“寺古存仙迹”“僧闲伴鹤眠”之句。归时，假道于枫桥上本船。①

第一次造访，日记重点着笔于寺内的建筑与堂内构造设置，但未看到供奉寒山拾得二僧的佛堂。两天后，策彦再次造访寒山寺，日记明确记载此次的前往目的是“盖要详访事迹也”，此次策彦找到了寒山拾得二僧的供像，看到像旁的木牌。牌上的记录与《谦斋南渡集》中《寒山寺》诗的题注稍有出入，《寒山寺》诗题注曰“殿之上面安寒山、拾得二像，像形与画图无异矣。左右立二牌：‘南无寒山文殊师利菩萨’‘南无拾得普贤行愿菩萨’。”《入明记》则记录为“南无文殊师利寒山菩萨”与“南无大行普贤拾得菩萨”。策彦在中国游览山川、历史遗迹时有即兴作诗的习惯，《寒山寺》一诗可能作于此时。

《谦斋南渡集》中《寒山井》诗的题注云“寺僧云：山中及旱则动无水，寒拾穿二井而为遗物。云云”，日记中未提及寒山井与拾得井，想必这两口井应在供奉二僧院的附近。明景泰四年（1453 年）遣明使笑云瑞䜣也游览过寒山寺，在其所著《笑云入明记》中记录了当时寒山寺的情况：

到寒山寺，佛殿左有碑，曰旧名枫桥寺，又曰江林寺，云云。后殿寒山、拾得为本尊，门前有二井，曰寒山井、拾得井。②

笑云所见供奉寒山、拾得的佛堂在佛殿后面，与策彦所述一致。佛堂前有寒山井与拾得井。据《寒山寺志》，寒山寺在明景泰——嘉靖年间，只有“嘉靖间，僧本寂铸钟建楼”③。除此以外，未见其他大幅度整修。因此策彦所见应与笑云所见寒山寺相差无几。那么，策彦所见寒山井、拾得井在供奉寒拾二僧的佛堂前面。

第二次拜访寒山寺时，策彦周良与一院主茶话，那么关于寒山井与拾得井的故事应是此院主相告。则《寒山井》与《拾得井》诗也应是作于策彦第二次拜访寒山寺时，即其所详访的事迹。

---

① 牧田諦亮. 策彦入明記の研究（上）[M]. 京都：仏教文化研究所，1955：106.
② 村井章介，須田牧子. 笑雲入明記 [M]. 東京：平凡社，2010：200.
③ [民国] 叶昌炽撰，张维明校补. 寒山寺志 [M]. 南京：江苏古籍出版社，1999：6.

关于虎丘寺，《谦斋南渡集》中有《虎丘寺》《千人坐石》《点头石》《剑池》诗。策彦初渡时，据《初渡集》载“又西相去七里而有虎丘寺。此行忽忽，不觉到彼，唯闻路人之说而已”①。北上途中，策彦听闻路人说起寒山寺附近有虎丘寺，由于行程匆忙未能到访。完成朝贡任务，南下返程时便有轻松的旅程与心情，嘉靖十九年（1540 年）八月廿三日，策彦仔细地游览了虎丘寺，并在日记中详细记录下所见：

同正使和上游虎丘寺，钓云、三正统、仁叔恕、三英以下同途，大光以恙不出。舟行二十里。上岸则打头有法界门，横揭“虎丘”二大字，古文。按二王像。入此门则瓦径一丁许。左右筑地，筑地侧古树不知几株，又列于左右。第二门门里挂额，又横书“虎丘”二大字。胁有“瞎堂惠远重立”之字，非古文。按四天王像。自此门磴路通翠微。左方有翠崖，崖下有泉，构以石栏，栏畔立石额，竖镌“憨憨泉”三大字。行少许而右方有大石额，竖镌“试剑石”三大字。胁书云：“绍圣乙亥 吕叔卿题”，二行书之。此石额前又有石，截断成两，盖试剑之谓在兹乎？攀磴路上则大石之怪异者多多。又有小石桥，过桥少许而有小池，池水出自石间。两崖如削，崖石石面，竖镌“虎丘剑池”四大字，又镌“风壑灵泉”四大字。自左方攀蹬径之险阻者上，少许而有石门，横镌“第三泉”三大字。入此门则有亭，亭檐横颜“登高览古”四大字。亭之中央揭额，横书“品泉亭”三大字。此亭之后有泉，所谓第三泉是也。深一丈余，崖石镌“第三泉”三大字。胁有“芝南”二字，盖笔者之称耳。泉上构亭，亭中央横扁“汲清亭”三大字。此亭之后有石壁，镌“天光云景 · 玉色金声”之八字，二行列于左右。左畔有堂宇，中央横颜“天宫宝藏”四大字。按释迦像，像前有牌，书“本师释迦文佛”六字。堂后有轮藏。又其次有小亭，揭“陆羽泉香”四大字。又下旧蹬径，到山门前。攀石径，上头有山门，门檐横颜“三吴一山”四大字。门里挂额，横揭“三吴钟秀”四大字。入此门则有堂，无额，堂中央按观音像。右畔有二重阁，不揭额。左方有蹬径，上头有佛殿。檐端横颜“大雄宝殿”四大字，按三世如来像。像前左

① 牧田諦亮. 策彦入明記の研究（上）[M]. 京都：仏教文化研究所，1955：105.

右以木造烛作龙形，所谓烛龙乎？殿之后有七级浮图，余才登者，至三级而止。远近佳景恰如画图中物，实天下壮观也。殿之后有阁，竖二行揭“敕赐藏经之阁”六大字。阁左畔有僧堂，堂口挂牌，牌上书“放参”二字。堂中央横揭“选佛”二大字。佛殿之右畔有楼，檐端横揭“悟石轩”三大字。楼中央横扁“得泉楼”三大字。楼右方有石桥，架剑池之上，自此通僧堂。①

日记中提到剑池、试剑石、憨憨泉等，但未提及千人坐石与点头石。查阅《驿程录》，“姑苏驿”项载“虎丘寺　第三泉、憨憨泉、有怪石，曰千人坐，实可坐千人，试剑石”②。由此来看，日记中所载“攀磴路上则大石之怪异者多多”，可能是千人坐石。汉诗《点头石》诗题注云：“在虎丘寺。生公说法之时，每石竖，点头云。”③ 关于此传说，可能是策彦游览时听寺僧说起。这一次的记录中也未提及点头石。嘉靖二十八年（1549 年）十二月十一日，策彦“斋罢，携副使、慈眼、钓云，游虎丘寺。酉刻，自虎丘归”④。这一次，策彦在虎丘寺逗留相当长时间，直到傍晚六点左右才离开。笔者推测可能策彦在这次游历时了解到点头石的故事。《虎丘寺》诗题注曰“开山罗什法弟生公也”，应该也是从寺僧处得知。

关于惠山寺。惠山寺是禅宗道场，处常州府无锡县，非《惠山寺》诗题注所云“在苏州”。虽然不能明确《惠山寺》一诗的创作时间与背景，但策彦在日记中详细记录了初次到访时的所见所闻：

嘉靖十八年十一月廿一日

午刻，同大光、钓云等游惠山寺。法界门横揭“九龙峰”三大字，石云陈淮书。额里横揭“五里街”三大字，同陈淮所书也，盖门前街巷亘五里也。总门横揭“惠山寺”，左胁有“秋林”二字，盖笔者名字也。次有楼门，横揭“惠泉福地”四大字。此门左畔有小门，横揭“观泉”二大

① 牧田諦亮．策彦入明記の研究（上）［M］．京都：仏教文化研究所，1955：146.

② 村井章介，須田牧子．笑雲入明記//駅程録［M］．東京：平凡社，2010：242.

③ 策彦周良．妙智院所藏史料//謙斎南渡集［M］．東京：東京大学史料編纂所，2007.

④ 牧田諦亮．策彦入明記の研究（上）［M］．京都：仏教文化研究所，1955：243.

字，石云陈淮书。又次有小门，横揭“天下第二泉”五大字，赵孟頫书，子昂也。门柱左书“勺水流金·山谷发精华之气”十一字，右书“寸云触石·江河成润泽之功”十一字。右畔有池，以石造龙头通水。其上有堂，檐额横揭“一碧万顷”四大字。堂里中央横揭“漪澜堂”三大字，八分。堂后翠微又有小亭，横揭“源头活水”四大字。亭里叠石井湛水，中央横揭“凝翠”二大字。亭后有小堂宇，檐额横揭“九曲清流”四大字。堂中央横揭“尊贤堂”三大字，古文白字。又有惠山十贤堂记，堂中按十贤之牌。左畔有岩窟，窟上以石作额形，横镌“小石屋”三大字，凤山题。左右根有清水流出。石上有石额，横镌“惠山灵源”四大字，古文，石屋山人题。小石屋后翠微有小亭，亭里中央，横揭“二泉真处”四大字。亭里左方有“二泉真处亭记”。右畔翠微有小亭，横揭“经云亭”三大字，古文。佛殿无额，按三世如来。殿后有堂，堂里中央横揭“白云堂”三大字。堂后又有堂，中央按千手观音像，架二重阁，阁上额竖揭“大慈阁”三大字。

惠泉福地门右方有小门，横揭“听松”三大字。入此门则左方又有门，横揭“二泉书院”四大字。又方丈里壁间题句云“一啜知茶味，总胜酒百杯”。此外古人遗作不知数。又有古人别业，揭“惠岩小筑”四大字。惠山寺门前左方山上有楼阁，盖祭神之处也。第一门额竖揭“东岳行宫”四大字，第二楼门额揭“五岳楼”四大字。又山之绝顶有道士观。①

惠山寺最有名的莫过于惠山泉，被茶圣陆羽誉为“天下第二泉”，被苏轼、黄庭坚等名士吟咏赞颂，南宋末期书法家赵孟頫特别书写“天下第二泉”，即策彦所见。从汉诗《惠山寺》的内容“泉重惠山山重泉，泠泠岩溜不知年。客愁滴破松堂雨，僧梦燃残茶灶烟。五里街头虽堕世，大慈阁上别开天。他生愿入此佳境，长伴闲云借榻眠。”来看，基本是游览所感，未涉及深层的惠山寺历史文化，也没有深刻的佛理阐释，可以说与普通写景诗无异。

关于金山寺，《谦斋南渡集》中有 6 首相关汉诗，其中《再渡之时复上金山寺》一诗，《初渡集》中记录了其创作的背景与时间：

---

① 牧田諦亮．策彦入明記の研究（上）[M]．京都：仏教文化研究所，1955：107.

嘉靖十九年八月五日

辰刻，偕大光、钓云游金山寺。寺僧说曰：“本山原有六亭，曰江山一览、曰烟雨奇观、曰观澜、曰留云、曰吞海、曰回澜，今存烟雨、留云、吞海、回澜四亭。”又山之东崖有二重阁，第一重揭“朝阳阁”三大字。阁中乃岩窟，窟口揭“朝阳洞”三大字。洞下又有快（怪）岩，恰如文室，此乃妙空岩也。石碑列于左右，镌以妙空岩记。同行忽忽，是故不记之。朝阳阁前有怪石，石面横颜“盘陀石”三大字，东皋所书也。又东有善财岩。去年所面之僧，一见相识，擎茶杯。予偶哦“寺忆曾游处”之句，又赋小诗：

再登金山

金山古寺记吾曾，一叶扁舟两度登。

瓦鼎煎茶谈到暮，眼青头白旧时僧。①

这是策彦初渡时归宁波途中，再次到访金山寺，去年到访时所遇寺僧，一见面就认出彼此，两人又在一起喝茶。熟悉的地点，熟悉的人物，策彦不禁吟诵杜甫的诗句“寺忆曾游处”，由此创作《再登金山》一诗。因此，这首诗不是作于策彦再渡中国时，而是初渡中国第二次到访时。

这段日记中还提及六亭，寺僧言原有六亭，策彦到访时只存四亭，江山一览亭与观澜亭毁。在策彦日记中也只提及四亭，详见下文：

嘉靖十八年十二月三日

渡扬子江。午时，至镇江府京口驿。即刻，同正使和上游金山寺。上岸则有长廊，廊壁上有额，横揭“观澜”二大字。又其次横揭“中流砥柱”四大字。先人遗作镌于石者不知几首，“树影中流见，钟声两岸闻”之句亦在其中。有楼门，横颜“龙游禅寺”四大字，金字也。门里左右按四天王像。入此门则左胁有石额，竖镌“金山”二大字。佛殿横揭“大雄宝殿”四大字，本尊释迦。中央有“皇帝万万岁”之牌，左牌有“皇后齐年”四字，右牌有“太子千秋”四字。殿左右有十六罗汉像。后门中央有

---

① 牧田諦亮．策彦入明記の研究（上）［M］．京都：仏教文化研究所，1955：143.

观大士像，骑其邻。左文殊，右普贤，骑象，骑狮。佛殿左方有小堂宇，有达摩、百丈等像。又中央设座按开山像，像前有牌，书以“开山裴公祖师”六字。又其次有方丈，横颜“大彻”二大字。额左胁书云“住山比丘圆悟立”。方丈里柱题句云“水月虚空相，山云自在心”。方丈左畔有泉，上构小亭，亭正面横揭“中泠泉”三大字，又亭里中央横颜“第一泉”三大字。佛殿之后，又有堂，本尊卢舍那佛，堂壁以石镌以“妙高台”三大字。又后门竖镌以石云“妙高峰”。又其次有堂，堂里有禅坐之僧，闭户不出，唯穿小窗。窗上横揭“禅室”二字，左右壁间书云“祖立禅关静里不谈尘世事”“佛遗法教定中存养性天机”。有藏经。此堂左畔向翠微有磴路，才动步则路旁有小亭，横颜“回澜”二大字，东皋书。山腰有堂，堂里按千手观音像。其次有阁，阁中央按晏公像，像前有牌书云“敕封晏公平浪侯”。题左右柱云“有性非性非有非无”“无身是身是无是有”。阁上横揭“江天阁”三大字，永丰聂静书。此额上又有额，横颜“天下大观”四大字。又上翠微少许而有亭，亭里横颜“吞海亭”三大字，青字也。此亭下有塔婆之迹。又山绝顶有亭，横揭“留云亭”三大字。亭前有刹竿，亭后有绝壁，壁面横镌“妙高台”三大字，里横镌“玉鉴堂”三大字。下亭数步而有石洞，猩猩窟宅也。上有石额，横镌“灵岩”二大字。又左傍有一亭，横揭“烟雨奇观”四大字，东皋书。又佛殿左方有堂，堂里揭“永安堂”三大字。堂左有阁，横揭“海岳楼”三大字。又山脚有二层楼阁，揭以“朝阳阁”。又有洞，号朝阳洞。又隔岸有小冈，冈上有小堂宇，曰玉山寺。归路山侧有石洞，洞口揭“紫阳洞”三大字。洞里按紫阳君像，像前有香灯之设。又行数步而有小楼，楼门横揭“银山书院”四大字。①

按照策彦的记载，回澜亭位于山脚，吞海亭位于山腰与山顶之间，留云亭位于山顶，从留云亭下山数步有烟雨奇观亭，观澜亭与江山一览亭位置不详。从名称判断，江山一览亭与观澜亭应在高处。但《谦斋南渡集》中《六亭》诗题注云“金山之绝顶，曰江山一览，曰烟雨奇观，曰观澜，曰留云，曰吞海，

① 牧田諦亮. 策彦入明記の研究（上）[M]. 京都：仏教文化研究所，1955：109—110.

曰回涧，又山号金鳌也”①。《驿程录》“京口驿·金山龙游禅寺”项也载“山巅有六亭，曰江山一览，曰烟雨奇观，曰观澜，曰留云，曰吞海，曰回涧”②。可见，《谦斋南渡集》与《驿程录》所载六亭位于金山山巅为误。两者如此一致，《谦斋南渡集》的《六亭》一诗应是参考了《驿程录》。日记中未提及金山山号金鳌一事，据明代陆容（1436—1494）《菽园杂记》卷十二载：

> 大江中金、焦二山，金以裴头陀开山得金而名，焦以焦隐士所居而名。近游焦山，读徐武功《壮观亭记》云：“古称金鳌、浮玉二山，为江、汉朝宗于海之门户，即今京口金、焦是已。盖省文易名，因以淆讹，故郡志无考。然焦有古刻‘浮玉’之名，尚存岩石，而江表之人，犹称焦门，为可证焉。是以金山为金鳌，焦山为浮玉矣。疑而考之郡志及它纪载，则金鳌乃金山中亭名，浮玉本金山别名也。焦山所刻二字，笔势肥弱，盖宋、元人所书。”武功所云，不知何据。③

坊间传闻金山别名金鳌，但陆容考证史料，认为金鳌是金山中亭子的名称，非山号。既然有这种传闻，那么策彦所言山号为金鳌，可能从寺僧或路人或同行中国人处听闻。

关于妙高台，根据日记的记载，当是金山山顶留云亭后的绝壁，未提及安有佛像一事。但是《妙高台》诗题注云“台上安文殊像，台下有善财岩”④，策彦是僧人，对寺院佛像应该不会忽略与漏记，那么《妙高台》的诗题注所言有待商榷。从日记来看，妙高台与善财岩相距一定距离，而《妙高台》诗题注所言好像善财岩就在妙高台下。

关于焦山寺。《焦山寺》诗题注云“在扬子江中，与金山相对，汉焦光隐于此山，因名之。寺内有焦光祠，揭‘隐士祠’之榜”。策彦在初次游览时事无巨细地记录下焦山寺的建筑布局：

---

① 牧田諦亮．策彦入明記の研究（上）[M]．京都：仏教文化研究所，1955：276.
② 村井章介，須田牧子．笑雲入明記//駅程録［M]．東京：平凡社，2010：243.
③ ［明］陆容撰．元明史料笔记丛刊//菽园杂记［M]．北京：中华书局，1997：145.
④ 策彦周良．妙智院所藏史料//謙斎南渡集［M]．東京：東京大学史料編纂所，2007.

嘉靖十九年八月五日

午刻，乘舟便游焦山寺。舟行五里，中流有小岛，曰罗山。楼门面于东，横揭“焦山寺”三大字。佛殿横颜“大雄宝殿”四字，殿里按三世如来，左右有十六罗汉像。方丈横扁“方丈”二大字，堂里正面横揭“海云堂”三大字，青字。方丈门右方壁傍有石碑，镌以“焦山禅寺重建圆悟接待庵记”十二字，记文不遑录。佛殿右方有焦光旧祠堂，门横揭“隐士祠”三大字。庙里中央有遗像，像前有木牌，书“汉隐士焦公之神”七字。又面南有小门，横揭“天开胜境”四大字。出此门则西壁贴石额，横镌“海不扬波”四大字。（中略）。本山类狮子形，曰狮子山。又隔江有山，曰象山。余偶作一诗八句遣之：

维缆焦山下，偶寻隐士踪。暗潮藏屿柳，空籁答岩松。

鱼散午时梵，鸦翻日暮钟。留题墙上壁，胜境罕重逢。

就海云堂有茶饭，山长以下三人光伴，小僧数人给仕。饭了各言归，寺僧接武相送挈茶。茶罢出门，门送惜别，各上船。①

策彦在焦山寺见到了焦光祠，至于焦山寺因焦山而得名一事可能听闻寺僧说起。策彦有感作五言律诗一首，但未收入《谦斋南渡集》中。《谦斋南渡集》中的《焦山寺》一诗作于何时尚待进一步考证。

关于甘露寺，《谦斋南渡集》有诗《甘露寺》《九层铁塔》。策彦几乎每次途经都会到访，每次都是行船至北固山下，由此登甘露寺。日记记录了其中三次的情况，第一次记述尤为详细。

嘉靖十八年十二月四日

辰刻，携三英游甘露寺。寺在山上，坂口有庵。庵门揭“海岳庵”三大字，东皐书。有泉，泉上构小亭，亭里横揭“天津”二大字，东皐书。有楼门，门里按四天王像，横颜“天下第一江山”六大字，延陵吴琚书，住山师一重立。入此门则右方有九层铁塔。有长廊，廊下挂大版。左方有钟楼，挂华鲸。佛殿横揭“大雄宝殿”四大字，金字，住山存昱立。有土

① 牧田諦亮. 策彦入明記の研究（上）[M]. 京都：仏教文化研究所，1955：143.

地堂，无额。殿之后有小堂宇，横揭“宝华堂”三大字，东皋题。堂里左方有额，横书“孤云野鹤”四大字，沧江赵祥题。右方横揭“明月清风”四大字，铁溪高鉴题。山之绝顶有多景楼遗趾，盖近年炎上。又有藏殿，横颜“敕赐藏经宝殿”六大字，金字也。前有北固山，山下有习兵之场，场中央有堂宇，横颜“讲武”二大字，嘉靖十六年丁酉十月吉旦，钦差巡按御史河中苟安书。已刻，开船。①

但是，《甘露寺》与《九层铁塔》是何时所作，有待进一步考证。

第四节　即事感怀诗

策彦远越大洋，带着重要任务来到陌生国度。面对的是陌生的环境、陌生的面孔、陌生的语言。因为不适应中国南方潮湿气候，遣明使团多人客死他乡，这对策彦而言，是失去“战友”同伴的悲伤。故而策彦更加怀念家乡，怀念亲友。《谦斋南渡集》与《入明记》皆有记录的即事感怀诗有 8 首，内容包含羁旅思乡之愁、悼念日本友人孤竹之悲、七夕、中秋、除夜等岁时有感，以及梦想北野圣君有感等。

一、羁旅思乡

《谦斋南渡集》和《入明记》都有记录的抒发羁旅思乡之愁的汉诗共 2 首，即《维时七月，到夜炎热酷，客睡不安，月色如画。时闻砌下蛩声，与吾邦蛩声无异，不克靡感于怀，聊作此诗》《连日秋雨不停，客窗素月不来，聊筑小诗之城，以遣郁怀云》。

《维时七月，到夜炎热酷，客睡不安，月色如画。时闻砌下蛩声，与吾邦蛩声无异，不克靡感于怀，聊作此诗》一诗作于嘉靖十八年（1539 年）七月十九日：

---

① 牧田諦亮. 策彦入明記の研究（上）[M]. 京都：仏教文化研究所，1955：110—111.

今夜炎热殊酷，客睡不熟，月色穿纸窗。时闻砌下蛩声，与吾邦蛩声无异，不克靡感于怀，聊作此诗：

万语千言几日通，逢人道是不相逢。
今宵唤起还乡梦，闻似旧声唯暗蛩。①

策彦于嘉靖十八年五月二十五日到达宁波，创作此诗时才刚到中国两个月。正值夏天，南方气候潮湿闷热，夜晚策彦辗转难眠，听到院子里的蛩声，不由得想到日本家乡的蛩声，两者声音相似，令其思念家乡，感慨作此诗。

几天之后的八月四日，策彦登门造访宁波文人柯雨窗，向其出示此诗，柯雨窗当即唱和两首，因材料不足，唱和之诗不得而知。但一时的情感抒发成为结交中国文人，增进彼此感情的重要工具：

斋后，携助太郎扣柯雨窗，盖谢前日两度音问也。余出示闻蛩有感之诗，雨窗即席和者二篇，赠以胡椒二两、黑管笔一对、浓纸一帖。②

《连日秋雨不停，客窗素月不来，聊筑小诗之城，以遣郁怀云》一诗作于嘉靖十八年（1539 年）闰七月十五日：

无祝圣，盖从僧各在东禅中阴故略之。吉凶不相交之谓也。……申刻，骤雨簸瓦，到晡又晴，及深更又雨，余客睡不着。外面昏昏，偶闻鸡鸣狗吠知天明。感叹之余，聊缀小诗慰羁怀。

旅愁难忘梦难成，细数檐间积雨声。
卧内无人四邻暗，多情鸡犬报天明。③

同行的日本禅僧东禅刚刚过世，众人皆在悲痛之中。此夜，秋雨绵绵，羁旅之愁使策彦辗转难眠。长夜漫漫，策彦通过细数檐间滴落的雨声打发时间。天气阴暗，不知天明，鸡犬好像懂得策彦的心思，鸡鸣狗吠告诉其天亮了。形

① 牧田諦亮．策彦入明記の研究（上）[M]．京都：仏教文化研究所，1955：68.
② 牧田諦亮．策彦入明記の研究（上）[M]．京都：仏教文化研究所，1955：74.
③ 牧田諦亮．策彦入明記の研究（上）[M]．京都：仏教文化研究所，1955：74.

象地描绘出策彦因羁旅之愁孤枕难眠的郁闷心情。

二、悼念友人

日人初到中国，不适应南方潮湿闷热的气候，加之居住环境简陋，因此仙逝者众多，其中有与策彦亦师亦友的孤竹。孤竹离世于嘉靖十八年（1539 年）闰七月八日，时年 49 岁。七月十日，策彦作偈悼念，此诗后以《新篁翁有悼孤竹老人之一偈矣，余与老人有青眼之旧者久矣，依厥韵遗哀伤云》之名，收录在《谦斋南渡集》中。《初渡集》中记载策彦创作此诗的经过：

> 嘉靖十八年闰七月十日
>
> 斋后，正使禾上率从僧吊孤竹讽经，予亦赴之。前日，正使有秉炬之偈，余于以吊之，次偶次其韵悼惜。
>
> 嘉靖己亥闰七月初八，孤竹老人俄尔逝矣。正使大禾上宣扬妙伽陀为秉炬佛事，余亦与老人有青眼之旧，不获默止，奉攀高韵以寓哀情云
>
> 欲霜秋叶未辞枝，何事忽忽去先时。
>
> 月落前溪无觅处，虚空失却一弯眉。
>
> 怡斋维道人拜顿①

秋天的叶子还未落，孤竹你为何匆匆先走一步？一句痛彻心扉的发问。孤竹你走了，就像月落前溪，无处找寻，正如天空从此失去一弯明月。孤独无助的心情令人读来悲戚。

十日，正使率从僧讽经为孤竹祈祷。举行禅林葬礼仪式时，正使和尚作偈一首，悼念孤竹。策彦与孤竹是要好的朋友，常常一起作诗切磋，挚友去世，悲伤至极，于是在场次韵正使作偈一首。

三、岁时之作

（一）七夕

《谦斋南渡集》中还有一首描写七夕的汉诗《赵一夔先生来遇，惠以桃果，

---

① 牧田諦亮. 策彦入明記の研究（上）[M]. 京都：仏教文化研究所，1955：73，180.

果大合吾邦三桃实，风味亦别也。先生游累刻，乞笔砚亲书“闰七夕”三字，需诗于余，余缀曰》，此诗作于嘉靖十八年（1539年）闰七月七日：

斋后，正使和上设诗会，以《闰七夕》为题，拙诗记之。
送七宵重迎七宵，女牛愁自闰余消。
若天借一只乌鹊，汝作人间再渡桥。①

该诗在《谦斋南渡集》中稍有出入，诗集中作“天如借一只乌鹊，用作人间再渡桥”。闰七夕当日，正使和尚招呼大家作诗，以《闰七夕》为题，由此策彦创作了此诗。那么，策彦与赵一夔见面并赠其此诗当是在此之后，查阅《入明记》，与闰七夕最接近的日子中，策彦与赵一夔有两次联系，分别是：

（1）嘉靖十八年闰七月六日
酉刻，赵一夔专人驰书，且又惠桃果、豆芽二物。②
（2）嘉靖十八年闰七月廿四日
斋后，访王惟东。偶于下乡不遇，侄汝乔出应一笑。（中略）。归程，访赵一夔茶话，累刻而归矣。③

闰七月六日，赵一夔惠桃果，这与《谦斋南渡集》汉诗的描述一致，但日记与《谦斋南渡集》汉诗诗题有四处不同：一、赵一夔寄书信，不是来访；二、这天是闰七月六日，比策彦作诗早一天；三、“闰七夕”是正使的出题，不是赵一夔；四、二十四日，策彦访赵一夔，不是赵一夔访策彦。因笔者涉猎有限，该诗的创作背景有待进一步考证。

（二）中秋

五山禅僧在中秋之日常常吟诗赏月，比如，虎关师炼有诗《中秋月》云“月共易见却难知，尤怪一年赏此时。金镜增光金气半，若言修斧又攒眉”④，

---

① 牧田諦亮．策彦入明記の研究（上）[M]．京都：仏教文化研究所，1955：72.
② 牧田諦亮．策彦入明記の研究（上）[M]．京都：仏教文化研究所，1955：72.
③ 牧田諦亮．策彦入明記の研究（上）[M]．京都：仏教文化研究所，1955：75.
④ 以心崇伝．大日本仏教全書（巻144）//翰林五鳳集（巻18）[M]．東京：大法輪閣，2007：331.

月舟寿桂有诗《与友人约中秋赏月》云“为见嫦娥先祷晴，与君吟欲到深更。若违此约天应恨，来岁中秋无月明”① 等，策彦周良也不例外。《谦斋南渡集》中收录的《中秋之夕对月遣兴》一诗，作于嘉靖十八年（1539 年）八月十九日：

> 又正使和上俾才千世乞前来中秋之拙作，强录奉草案云。
> 秋已清时月更清，中宵何处不关情。
> 两乡千里无私照，东满大倭西大明。
> 老杜句云：“卧向巴山落月时，两乡千里梦相思。”“无私照”之字借用《大宝箴》“大明无私照”之字。②

正使和尚派人来求中秋佳作，策彦奉命作诗一首。翌日即八月二十日，宁波文人柯雨窗来访，策彦拿出中秋之诗请柯雨窗唱和，柯雨窗即兴唱和一首：

> 又柯雨窗来临，余出示中秋偶作，雨窗即席而和焉。③

九月二十六日，柯雨窗又另作一首中秋诗作，寄于策彦，请求唱和。策彦回应积极，当日两人一来一往，交流频繁。

> 柯雨窗价恕公抵书并中秋作。未刻，予又裁答雨窗。又有回帖。④

（三）除夕

除夕是一年的结束，也是新一年的开启，人们常在这一天总结过往，憧憬明天。五山禅僧在这一天常吟诗，比如瑞溪周凤有诗《除夜立春》曰“来岁春从除夕回，两般人事一时催。街头忙杀闲童子，卖因才休又卖呆”等。策彦周良也不例外，收录于《谦斋南渡集》中的《除夜》两首诗作于嘉靖十八年

① 以心崇伝．大日本仏教全書（巻 144）//翰林五鳳集（巻 18）［M］．東京：大法輪閣，2007：331.

② 牧田諦亮．策彦入明記の研究（上）［M］．京都：仏教文化研究所，1955：82.

③ 牧田諦亮．策彦入明記の研究（上）［M］．京都：仏教文化研究所，1955：83.

④ 牧田諦亮．策彦入明記の研究（上）［M］．京都：仏教文化研究所，1955：151.

(1539年）十二月三十日：

> 天气佳暄，余偶作除夜诗：
> 半是尤人半怨天，明朝四十下滩船。
> 残灯一点千金买，未到晓钟犹旧年。
> 又用前韵
> 荣辱升沉虽付天，天涯愧我迹如船。
> 有何颜色对春色，生不成名四十年。①

这是策彦在中国度过的第一个除夕。此时的策彦39岁，在去往北京朝贡的途中。古人云“三十而立”，除夕之夜，面对时光的流逝，年龄的渐长，策彦感慨自己：明朝即将40岁，却一事无成。

在《初渡集》中，策彦回顾了自己入明前的经历：

> （前略）十四岁，三月二十日乃佛国国师二百年讳也，台旆入山，余为之给侍。……十九岁，腊月缀询南英住备之井山诸山疏，余袖之出示东山诸宿，雪岭、月舟二大老骈擒词称美。二十一岁，结制令辰，据虎丘位。秉龟毛佛，答话的确，一众许以英敏。……二十四岁，代雪岭和上，制有自禅师建仁入院道旧疏语。和上初致书，有烦足下大手笔之语，荣莫荣焉。有时参诗，而风品月评。有时联句，而旬煅旭炼。借荧光惜驹阴，动忘寝食，勤则勤矣。无几年已迫不惑，然而才不见称于人，学不见助于友。加之病懒相仍，百不记一。于朝于昏，忘帚忘苫，只自嗟恨耳。古不云乎：‘童而习之，白纷如也。’又不云乎：‘靡不有初，鲜克有终。’此言不诬矣。犹且细大操履，不足枚举。②

策彦对自己前二十四年的生平经历充满自豪，聪明机敏，诗文称美，荣幸地被选为幕府将军的近侧服侍，文才得到当时著名五山文学禅僧的赏识。但24岁之后，策彦笔锋一转，对自己的现状表示不满，称“然而才不见称于人，

---

① 牧田諦亮．策彦入明記の研究（上）[M]．京都：仏教文化研究所，1955：114.

② 牧田諦亮．策彦入明記の研究（上）[M]．京都：仏教文化研究所，1955：78—79.

学不见助于友”“犹且细大操履，不足枚举”。这种状态一直持续到策彦初渡中国的除夕之夜。

为何策彦会发出如此感慨？初渡中国时，策彦在遣明使团中担任副使，这是在使团中的职位。策彦当时在日本五山禅寺中的身份是天龙寺首座，兼天龙寺塔头妙智院塔主。首座是日本官寺体系中的职位，仅次于住持，升迁由幕府决定。塔头妙智院隶属天龙寺，塔主是塔头的管理者，由师承关系决定，不在日本官寺体系内。

策彦 21 岁时已代住持上堂说法，当时看来年轻有为，前途无量。但 22 岁时，老师心翁等安入寂。31 岁时，长期布施天龙寺的大名细川高国战败自杀。策彦的本家即出自细川家。正值崭露头角之际，这一系列的变故致使策彦在五山禅林中的发展受到阻滞，其中最大的困境，当是迟迟未晋升为住持。按照惯例，遣明正使与副使归国后都会收到幕府发放的公帖①。由此看来，此次接受遣明使的任务应是策彦为打破毫无生气的局面，试图改变自己现状的勇敢举动。

四、梦想有感

北野圣君是被后世称为“学问之神”的日本平安时代营原道真，生前酷爱梅花。《谦斋南渡集》中有诗《昨夜及三更，梦梅树大者枝枝交参，标格可见，未着花蕊，不知何兆。余卒缀野诗，远献北野圣君》。从诗题看，策彦晚上做梦梦见一株梅花树，长得非常茂盛，但是未开花，不知是何预兆。于是赶紧作诗一首远献北野圣君，求其保佑。该诗作于嘉靖十八年（1539 年）闰七月十九日：

> 今夜，余热殊甚，不安枕，至晓小假寐。偶梦月庭宽西堂，又梦江心座元。又梦梅树大者，枝枝交参，标格可见。未着花之形也，不知何兆。余卒缀野诗献北野圣君。
>
> 不待江南春色加，夜来入梦小横斜。
>
> 吾胸别有全梅在，百咏花中无此花。②

---

① 按，公帖：中世时期，官寺住持的任命书。室町时代主要由幕府将军颁发。

② 牧田諦亮. 策彦入明記の研究（上）[M]. 京都：仏教文化研究所，1955：74.

此时的策彦身在异国他乡，身负朝贡重任，梦见没有花蕊的梅花，心生担忧，于是作诗一首远献北野圣君。北野天神是日本较为重要的祭祀对象之一，除此次外，策彦多次作诗进献北野天神，比如：

(1) 嘉靖十八年二月十三日

予旧冬诣太宰府菅庙，以无吟伴，不言半回，颇以为憾。一日卒赋松与梅以献神君。

霜辛雪苦一髯龙，五百年来合改容。

天下称君家旧物，青毡不换此青松。

西州北野别无梅，飞入谪居深处来。

明主非明弃如土，万夫雄与百花魁。[1]

(2) 嘉靖十八年十月廿五日

今日乃吾国京师风俗，竞诣北野君之辰也。乡念潜萌于下襟，聊作一绝奉北野神君。

北野神君旧姓菅，缅怀和梦扣禅关。

飞梅不惜舟车力，抹过大洋登径山。[2]

不仅策彦，其他五山禅僧也常在特殊节日作诗进献北野圣君，比如瑞溪周凤有诗《早春谒北野君》曰“传闻径坞拜禅床，拈着梅花作嗣香。瓜葛相逢真识面，春风引我上祠堂”[3]。月舟寿桂有诗《壬寅元旦奉献北野神君》曰“五百余年今几春，祠堂依旧野梅新。曾从参得乌头子，护法护花唯此神”[4] 等。

---

① 牧田諦亮．策彦入明記の研究（上）[M]．京都：仏教文化研究所，1955：35.

② 牧田諦亮．策彦入明記の研究（上）[M]．京都：仏教文化研究所，1955：100.

③ 以心崇伝．大日本仏教全書（巻146）//翰林五鳳集（巻55）[M]．東京：大法輪閣，2007：1058.

④ 以心崇伝．大日本仏教全書（巻146）//翰林五鳳集（巻55）[M]．東京：大法輪閣，2007：1058.

第五节 唱和诗

《谦斋南渡集》与《入明记》皆有记录的唱和诗共 15 首，增补唱和诗 1 首，唱和对象包括中国人 14 人，日本人 2 人。中国人中官员 3 人，分别是金紫光禄陆亶、执事张习斋（增补）、丰坊；秀才 10 人，分别是竹所、张东津、钱龙泉、戴子望、李少年、赵一夔、赵一元、范南冈、会泉、方仕；还有境清寺僧梅江 1 人。唱和的日人有湖心硕鼎、孤竹。策彦与丰坊的交往情况详见第一章。查阅《（嘉靖）宁波府志》《（乾隆）鄞县志》，笔者所见只载丰坊与方仕，不见其他人，除去陆亶、张习斋，其他人应是宁波当地生员秀才。本节将参照《入明记》，对唱和诗的背景、唱和人身份与其间交往过程进行考察，力求对唱和诗有较全面深入的理解。

一、官员

（一）陆亶

关于金紫光禄大夫陆亶，《谦斋南渡集》有诗题云“俾馆夫王镗呈金紫光録大夫陆亶大人”，该诗作于嘉靖十八年（1539 年）闰七月五日：

> 午刻，赓前韵俾馆夫王镗呈陆亶。
> 圣朝久息兵，无处不升平。进拜待明诏，远来抽赤诚。
> 李圆方外友，陆远社中盟。君若许同志，何曾谈利名。①

《初渡集》中只突兀地记录了这一首诗，前因后果不清楚。从时间来看，此时的策彦刚登陆中国不久，暂居宁波等待北上诏书，那么陆亶很可能是本地鄞县人。《谦斋南渡集》中称其为金紫光禄大夫，但是查阅《（乾隆）鄞县志》《（嘉靖）宁波府志》《明史人名索引》《明人室名别称字号索引》皆无此人。故陆亶身份有待考证。

---

① 牧田諦亮．策彦入明記の研究（上）[M]．京都：仏教文化研究所，1955：72.

（二）张习斋

《谦斋南渡集》有诗《和韵呈张大人执事下》，此诗作于嘉靖十八年（1539年）八月二十九日：

> 代矢备与张习斋书简并和诗，本韵“志愿酬”“识荆州”“万户侯”。
>
> 日之昨累领芳酒并华篇，弗胜欣慰之至。官冗私冗，弗裁即答，怠怠慢慢。他时必当企造拜，罄谢词。
>
> 恐惧不宣。
>
> 张大人执事下。
>
> 谨攀尊韵者一绝，泄卑臆云。
>
> 交盟缱绻以诗酬，亲则他州胜故州。
>
> 遮莫西东语音异，良媒幸有管城侯。①

原来，《和韵呈张大人执事下》是策彦代同行遣明使团成员矢备唱和张习斋之作。策彦代写书简并附和诗作一首。从书简内容可知，八月二十八日张习斋赠送矢备酒与诗，诗作韵脚“志愿酬”“识荆州”“万户侯”。矢备是日本商人，汉文修养尚浅，于是找策彦帮忙，请其代写一封回信，并和诗一首，以便礼貌回应中国友人的热情。《初渡集》在同年八月二十八日记录“午后，矢备来访”②。想必矢备是因此事特意来拜访策彦，于是第二天策彦写下这封书信与和诗。

二、秀才

（一）竹所

《谦斋南渡集》有诗《赓宁波府竹所大人见寄吾友珠宣公之韵以同酬》，该诗作于嘉靖十八年（1539年）七月二日：

> 午刻，访孤竹，孤竹向见和竹所大人新作，责予拙和，和而呈丑。
>
> 卒奉攀竹所尊翁见寄吾友珠宣之高韵

---

① 牧田諦亮．策彦入明記の研究（上）[M]．京都：仏教文化研究所，1955：85.

② 牧田諦亮．策彦入明記の研究（上）[M]．京都：仏教文化研究所，1955：85.

怡斋散释拜稽
未见清容意先足，风流文物久闻诸。
呼为天下奇男子，况称世南行秘书。
愧我旅程无一物，知君早岁惜三余。
冰霜志操可消夏，云水生涯不爱庐。
盟约若修同竹马，归期何必在莼鲈。
中华若木莫言远，红日朝朝照碧虚。①

此日，策彦拜访孤竹，孤竹拿出其唱和竹所大人新作，督促策彦也唱和一首。从策彦诗作内容来看，策彦与竹所大人并不认识，竹所大人似乎是一位归隐的官员。

（二）赵一夔、赵一元兄弟

《谦斋南渡集》中收录的策彦次韵赵一夔诗作是《赵一夔大人前日忝赐尊诗，再诵三读舒又卷卷又舒，何惠加焉。迩来官事纷纭，弗遑裁答似慢乎。聊缀蜂腰强续貂尾云》，该诗作于嘉靖十八年（1539 年）七月十九日：

午时，呈拙作于赵一夔，盖次前韵也。

前日忝赐尊诗，再诵三读，舒又卷，卷又舒，何惠加焉。尔来官事纷纭，弗遑裁答，非慢也。聊缀蜂腰强续貂尾，伏乞粲栉。

圣代靡疎亲，他乡忘主宾。
灯前十年雨，门外九衢尘。
举酒因知己，参诗不祭神。
探花何处是，有待洛阳春。
云云。赵大人书楼下

晚景宗桂归馆，一夔又寄一诗，弟一元亦惠诗并朱墨一块。②

策彦之诗是次韵宁波文人赵一夔之作。赵一夔的诗作是何时寄给策彦？《初渡集》中时间最近的记录是同年七月八日：“赵一夔价于宗桂赠诗并葡萄

① 牧田諦亮．策彦入明記の研究（上）［M］．京都：仏教文化研究所，1955：65．
② 牧田諦亮．策彦入明記の研究（上）［M］．京都：仏教文化研究所，1955：68．

子，又得小画二幅。”① 赵一夔通过日本人宗桂赠诗于策彦，附赠葡萄与画二幅。很可能策彦所唱和之诗即此日赵一夔所赠。

策彦这首“春”字韵唱和诗后又被宁波秀才次韵作诗：

嘉靖十八年闰七月十三日

午刻，戴、张、钱三秀才来访，出示以余酬赵双谷“春”字韵之再和。②

《谦斋南渡集》中收录策彦唱和赵一元的汉诗有《南沧老人向赐同韵诗二章，宛如锦上花束，而附韵尾者一绝。余日夜侍天诏之降，故末句及之，以投几右云》《南沧老人复见寄五言诗篇，再和而遣怀云》。

第一首诗作于嘉靖十八年（1539 年）七月二十八日：

宗桂以事过赵氏兄弟家，余和前韵二首赠焉，且又以美浓纸一帖付一元，盖朱墨回礼。

向赐累篇，宛如锦上添花。余虽驽钝，倘默止则厥罪多多。聊附韵尾者一绝，投几右以需政教云。生等日夜待天诏之降，故末句及之。

孤馆萧条无客来，佳篇落手兴悠哉。
几回北望帝京立，不识诏书裁未裁。

又次一元韵，一元号南沧。效颦者一篇，挑再和云。

乡情犹未忘，夜夜几刀州。
君有同风句，吾无明月投。
芋羊难辨错，兰鲍岂堪俦。
他日如相许，披襟共倚楼。③

十九日，策彦唱和赵一夔之诗应是当天请宗桂送给了赵一夔。晚上宗桂返回时，又拿回赵一夔赠诗一首、赵一元赠诗一首与朱墨一块。二十八日，策彦请

① 牧田諦亮．策彦入明記の研究（上）[M]．京都：仏教文化研究所，1955：66.
② 牧田諦亮．策彦入明記の研究（上）[M]．京都：仏教文化研究所，1955：73.
③ 牧田諦亮．策彦入明記の研究（上）[M]．京都：仏教文化研究所，1955：69.

宗桂将所作次韵诗送给两兄弟，并向弟一元回赠日本美浓纸一帖。在其和一元的诗中提到赵一元号南沧，由此可知《谦斋南渡集》中的“南沧老人”指赵一元。

《南沧老人向赐同韵诗二章，宛如锦上花束，而附韵尾者一绝。余日夜侍天诏之降，故末句及之，以投几右云》诗中“南沧老人”表述有误，此诗是次韵赵一夔之作，也并非“赐同韵诗二章”，而是兄弟两各赠诗一首，且不同韵。《南沧老人复见寄五言诗篇，再和而遣怀云》诗题中的“复见寄”也表述有误，不是南沧老人复寄诗，而是赵一夔再寄诗时，弟南沧也赠诗一首。

三人相识于嘉靖十八年（1539 年）六月二十六日：“谢国经、赵一夔、舍弟赵一元携二童来访。”① 当日，赵一夔、赵一元兄弟与同乡谢国经首次登门拜访策彦，由此开启日后三人诗歌唱和的佳话。

（三）会泉

《谦斋南渡集》中收录两首策彦步韵会泉诗作《游月湖之次，诣会泉大人，谢昨日袖诗来，辄和前韵以二篇》，这两首诗作于嘉靖十八年（1539 年）七月二十一日：

> 次游月湖，诣会泉大人，盖谢前日来访。携以只金扇一把，且复和前韵。
>
> 鉴湖孰与月湖清，此去他时要记行。
> 为慕贺公终老地，几回屈指算游程。
> 又
> 景自月湖晴后清，只题身在画中行。
> 再游眷眷访君处，欲续佳篇惭旅程。②

该诗在《谦斋南渡集》中有两处不同：一、《入明记》作“只题身在画中行”，诗集中作“只疑身在画图行”；二、《入明记》作“欲续佳篇惭旅程”，诗集中作“欲续佳篇愧客程”。会泉于同年七月六日，拜访策彦并出示其诗：

> 未刻，会泉秀才携三秀才而来，出示以余游月湖诗之和章。章云：

① 牧田諦亮. 策彦入明記の研究（上）[M]. 京都：仏教文化研究所，1955：64.
② 牧田諦亮. 策彦入明記の研究（上）[M]. 京都：仏教文化研究所，1955：68.

昨见诗章格更清，黄钟雅律合雷鸣。

阳春一曲惭无和，捻断吾须落数茎。①

这是策彦日记中首次出现会泉秀才，与其同来的还有三位秀才。会泉出示一首其唱和策彦游月湖之诗的诗作。因笔者涉猎有限，策彦诗作内容尚不明确。据《初渡集》载，在会泉来访前的六月二十九日，策彦初次游览了月湖：

巳刻，携三英、宗桂游月湖。月湖乃贺知章曾游地也，有知章庙。庙门榜“唐贺秘监之祠”六字，入门则庙堂森严，中央塑秘监像。有石桥跨湖，揭“尚书桥”三大字。②

可能是此次游览时触景生情，策彦作诗一首。会泉住在月湖旁边，得知后唱和一首。七月六日，会泉以和诗会策彦。二十一日，策彦再次游览月湖，游览之余拜访会泉，作为六日来访回礼，赠予金扇一把、依韵诗两首。

（四）张东津、钱龙泉、戴子望

《谦斋南渡集》有诗《张东津大人未面，先有书简之赉，作诗以谢之》，该诗作于嘉靖十八年（1539 年）七月二十九日：

早旦，价于豪忠，寄诗于戴、张、钱三秀才，盖谢前日书问也。

未见清容先识心，昨来慰寂寄嘉音。

讲交若入文章社，一诺只须轻百金。

张东津③号桃江，戴子望号竹溪，钱龙泉号可山。④

从汉诗内容看，策彦与三位秀才尚未谋面，三秀才前日先寄书信一封以示好意。据《初渡集》载，三秀才于前一天即七月廿八日寄书：

① 牧田諦亮. 策彦入明記の研究（上）[M]. 京都：仏教文化研究所，1955：66.

② 牧田諦亮. 策彦入明記の研究（上）[M]. 京都：仏教文化研究所，1955：64.

③ 按，“津”：牧田谛亮翻刻本作“洋”，大日本佛教全书翻刻本作“洋”，东京大学史料编纂所写真帐策彦周良手稿本《初渡集》作“津”，故本书作“津”。

④ 牧田諦亮. 策彦入明記の研究（上）[M]. 京都：仏教文化研究所，1955：70.

卯刻，戴子望、张东津、钱龙泉三秀才，价于豪忠寄书。①

作为回应，策彦作诗一首，分别寄给戴子望、张东津、钱龙泉三位秀才。故《谦斋南渡集》的该诗诗题内容有失偏颇，并非只寄给张东津一人。

策彦寄诗后一直没有收到回复，于是闰七月二日，亲自登门拜访三秀才：

斋后，访戴、张、钱三秀才，豪忠前导，盖谢前日书问也，三秀才和余“心”字韵，遂少留而对谈。且又围棋者三盘，局终之后，将告归之顷，骤雨作，三秀才亲挽袂而留。少焉设茶饭，酒阑，各乘兴发歌。又有一秀才，问其姓名，则姓李名养轩，问其岁，则二十岁，一见如故，笔谈移时，约以后会。雨渐半晴，告别。②

四人相谈甚欢，三秀才即席作诗唱和策彦前日寄诗，即“心”字韵诗。四人一起下围棋。策彦将告归时不巧遇上骤雨，于是三秀才挽留并设宴款待策彦，四人把酒言欢。在这次拜访时，策彦又结识李养轩秀才，二人一见如故，笔谈甚欢。日记中没有记录三秀才的和诗，所以不得知其诗内容。

（五）李少年

《谦斋南渡集》中有诗《钱龙泉大人来问，笔谈移时。予将出酒杯，大人再三辞之，故以吾邦宇治茶代之，座已终大人归去。黄南原继踵而来，携一少年，云此儿昔苏玉堂所亲李节推遥遥华胄也，为令慰翁旅寓引之而至。云云。少年自袖中出诗一篇付予》《予的当和而遮少年之美目》。少年寄诗于嘉靖十八年（1539 年）闰七月朔日：

一、二、三号官员之外，讲贺朔礼，来谒者不堪胜记焉。斋后，同钧云于以回礼。巳刻，黄南原携一少年来，特投以诗，诗云：

茫茫万里发扶桑，秉志来观上国光。

果是车书同四海，加沙端染御炉香。

---

① 牧田諦亮．策彦入明記の研究（上）[M]．京都：仏教文化研究所，1955：70.

② 牧田諦亮．策彦入明記の研究（上）[M]．京都：仏教文化研究所，1955：70.

> 南原乃双谷赵一夔之友也，笔谈移时，予将劝，固辞，以亮浅，出昆布代酒。①

在日记中，黄南原带少年来访之日恰逢闰七月初一，来贺初一的人很多，策彦没有一一明记，其中钱龙泉是否也来拜访，不能确定。根据策彦的记录，黄南原是赵一夔的旧识，这次也是日记中唯一一次记录黄南原来访。在此之前，策彦已与赵一夔熟识，想必是赵一夔的引荐，黄南原来拜访策彦，顺便又引荐了一位少年。至于少年的身份与家世，日记中没有提及，笔者涉猎有限，也不见其他资料提及。日记中未明确提及策彦当场和诗，只说是进行了一段时间的笔谈，故无法确定策彦是否创作汉诗《予的当和而遮少年之美目》。

（六）方仕

《谦斋南渡集》有诗《梅崖云冠大人手亲写墨竹一两茎，添有声画，以赠焉。其画取“英明清”三字为轴子，即时和章而谢之》。该诗作于嘉靖十八年（1539年）八月十九日：

> 斋后，三英访梅厓，梅厓于时写墨竹一两茎，题小诗于其上以赠焉。其韵押“英”“明”“清”三字，余代三英裁和。和云：
>
> 多君笔力万人英，铁画银钩冠大明。
>
> 犹有郑虔三绝在，添诗添画一般清。②

这首诗不是策彦与宁波文人方梅厓的直接唱和。三英梵生是策彦的从僧，此日，其拜访方梅厓，方梅厓画了一幅墨竹，题诗其上，使用韵字“英”“明”“清”，赠送给三英梵生。从僧可能汉学修养尚不深厚，故策彦代为次韵一首，以表谢意。

三、僧人

《谦斋南渡集》中有诗《镜清寺》，实则内容是唱和境清寺僧梅江，正如诗题注云“寺有诗文之僧，人所识也。一日作诗寄余，即和之，求交友之亲者

---

① 牧田諦亮．策彦入明記の研究（上）[M]．京都：仏教文化研究所，1955：70.

② 牧田諦亮．策彦入明記の研究（上）[M]．京都：仏教文化研究所，1955：82.

也”。该诗作于嘉靖十八年（1539年）八月二十日：

> 旧境清寺僧梅江作诗投余，余不得已和之。
>
> 衹道水边林下身，诗禅文熟本清真。
>
> 才名千古以谁比，越徽杭标是此人。
>
> 又代三英：
>
> 可惭解后寄斯身，非啻踪真语亦真。
>
> 世上风尘浑不到，白云深处属高人。
>
> 白云深处：屋里也。①

旧境清寺僧梅江先抛出“橄榄枝”，寄诗一首给策彦以示结识之意。但策彦的态度有些反常，不情不愿地应酬般唱和一首，还代从僧三英梵生唱和一首。按理说，同是僧人身份，应更易亲近，为何策彦这般态度，实在令人费解。据《初渡集》载，嘉靖十八年（1539年）八月十日，“柳亭僧梅江来访”②。柳亭可能是梅江的别号，这是日记中有记载的两人首次见面。按照其他宁波文人与策彦以诗会友的习惯推测，梅江应该也在初次见面时出示自己的诗作，以求交好。策彦碍于交际情面不得已回复，一直拖到十天后才作诗唱和，又代从僧作诗一首。

四、日人

（一）孤竹

《谦斋南渡集》有诗《二号船孤竹老人寄一绝，聊次厥韵》，该诗作于嘉靖十八年（1539年）五月十一日：

> 未刻，孤竹老价人见寄一诗，有所叙。
>
> 己亥岁船入大明，中夏泊浙江者有日于兹矣，小诗奉投怡云堂头老人，聊述客怀。兼求手削，珠宣合爪
>
> 迢迢客路恐相迷，曾傍扶桑若木栖。
>
> 潮打夜窗眠不得，舟人道是浙江西。

---

① 牧田諦亮．策彦入明記の研究（上）［M］．京都：仏教文化研究所，1955：83.

② 牧田諦亮．策彦入明記の研究（上）［M］．京都：仏教文化研究所，1955：78.

予督正使和上需尊和，价天初老返焉。

惠海南针路岂迷，扁舟一叶自安栖。

余杭到日添诗兴，处士宅前湖水西。

天初亦见和，和云：

天涯万里梦如迷，早晚余杭门外栖。

欲向寒潮问乡信，蓬窗月落白鸥西。

亥刻，系船于大目洋中。

天（己）亥之夏，余从国信使赴大明，文友孤竹翁亦偕来，所撼在同其心而不同其船。船泊浙江之日，偶寄近作见慰幽怀。吁艰难颠沛，不忘风流，实可尚矣。余亦鼓懒惰，赓成者一联绝，投翁蓬窗下，以索斩渠云尔：

复水重山意转迷，人如鸟失旧时栖。

朝来日与夜来月，初辨海东初辨西。①

策彦等遣明使团初次出使中国，于四月十九日横渡大洋，五月二日漂流至中国浙江温州一带海域，五月八日浙江昌国卫总兵大人派兵迎接，后在中国军队护送下至宁波府定海县登陆。这一组和诗作于日本使者在中国军队护送下，从台州境向昌国县行驶途中。策彦作为副使，乘坐一号船，与孤竹分乘两船。航路颠沛也不忘风流，孤竹寄诗一首给策彦，信中称其为“怡云堂头老人”，恐是策彦别号。策彦自己次韵一首，也请同船的正使湖心硕鼎和尚与天初启竺和尚各次韵一首。

《入明记》中未提及孤竹身份，从其与策彦不同船推测，可能以从僧的身份入明。孤竹与策彦交好，常一起交流学问。《入明记》中有多处记载策彦请教孤竹学问之事，想必孤竹也是一位汉学修养很高的人。（详见第六章）

（二）湖心硕鼎

《谦斋南渡集》有诗《二号船头河上木工为三艘祈祷修忏摩一座，余副使、从僧、两居座、土官以下为请众矣，斋了施浴，新篁翁于室中作颂，余即冲口而和云》，该诗是一首佛教偈颂，作于嘉靖十八年（1539 年）八月十八日

① 牧田諦亮．策彦入明記の研究（上）[M]．京都：仏教文化研究所，1955：44.

> 早旦，二号船头河上木工待正使和上及予，从僧以下两居座、一土官亦光伴。初献杂煮，二献布吸物，三献蔓草吸物，四献羊羹，五献点心馒头。点心了，修忏一座，盖为三艘祈祷也。正使导师，三英香华，余自归。忏了，小斋酒三行而止。斋了，施浴，盖木工左新构风吕。风吕了，设一瓶、一笼于浴室之傍，浴众次第吃酒而退。正使于浴室作颂，韵脚“大倭春”“悟水因”“叫无尘”，予即冲口而和，和云：
>
> 奴视扬州阴子春，当年忍垢是何因。
>
> 祖园分得温汤水，离却人人脚下尘。①

这天早上，二号船头河上木工设宴招待正使湖心硕鼎、副使策彦、两位居座、一位土官，宴会结束后进行佛事活动。佛事结束后，又喝斋酒。斋后沐浴，浴后，又在浴室旁设酒，众人饮酒而归。正使湖心硕鼎和尚乘兴在浴室作颂，韵脚“春”“因”“尘”，策彦听后当即乘兴唱和一首，借用佛理抒发沐浴的愉快心情。

第六节　赠答诗

赠答诗是中日两国诗歌的常见题材，《谦斋南渡集》与《入明记》都有记载的赠答诗共5首，是策彦赠答中国宁波秀才诗作，答谢内容包括感谢来访、悼念逝者、答谢礼物、赠送字说等。古人以文会友，在一来一往的赠答中增进中日友人间的友好情谊。

一、范南冈

《谦斋南渡集》中有诗《谢范南冈赍酒肴来访》，该诗作于嘉靖十八年（1539年）七月二十一日：

> 斋后，访范大人。大人出迎一笑，陈嘉肴酌美酒，又围棋三战。予献

---

① 牧田諦亮．策彦入明記の研究（上）［M］．京都：仏教文化研究所，1955：82．

诗谢前日来访。

感君携酒慰烦襟，交义未深恩渥深。

预恐归期忘归兴，他乡亦有故人心。

令子有秀才即席代而和，和章别记焉。余又携只金扇一柄、美浓纸一帐。告归之顷，大人还惠以红帕一方。①

七月二十一日，策彦拜访范南冈，送上一首谢诗，以对前日范南冈携酒看望自己表示感谢。翌日即七月二十二日，范南冈又给策彦寄信并赠送蘁菜、石耳：

午刻，范南冈驰尺书，惠蘁菜、石耳二物。②

妙智院所藏史料《明国诸士送行》中收录一封范南冈寄给策彦的书信，内容如下：

昨蒙枉顾，甚为简慢，既辱厚贶，兼领佳句，何以克当，索彼此语言难辨，不能以尽衷，至负歉歉，别具蘁菜数株、石耳少许，悦不多，奉是，赐监纳，万万。

友生范南冈顿首拜上

怡斋尊使大人上剁

余素③

信中，范南冈表示二十一日策彦光临寒舍时，招待不周，收到策彦的佳句诗篇，诚惶诚恐。由于语言不同，不能明白表达自己的心意，感到非常抱歉。此外，范南冈还特别送上蘁菜与石耳，这与策彦日记记录一致。故由此判断，这封书简应是策彦在日记七月二十二日提到的范南冈书信。

① 牧田諦亮．策彦入明記の研究（上）[M]．京都：仏教文化研究所，1955：68.

② 牧田諦亮．策彦入明記の研究（上）[M]．京都：仏教文化研究所，1955：68.

③ 按，该书信翻刻使用岡本真，須田牧子．天竜寺妙智院所蔵『明国諸士送行』[J]．東京大学史料編纂所研究紀要，2013，23：241.

二、张古岩

《谦斋南渡集》有诗《古岩大人有令子，顷丧其母，赠一偈以助其哀云》，这是一首策彦悼念张古岩的儿媳妇所作之偈。该偈诗作于嘉靖十八年（1539年）七月二十七日：

> 早旦，诣补陀寺。归路访张古岩，盖谢前日来扣，携以山口纸三帖、只金扇一柄。古岩出迎莞尔，遂设嘉肴美酒，且又炊白云饭，供白云杯，惠余以《李白集》四册全。又诣古岩贤兄，携以山口纸二帖、胡椒一包，渠又报予以《文锦》二册、紫金丹一包。古岩有令子，顷丧其妻，正使和上赠偈一首、香一瓣见悼，予亦依韵助哀。
>
> 谨依正使湖心大禅师华偈之韵，追悼曹娘掩妆云。
>
> 二十余年四大床，无阴阳地涉阴阳。
>
> 吾瓮宣偈颁香后，妆镜台成正觉场。
>
> 海东散释怡斋合尖①

据《初渡集》载，同年七月十八日，策彦刚在宁波安顿下来不久，古岩就主动结交策彦，“申刻，张大人古岩价于三英，惠镇子一ケ并线香五十炷”②。同年七月二十日，“午刻，大医张古岩来访，累刻笔谈，谈了吃茶”③。由此可知，古岩大人本名张古岩，职业医生，与策彦交往频繁，故其儿媳妇去逝后，策彦作偈悼念。

三、柯雨窗

《谦斋南渡集》中有诗《予驻锡于宁波之府六旬余，闻柯雨窗之名不识雨窗之面，造次颠沛仰慕惟深矣。新凉入郊之顷，适有苍头捧一缄来，披而视之，见和余投范氏诗之佳作也，盖唐人句法晋人楷法出一手者，且复副以新画一幅、古文两策。余获此三绝，十袭而秘，何赐加焉。吁未晤对之，先眷惠如

① 牧田諦亮．策彦入明記の研究（上）[M]．京都：仏教文化研究所，1955：69.
② 牧田諦亮．策彦入明記の研究（上）[M]．京都：仏教文化研究所，1955：68.
③ 牧田諦亮．策彦入明記の研究（上）[M]．京都：仏教文化研究所，1955：68.

此，何况一往一来之后哉？古人以画诗书为三绝，则文策其余波之及也。非可默止，磨瓦砾代琼瑶之报云》，该诗作于嘉靖十八年（1539 年）闰七月五日：

斋后，作诗寄柯雨窗，盖谢前日嘉贶也。

嘉亥之夏，吾邦有修贡之事，余亦赘诸官之列，而来观上国之光。于是乎，驻锡于宁波之府六旬有余，音容相接者，或有焉或不焉。久闻雨窗之名，不识雨窗之面。造次颠沛，仰慕惟深矣。新凉入郊之顷，适有苍头捧一缄来，披而视之，见和余投范家诗之佳作也，盖唐人句法，晋人楷法，出一手者乎。且复副以新画一幅、《古文》两策，余获此三绝，十袭而秘，何赐加焉。吁！未晤对之先眷惠如此，何况一往一来之后哉？古人以画、诗、书为三绝，今者画也，诗也，文集也。其二同中有同，其一异中有同，不愧为他年故事。余蜂雀于诗，蚓蛇于书。口将吟而涩糊，手将临而停辍。虽然俯默而止，则何以偿赠酬乎？强呈一绝，索一笑云。

久稔才名未遇君，何当清话解尘纷。

一朝惠我以三绝，新画新诗又古文。

怡斋散释拜顿。

柯老大人书楼下①

由此来看，这是策彦与宁波文人柯雨窗认识之初的交往。柯雨窗先是寄诗一首以示结识之意，诗作是唱和策彦寄给范某之作，还赠送画一幅，《古文》两册。策彦收到礼物非常高兴，作诗一首以表谢意。柯雨窗寄诗、书、画于策彦，在嘉靖十八年（1539 年）闰七月朔日：

申刻，柯雨窗通书文，盖于昨在范南冈家里半面，余未记谁某。今和余寄南冈诗之韵以贻我，且复惠《古文大全》二册、小画一方。②

原来，策彦在范南冈家里作客时与柯雨窗有过照面，应该是没有说话，故策彦对其没有印象。柯雨窗唱和的是策彦寄给范南冈的汉诗。策彦作客范南冈

① 牧田諦亮．策彦入明記の研究（上）［M］．京都：仏教文化研究所，1955：71.

② 牧田諦亮．策彦入明記の研究（上）［M］．京都：仏教文化研究所，1955：70.

家是嘉靖十八年（1539 年）七月二十一日：

斋后，访范大人，大人出迎一笑，陈嘉肴酌美酒，又围棋三战。予献诗谢前日来访：

感君携酒慰烦襟，交义未深恩渥深。

预恐归期忘归兴，他乡亦有故人心。

令子有秀才即席代而和，和章别记焉。余又携只金扇一柄、美浓纸一帐。告归之顷，大人还惠以红帕一方。①

由此明了，七月二十一日，策彦拜访宁波文人范南冈，献诗一首以示感谢前日范南冈拜访的好意。当时恰逢柯雨窗也在，可能由于时间短暂，两人未能相识。但柯雨窗知道此诗，于是次韵一首，于闰七月初五日派人将唱和诗送给策彦，并附赠《古文大全》两册、小画一幅，以示结交之意。策彦看到这三样礼物后，作诗一首作为回礼。策彦诗题的叙述捎带夸张与恭维成分，可见策彦外交能力的高超，其积极主动地与中国人交往。由此，对古代“以诗会友”的交际方式可见一斑。

四、方梅厓

《谦斋南渡集》中有诗《四明有先生号梅崖，盖以楷法鸣中华者也，其人和气温然，如春在花，实明道叠山流亚乎？一日访余于旅馆之顷，需缀卑作渎美称，弗获险拒，裁二章塞其请云》两首，第一首诗作于嘉靖十八年（1539年）八月二十四日：

别无事，寄梅崖诗。

四明有先生，号梅崖、姜一，以书鸣中华者也。其为人和气温然，如春在花，可谓名下无虚士矣。一日访余于旅馆之顷，需缀卑作渎美称，弗获崄拒，强塞请云。

梅花标格点无尘，掩映江南野水滨。

① 牧田諦亮．策彦入明記の研究（上）[M]．京都：仏教文化研究所，1955：68.

俗紫凡红望崖郄，一枝别置四时春。

海裔怡斋散释拜稿①

该诗在《谦斋南渡集》中稍有出入，第二句在诗集中作“最映江南野水滨”②。方梅厓本名方仕，号梅崖。策彦之诗是方仕别号梅崖的字说，将梅与崖蕴藏诗中，对方梅厓的赞誉不吝溢美之辞。古人常请德高望重的人为自己的别号构思一篇解释性的文章，即字说。由此可见方梅厓对策彦的敬重。那么方梅厓是何时拜托策彦？《初渡集》中在八月二十四日之前，只有八月二十日记录策彦与方梅厓的见面：

午后，梅崖来，携以“怡斋”字并葡萄一画，盖所自书也。③

八月廿日，方梅厓送给策彦一幅自己所作的“葡萄”画，以及一幅亲笔所书的“怡斋”书法。“怡斋”是策彦此时的别号。《（乾隆）鄞县志》载“方仕字伯行，善书画，丰坊亦心让之”④。方梅厓擅长书画，特意书写了一幅策彦别号“怡斋”的书法作品。在八月二十日见面时，方梅厓送上自己的书画作品，可能以此为契机请策彦为自己的别号作字说诗一首。策彦答应并于二十四日作诗。因笔者涉猎有限，第二首诗的创作时间与背景等有待进一步考证。

第七节　若干诗作及有关问题的考辩

经过文本细读与史料调查，笔者发现《谦斋南渡集》若干讹误之处，具体体现在两个方面：一、汉诗内容与策彦周良入明经历不符；二、汉诗内容或题注出现地点、人物的张冠李戴。进一步印证了该诗集没有经过策彦校订。

---

① 牧田諦亮．策彦入明記の研究（上）[M]．京都：仏教文化研究所，1955：83.

② 策彦周良．妙智院所蔵史料//謙斎南渡集［M]．東京：東京大学史料編纂所，2007.

③ 牧田諦亮．策彦入明記の研究（上）[M]．京都：仏教文化研究所，1955：83.

④ ［清］钱维乔，等．（乾隆）鄞县志（卷 18）[M]．1788（清乾隆 53 年）：27.

一、地点考辨

（一）镜清寺

《谦斋南渡集》中有诗《镜清寺》，《初渡集》中却记录为“境清寺”。此诗作于嘉靖十八年（1539年）八月二十日，策彦于同年五月二十五日登陆宁波，十月十七日起程北上朝贡。由此可知，《镜清寺》诗作于策彦暂居宁波期间。《（乾隆）鄞县志》卷二十四“古迹·案今为巡道公署”载：“嘉宾馆　在东南隅江心里，故为境清寺，嘉靖六年改为馆，以处倭夷贡使。嘉靖志”[①]。可知，宁波有禅寺境清寺，后改成接待日本朝贡使的嘉宾馆。那么“镜清寺”在何处？《五灯会元》卷七载“越州镜清寺道怤顺德禅师”[②]，可知镜清寺在越州，即浙江绍兴境内。策彦日记中称梅江为“旧境清寺僧”，《驿程录》只载宁波府安远驿有“境清寺”[③]。综上所述，策彦登陆宁波不久，当地旧境清寺僧寄诗求交好，这样解释较为合情合理。“镜”与“境”字形相近，故《谦斋南渡集》中“镜清寺”当作“境清寺”。

（二）齐桓公庙

《谦斋南渡集》中《齐桓公庙》的诗题注云“在临齐县水马驿”，宫书甲本作“临济县”，《入明记》中丝毫未提及齐桓公庙，此庙所在何处不得而知。策彦所作《驿程录》“清源水马驿”项下载“齐地有桓公庙，又有晏子庙”[④]。遣明使笑云瑞䜣在其《笑云入明记》中，明景泰四年（1453年）九月十五日也记录：“临清清源驿，齐地，有桓公庙、晏子庙。”[⑤] 那么，策彦所记应来自《笑云入明记》。策彦四次途经临清清源驿，即嘉靖十九年正月二十九日至二月二日、同年六月九日至十一日、嘉靖二十八年三月十六日至十八日、同年九月十三日至十六日，日记中都没有提及此处有齐桓公庙。查阅《临清县志》，此县从未建有齐桓公庙。那么齐桓公庙在何处？查阅成书于明嘉靖十二年（1533年）的《（嘉靖）山东通志》，卷十八“祠祀·青州府”载：

---

① ［清］钱维乔，等.（乾隆）鄞县志（卷24）［M］. 1788（清乾隆53年）：36.
② ［宋］普济著. 中国佛教典籍选刊//五灯会元［M］. 北京：中华书局，1984：413.
③ 村井章介，須田牧子. 笑雲入明記//駅程録［M］. 東京：平凡社，2010：239.
④ 村井章介，須田牧子. 笑雲入明記//駅程録［M］. 東京：平凡社，2010：247.
⑤ 村井章介，須田牧子. 笑雲入明記［M］. 東京：平凡社，2010：203.

齐太公、桓公庙：二庙故基在临淄县西北二里营丘之东，刱建无考。宋景佑二年重修，碑刻尚在。国朝成化三年，巡按御史贾奭重建祠于儒学东北，以鲁仲连等七贤配享，春秋祀之。①

成书于康熙十一年（1672 年）的《（康熙）临淄县志》卷三“坛庙”载：

齐太公、桓公庙，管、晏诸臣配享。在营丘东。宋景佑二年（1035 年），邑人宋著作修，教谕赵师民记。后移县治东南。（清）康熙六年（1667 年），知县高檠重修。②

姜太公吕尚被封齐国，都治临淄，齐桓公是其第十二代孙。明时，临淄属青州。齐桓公庙在临淄，与姜太公吕尚一起被供奉，最初建庙情形不详，初在山东临淄县西北二里营丘东，宋景佑年间有碑刻，明成化三年（1467 年）重建祠于临淄县东北，以鲁仲连、管仲、晏子等诸臣配享。临清最初属齐国，后归属晋国。

那么，《齐桓公庙》的诗题注所言“临齐县”或“临济县”皆误，应是临淄县。《驿程录》与《笑云入明记》中的“齐地”应指临淄，不是临清。

（三）宋太祖庙

《谦斋南渡集》中有诗《宋太祖庙》，诗题注云“在临齐县甲马营驿”。《入明记》中没有提及宋太祖庙一事，策彦四次经过此甲马营驿站，分别在嘉靖十九年二月四日、同年六月六日、嘉靖二十八年三月廿一日、同年九月十一日，每次都匆匆路过，不太可能有时间游览。

《驿程录》“甲马营驿”一项载：“宋太祖所生之地也”③，《大明谱》中“甲马驿”一项也记录：“宋太祖所生之地也”④。由此来看，甲马营驿建有宋太祖庙，合情合理。据《明代驿站考》载，甲马营水驿“属东昌府高唐州武城

① ［明］陸釴，等. 天一阁藏明代方志选刊续编（51）//（嘉靖）山东通志［M］. 上海：上海书店，1990：1136.

② ［清］邓性修，临淄区史志办公室注.（康熙）临淄县志（校注）［M］. 北京：方志出版社，2017：7.

③ 村井章介，須田牧子. 笑雲入明記//駅程録［M］. 東京：平凡社，2010：247.

④ 牧田諦亮. 策彦入明記の研究（上）［M］. 京都：仏教文化研究所，1955：297.

县。在今山东武城县东北甲马营”①。

查阅《（嘉靖）武城县志》《（康熙）高唐州志》，皆不载此庙。《（嘉靖）武城县志》序言落款时间是嘉靖己酉夏六月，即嘉靖二十八年夏六月，与策彦经过此地时间相隔不久。为何《谦斋南渡集》与《驿程录》中提及，而日记与县志中都未涉及呢？

笔者查阅《宋史》卷一“本纪第一・太祖纪一”载：

> 太祖，宣祖仲子也，母杜氏。后唐天成二年，生于洛阳夹马营。赤光绕室，异香经宿不散，体有金色，三日不变。既长，容貌雄伟，器度豁如，识者知其非常人。②

可知，宋太祖并非生于山东甲马营，而是河南洛阳夹马营。查阅《（雍正）河南通志》卷四十八“祠祀・河南府”载“宋太祖庙：在府城外夹马营，明嘉靖间知府吴相建，后入周成王、汉光武，为三圣祠”③。可知，宋太祖庙位于宋太祖出生地洛阳夹马营，而非山东甲马营，建于嘉靖年间，与策彦周良入明时间重合。甲与夹读音相同，意义却相差甚远。

《初渡集》中嘉靖十八年正月二十二日记录策彦学习《事文类聚翰墨全书》，其中抄录宋太祖相关事情：

> （二月——笔者加）十六日 长春节。《宋史》：太祖生于后唐天成二年二月十六日，生于洛阳大内甲马营。是夕神光满室照耀，异香馥郁，经夕不散。胞如宿蒸而黄，体被金色，三日而变。④

《事文类聚翰墨全书》（以下简称《翰墨全书》）是宋元时期较有影响力的一部民间交际应用类书，收录诗文典故等，深受大众喜爱并流传至日本，对日本五山禅林产生一定影响。策彦初到中国，大量抄录该书内容，很可能是想通

---

① 杨正泰．明代驿站考：增订本［M］．上海：上海古籍出版社，2006：32.
② ［元］脱脱，等．二十四史：简体字本//宋史（卷 1）［M］．北京：中华书局，2000：1.
③ ［清］田文镜，孙灏修．（雍正）河南通志（卷 48）［M］．1735（雍正 13 年）：38.
④ 牧田諦亮．策彦入明記の研究（上）［M］．京都：仏教文化研究所，1955：27.

过阅读此书了解学习中国习俗文化，以便更快融入中国社会。抄录笔记中将宋太祖出生地写作“甲马营”。因无法判定策彦所用《翰墨全书》本子，故不能确定原文，也就不能确定是原书讹误还是策彦手误。之后，策彦北上行至山东甲马营驿时，将山东甲马营误作洛阳的“甲马营”，由此在《驿程录》“甲马营驿”项下，记录“宋太祖出生之地也”。

《宋太祖庙》的诗句“十六月亏昏宋家，小星翳又北辰斜”应与策彦抄录的《翰墨全书》内容有关。该诗后两句“年年写出韩堂夜，庙里犹吹白雪花”受到日本五山禅林中广泛流行的“韩堂王雪”典故影响。策彦此句未脱五山诗僧的“韩王堂雪”用典模式。五山禅僧创作多首有关此诗题汉诗，比如西胤俊承的《韩王堂雪》：“卧榻难容鼾睡人，炉边定策苦君臣。如何一夜江南雪，踏作玉楼歌舞尘。”① 瑞溪周凤有诗《韩王堂雪》：“榻外他家眠不安，微行普第驻鸣銮。天风吹满阶前雪，今夜江南亦可寒。”② 据日本中本大研究③，“韩王堂雪”故事指：

> 太祖尝夜幸普第，立风雪中，普皇恐出迎。太祖与普饮于堂中，设重裀地坐，炽炭烧肉。普妻和氏行酒，太祖以嫂呼之。普从容问曰：“夜久寒甚，陛下何以出？”太祖曰：“吾睡不能着，一榻之外皆他人家也。”普曰：“陛下小天下耶。南征北伐，今其时矣，愿闻成算所向。”太祖曰：“吾欲取太原。”普默然久之，曰：“非臣所知也。”太祖问其故，普曰：“太原当西北二边，使一举而下，则二边之患我独当之。何不姑留，以俟削平诸国，则太原弹丸黑志之地，将无所逃矣。”太祖笑曰：“吾意正如此。”④

策彦应在日时已熟知此典，接到出使中国的任务，为更快熟悉中国环境，阅读《翰墨全书》，从中了解到宋太祖生于二月十六日，洛阳“甲马营”，由此将途经的山东甲马营驿误作宋太祖出生之地，在《驿程录》“甲马营驿”项下

---

① 上村観光. 五山文学全集（卷 3）//真愚稿［M］. 京都：思文閣，1973：95.

② 玉村竹二. 五山文学新集（卷 5）//臥雲稿［M］. 東京：東京大学出版会，1971：525.

③ 中本大. 本邦禅林の「韓王堂雪」詩における李煜詞の受容をめぐって［J］. 国語国文，1994，63（10）：38.

④ ［宋］王稱. 东都事略（卷 26）［M］. 台北：文海出版社，1979：432—433.

一记录此事。

（四）老子庙

令彰本《老子庙》诗题注云“鱼侪县乾宁驿”，桂窗本作“侪县乾宁驿”，宫书甲本与《翰林五凤集》无题注，其余本皆作“鱼侪县”。

策彦手稿本《驿程录》“乾宁驿”项载“同济县右方，有道士观，观门揭‘阐威门’，三清殿 安老君象”①。查阅策彦周良自笔本《初渡集》，载在“乾宁驿”。考《明代驿站考》，载“［乾宁驿］：属河间府兴济县，在今河北沧县北兴济镇”②。由此可知，乾宁驿属兴济县。

“兴”字书法可作“”，与“魚”字形相近，“济”与“侪”字形相近。那么，“鱼侪县”应是因字形相近导致辨识错误。牧田谛亮本、村井章介与须田牧子本《驿程录》中都翻刻作“鱼济县”，当讹。

综上所述，《谦斋南渡集》的《老子庙》一诗的题注应是“兴济县乾宁驿”。

（五）桃花口

《谦斋南渡集》有诗《桃花口》云“九陌尘中还得闲，无言桃李掩仙坛”③。桃花口在天津境内，“城筑自明隆庆四年，（《明穆宗实录》隆庆四年八月：筑通州河西务城。《舆程记》：杨村而东二十里为桃花口。（后略））即元中卫屯田处，置漕运司及永备等仓”④。策彦所著《驿程录》“杨青驿”项载有“桃花口”⑤，杨青驿“属顺天府通州武清县，隆庆二年（1568 年）改属河间府静海县。旧在今天津市西杨柳青，嘉靖十九年（1540 年）移于天津城外”⑥。非该诗题注所言“在鱼侪县杨青驿”。《桃花口》前一首《老子庙》的题注也言“在鱼侪县乾宁驿”，乾宁驿属沧州兴济县，鱼侪县是兴济县之讹。杨青驿属顺天府武清县，距离兴济县有一定的距离。故此处诗题注所言有误。

有明一代，吴本泰（1573—?）有诗《南还舟次桃花口》云“舟行桃花口，

① 策彦周良．妙智院所蔵史料//駅程録［Z］．東京：東京大学史料編纂所，2007．

② 杨正泰．明代驿站考：增订本［M］．上海：上海古籍出版社，2006：11．

③ 策彦周良．妙智院所藏史料//謙斎南渡集［M］．東京：東京大学史料編纂所，2007．

④［清］周家楣，缪荃孙．（光绪）顺天府志（卷 28“武清县”）［M］．北京：北京古籍出版社，1987：936．

⑤ 村井章介，須田牧子．笑雲入明記//駅程録［M］．東京：平凡社，2010：248．

⑥ 杨正泰．明代驿站考：增订本［M］．上海：上海古籍出版社，2006：11．

不见桃花树”。杨巍（1516—1608）有《桃花口》：“泊舟桃花口，不见桃花树。”彭孙贻（1615—1673）有诗《桃花口》：“归舟非花时，直过桃花口。空忆桃花名，不见桃花有。”

由此可见，明代时期的桃花口没有种植桃花，只是运河的长堤口。故《桃花口》诗中的“无言桃李掩仙坛”，当是望文生义。

（六）凤凰池

《谦斋南渡集》有一组诗《四月二十三日于上林苑赐宴》，其中策彦有诗句云“今日天恩与海深，凤凰池上洗凡心”①。查阅入明日记《初渡集》《再渡集》，不见“凤凰池”相关记录。《谦斋南渡集》中《玉河馆》一诗的诗题注云“在北京顺天府，河水流而入禁中之凤凰池，故有巡河官人，而不流污秽之物矣。河磨珠玉得佳名，流入禁池扬至清”②。其中提到玉河流入紫禁城中的凤凰池，这里的“凤凰池”应指紫禁城内的护城河金水河。

明景泰四年（1453 年）遣明使笑云瑞䜣所著《笑云入明记》中两次出现“凤凰池”一词：

（1）景泰四年十一月十四日

冬至朝参，自在［左］掖门入东角门，过凤凰池到奉天殿，见天子，文楼、武楼之间，万官排班三呼万岁，声动天地。③

（2）明景泰五年正月一日

礼毕，自凤皇池出左掖门，入于阙左门，赐光禄宴，日本、赖麻、高丽、回回、鞑旦、达达、女真、云南、四川、琉球等，诸番皆预焉。④

凤皇池即凤凰池。从《笑云入明记》来看，凤凰池位于东角门内，奉天殿前。据村井章介、须田牧子调查，现今在东角门与奉天殿之间没有池水。⑤查阅《明宫史》《大明宫研究》，也不见“凤凰池”相关记录。

由此来看，“凤凰池”应是日本遣明使对北京紫禁城内池水的习惯代称。

---

① 策彦周良．妙智院所藏史料//謙斎南渡集［M］．東京：東京大学史料編纂所，2007.

② 策彦周良．妙智院所藏史料//謙斎南渡集［M］．東京：東京大学史料編纂所，2007.

③ 村井章介，須田牧子．笑雲入明記//駅程録［M］．東京：平凡社，2010：208.

④ 村井章介，須田牧子．笑雲入明記//駅程録［M］．東京：平凡社，2010：210.

⑤ 村井章介，須田牧子．笑雲入明記//駅程録［M］．東京：平凡社，2010：114.

策彦诗句中的“凤凰池”也指金水河，《笑云入明记》中的“凤凰池”也指代金水河。从“自凤皇池出左掖门，入于阙左门”这一记录来看，有可能凤凰池与左掖门较近，而不在奉天殿与东角门之间。左掖门与东角门之间，有护城河金水河。自左掖门，过金水河，入东角门，到奉天殿，奉天殿前有文楼、武楼。(详见图 4.1)。而且景泰年间，遣明使在阙左门接受赐宴，阙左门距离金水河很近。

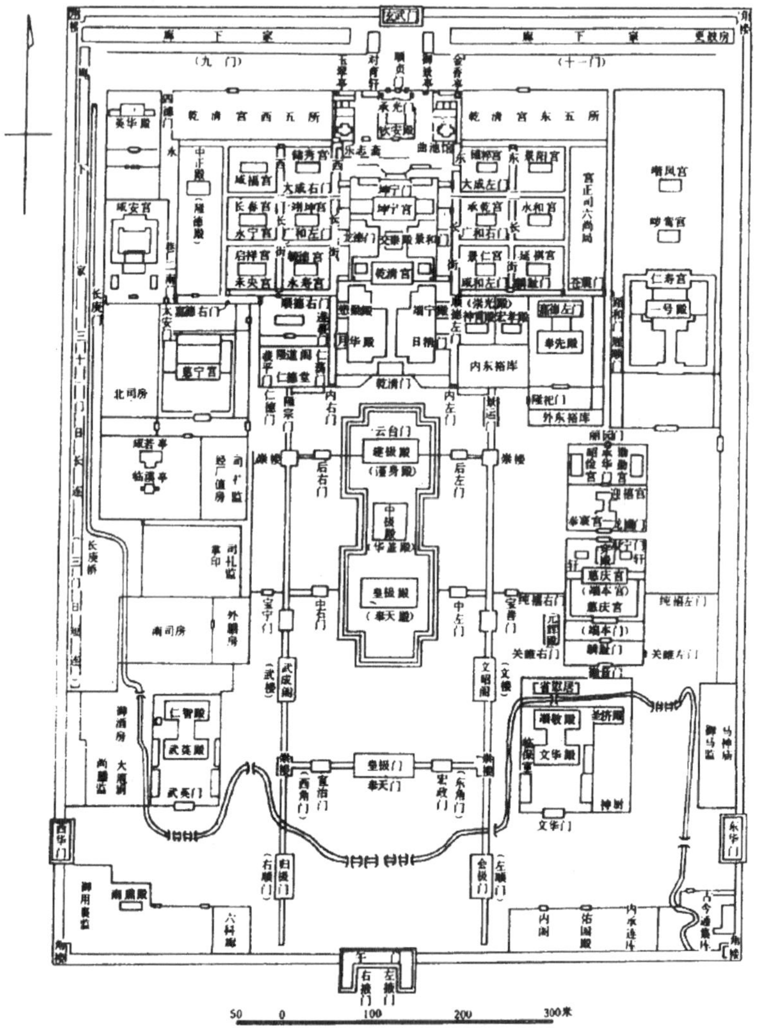

图 4.1　明朝紫禁城图

（七）曲江、雁塔、花萼楼

《谦斋南渡集》中有三首汉诗《曲江》《雁塔》《奉敕见花萼楼牡丹》，描写策彦在京见闻。

曲江，即曲江池，“在雁塔东南，以水流屈曲，谓之曲江。《剧谈录》：‘本秦之隑州，唐开元中，疏凿为胜境。中和、上巳，自宰臣至都人皆游焉，倾动皇州，以为盛观’”①。曲江在西安，故常出现在唐朝诗人的诗中，比如白居易有诗《曲江夜归闻元八见访》《曲江亭晚望》《曲江独行招张十八》《曲江忆李十一》等，杜甫有诗《曲江对雨》《曲江对酒》《曲江二首》《曲江三章章五句》等。

雁塔，有雁塔题名之典，“《唐会要》：‘雁塔，乃慈恩寺西浮图院也。沙门玄奘先起五层，永徽中，天后与王公舍钱，重加营造至七层，四周有缠腰。’唐新进士同榜，题名于塔上，有行次之列。唐韦、杜、裴、柳之家，兄弟同登，亦有雁行之列。故名雁塔。武昌节度程公琳诗曰：‘轻裘访古出南城，宝刹云烟拂旆旌。三十年前前进士，无惭雁塔一题名’”②。唐代几人同登进士后会去雁塔游行，因此雁塔有“雁塔题名”的美誉。《谦斋南渡集》的《雁塔》诗中也有“图知佛塔记登第，进士庶几儒释并”。

花萼楼，名花萼相辉楼，“《天宝遗事》：‘宁王宪、申王撝、岐王范、薛王业邸第相连环于兴庆侧，明皇因题花萼相辉之名，取诗人棠棣之义。帝时登楼，闻诸王音乐，咸召升楼，设五花帐，同榻饮宴。’《金石录》：‘花萼楼诏，李白撰碑文，徐浩书丹。’乔扆诗曰：‘花萼楼空有故基，行人空读火余碑。可怜兴庆池边月，曾伴宁王玉笛吹’”③。花萼相辉楼建于唐玄宗时期，常举行盛大的宴会，招待外国使者，毁于唐末战火，后代一直未重建。故策彦在明朝来中国时不可能到此楼观赏牡丹。而且，《奉敕见花萼楼牡丹》诗中“李唐三百年嘉运”一句为唐代之事，与策彦出使中国的年代不符。

按照《初渡集》与《再渡集》的记录，策彦在明期间的一般路线是：在宁波登陆，暂居宁波等待朝廷诏书，在中方官员的护送下沿浙东运河与京杭大运河上京进贡，归途除到南京领取赏赐，其余皆按原路返回宁波，暂居宁波等待

---

① ［元］骆天骧撰，黄永年点校．类编长安志（卷 3）［M］．北京：中华书局，1990：86.
② ［元］骆天骧撰，黄永年点校．类编长安志（卷 9）［M］．北京：中华书局，1990：297.
③ ［元］骆天骧撰，黄永年点校．类编长安府志（卷 3）［M］．北京：中华书局，1990：98.

顺风，从宁波越洋归国。按此行程路线，策彦不可能去到西安。

二、人物考辨

（一）伴送官李大人

《谦斋南渡集》中增补诗作《赐筵宴之翌日，伴送官李大人作川八见寓贺忱，聊赘其韵以奉谢圣恩万乙云》，该诗不见于《入明记》。但天龙寺妙智院所藏《明国诸士送行》中有一封《淮山居士书状》，与策彦之诗可能有些许关系。《淮山居士书状》内容如下：

> 正
>
> 时戊申冬孟六日，生与日本国使臣周谦斋、栎庵雪窗诸列位赴京，越今年己酉夏至二十一日到京，宿于会同南馆。俟礼部诸当道下处分间，蒙钦赐谦斋等御宴，生见朝廷钦命柱国大臣亲为同宴，足以见当今圣明厚待远人之意，古云：所敬者寡而悦此众者，正此谓也。生不揣鄙陋，粗出数言以表同来之意，呵呵。
>
> 天使乘轺下九重，会同设宴胜瀛蓬①。
> 庖龙烹凤珍肴馔，杯斝相酬喜爱隆。
> 鼓吹声中歌盛世，教坊乐里贺来诚。
> 万井衣冠朝帝阙，诸方异域尽来同。
> 淮山居士拜
>
> 正使
> 　　二位大人　暨
> 副使
>
> 居座雪窗列位大人　　　　烦偕韵掷来以为永恩耶②

淮山居士祝贺以策彦为正使的遣明使团得到皇帝赐宴。信中说当日宴会朝廷重臣出席陪同，场面非常隆重，特寄诗一首于遣明使团，希望可以得到使团

① 按，冈本真与须田牧子老师翻刻作“蓬瀛”。但“蓬瀛”间有返点“レ”，原本作“蓬レ瀛”。故本书订正作“瀛蓬”。

② 按，该书信翻刻使用岡本真，須田牧子. 天竜寺妙智院所蔵『明国諸士送行』[J]. 東京大学史料編纂所研究紀要，2013，23：233－245.

成员的唱和之作。从内容来看，此诗与策彦之诗《赐筵宴之翌日，伴送官李大人作川八见寓贺忱，聊赘其韵以奉谢圣恩万乙云》大体一致，都是描写赐宴的盛况，表达对明朝皇帝恩赐的感谢。策彦的汉诗如下：

摩云楼阁几重重，知是紫宸移紫蓬。
卿棘公槐筵宴丽，乐花礼叶禁班隆。
沛然德雨凉天下，浩荡恩波注日东。
正好清时扬侧陋，山川虽异此文同。①

从诗作的押韵来看，淮山居士诗作所用韵脚是上平声东韵的“重”“蓬”“隆”“同”与下平声庚韵的“诚”。东韵与庚韵不通押，故此诗不合韵律。策彦汉诗押韵上平声东韵，用字“重”“蓬”“隆”“东”“同”，是一首七言律诗。由此判断策彦之诗当是次韵淮山居士之作，将淮山居士诗中不合韵律的韵脚“诚”字换作“东”字。淮山居士应是伴送官李大人。

淮山居士的书信中所言“戊申孟冬六日”即嘉靖二十七年（1548 年）十月六日，即策彦再渡中国时从宁波起程上京的时间。根据《再渡集》记载，此次的伴送官由蒋文萃、李大人、周大人担任，李、周大人实名不详。策彦再渡时正值朱纨改任浙江巡抚，介入对日本朝贡事件的处理，与策彦有过直接接触。朱纨的文集《甓余杂集》中对遣明使策彦一行北京朝贡一事略有提及：

（前略）臣谨以便宜处置，一面催督，委官宁波卫副千户周世贤、宁波府照磨蒋文萃、知事李实、通事周文苑，管送夷使周良等五十员名起程。（后略）②

这是一封朱纨的奏章，其中汇报其派遣宁波卫副千户周世贤、宁波府照磨蒋文萃、知事李实、通事周文苑四人，管送遣明使策彦一行五十人从宁波起程前往北京朝贡。知事在明朝属下级官吏，对宁波府的政务仅有知情权，身份卑

① 策彦周良．妙智院所蔵史料//谦斋南渡集［M］．東京：東京大学史料編纂所，2007.

② ［明］朱纨．四库全书存目丛书（集部第 78 册）//甓余杂集（卷 4）［M］．济南：齐鲁书社，1997：22.

微不足以记载于史料中，《（雍正）鄞县志》《（嘉靖）宁波府志》《（嘉靖）浙江通志》皆未记载。从朱纨奏章这一仅有的线索可初步判断淮山居士为宁波府知事并担任伴送官的李实，号淮山居士。

那么此两首诗又是作于何时呢？据《再渡集》载，遣明使到达北京安顿妥当后，嘉靖二十八年五月二十七日明世宗赐迎宾宴。遣明使策彦一行完成朝贡任务即将离京时，同年七月二十七日明世宗又赐上马宴。从李实书信中的“候礼部诸当道下处分间”一句来看，当是遣明使一行刚刚到达北京，入住会同南馆，等待礼部处理朝贡事宜间隙所赐的宴会，即是五月二十七日的迎宾宴。那么淮山居士的书信即为赐宴之翌日即五月二十八日送达到策彦手中。但是，由于史料不足，策彦何时创作此诗并寄送给李实尚不明确。

（二）西湖四贤

《谦斋南渡集》有诗《题西湖四贤堂》，诗题注云：“堂中画乐天、李白、和靖、东坡四贤之像。”① 《初渡集》记录策彦于嘉靖十九年九月三日游览情况：“孤山乃林和靖隐处也，至今三贤堂岿然存，堂中塑白传、东坡、和靖三像，所谓三贤是也。”② 明景泰四年，遣明使笑云瑞䜣的《笑云入明记》中载：

> 孤山和靖旧宅，无梅一枝，季潭诗所谓：“处士梅花千树尽，苏公杨柳一株无。”盖记实也，宅中有乐天、和靖、东坡三贤塑像，像左右许由、严子陵为首，隐士百余辈有牌。③

策彦与笑云所见皆三贤堂，“三贤”即白居易、苏轼、林逋。白居易曾任杭州刺史，疏浚西湖，修筑白堤。苏轼两次任职杭州，第一次任杭州通判，第二次任杭州知州，在任期间疏浚西湖，修筑苏堤。林逋隐居西湖孤山，梅妻鹤子，一代高洁之士。为何《谦斋南渡集》中作“四贤堂”？据笔者所知，李白与杭州并没有特殊的渊源，为何将李白一并祭祀呢？

《驿程录》“西兴驿・三贤堂”一项，载：“有白乐天、苏东坡、林和靖三

---

① 牧田諦亮．策彦入明記の研究（上）［M］．京都：仏教文化研究所，1955：273.

② 牧田諦亮．策彦入明記の研究（上）［M］．京都：仏教文化研究所，1955：148.

③ 村井章介，須田牧子．笑雲入明記［M］．東京：平凡社，2010：198.

塑像。今副按唐杭州刺史邺侯李公像，曰四贤祠。”① 邺侯李公是唐代李泌，非李白，李泌对杭州西湖的建设有开辟之功。也就是说，笑云所见为三贤堂，供奉白居易、苏轼、林逋。策彦所见为四贤堂，增设唐代李泌。那么何时三贤堂变成了四贤堂？还是三贤堂与四贤堂本是不同的祠庙？

明·田汝成（1503—1557）撰《西湖游览志》卷二“孤山三提胜迹”载：

> 四贤堂，正德间，郡守杨孟瑛建，以祀唐刺史李公泌、白公居易、宋守苏公轼、处士林公逋者。泌字长源，代宗时任，引湖水入城，甃六井以解斥卤，民到于今赖之。居易字乐天，穆宗时任，筑湖堤以钟泄湖水，溉田千顷。轼，字子瞻，哲宗时任，浚湖甃井，治堰闸以利民，民立祠祀之。逋，字君复，隐居孤山，征辟不就，构巢居阁，绕种梅花，吟咏自适，徜徉湖山，或连宵不返，客至则童子放鹤招之，真宗嘉其高尚，赐号和靖处士。先是唐民怀白公之德，即山之广化寺以祀公。至宋，益以苏公、林公，名三贤堂。绍兴间建四圣延祥观而尽徙之，祠遂废。京尹袁韶复建于苏堤中。天顺三年，郡守胡浚徙之故址。成化十一年，布政使宁良、杜谦等增建仰高亭、巢居阁。杨公浚湖讫事，奉李公泌而并祀之，遂名四贤堂也。堂之左旧有四照阁，久废，成化间都御史韩雍复建，嘉靖十四年毁。②

唐刺史李泌（722—789），字长源，唐代宗时任杭州刺史。当时杭州百姓饮用水咸苦，李泌则挖井引西湖之水入城，百姓终于喝上甘甜的饮用水，该饮水工程至今仍在使用。最初杭州百姓为纪念白居易，在孤山广化寺奉祀白居易，北宋时增祀苏轼与林逋，名为“三贤堂”，此即策彦熟悉的三贤堂。南宋绍兴年间，因建道教祠庙四圣延祥观而迁移三贤堂，由此三贤堂废。南宋嘉定十三年（1220 年），袁韶任临安府尹，复建三贤堂于苏堤。明天顺三年（1459 年），郡守胡浚将三贤堂移至原址。明成化十一年（1475 年），布政使宁良、杜谦等人在原祠旁增建仰高亭、巢居阁。明弘治六年（1503 年），杨孟瑛出任

---

① 村井章介，須田牧子. 笑雲入明記//駅程録［M］. 東京：平凡社，2010：240.

② ［明］田汝成. 西湖游览志［M］. 上海：上海古籍出版社，1980：11.

杭州太守，正德元年（1506 年）二月，杨孟瑛开始疏浚西湖，历经五个多月。疏浚完工后，杨孟瑛将李泌与白、苏、林一并奉祀，由此“三贤堂”更名“四贤堂”。

由此来看，笑云于明景泰四年（1453 年）来明，所见确为“三贤堂”。策彦于嘉靖十八年至十九年、嘉靖二十七年至二十八年来明时，所见为杨孟瑛所建“四贤祠”，《驿程录》所记属实。《谦斋南渡集》中所言“四贤”中有李白为误。

（三）王祥

《谦斋南渡集》有诗《王祥孝河》，诗题注言“王祥，淮阴人也”[①]。但关于王祥孝河，策彦四次经过淮阴驿，日记中有记录的是嘉靖嘉靖十八年腊月二十一日至二十三日、同年七月十三日至十四日，嘉靖二十八年二月朔日至四日，这三次只提到策彦游览韩信庙与漂母祠，丝毫未提及王祥相关事。《驿程录》“淮阴驿”一项下载：“文出甘罗，武出韩信，孝出王祥。”[②] 淮阴驿“属淮安府。在今江苏淮安县西运河西岸，洪武三年（1370 年）迁今县东北，宣德六年（1431 年）复迁今淮安县城内”[③]。

但查阅《晋书》卷三十二“列传第三・王祥”，载：

> 王祥字休征，琅邪临沂人，汉谏议大夫吉之后也。祖仁，青州刺史。父融，公府辟不就。
>
> 祥性至孝。早丧亲，继母朱氏不慈，数谮之，由是失爱于父。每使扫除牛下，祥愈恭谨。父母有疾，衣不解带，汤药必亲尝。母常欲生鱼，时天寒冰冻，祥解衣将剖冰求之，冰忽自解，双鲤跃出，持之而归。母又思黄雀炙，复有黄雀数十飞入其幙，复以供母。乡里惊叹，以为孝感所致焉。有丹柰结实，母命守之，每风雨，祥辄抱树而泣。其笃孝纯至如此。[④]

---

① 策彦周良．妙智院所蔵史料//謙斎南渡集［M］．東京：東京大学史料編纂所，2007．

② 村井章介，須田牧子．笑雲入明記//駅程録［M］．東京：平凡社，2010：244．

③ 杨正泰．明代驿站考：增订本［M］．上海：上海古籍出版社，2006：13．

④ ［唐］房玄龄，等．二十四史：简体字本//晋书［M］．北京：中华书局．2000：987．

王祥是山东琅琊临沂人，非江苏淮安人。那么王祥孝河是否存在？王祥孝河在什么地方？查阅明嘉靖十二年（1533年）成书的《（嘉靖）山东通志》卷五“山川上·兖州府”，载：“王祥河：在沂州北二十五里，出王祥庙后，即其卧冰跃鲤处。又名孝河。”① 沂州即今临沂县，此县北二十五里有王祥河，又名孝河，是王祥卧冰求鲤之处，当地还有王祥庙。《（民国）临沂县志》“山川·古迹”载：

> 孝感河，源出城北桃花岭，东南经孝友村，村为王元公故里，河所由名也。又东南经双庄城子至诸葛村，入于沂。②

孝感河发源于临沂县城北桃花岭，流经王祥故里孝友村，故河名“孝感”，最终流入沂水。由上可知，王祥河又名孝河、孝感河，位于临沂县，而非江苏淮安市。

王祥与淮安或是江苏有何联系呢？据《晋书·王祥》载，王祥曾治理江苏徐州，率兵镇盗，安宁州内，政绩卓越，封睢陵侯，睢陵即今江苏徐州市睢宁县。据（明）陆应阳《广舆记》载，睢宁县有王祥墓。但是，徐州也并非淮安。至于“文出甘罗，武出韩信，孝出王祥”的来源有待进一步考证。

---

① ［明］陆釴，等．天一阁藏明代方志选刊续编（51）//（嘉靖）山东通志（卷5）［M］．上海：上海书店，1990：374．

② 王景祐，等．（民国）临沂县志（卷2）［M］．台北：成文出版社，1968：79．

第五章　中日合璧

——《谦斋南渡集》汉诗特色

从第四章第七节来看，《谦斋南渡集》有诸多与策彦入明经历不符之讹误，故为保证策彦汉诗研究的准确性，本章以第三章中第一类汉诗，即《谦斋南渡集》与《入明记》皆收录的汉诗为研究对象。《谦斋南渡集》中的此类汉诗表现出以下特色：一、用典数量多、范围广、使用精切，有时一个典故反复使用。二、深受中国诗人杜甫、苏轼、黄庭坚诗歌影响，具体体现在化用三位诗人的诗文语典，追求一致的诗歌风格，认同诗歌创作理论并认真实践，了解诗人生平故事，在诗中寻求精神慰藉等。策彦对中国名家诗人的接受是多方面的，立体的，有深度，有维度。三、策彦汉诗表现出“清雅”“清真”的宋代文艺批评理论的影响。四、策彦是日本人，在创作汉诗时虽然对中国文化运用醇熟，但也不可避免日本文化与日本思想的影响，因此，本章试图从策彦的汉诗中找到日本文化影响的蛛丝马迹，以期分析策彦汉诗中日本要素与中国要素的巧妙融合。

第一节　典故化用

典故具有让大家共同认同的意义，语凝而意丰，使汉诗精练传神，也是最让读者理解、准确把握作者意图以及思想的方式。一位诗人掌握多少典故，就代表着对中国文化的了解程度。了解的程度越深，创作汉诗时使用的典故越多；相反，了解的程度较浅，使用的典故就越少。因此，使用典故的数量是衡量一个人中国文化涵养的程度指标。对外国人而言，其掌握典故多少、运用准确与否，是其醇熟创作汉诗的重要一环，反映出其汉学水平的高低。本节将对

《谦斋南渡集》与《入明记》皆记载的策彦诗作的用典情况略作分析，以期了解日本中世时期对中国文化的吸收状况。

《谦斋南渡集》与《入明记》同收录的汉诗中，有的诗作使用 1 个典故，有的诗作使用 2 个典故，有的诗作 3 个或 4 个，甚至多达 5 个典故。有的典故多次反复使用，如此统计，这部分汉诗中的典故数量相当可观。这部分汉诗所用典故涉及历史人物、文人诗文、佛教故事、词语事典等。历史文物上至先秦，下至唐朝。人物涉及楚汉之争的英雄人物、学富五车的贤良朝臣、个性十足的魏晋风流人物等。文人诗文典故集中于杜甫、苏轼、黄庭坚。可以说策彦所用典故数量众多，涵盖广泛。

有时一个典故反复使用，比如“青眼”。“青眼”典实出阮籍，表示对人的喜爱，也可指知心朋友，出自《晋书·阮籍》：

> 籍又能为青白眼，见礼俗之士，以白眼对之。及嵇喜来吊，籍作白眼，喜不怿而退。喜弟康闻之，乃赍酒挟琴造焉，籍大悦，乃见青眼。由是礼法之士疾之若仇，而帝每保护之。①

阮籍以白眼面对不喜欢的礼俗之士，以青眼面对喜欢的人。后来成为诗文的诗料典故。策彦很喜欢这个典故，多次在其诗中化用，《谦斋南渡集》中就有两首：

(1)《新篁翁有悼孤竹老人之一偈矣，余与老人有青眼之旧者久矣，依厥韵遗哀伤云》

欲霜秋叶未辞枝，何事忽忽去先时。

月落前溪无觅处，虚空失却一弯眉。②

(2)《再渡之时复上金山寺》

金山古寺记吾曾，一叶扁舟两度登。

瓦鼎煎茶谈到暮，眼青头白旧时僧。③

---

① ［唐］房玄龄，等. 二十四史：简体字本//晋书（卷 49）［M］. 北京：中华书局，2000：900.

② 策彦周良. 妙智院所蔵史料//謙斎南渡集［M］. 東京：東京大学史料編纂所，2007.

③ 策彦周良. 妙智院所蔵史料//謙斎南渡集［M］. 東京：東京大学史料編纂所，2007.

（1）中的“青眼”表示策彦与日本禅僧孤竹是知心好友。孤竹不幸在中国去逝，作为好朋友的策彦不能沉默不表，由是依正使新篁和尚诗之韵，作偈一首，表达悼念。（2）中的“眼青”表示策彦与去年所见金山寺之僧一见如故，二人煮茶谈天，不亦乐乎，一直聊到日暮。策彦非常喜爱使用此典，多次在诗句中化用此典，比如《谦斋杂稿》中有诗句“一茎不改青眼旧”等，可以说策彦对此典的化用已达到熟能生巧、信手拈来的地步。

有些典故既是策彦反复引用的，也是五山禅僧常化用的，比如楚汉之争的英雄人物。楚汉英雄人物是五山汉文学中常见题材之一，不仅有描绘英雄人物事迹的画作，还有五山禅僧于相应画作上创作的题画诗。比如，雪岭永瑾的题画诗《鸿门宴集图》“西东相约宴鸿门，意在关中九五尊。项伯舞衫长几尺，一朝翼蔽汉乾坤”①。雪岭永瑾还有诗《赞项籍》“百战虽存吞汉心，忍闻四面楚歌音。至今一道乌江水，添得虞姬泪滴深”②。瑞溪周凤有题画诗《商山四皓图》“一叟前行三叟随，松间采采几茎芝。才朝汉阙又归去，世外犹怜劳济时”③。瑞岩龙惺有题画诗《张良圯上进履图》“忠义萧韩一等人，传书晚作汉师臣。若无进履到圯下，长卷山河属暴秦”④ 等。还有题扇面诗，比如天隐龙泽《扇面四皓》诗“天下谁如此四翁，避秦辞汉有高风。棊声昼静商山雨，几晚忘归巴橘中”⑤。

策彦作为遣明使，有机会游历歌风台、圯桥，到访中国当地供奉的张良庙、楚项羽庙。这激发策彦作诗的冲动，《谦斋南渡集》中就有多首，比如《楚项羽庙》与《进履桥》。策彦在日记中特意记述所见《授书山房记》一文，可见其对此事的关注：

---

① 以心崇伝. 大日本仏教全書（巻 146）//翰林五鳳集（巻 59）[M]. 東京：大法輪閣，2007：1141.

② 以心崇伝. 大日本仏教全書（巻 146）//翰林五鳳集（巻 59）[M]. 東京：大法輪閣，2007：1141.

③ 以心崇伝. 大日本仏教全書（巻 146）//翰林五鳳集（巻 59）[M]. 東京：大法輪閣，2007：1142.

④ 以心崇伝. 大日本仏教全書（巻 146）//翰林五鳳集（巻 59）[M]. 東京：大法輪閣，2007：1142.

⑤ 以心崇伝. 大日本仏教全書（巻 146）//翰林五鳳集（巻 59）[M]. 東京：大法輪閣，2007：1143.

有《授书山房记》镌于石，其略云：子房佐汉高帝蹙秦灭项，克复韩家五世之仇，事功忠义与日月争光，而实赖黄石公命圯下取履，折其豪迈之气。云云。[1]

除《谦斋南渡集》，策彦有多首描写张良进履故事的诗作，比如题画诗《进履桥图》云“秦楚从前虽逞权，运筹决胜遣功全。解言圯上一编足，只手安刘数百年”[2]。又如题画诗《黄公授素书图》：“师授从天抑与欤，雷公奇遇廿年余。帽金数百年炎运，筹在圯桥一卷书。”[3]《张子房》诗云“汉家已定各争侯，辟谷求仙帷幄筹。走狗终烹飞鸟尽，万钟不换赤松游”[4]。《张子房》诗云“下邳圯上试初步，博浪沙头迈等伦。谁迦坐惟如处女，铁椎狙击虎狼秦”[5]。

策彦在表达不同内容时，恰到好处地使用相应典故，既清楚地传达诗作意义，又准确地反映出作者的思想，同时也使读者深受感染。日常生活中，遇到悲伤或开心的事情，策彦会诗兴大发，随口吟来。即兴创作时，策彦也会恰当地插入典故，表达当时真切的心情。尤其与中国士人唱和时，虽不免有吹捧夸大成分，但所用典故符合对方的身份，符合谈话语境，符合实际情况，增添诗作内涵。

例如，《二号船头河上木工为三艘祈祷修忏摩一座，余副使、从僧、两居座、土官以下为请众矣，斋了施浴。新篁翁于室中作颂，余即冲口而和云》一诗，诗作内容如下：

奴视扬州阴子春，当年忍垢是何因。
宣明妙触圆通水，一洗人人客舍尘。[6]

---

① 牧田諦亮. 策彦入明記の研究（上）[M]. 京都：仏教文化研究所，1955：116.
② 策彦周良. 続群書類従//策彦和尚詩集 [M]. 東京：続群書類従完成会，1933：816.
③ 策彦周良. 続群書類従//策彦和尚詩集 [M]. 東京：続群書類従完成会，1933：832.
④ 策彦周良. 続群書類従//策彦和尚詩集 [M]. 東京：続群書類従完成会，1933：833.
⑤ 策彦周良. 続群書類従//策彦和尚詩集 [M]. 東京：続群書類従完成会，1933：870.
⑥ 策彦周良. 妙智院所蔵史料//謙斎南渡集 [M]. 東京：東京大学史料編纂所，2007.

这一天，二号船头招待正使和尚、副使策彦、从僧、两居座、一土官，前后五道菜品。饭后五山僧人修法事，为三艘使船祈祷平安。法事后又有小斋，酒三杯。酒后沐浴，沐浴后又在浴室旁设酒，众人依次喝完酒后归船。这时正使和尚在浴室作偈颂，韵脚是“春”“因”“尘”，策彦当即和之，作此诗。诗中化用阴子春忍垢的故事：

> 子春虽无佗才行，临人以廉洁称。闺门混杂，而身服垢污，脚数年一洗，言每洗则失财败事，云在梁州，以洗足致梁州败。①

阴子春是南北朝时期梁国将领，具有突出的军事才能，常常战无不胜。信奉洗脚败事，故常年不洗脚。有次打了败仗，却认为是洗脚所致。这样的故事在今天看来也觉好笑。对于喜欢沐浴的策彦而言，沐浴就像接触到让自己修行圆满的水，洗却一切尘埃。自然策彦不能理解阴子春的作法，甚至有点嫌弃他。这种前后反衬对比，生动表现出策彦施浴后愉快的心情。其当时冲口和诗的得意神情跃然纸上，生动形象。读者读后也会心一笑。

又如《梅崖云冠大人手亲写墨竹一两茎，添有声画，以赠焉。其画取“英”“明”“清”三字为轴子，即时和章而谢之》：

> 是翁笔力万人英，铁画银钩冠大明。
> 犹有郑虔三绝在，画图诗句备员清。②

方梅厓画墨竹一幅，题诗一首于其上，诗韵为“英”“明”“清”三字，赠送给策彦从僧三英梵生，策彦代为唱答感谢。其中化用“郑虔三绝”之典，高度赞扬方梅厓的诗书画。“郑虔三绝”的典故如下：

> 郑广文学书而病无纸，知慈恩寺有柿叶数间屋，遂借僧房居止。日取红叶学书，岁久殆遍。后自写所制诗并画，同为一卷封进。玄宗御笔书其

---

① ［唐］李延寿，等. 二十四史：简体字本//南史（卷 64）［M］. 北京：中华书局，2000：1040.

② 策彦周良. 妙智院所蔵史料//谦斎南渡集［M］. 東京：東京大学史料編纂所，2007.

尾，曰“郑虔三绝”。①

唐朝郑广文字虔，家贫，学习书法而没有纸，得知慈恩寺有很多柿子树叶，于是借住到寺院里。每天在红叶上练习书法，过了几年把红叶都用完了。后来把自作的诗写在一张纸上，又在上面画画一幅，献给唐玄宗。唐玄宗看后亲笔在其上写了四个字：“郑虔三绝”。后世遂用此典故称赞人的诗、书、画精妙。

诗中将方梅厓的书法比作“铁画银钩”，“银钩”最早出自《晋书·索靖》：

盖草书之为状也，婉若银钩，漂若惊鸾。舒翼未发，若举复安；虫蛇虬蟉，或往或还。②

晋人索靖擅长章草，论草书，强调挑、钩处要若“银钩”般遒劲有力。唐代欧阳询在其《用笔论》中讲书法家运笔应：“徘徊俯仰，容与风流。刚则铁画，媚若银钩。”③ 即运笔既要刚劲如铁画，又要柔美如银钩。后世遂用“铁画银钩”形容精美的书法。策彦化用这两个典故赞美方梅厓，不难看出有吹捧的成分。

策彦的诗文集《谦斋杂稿》中的《润州尊契有春首佳作，其唱高而寡和，其韵险而难攀。予戏分二十八字押之，篇末以作狂斐，盖从志之所之而已，笑揶惟幸》（其二）一诗，也化用此典，“多君楷法有师承，下笔烟云落剡藤。铁画银钩何所似，若非逸少便阳冰”④。

又如《境清寺》一诗，内容如下：

寺有诗文之僧，人所识也。一日作诗寄余，即和之。求交友之亲者也。

---

① ［唐］李绰撰，罗宁点校．大唐传载：外三种//尚书故实［M］．北京：中华书局，2019：140.

② ［唐］房玄龄，等．二十四史：简体字本//晋书（卷 60）［M］．北京：中华书局，2000：1093.

③ ［宋］朱长文．景印文渊阁四库全书//墨池编（卷 1）［M］．台北：台湾商务印书馆，1986.

④ 策彦周良．妙智院所蔵史料//謙斎雑稿［M］．東京：東京大学史料編纂所，2007.

> 衹道水边林下身，诗禅文熟本清真。
> 才名千古以谁比，越徹杭标是此人。①

策彦在明期间，不仅与当地秀才文人交好，还与中国僧侣寄诗唱和，互通情愫。这首诗是旧境清寺释梅江主动寄诗给策彦，申结识之意，策彦才唱和一首。诗中策彦将释梅江比作“越徹杭标”。据《宋高僧传·唐杭州灵隐山道标传十七》载：

> 标经行之外，尤练诗章，辞体古健，比之潘刘。当时吴兴有昼，会稽有灵澈，相与酬唱，递作笙簧。故人谚云：“霅之昼，能清秀；越之澈，洞冰雪；杭之标，摩云霄。”每飞章寓韵，竹夕花时，彼三上人当四面之敌，所以辞林乐府常采其声诗。②

这三位高僧指吴兴之皎然（字清昼）、会稽之灵澈（也作“徹”）、杭州之道标，三人互相唱酬，诗文修养深厚，技艺精湛，鼎足而立，无人能敌。清昼之诗清秀，灵澈之诗若冰雪，道标之诗古健若摩云霄。以僧比僧，策彦此喻妙也。

又如增补的《和韵呈张大人执事下》一诗，内容如下：

> 交盟缱绻以诗酬，亲则他州胜故州。
> 遮莫西东语音异，良媒幸有管城侯。③

张大人指宁波文人张习斋，诗中化用“管城侯”典故，言虽然语言不通，但幸能以笔达意，比喻形象生动。“管城侯”出自韩愈《毛颖传》，以拟人的手法描述毛笔的制作过程。后世便用“管城侯”“管城子”代指笔。

> 遂猎，围毛氏之族，拔其毫，载颖而归，献俘于章台宫，聚其族而加

① 策彦周良．妙智院所蔵史料//謙斎南渡集［M］．東京：東京大学史料編纂所，2007.
② ［宋］赞宁撰，范祥雍点校．宋高僧传（卷15）［M］．上海：上海古籍出版社，2014：342.
③ 策彦周良．妙智院所蔵史料//謙斎南渡集［M］．東京：東京大学史料編纂所，2007.

束缚焉。秦皇帝使恬赐之汤沐，而封诸管城，号曰管城子，日见亲宠任事。①

又如《赐筵宴之翌日，伴送官李大人作川八见寓贺忱，聊赘其韵以奉谢圣恩万乙云》一诗，策彦进京朝贡，明世宗赐宴犒劳其远劳之功，宴会重臣云集，伶人奏乐，舞女蹁跹。伴送官李大人作诗祝贺，策彦依韵和之，并对明世宗的恩赐表示感谢：

摩云楼阁几重重，知是紫宸移紫蓬。
卿棘公槐筵宴丽，乐花礼叶禁班隆。
沛然德雨凉天下，浩荡恩波注日东。
正好清时扬侧陋，山川虽异此文同。②

颔联写宴会的盛况，化用“三槐九棘”典故形容出席的朝廷重臣。“卿棘公槐”原典是“三槐九棘”，出自《周礼注疏·朝士》：

朝士掌建邦外朝之法，左九棘，孤卿大夫位焉，群士在其后。右九棘，公侯伯子男位焉，群吏在其后。面三槐，三公位焉，州长众庶在其后。左嘉石，平罢民焉。右肺石，达穷民焉。③

周朝借用树棘与槐区分等级职位，棘为卿位，槐为公位，故后世用“九棘”代称九卿，用“三槐”代指三公。由此看见，策彦对该典使用的醇熟与恰当。

---

① ［唐］韩愈著，马其昶校注．韩昌黎文集校注（卷 8）［M］．上海：上海古籍出版社，2014：633.

② 策彦周良．妙智院所蔵史料//謙斎南渡集［M］．東京：東京大学史料編纂所，2007.

③ ［东汉］郑玄注，［唐］贾公彦疏．周礼注疏（卷 35）［M］．北京：北京大学出版社，2000：1098.

第二节　中国诗人影响

五山汉文学是日本汉文学史上的三大高峰之一，“从王朝时代的独盛‘白乐天风’，到五山时代成了主要崇尚李（白）、杜（甫）、苏（轼）、黄（庭坚），这也显示了日本汉诗更走向了成熟”[①]。但是“这些诗僧大多并未明确打出学杜李、学苏黄的旗号，只是在论述和创作中有所侧重而已”[②]。学界在论及日本五山汉文学对中国诗人的接受时，多高屋建瓴，宏观探讨。具体到个别诗僧时，多集中在五山汉文学的全盛期代表人物虎关师炼、雪村友梅、义堂周信、绝海中津、中岩圆月等，对后期禅僧的探讨凤毛麟角，对策彦汉诗的探讨更是凤毛麟角。虽然学界认为五山汉文学的后期发展式微，但笔者认为该时期承前启后，具有一定的研究意义。

策彦作为五山汉文学的后期代表，其汉诗反映出五山汉文学后期的特点。《谦斋南渡集》中《入明记》也记录的诗作体现出策彦并非门户之见，而是凝多家于一炉，转益杜甫、苏轼、黄庭坚等人学习中国诗歌的痕迹。

一、杜甫

（一）化用杜诗

1. “倚楼”

《谦斋南渡集》中有诗《南沧老人复见寄五言诗篇，再和而遣怀云》：

乡情犹未忘，夜夜几刀州。
君有同风句，吾无明月投。
芋羊难辨错，兰鲍岂堪俦。
他日如相许，披襟共倚楼。[③]

---

① 陈福康．日本汉文学史［M］．上海：上海外语教育出版社，2011：265.

② 尚永亮．论前期五山文学对杜诗的接受和嬗变——以义堂周信对杜甫的受容为中心［J］．中华文史论丛，2006，4：181—182.

③ 策彦周良．妙智院所蔵史料//謙斎南渡集［M］．東京：東京大学史料編纂所，2007.

“我”一刻也未曾忘记过故乡，它常常入我梦中。您（南沧老人）常常向我示好，我却很少回报您。您的品德如兰，能与您成为朋友真是荣幸之至。他日如有约，一起披襟凭栏，共话桑麻如何？

“倚楼”一词源自杜甫的诗作《江上》：

江上日多雨，潇潇荆楚秋。
高风下木叶，永夜揽貂裘。
勋业频看镜，行藏独倚楼。
时危思报主，衰谢不能休。①

“倚楼”一词为杜甫首创。唐大历元年（766年），杜甫多病缠身，仍心怀报国之志，于是从成都出发顺流长江，欲回到首都长安，中途在夔州停留，作此诗。对这两句，《杜诗详注》注曰：“下四言情，旧臣忧国之怀。夜不眠以至蜀，故对镜倚楼，看容色而计行藏。但以报主心切，虽衰年未肯自诿，此公之笃于忠爱也。”②

策彦诗中的“披襟共倚楼”整合化用杜甫诗中的“永夜揽貂裘”“行藏独倚楼”两句。与杜甫诗所表达的感情不同，策彦诗中的“倚楼”表现的是友人间约定共同赏景、交流的情谊。策彦取“倚楼”之动作，表达了完全相反的感情色彩。从这一点来看，策彦对杜甫的诗句并非生搬硬套，达到了灵活化用的程度。

2.“明朝四十”

《谦斋南渡集》中有诗《除夜》：

半是尤人半怨天，明朝四十下滩船。
残灯一点千金买，未到晓钟犹旧年。
又用前韵
荣辱升沉虽付天，天涯愧我迹如船。

---

① ［唐］杜甫著，仇兆鳌注．杜诗详注（卷15）［M］．北京：中华书局，2015：1096.
② ［唐］杜甫著，仇兆鳌注．杜诗详注（卷15）［M］．北京：中华书局，2015：1096.

有何颜色对春色，生不成名四十年。[①]

此诗作于嘉靖十八年（1539年）十二月三十日，策彦作为副使初渡中国，一行人乘船北上进贡的途中，泊于钟吾驿（江苏今宿迁县西南），正值除夕，有感而发。当时的策彦39岁，第二天正是40岁，因此有“明朝四十”。除夕之夜，“半是尤人半怨天”地感慨自己“生不成名四十年”。虽说荣辱升沉由天定，但此时的自己却像小船般漂泊不定，远越大洋，来到异国他乡。策彦一方面感慨时光易逝，一方面对自己的现状不满，甚觉无颜面对即将到来的春天，满腹牢骚、郁闷。

此“明朝四十”化用自杜甫的《杜位宅守岁》一诗：

守岁阿戎家，椒盘已颂花。
盍簪喧枥马，列炬散林鸦。
四十明朝过，飞腾暮景斜。
谁能更拘束，烂醉是生涯。[②]

天宝十年（751年），杜甫在族弟杜位家过春节，由是作此诗。当时杜甫40岁，第二天将41岁。虽然时处人生壮年，也终于得到任命官职的机会，但是人生已如暮年，所剩报国时间无几。这一载（751年）正月，杜甫为改变处境献上三大赋，即《朝献太清宫赋》《朝享太庙赋》《有事于南郊》。唐玄宗奇之，为他一个人特设考试。杜甫最终被录用，“待制集贤院”。

回顾杜甫40岁前的人生，少时得名，因一首《壮游》“七龄思即壮，开口咏凤凰”被称赞。开元二十三年（735年），时值24岁，第一次考进士，结果“忤下考功第”。天宝六载（747年），时值36岁，唐玄宗皇帝为寻拥有天下第一技之人，举行特考，结果李林甫向皇帝献媚，谎称民间已无遗漏，贤者皆为所用，导致杜甫再次落榜。终于在40岁时，杜甫毛遂自荐得到待制任命的机会。

---

① 策彦周良．妙智院所蔵史料//謙斎南渡集［M］．東京：東京大学史料編纂所，2007.
② ［唐］杜甫著，仇兆鳌注．杜诗详注（卷2）［M］．北京：中华书局，2015：96.

可以说相似的人生经历，使得策彦与杜甫拥有情感上的共鸣。

3. 其他

以上两例并非偶然，《谦斋南渡集》收录的汉诗数量有限，在其之外，策彦创作的汉诗中也多次巧妙引用杜甫的诗句。试举《入明记》中一例：

> 嘉靖十八年七月廿六日：
> 正使和上有偈，予依其韵，本韵“过二年”“泪凄然”“供梵天”。
> 人生莫道百千年，蝶梦遽然又栩然。
> 请看阎浮旧颜色，一方明月屋头天。
> 古句云：“岂知潭底月，元在屋头天。”又老杜《梦李白》诗云：“落月满屋梁，犹疑照颜色。”①

人生不能言有百千年，像庄周变蝴蝶般短暂。人世间不变的景象，是屋檐上方的明月。此诗次韵正使和尚湖心硕鼎之作，韵脚为“年”“然”“天”。其中的转、合句借用杜甫《梦李白》诗句“落月满屋梁，犹疑照颜色”与中国禅僧的诗句“岂知潭底月，元在屋头天”。杜甫的诗作如下：

> 《梦李白二首》（其一）：
> 死别已吞声，生别常恻恻。
> 江南瘴疠地，逐客无消息。
> 故人入我梦，明我长相忆。
> 恐非平生魂，路远不可测。
> 魂来枫林青，魂返关塞黑。
> 君今在罗网，何以有羽翼。
> 落月满屋梁，犹疑照颜色。
> 水深波浪阔，无使蛟龙得。②

乾元元年（758 年），李白左迁贵州省夜郎，次年，承恩被放逐。乾元二

---

① 牧田諦亮．策彦入明記の研究（上）[M]．京都：仏教文化研究所，1955：42.

② ［唐］杜甫著，仇兆鳌注．杜诗详注（卷 7）[M]．北京：中华书局，2015：463 — 464.

年（759 年），杜甫左迁甘肃秦州，才得知友人李白被贬的消息，担忧而作此诗。月光洒满屋梁，好像在照映着李白的面庞。

杜诗的此两句化用宋玉的《神女赋》中“耀乎若白日初出照屋梁，其少进也，皎若明月舒其光”①。与魏甄皇后的诗歌《塘上行》中的“想见君颜色，感结伤心脾”②。魏甄皇后诗句中的“颜色”与杜诗用法相同，皆指人的容颜。而策彦诗中的“颜色”指人间世界的样貌，即月亮。

（二）吟咏杜诗

1. 消解苦闷

五山诗僧常通过吟咏中国名家诗人的诗歌，排解心中的苦闷。策彦周良也是如此。例如《谦斋南渡集》中有诗《夜来乡志曲折，耿不安枕，时将彻晓，余适哦老杜“秋天不肯明句”之顷。乐音琅琅然，起自外面，顿有阳春冲融之气，使人散羁忧。（中略）。此礼乐之美，感叹无措，作诗遣怀云》，该诗作于嘉靖十八年（1539 年）八月十一日，策彦初次远越大洋，来到异乡，此时正暂宿宁波等待入京诏书。这一日的夜晚，突然思乡情切，彻夜难眠，寂寞难耐，终于天要初晓时，策彦吟咏起杜甫的诗句“秋天不肯明”，这时如有琅琅乐声，心情一下明朗起来。

“秋天不肯明”一句出自杜甫的《客夜》：

客睡何曾着，秋天不肯明。
卷帘残月影，高枕远江声。
计拙无衣食，途穷仗友生。
老妻书数纸，应悉未归情。③

宝应元年（762 年）秋天，杜甫送别友人严武入朝至绵州，当其要返回成都时，成都发生叛乱，于是避走梓州，与居住在成都的家族离散。杜甫惦念家中妻儿，不知战乱中是否安好，忧心忡忡，彻夜未眠，以至于夜变得漫长无比。秋天本来夜长，一个“肯”字写出了杜甫焦虑的心情。

① ［南朝梁］萧统．文选（卷 19）［M］．郑州：中州古籍出版社，1990：252.
② 刘玉伟，黄硕评注．古诗十九首//玉台新咏［M］．北京：中华书局，2016：108.
③ ［唐］杜甫著，仇兆鳌注．杜诗详注（卷 11）［M］．北京：中华书局，2015：772.

同样的感情，同样的经历，使策彦脱口而出杜甫的诗句，借用中国诗句消解思乡之情。由此可看出，策彦对杜甫诗句的烂熟于心，也已将中国诗歌融进生活。

2. 其他

策彦吟颂中国名家杜甫的诗句用以表达悲欢情感并非特例，在其《入明记》中也有多次记录，试举两例如下：

（1）嘉靖十九年八月五日

辰刻，偕大光、钓云游金山寺。……去年所面之僧，一见相识，擎茶杯，予偶哦“寺忆曾游处”之句。①

早上八点左右，策彦与使团成员大光、钓云游历金山寺。前年所见之僧，一见面即认出，四人入室饮茶。不管是地点，还是人物，都是去年光景。策彦不禁便吟诵出“寺忆曾游处”一句。

“寺忆曾游处”出自杜甫的《后游》：

寺忆曾游处，桥怜再渡时。
江山如有待，花柳更无私。
野润烟光薄，沙暄日色迟。
客愁全为减，舍此复何之。②

由于安史之乱，乾元二年（759 年）杜甫避乱成都。上元二年（761 年）春，杜甫两次游览当地的修觉寺，此诗作于第二次游历时。修觉寺位于四川新津县。再次游览修觉寺，前次所游之处依然记忆清晰，那座桥也更加可爱。眺望着眼前的美景，杜甫完全忘却了心中的乡愁。

（2）嘉靖二十年二月十三日：

① 牧田諦亮．策彦入明記の研究（上）［M］．京都：仏教文化研究所，1955：143.
② ［唐］杜甫著，仇兆鳌注．杜诗详注（卷 9）［M］．北京：中华书局，2015：654.

今日乃防州山口冰上会也。“一别五秋萤”，杜子美[①]句，或作“五飞萤”。“七飞萤”八坡句云。[②]

二月十三日是防州山口县的冰上会。这时的策彦为向大内义隆复命，暂留山口县。自嘉靖十六年（1537 年）自京都南下博多，到嘉靖二十年（1541 年），已是第五个年头。策彦由此感慨，想起杜甫的诗句“一别五秋萤”。

“一别五秋萤”出自杜甫的《戏题寄上汉中王三首》（其一）：

西汉亲王子，成都老客星。
百年双白鬓，一别五秋萤。
忍断杯中物，只看座右铭。
不能随皁盖，自醉逐浮萍。[③]

唐乾元元年（758 年），杜甫出华州，与汉中王别。宝应元年（762 年），两人在梓州重逢，时间恰好五年，由是有“一别五秋萤”句。杜甫诗句化用自骆宾王《乐大夫挽词五首》（其二）诗中的“百年三万日，一别已千秋”[④]。

策彦不仅对杜诗了然于心，更是深刻理解其意境，并将其渗透入自己的生命中。也恰恰因为两人间有如此之多的相同之处，才会唤起策彦的共鸣。策彦如此追随杜甫，如此熟悉杜诗，笔者认为有以下原因。

（三）原因

1. 童子功

策彦曾记录自己儿时的生活与学习：

十一岁之夏，北鹿不幸婴贼火之灾……遂从师之后到西山……师遂退休于丹之先庐性智禅。余又随侍巾瓶，随侍之暇，《论语》《孝经》、杜诗、

---

① 按，“美”：牧田谛亮翻刻本与大日本佛教全书翻刻本皆作“羡”。对照东京大学史料编纂所写真帐策彦周良手稿本《初渡集》，此字为“美”的可能性更大。故本书作“美”。

② 牧田諦亮. 策彦入明記の研究（上）［M］. 京都：仏教文化研究所，1955：182.

③ ［唐］杜甫著，仇兆鳌注. 杜诗详注（卷 11）［M］. 北京：中华书局，2015：776.

④ ［清］彭定求，等. 全唐诗（第二函第三册）［M］//骆宾王. 上海：上海古籍出版社，1988：202.

苏二黄九二集等，太半自书以诵唱矣……十四岁，三月二十日乃佛国国师二百年讳也。（略）[1]

儿童时期，策彦在服侍老师心翁等安之暇，抄写《论语》《孝经》、杜甫诗歌、苏轼与黄庭坚诗集，每天背诵学习。如此来看，杜甫诗歌应已成为五山禅林的必读书目，作为学习汉文化的入门书籍。由此，策彦打下扎实的中国古典文化基础。

2. 摘抄杜诗

成年后的策彦继续如海绵吸水般学习杜诗。如策彦在明期间，处理繁忙的公务之余，见缝插针地大量摘抄汉诗汉文，其中包括杜甫的诗文。试举二例如下：

（1）嘉靖十七年七月廿九日：

老瓦盛　莫笑田家老瓦盆，自从盛酒长儿孙。杜甫[2]

此句是策彦以杜诗为例学习词语“老瓦盛”时所摘录的内容。此句出自杜甫的《少年行》（其一）：

莫笑田家老瓦盆，自从盛酒长儿孙。

倾银注玉惊人眼，共醉终同卧竹根。[3]

此诗作于上元二年（675年）夏，时杜甫在成都。这是一首杜甫借谕少年之诗。不论是农家瓦所作酒杯，还是贵族玉所作酒杯，都是用来盛酒，人喝醉了，都一样是躺在竹根上，毫无贵贱之分。

（2）嘉靖十九年十二月五日：

①圣朝无弃物。杜甫

① 牧田諦亮．策彦入明記の研究（上）[M]．京都：仏教文化研究所，1955：78.

② 牧田諦亮．策彦入明記の研究（上）[M]．京都：仏教文化研究所，1955：4.

③ ［唐］杜甫著，仇兆鳌注．杜诗详注（卷10）[M]．北京：中华书局，2015：704.

②端午被荣恩。杜甫①

此两句是策彦完成朝贡任务，在宁波等待顺风期间所抄录内容。

①的“圣朝无弃物”出自杜甫的《客亭》：

秋窗犹曙色，落木更天风。
日出寒山外，江流宿雾中。
圣朝无弃物，老病已成翁。
多少残生事，飘零任转蓬。②

此诗作于宝应元年（762 年）秋，与以上《客夜》为同时期作品。“圣朝无弃物”化用自孟浩然《岁暮归南山》中的“不才明主弃，多病故人疏”一句。

②中的“端午披恩荣”出自杜甫的《端午日赐衣》：

宫衣亦有名，端午被恩荣。
细葛含风软，香罗叠雪轻。
自天题处湿，当暑着来清。
意内称长短，终身荷圣情。③

乾元元年（758 年）五月，杜甫终于被任命为拾遗，喜出望外而作此诗。

3. 中国经历

《谦斋南渡集》如实地表现出策彦丰富的中国体验。出使中国的经历，得以使策彦与杜甫站在同一片土地，陶冶同一种文化。由此使策彦更加深刻、切实地感受到杜诗中蕴藉的情感与杜甫的处境，这些反过来又促进了策彦对杜诗的学习。

策彦在明期间极力搜罗购买杜甫相关诗文集，例如：

---

① 牧田諦亮．策彦入明記の研究（上）[M]．京都：仏教文化研究所，1955：160.
② [唐] 杜甫著，仇兆鳌注．杜诗详注（卷 11）[M]．北京：中华书局，2015：773.
③ [唐] 杜甫著，仇兆鳌注．杜诗详注（卷 6）[M]．北京：中华书局，2015：400.

嘉靖十八年七月八日

又得《读杜愚得》八册全部，换粗扇二柄，小刀三ケ。①

策彦用粗扇二把，小刀三个换得《读杜愚得》八册。此时的策彦初到中国不久，在宁波等待入京许可。由此可见策彦急切想了解中国文化的心情。

《读杜愚得》共十八册，收录杜甫创作的1458首诗以及他人唱和杜甫之诗11首。该书约完成于明洪武十五年（1382年），是明初杜诗研究的代表，作者单复，被誉为明代杜甫学研究的第一人。该书中的研究方法以及作者的学术思想，都堪称新颖，对后世杜诗研究产生很大的影响。

策彦入手此书时，该书才刚流行于中国，更不用说日本。可以说策彦及时地吸收了杜甫研究的最新学术成果。策彦完成朝贡任务后，在宁波等待归国顺风期间，迫不及待地开始阅读起《读杜愚得》，并摘录其中的知识：

嘉靖十九年十二月五日

"凤翔麟游县"是《读杜愚诗》中的一句诗。②

策彦从小学习、背诵杜诗，不局限于杜甫的诗集，还涉及类书、研究著作，只要与杜甫相关都积极购买阅读，摘录汉诗文。日积月累，加上出使中国的经历，使其对杜诗烂熟于心，理解深刻。对杜甫遭遇的感同身受，使策彦在心情抑郁时，吟诵杜诗以消散心情。对杜诗的喜爱与熟悉，使策彦作诗时信手拈来化用杜诗诗句。由此可见，杜诗已渗融进策彦的生命中。

二、苏轼

室町时代，苏轼在日本五山禅林的影响达到顶峰，当时流传着这样一句话"东坡山谷，味增酱油"，苏轼与黄庭坚的诗文集就像味增汤与酱油一样，已成为五山禅僧必不可少的日常读物。除苏轼诗文集的大量传入与当地刊刻，还出

① 牧田諦亮．策彦入明記の研究（上）[M]．京都：仏教文化研究所，1955：66.

② 牧田諦亮．策彦入明記の研究（上）[M]．京都：仏教文化研究所，1955：161．日文原文：「"鳳翔麟游県"，《讀杜愚詩》ノ詩ニアルソ」

现许多讲释苏轼诗文集的抄物，其中较为著名的有瑞溪周凤的《脞说》、大岳周崇的《翰苑遗芳》、一韩智翃的《蕉雨余滴》、万里集九的《天下白》、集大成者笑云入三的《四河入海》。在这样的时代风潮之下，策彦必然深受影响，自小学习苏诗，为今后的汉诗创作打下牢固基础。

关于苏轼对日本五山文学的影响，前人多有研究，不再详述。① 一言以蔽之，五山禅僧对苏轼的接受主要集中在以下方面：1、西湖系统，包括描写西湖诗歌、苏轼中秋观钱塘潮图；2、东坡形象，如东坡笠屐图、坡仙等；3、东坡与佛教；3、化用东坡诗文，如前后《赤壁赋》《春夜》等；4、苏诗抄物等书志类。相较于其他五山诗僧，策彦周良拥有独特的中国经历，使得其在接受苏轼诗词时呈现出不一样的情况。

（一）化用苏诗

1. “雨奇晴好”

《谦斋南渡集》中有诗《晚过西湖》：

余杭门外日将晡，多景朦胧一景无。
参得雨奇晴好句，暗中模索识西湖。

日兹暮矣兴何佳，暗度西湖湖水涯。
眼似老年看不见，六桥风景雾中花。②

其中化用苏诗“雨奇晴好”，该语出自苏轼的《饮湖上初晴后雨二首》：

---

① 中国方面的研究主要见于：（1）王水照．苏轼作品初传日本考略［J］．湘潭师范学院学报（社会科学版），1998，2：3—6．（2）林瑶．日本五山文学中的“苏轼”［J］．乐山师范学院报，2013，9：5—8．（3）王志钢．五山诗人对苏轼诗歌语典借鉴特点及其反映出的美学倾向［J］．文化学刊，2016，9：49—53．（4）高贝．雪村友梅汉诗与中国文化的关联——以〈岷峨集〉为中心［J］．日语学习与研究，2017，2：25—32．（5）张淘．苏轼转世故事的异域回响：日本五山禅僧对文人僧化典故的引用及误解［J］．四川大学学报（哲学社会科学版），2018，5：175—183．日本方面的研究主要见于：（1）山川剛人．五山の盆石詩文に見られる蘇軾の受容：中世日本の文化における「仮山」の思想［J］．思想史研究，2014，19：19—33．（2）朝倉尚．賛蘇軾作品小論——素材としての蘇公堤・「西湖詩」について［J］．岡山大学教養部紀要，1977，3：31—59．（3）早川光三郎．蘇東坡と国文学［J］．斯文，1954，10：4—10．（4）山本佐和子．大阪府立中之島図書館蔵『増刊校正王状元集注分類東坡先生詩』の書誌の考察：東坡詩の抄物の受容と展開の一例［J］．人文学，2020，205：147—167．

② 策彦周良．妙智院所蔵史料//謙斎南渡集［M］．東京：東京大学史料編纂所，2007．

水光潋滟晴方好，山色空蒙雨亦奇。
欲把西湖比西子，淡妆浓抹总相宜。①

苏轼于宋熙宁五年（1072 年）至七年（1074 年）任杭州通判，此诗作于熙宁六年（1073 年）夏天，苏轼的一次游玩后。

策彦作为遣明使来华得以一睹西湖的美景。从《入明记》看，当天天气并未有晴雨变化，因此“参得雨奇晴好句”并非真的是看到西湖晴雨两面，而是其对西湖的印象来自苏东坡的诗句。时已日暮时分，晚景朦胧，却不减策彦的兴致，“暗中摸索识西湖”，昏暗中“参得雨奇晴好句”，也许这里的“雨奇晴好”并不仅是雨与晴，也是昼与暮的西湖，不管哪一种都不能令西湖的景致减损毫分。

不仅是策彦，五山禅僧都非常喜爱西湖。未到过中国的日本禅僧常于西湖图上作题画诗，比如瑞岩龙惺有诗《西湖图》“西湖胜冠浙西东，人在荷香柳影中。五马双旗疑李及，红舨乌榜认苏公”②。瑞岩龙惺的《西湖晴雨图》诗云“苏仙到处有西湖，只爱余杭晴雨殊。比得捧心台上面，不知惠颖效颦无”③ 等。五山诗僧喜爱将“雨奇”“晴好”“西子”化用于自己描写西湖的诗中，比如：瑞岩龙惺有诗《西湖晴雨图》“苏仙到处有西湖，只爱余杭晴雨殊”④，仲芳圆伊的诗《湖上新晴 三井寺》有“湖面烟消春水明，四围山色雨初晴。东坡居士眼无肉，见到淡妆浓抹情”⑤。月舟寿桂的诗《湖上漫兴》有“山色湖光晓最奇，淡妆未必此西施”⑥ 等，此种例子不胜枚举。因策彦亲历

① ［宋］苏轼著，［清］冯应榴辑注．苏轼诗集合注（卷 9）［M］．上海：上海古籍出版社，2001：404.

② 以心崇伝．大日本仏教全書（卷 146）//翰林五鳳集（卷 36）［M］．東京：大法輪閣，2007：765.

③ 以心崇伝．大日本仏教全書（卷 146）//翰林五鳳集（卷 36）［M］．東京：大法輪閣，2007：765.

④ 以心崇伝．大日本仏教全書（卷 145）//翰林五鳳集（卷 36）［M］．東京：大法輪閣，2007：765.

⑤ 以心崇伝．大日本仏教全書（卷 145）//翰林五鳳集（卷 36）［M］．東京：大法輪閣，2007：765.

⑥ 以心崇伝．大日本仏教全書（卷 145）//翰林五鳳集（卷 36）［M］．東京：大法輪閣，2007：765.

西湖美景，故其描写较其他看图描写西湖诗作更加生动、活泼。“在所有日本人颂西湖诗中，这首名为《晚过西湖》之作最具代表，最广为流传，闻名于中日两国”①。

2. “孔姬”

《谦斋南渡集》中《夜来乡志曲折，耿不安枕。时将彻晓，余适哦老杜“秋天不肯明句”之顷，乐音琅琅然，起自外面，顿有阳春冲融之气，使人散羁忧。凡中州之为州，千岁之下，周孔礼义行世，虽樵竖牧童之口，唯非圣道则不谈，及礼叶将秋，复有乐花回春。所感弗，俾吾邦平生久要视此礼乐之美。感叹无措，作诗遣怀云》一诗也化用苏轼的诗文，诗作内容如下：

樵竖牧童谈孔姬，中州风物未曾衰。
乐花丛里春犹在，不逐山川摇落时。②

“孔姬”即周公、孔子，策彦在其日记中明确表示取自苏轼诗文，“谈‘孔姬’之字，取诸老坡‘腐儒亦解尤声色，何用白首谈孔姬’之句”③。这是苏轼《渚宫》诗中的一句，原诗如下：

渚宫寂莫依古郢，楚地荒茫非故基。二王台阁已卤莽，何况远问纵横时。

楚王猎罢击灵鼓，猛士操舟张水嬉。钓鱼不复数鱼鳖，大鼎千石烹蛟螭。

当时郢人架宫殿，意思绝妙般与倕。飞楼百尺照湖水，上有燕赵千蛾眉。

临风扬扬意自得，长使宋玉作楚辞。秦兵西来取钟簴，故宫禾黍秋离离。

千年壮观不可复，今之存者盖已卑。池空野迥楼阁小，惟有深竹藏狐狸。

① 陈小法. 杭州与日本交流史［M］. 北京：中国社会科学出版社，2015：112.
② 策彦周良. 妙智院所蔵史料//謙斎南渡集［M］. 東京：東京大学史料編纂所，2007.
③ 牧田諦亮. 策彦入明記の研究（上）［M］. 京都：仏教文化研究所，1955：78.

台中绛帐谁复见，台下野水浮清漪。绿窗朱户春昼闭，想见深屋弹朱丝。

腐儒亦解爱声色，何用白首谈孔姬。沙泉半涸草堂在，破窗无纸风飔飔。

陈公踪迹最未远，七瑞寥落今何之。百年人事知几变，直恐荒废成空陂。

谁能为我访遗迹，草间应有湘东碑。①

“腐儒亦解爱声色，何用白首谈孔姬”化用后汉经学家马融故事，其去逝后配享孔子。马融虽为儒者，但不拘于礼节，在高堂中挂纱帐，帐前教授学生，帐后列女乐。“孔姬”在苏诗中也指孔子、周公姬旦。策彦准确地理解苏诗中孔姬的含义，并准确地运用到自己诗中，表达自己对中国礼乐文化的崇敬。

3.“春宵一刻值千金”

《谦斋南渡集》中有诗《除夜》：

半是尤人半怨天，明朝四十下滩船。
残灯一点千金买，未到晓钟犹旧年。②

“残灯一点千金买”一句化用苏诗《春夜》：

春宵一刻值千金，花有清香月有阴。
歌管楼台声细细，秋千院落夜沉沉。③

苏轼的《春夜》在日本五山禅林影响广泛，尤其是“春宵一刻值千金，花有清香月有阴”一句，被五山诗僧反复在诗中化用，如雪岭永瑾有诗《春池月

① ［宋］苏轼著，［清］冯应榴辑注．苏轼诗集合注（卷2）［M］．上海：上海古籍出版社，2001：60.

② 策彦周良．妙智院所蔵史料//謙斎南渡集［M］．東京：東京大学史料編纂所，2007.

③ ［宋］苏轼著，［清］冯应榴辑注．苏轼诗集合注（卷49）［M］．上海：上海古籍出版社，2001：2412.

影》云“一刻千金春更好，满栏花影凤池头”①。月舟寿桂有诗《听童子春夜诵书》云“清君努力春宵月，花是非香维德馨”② 等。

4. 其他

策彦出使中国的经历使其对苏诗有更进一步的理解，感受也更深刻。除《谦斋南渡集》所收诗歌外，在《初渡集》《再渡集》中出现多次策彦触景联想苏诗或吟诵苏诗情形，如：

> （1）嘉靖十九年六月十九日
>
> 同大光、钧云上岸徐步，时维辰，雨渐晴，凉意可人。有泽，亘数十里，恰如过吾邦河内。又有荷花，亘十里，予偶哦“六月下塘春”。③

时值六月，看到横亘十里的荷塘，如沐春风，策彦真切地感受到苏诗的意境，不由得想起苏轼的诗句。此句出自苏轼《泛舟城南会者五人分韵赋诗得人皆苦炎字四首》（其一）“绕郭荷花一千顷，谁知六月下塘春”④。苏诗中的“下唐”指“［施注］：按今震泽以南派西湖之水，乱苕、雪二溪，以通舟楫，东尽吴兴，西尽余杭。名曰下塘。（中略）。咸淳临安志：上下塘河，南自天宗水门、余杭水门，二河合于北郭税务前，与城东水合，分为两派，一由东北上塘，入大运河；一由西北过江涨桥以北，入安吉州界，曰下塘河”⑤。即杭州一带。策彦看到的荷花塘在山东一带。这说明策彦已熟练掌握苏诗，在中国自然环境中真切地体会到苏诗之意境。

> （2）嘉靖二十六年十一月十二日
>
> 于晚，小雨霏霏，夜成雯。今夜，继光见惠豆腐一盆、栗子一盆、桑

---

① 以心崇伝. 大日本仏教全書（卷144）//翰林五鳳集（卷2）［M］. 東京：大法輪閣，2007：109.

② 以心崇伝. 大日本仏教全書（卷144）//翰林五鳳集（卷1）［M］. 東京：大法輪閣，2007：105.

③ 牧田諦亮. 策彦入明記の研究（上）［M］. 京都：仏教文化研究所，1955：137.

④ ［宋］苏轼著，［清］冯应榴辑注. 苏轼诗集合注（卷19）［M］. 上海：上海古籍出版社，2001：942.

⑤ ［宋］苏轼著，［清］冯应榴辑注. 苏轼诗集合注（卷19）［M］. 上海：上海古籍出版社，2001：942.

露三瓶。予珍感，不觉哦东坡“遥持一樽酒，远慰风雨夕”句。[①]

此夜小雨，使团成员继光送来豆腐一盆、栗子一盆、桑露酒三瓶，策彦非常珍视。当时策彦作为正使再次来明，因未到贡期不得上岸，此时全使团正漂泊于海上，等待明朝官府上岸的诏令。夜雨的海上，漂泊动荡，不远万里的长度跋涉，思念家乡的心情都苦不堪言。此时朋友的慰藉让人感到温暖，喝上这一壶酒，来抚慰这风雨之夜吧。

此诗句出自东坡诗《寄邓道士一首并引》的诗序：

罗浮山有野人，相传葛稚川之隶也。邓道士守安，山中有道者也。尝于庵前见其足迹，长二尺许。绍圣二年正月二日，予偶读韦苏州寄全椒山中道士诗云：“今朝郡斋冷，忽念山中客。涧底束荆薪，归来煮白石。遥持一樽酒，远慰风雨夕。落叶满空山，何处寻行迹?”乃以酒一壶，依苏州韵作诗寄之。[②]

由诗序可知，此诗句并非苏轼所作，而是出自唐朝诗人韦应物的《寄全椒山中道士》：

今朝郡斋冷，忽念山中客。
涧底束荆薪，归来煮白石。
欲持一瓢酒，远慰风雨夕。
落叶满空山，何处寻行迹。[③]

策彦应该是读过苏轼此诗，故在吟诵此诗句时产生了出自苏诗的错觉。

---

① 牧田諦亮. 策彦入明記の研究（上）[M]. 京都：仏教文化研究所，1955：211.

② [宋] 苏轼著，[清] 冯应榴辑注. 苏轼诗集合注（卷 39）[M]. 上海：上海古籍出版社，2001：1981—1982.

③ [清] 彭定求，等. 全唐诗（第三函第七册）[M] //韦应物. 上海：上海古籍出版社，1988：438.

(3) 嘉靖二十八年正月七日

自夜来雨连明，予开船雨窗，则烟冥蒙，旅怀积郁不可言，窃诵老坡“烟湿落梅村”之句，以遣兴而已。①

策彦一行于正月五日到达仪真驿，在此等待开闸放行。天气寒冷，舟船进度缓慢，加上夜雨连明，烟雨蒙蒙，羁旅之情不可言。此情此景使策彦联想到苏诗以遣兴。此句出自苏轼的《新年五首》(其一)“水生挑菜渚，烟湿落梅村”②。

(二) 原因

1. 诗文积累

策彦注重点滴地积累，平日中摘抄了大量有关苏轼的诗文，仅就其出使明朝期间，在繁忙的公务之余，见缝插针地摘抄学习苏轼的诗作。试举以下几例：

(1) 嘉靖十七年七月廿九日

不夜城……风花误入长春苑，雪月长临不夜城。坡《雪后》诗

铭　霞鹜新铭　落霞孤鹜换新铭。坡

瓶　夜瓶　小杓分江入夜瓶。坡③

这是策彦初次来明，在日本博多等待顺风期间学习类书《韵府群玉》时，特别摘出其中的苏诗。“不夜城”属《韵府群玉》卷七·八庚韵，“铭”“瓶”属《韵府群玉》卷八·九青韵。“风花误入长春苑，云月长临不夜城”出自苏轼《雪后到干明寺遂宿》，全诗如下：

门外山光马亦惊，阶前屐齿我先行。

风花误入长春苑，云月长临不夜城。

---

① 牧田諦亮. 策彦入明記の研究(上)[M]. 京都：仏教文化研究所，1955：246.

② [宋]苏轼著，[清]冯应榴辑注. 苏轼诗集合注(卷40)[M]. 上海：上海古籍出版社，2001：2053.

③ 牧田諦亮. 策彦入明記の研究(上)[M]. 京都：仏教文化研究所，1955：4.

未许牛羊伤至洁，且看鸦鹊弄新晴。
更须携被留僧榻，待听摧檐泻竹声。①

"落霞孤鹜换新铭"出自苏轼《濠州七绝・四望亭》：

颓垣破础没柴荆，故老犹言短李亭。
敢请使君重起废，落霞孤鹜换新铭。②

"小勺分江入夜瓶"出自苏轼《汲江煎茶》：

活水还须活火烹，自临钓石取深清。
大瓢贮月归春瓮，小勺分江入夜瓶。
雪乳已翻煎处脚，松风忽作泻时声。
枯肠未易禁三碗，坐听荒城长短更。③

(2) 嘉靖十七年九月二十日
琴高，水仙也。坡诗云：脚踏赤鲤公，跳下青冷中。《排韵》④

此是策彦学习类书《排韵增广事类氏族大全》时摘录的坡诗。此两句诗出自苏轼的《庐山二胜并叙・开先漱玉亭》：

高岩下赤日，深谷来悲风。擘开青玉峡，飞出两白龙。
乱沫散霜雪，古潭摇清空。余流滑无声，快泻双石谼。
我来不忍去，月出飞桥东。荡荡白银阙，沉沉水精宫。

---

① [宋] 苏轼著，[清] 冯应榴辑注. 苏轼诗集合注（卷 21）[M]. 上海：上海古籍出版社，2001：1059.

② [宋] 苏轼著，[清] 冯应榴辑注. 苏轼诗集合注（卷 6）[M]. 上海：上海古籍出版社，2001：264.

③ [宋] 苏轼著，[清] 冯应榴辑注. 苏轼诗集合注（卷 43）[M]. 上海：上海古籍出版社，2001：2211.

④ 牧田諦亮. 策彦入明記の研究（上）[M]. 京都：仏教文化研究所，1955：12.

愿随琴高生，脚踏赤鲩公。手持白芙蕖，跳下清泠中。①

除从类书中学习以外，策彦还求教于师友，并及时记录下来。比如：

（3）嘉靖十七年十二月廿日

扣以中庸书记蜗房，偶见《百川学海》疏本。其中有……又有庸书记物语，有东坡诗句：家有红颊儿，能唱绿头鸭。②

策彦看到日本友人中庸书记的笔记，其间有苏诗，便随手记下。此两句出自苏轼《岐亭五首并叙》（其三）：“家有红颊儿，能唱绿头鸭”③。

（4）嘉靖十八年四月十六日

隔窗缭乱扑飞虫。坡力雪ノ詩ゾ。④

此句摘抄出自《韵府群玉》卷一“一东·虫”：“春虫隔窗撩乱扑春虫，坡雪诗”⑤。实际，此句“隔窗撩乱扑春虫”不是苏轼之诗，出自欧阳修《夜雪》：

石泉冻合竹无风，夜色沉沉万籁空。
试向静中闲侧耳，隔窗撩乱扑春虫。⑥

（5）嘉靖十九年十二月五日

梨花淡白柳深青——苏轼

---

① ［宋］苏轼著，［清］冯应榴辑注．苏轼诗集合注（卷23）［M］．上海：上海古籍出版社，2001：1162—1163．

② 牧田諦亮．策彦入明記の研究（上）［M］．京都：仏教文化研究所，1955：20．

③ ［宋］苏轼著，［清］冯应榴辑注．苏轼诗集合注（卷23）［M］．上海：上海古籍出版社，2001：1150．

④ 牧田諦亮．策彦入明記の研究（上）［M］．京都：仏教文化研究所，1955：41．

⑤ ［元］阴幼遇．景印文渊阁四库全书//韵府群玉［M］．台北：台湾商务印书馆，1986：6．

⑥ 刘克庄编；李更，陈新校证．分门纂类唐宋时贤千家诗选校证（卷13）［M］．北京：人民文学出版社，2002：305．

“月明听夜嘶”出自苏东坡《马耳峰》之诗。——笔者译[①]

“梨花淡白柳深青”一句出自苏轼《和孔密州五绝·东栏梨花》：

梨花淡白柳深青，柳絮飞时花满城。
惆怅东栏二株雪，人生看得几清明？[②]

“月明听夜嘶”不是苏轼的诗句，出自金代赵秉文的《郎山杂咏》（其二）《马耳峰》：

房驷落人间，入石露双碧。
月明闻夜嘶，惊落山头石。[③]

有时不知抄录来源，只在日记中突楞楞地记一句。试举一例：

（6）嘉靖十九年六月十日
余独记：“久苦赵盾日，欣逢傅说霖”之句。[④]

嘉靖二十年（1541 年）五月一日，策彦再次抄录“久苦赵盾日，欣逢傅说霖”[⑤]。此句出自苏轼的《次韵朱光庭喜雨》：

久苦赵盾日，欣逢傅说霖。
坐知千里足，初觉两河深。

---

① 牧田諦亮．策彦入明記の研究（上）[M]．京都：仏教文化研究所，1955：160．日文原文：「東坡ガ馬耳峰ノ詩ソ」

② ［宋］苏轼著，［清］冯应榴辑注．苏轼诗集合注（卷 15）［M］．上海：上海古籍出版社，2001：703．

③ 薛瑞兆，郭明志编纂．全金诗（卷 70）“赵秉文四”［M］．天津：南开大学出版社，1995：462．

④ 牧田諦亮．策彦入明記の研究（上）[M]．京都：仏教文化研究所，1955：136．

⑤ 牧田諦亮．策彦入明記の研究（上）[M]．京都：仏教文化研究所，1955：193．

破屋常持伞，无薪欲爨琴。

清诗似庭燎，虽美未忘箴。①

策彦还摘抄苏轼的赋文，例如：

（7）嘉靖十七年九月二十七日

《秋阳赋》：赵全时，字德麟，封安定郡王，恭俭如寒士，东坡作《秋阳赋》以讽，其辞云：赵王之孙有贤公子，告予曰："吾心皓然如秋阳之明，肃然如秋阳之清。吾好善而欲成之，如秋阳之坚百谷；吾恶恶而欲刑之，如秋阳之陨群木。"是以乐而赋之。②

2. 中国经历

策彦作为遣明使出使中国，亲身体验中国文化，拉近其与苏轼的距离。不仅使其对苏轼诗文更加感同身受，而且对苏轼与苏辙的兄弟情深颇多感慨。嘉靖十九年（1540年）正月九日，策彦在日记中这样写到：

今夜夜雨浪浪，蓬底灯前浩无睡，因思慕二兄，感叹之余，作小诗，记二苏对床故事云：

独坐灯前忆阿兄，天涯阻雨宿彭城。

追羡苏家两鸿雁，连夜对床听此声。③

此时的策彦初次来明，在北上朝贡途中因雨停泊于彭城驿。远离家乡，艰巨的任务，恶劣的天气，策彦不由得思念起故乡的两位兄长。用苏轼与苏辙的"夜雨对床"约定比喻自己对兄长的思念心切。

嘉靖十九年（1540年）六月二十八日，策彦南返宁波的途中，再度停泊于彭城驿。策彦想到春天泊于此时，也是夜雨打篷窗，由此追忆苏氏兄弟故

① ［宋］苏轼著，［清］冯应榴辑注．苏轼诗集合注（卷27）［M］．上海：上海古籍出版社，2001：1371.

② 牧田諦亮．策彦入明記の研究（上）［M］．京都：仏教文化研究所，1955：14.

③ 牧田諦亮．策彦入明記の研究（上）［M］．京都：仏教文化研究所，1955：117.

事，非常感慨：

> 今夜雨浪浪，去春宿此之时，夜雨打蓬窗，今复如此，因追忆二苏对床之故事，颇增感慨。①

“夜雨对床”一语出自唐朝诗人韦应物的诗歌《示全真元常》“宁知风雪夜，复此对床眠”②。嘉佑五年（1060年），苏氏兄弟服完母丧返汴途中，寓居汴京怀远驿，读到韦应物此诗，深受感触，于是约定早日归隐，享受兄弟对床听雨之乐。“夜雨对床”首次出现在苏诗中是在嘉佑六年（1061年）初冬，苏轼出任大理评事、凤翔（今属陕西）府签判，正式开始其仕宦生涯，子由则留京照看父亲苏洵。子由送别兄长到郑州西门外，面对此情此景，苏轼写下诗篇《辛丑十一月十九日既与子由别于郑州西门之外马上赋诗一篇寄之》：“寒灯相对记畴昔，夜雨何时听萧瑟”③，由此成为苏氏兄弟二人贯彻一生的精神追求与诗歌特定意象。此典在日本五山禅林广泛流传，众僧纷纷作诗歌咏。如月舟寿桂的《二苏对床听帖诗》：

> 刻烛，烛一寸，与雪岭赋之。
> 其一
> 苏辙入京嘉佑间，灯前听雨忆香山。
> 老兄不践对床雨，白发黎村借笠还。
> 其二
> 大宋齐名弟与兄，对床夜雨宿彭城。
> 他年流落海南北，借笠蛮村记此声。④

---

① 牧田諦亮. 策彦入明記の研究（上）[M]. 京都：仏教文化研究所，1955：138.

② [清] 彭定求，等. 全唐诗（第三函第七册）[M] //韦应物. 上海：上海古籍出版社，1988：439.

③ [宋] 苏轼著，[清] 冯应榴辑注. 苏轼诗集合注（卷3）[M]. 上海：上海古籍出版社，2001：89.

④ 以心崇伝. 大日本仏教全書（卷146）//翰林五鳳集（卷61）[M]. 東京：大法輪閣，2007：1178.

除彭城外，策彦还到访其他苏轼古迹，其一是西湖四贤堂，“至今三贤堂岿然存，堂中塑白传、东坡、和靖三像，所谓三贤是也”①，苏轼两次来杭任职，第一次任杭州通判，第二次任杭州知州。在任期间，苏轼疏浚西湖，修筑苏堤，使西湖成为杭州胜景。其二，嘉靖十八年（1539 年）十一月二十五日，策彦北上途经常州毗陵驿，到访苏轼祠堂与东坡书院：

午刻，同正使和上上岸。岸畔有门，横揭“皇华”二大字。次有楼门，揭“毗陵驿”三大字。入门则有堂，堂里揭“驻节”二大字。又有桥，桥头有门，面额横揭“迎恩坊”三大字，里额揭“朝京桥”三大字。过桥少许而有楼门，横揭“怀李楼”三大字。入此门五步许，而有东坡祠，祠门无额，堂里中央按东坡塑像，案上有木牌，牌书“文忠公东坡苏先生”八字，右柱书云：“气节文章炳于有宋”，左柱书云：“精神庙貌表于吾党”。于右方上有诗板，（诗略）。

又后堂横揭“眉山精舍”四大字，中央挂墨竹之轴，又傍有古额，横书“东坡书院”四大字。又有东坡文忠公祠祝文镌于石，祝文曲折，不遑说焉，此文之末，有侪没于此之语，然则东坡实终焉之地也。②

南返宁波途中，嘉靖十九年（1540 年）八月十日，策彦再次到访此地，“斋后，偕大光、钓云诣东坡庙”③。再渡时，日记中并未记录到访东坡书院与东坡祠堂。元符三年（1100 年）正月，宋哲宗去世，宋徽宗继位，政局发生逆转，苏轼得到赦免，由此离开居住三年的儋州，渡过琼州海峡北返，最终停留在江苏常州，渡过其生命的最后一年。因此常州建有东坡祠堂和东坡书院。

策彦还利用出使中国的机会，积极搜购苏轼相关书籍。一来到中国便开始搜购东坡相关书籍，如嘉靖十八年（1539 年）八月十一日，向宁波文人范南冈求购《东坡志林》一书：

午刻，与范南冈书。

① 牧田諦亮．策彦入明記の研究（上）[M]．京都：仏教文化研究所，1955：148.
② 牧田諦亮．策彦入明記の研究（上）[M]．京都：仏教文化研究所，1955：107—108.
③ 牧田諦亮．策彦入明記の研究（上）[M]．京都：仏教文化研究所，1955：144.

前日高轩屈临，恐忻忻。孤旅不便，待无杯盘之珍，愧汗不已。仍先度与秀才所约之书籍，《三场文海》《皇朝类苑》《东坡志林》等，乞付吾馆夫拿来，要因其好恶定其价值。是所感也，余非面难细陈。云云。[①]

而且，策彦与中国文人友好交往期间，收到宁波文人方仕赠送苏轼书法与诗画，“午时，梅崖惠老坡古迹并诗与画”[②]。

策彦未到访中国前，在日本受到五山禅林风潮的影响，日积月累地学习背诵苏轼的诗文，了解其宦仕生涯、兄弟故事等。到访中国后，积极搜购苏轼相关书籍，中国文人又慷慨相赠苏轼墨宝。寻访苏轼历史遗迹，领略中国自然景观，使策彦对苏轼的诗文与人生有了更进一步的理解，类似的经历与兄弟感情也使得策彦对苏氏兄弟的情谊感同身受。由此可见，策彦乃至五山禅僧对苏轼的接受是多方面的，立体的，并非仅限于其诗文，更扩大至其思想与人生情感。

三、黄庭坚

关于黄庭坚对日本五山汉文学的影响研究。日本方面，芳贺幸四郎最早梳理概括黄庭坚诗作在日本的流传与影响情况。朝仓尚探讨抄物《汤山联句抄》中对黄庭坚诗作的引用情况。茑清行指出苏东坡诗与黄庭坚诗对中世文化人产生的不同影响，提出黄庭坚诗具有诗兴与日常一致的轻松感，因此五山禅僧将准确地记忆并引用作为一种乐事，由此黄庭坚诗作的讲义与抄物大为流行。绿川英树通过考察黄庭坚诗的抄物《帐中香》的底本、注释以及对黄庭坚诗作中禅的态度，说明黄庭坚诗集在五山禅林中的流传情况。中国方面，台湾朱秋而重点考察了日本抄物不同于中国，而侧重禅宗思想。大陆卞东波聚焦于黄庭坚的《演雅》一诗，考察其在日本五山禅林中的新释义及由此对五山禅僧汉诗创作的影响。

总而言之，学界多从黄庭坚诗作的抄物入手，探讨其中对黄庭坚诗作的阐释，进而考察黄庭坚诗作对五山禅林的影响，这些影响多归结于共同的佛教思

① 牧田諦亮．策彦入明記の研究（上）[M]．京都：仏教文化研究所，1955：80.

② 牧田諦亮．策彦入明記の研究（上）[M]．京都：仏教文化研究所，1955：154.
嘉靖十九年十月廿三日条

想方面。学界论及黄庭坚诗作对五山汉文学影响的专门研究如此寥寥可数，专门论及策彦周良受到黄庭坚诗作影响的研究更是凤毛麟角。黄庭坚对中国江西诗派乃至其后世诗人影响巨大，对于这样一位文学巨擘，竟然很少有人探讨其对日本五山汉文学的影响，实属遗憾。推究原因，恐怕与黄庭坚作诗大量用典，爱用僻典致其诗歌晦涩难懂，令人望而生畏有关。

据芳贺幸四郎研究，应仁之乱（1467—1477）前后黄庭坚诗作在五山禅林中迅速流行并影响到公家社会，于是学习讲解黄庭坚诗作成为时代主流，甚至流传着这样一句话“东坡山谷味噌酱油”。此时期，南宋诗话集《诗人玉屑》《苕溪渔隐丛话》也传入日本并在五山禅林中产生很大反响，这两本诗话集主要收录黄庭坚、苏轼、杜甫、李白等人的逸事与文章。

在五山禅林如火如荼学习黄庭坚诗作的时代大风潮下，黄庭坚诗文集已成为五山禅僧学习汉诗的必读书目。策彦从小阅读黄庭坚的诗文集，“十一岁之夏，（中略），随侍之暇，《论语》《孝经》、杜诗、苏二（即苏轼——笔者注）黄九（即黄庭坚——笔者注）二集等，太半自书以诵唱矣”①。在其所著幼童启蒙书《蠡测集》中也有黄庭坚文集的摘录“予章文集中有句：骐骥院的马通薪——笔者译”②。而且策彦与讲释黄庭坚诗作的中心人物之一月舟寿桂私交甚好，两人常一起作诗论诗，因此其必然受到黄庭坚诗作的影响。

策彦多次在作品中明确表述对黄庭坚的推崇，其汉诗中也一再表露出受到黄庭坚诗作的影响痕迹。策彦作为日本五山汉文学后期的代表人物，其对黄庭坚诗作的接受具有一定的典型性。因此，本节以《谦斋南渡集》中《入明记》也收录的汉诗为中心，粗浅探讨策彦受到黄庭坚诗作的影响及其具体表现，进一步全面了解黄庭坚诗作对日本五山汉文学的影响状况。策彦在学习黄庭坚诗作后，哪些内容对其产生较大的影响？这个影响在其学习汉诗创作的过程中有怎样的体现？在具体的汉诗创作实践中，有怎样的反映？除去佛教因素，文学的影响有怎样的体现？以下将一一解答。

---

① 牧田諦亮．策彦入明記の研究（上）［M］．京都：仏教文化研究所，1955：79．

② 塙保己一原編，太田藤四郎補編．続群書類従（巻 957）//蠡測集［M］．東京：続群書類従完成會，1957：592．日文原文：「予章文集ニ騏驥院ノ馬通薪トアルソ云々。」黄庭坚的此句见于四部丛刊初编［M］//豫章黄先生文集（卷 25），景嘉兴沈氏藏宋刊本，原文为：“城西张仲谋为我作寒计，惠送骐骥院马通薪二百，因以香二十饼报之。”

（一）辞句的借用

《谦斋南渡集》中《入明记》收录的汉诗对黄庭坚诗作最直观与最显著的表现是借用黄庭坚诗作的辞句，主要表现在两个方面：一、原封不动地引用；二、稍作修改引用。

第一种方式是将黄庭坚诗作中的词语直接拿到自己的诗中，如《赓宁波府竹所大人见寄吾友珠宣公之韵以同酬》“未见清容意先足，风流文物久闻诸”①，化用黄庭坚《次韵宋楙宗三月十四日到西池都人盛观翰林公出遨》“还作遨头惊俗眼，风流文物属苏仙”②；又如《四明有先生号梅崖，盖以楷法鸣中华者也。（中略）。裁二章塞其请云》：“梅花标格点无尘，最映江南野水滨”③，化用黄庭坚的《演雅》“江南野水碧于天，中有白鸥闲似我”④。

第二种方式是将黄庭坚诗作的词语按照实际情况进行改动，比如《夜来乡志曲折，耿不安枕。（中略）。此礼乐之美，感叹无措，作诗遣怀云》“樵竖牧童谈孔姬，中州风物未曾衰。乐花丛里春犹在，不逐山川摇落时”⑤ 中的“中州风物”与“山川摇落”，对此策彦在《初渡集》中详细地记录了其用字的过程：

> “中州风物”借涪叟（黄庭坚——笔者注）“扬州风物鬓成丝”之字势。……“不逐山川遥落时”，虽赘“黄落山川知晚秋”之句，今也秋中，时节小违，故易“黄”之一字为“摇”，大率指秋杪之时耳。又谷（黄庭坚——笔者注）句云：“白头对红叶，奈此摇落何”。⑥

“中州风物”借黄庭坚“扬州风物鬓成丝”中的“扬州风物”字势而来。“不逐山川摇落时”从“黄落山川知晚秋”一句而来，但策彦作此诗时时值秋中，与黄庭坚诗作的时节相异，所以改“黄”为“摇”，代指暮秋。“摇落”一

---

① 策彦周良．妙智院所藏史料//謙斎南渡集［M］．東京：東京大学史料編纂所，2007.

② ［宋］黄庭坚著；［宋］任渊，史容，史季温注；黄宝华点校．山谷诗集注（上）（卷 9）［M］．上海：上海古籍出版社，2003：228.

③ 策彦周良．妙智院所藏史料//謙斎南渡集［M］．東京：東京大学史料編纂所，2007.

④ ［宋］黄庭坚著；［宋］任渊，史容，史季温注；黄宝华点校．山谷诗集注（上）（卷 1）［M］．上海：上海古籍出版社，2003：23.

⑤ 策彦周良．妙智院所藏史料//謙斎南渡集［M］．東京：東京大学史料編纂所，2007.

⑥ 牧田諦亮．策彦入明記の研究（上）［M］．京都：仏教文化研究所，1955：78.

词，在黄庭坚诗作中也有“白头对红叶，奈此摇落何”。

（二）意境的模仿

《谦斋南渡集》中《入明记》也收录的汉诗对黄庭坚诗作的接受还表现在意境的模仿。如“十年雨”，策彦周良的《赵一夔大人前日忝赐尊诗，再诵三读，舒又卷卷又舒，何惠加焉。迩来官事纷纭，弗遑裁答似慢乎。聊缀蜂腰强续貂尾云》诗有句“灯前十年面，门外九衢尘”[1]，该句在《入明记》中作“灯前十年雨”。“十年雨”化用黄庭坚《寄黄几复》的“桃李春风一杯酒，江湖夜雨十年灯”[2]。

“十年灯”是黄庭坚的首创，整句会让人联想到：两个朋友各自漂泊于江湖，每逢夜雨，独对孤灯，互相思念，深宵不寐。而这般情景，已延续了十年之久。黄庭坚诗作的这两句的句法取自温庭筠《商山早行》的“鸡声茅店月，人迹板桥霜”，二句不用一动词，而早行境界全出。“桃李春风”与“江湖夜雨”，这是“乐”与“哀”的对照，快意与失望，暂聚与久别，往日的交情与当前的思念，都从时、地、景、事、情的强烈对照中表现出来。[3]

策彦诗中的“十年雨”舍弃“江湖夜雨”的萧索，“十年灯”不是各自独对孤灯，互相思念，而是推心置腹，促膝长谈，时间好像过了十年之久，将“十年”的“实”转为“虚”。同样，策彦汉诗的这两句不用一动词，将中日二人的深厚友谊与相见恨晚，从时、地、景、事、情的强烈对照中表现出来。

（三）诗论的认同

古代诗歌创作中多用典故，但如此大规模引用黄庭坚诗作的典故恐非偶然，策彦在其日记中详细记述了自己字字求源的原由：

> 《黄豫章刀笔》有言曰：“韩退之、杜子美作诗文，未曾有一字无来处。”余深铭肝肺，平素著述，于绝句于联句，日煅月炼，且又胗古人语脉，不克一字容易布置焉，犹恐有未彻处。今学者弗深其本根，要茂其枝叶，故字字愞弱，去古人远矣。试问着本据，则或答焉，或不焉。退省其

---

① 策彦周良．妙智院所蔵史料//謙斎南渡集［M］．東京：東京大学史料編纂所，2007．

② ［宋］黄庭坚著；［宋］任渊，史容，史季温注；黄宝华点校．山谷诗集注（上）（卷2）［M］．上海：上海古籍出版社，2003：42．

③ 缪钺，等．宋诗鉴赏辞典［Z］．上海：上海辞书出版社，2016：541．

私，实不知不识。可惜许，可惜许。余非方朔自答之比，聊自往返征诘，为后生座右铭云。[①]

黄豫章即黄庭坚，“无一字无来处”出自黄庭坚的《答洪驹父书》：

自作语最难，老杜作诗，退之作文，无一字无来处。盖后人读书少，故谓韩、杜自作此语耳。古之能为文章者，真能陶冶万物，虽取古人之陈言入于翰墨，如灵丹一粒，点铁成金也。[②]

这是一封黄庭坚写给外甥洪驹父的家信。在信中，黄庭坚谈起文学创作，告诉外甥：自创词语最难，杜甫作诗，韩愈作文，每一字都有来处。大概后人读书少，认为韩愈、杜甫是自创词语。古代能作文章的人，都能熔万物于一炉，虽然取古人之陈旧语言入诗文，但如一粒灵丹，成为诗文点睛之笔。

这就是黄庭坚著名的诗歌创作理论“点铁成金”。主要指学习前人的创作经验与艺术技巧。这是给初学者指明的一条切实可行的学习诗歌创作的进阶之路。要求初学者努力向前人学习，多读书，多积累，尽可能地多吸收、借鉴前人诗作中的语言技巧，特别是词汇、典故等的修辞手段。但这种以“书本知识”为诗的创作方法可能会由于后人的没有悟性而流于蹈袭剽窃。“点铁成金”的最终目的是超越前人的藩篱，自成一家。

策彦将其作为自己作诗的座右铭，也希冀后学学习此点。但是，策彦并未强调创新，只是追求跟随古人的脚步，讲究用字的工巧与出典，这样不免使诗歌创作流于辞藻典故堆砌。以书本知识入诗，导致诗歌生涩艰硬，用典繁密使得文章结构过于密集。

（四）风格的追求

《谦斋南渡集》中《入明记》也收录的汉诗有多首具有瘦硬奇崛的风格，除上述所举，兹举部分用例如下：

---

① 牧田諦亮．策彦入明記の研究（上）［M］．京都：仏教文化研究所，1955：78.

② ［宋］黄庭坚撰；刘琳，李勇先，王蓉贵点校．黄庭坚全集［M］．四川：四川大学出版社，2001：475.

书声断后泉声续，却讶先人读未终。

（《和靖读书台》）

乡情犹未忘，夜夜几刀州。

（《南沧老人复见寄五言诗篇，再和而遣怀云》）

多君笔力万人英，铁画银钩冠大明。

（《梅崖云冠大人手亲写墨竹一两茎，添有声画，以赠焉。其画取“英、明、清”三字为轴子，即时和章而谢之》）

瓦鼎煎茶谈到暮，眼青头白旧时僧。

（《再渡之时复上金山寺》）

执锐被坚亡暴秦，岂图天下属宽仁。

（《楚项羽庙》）

诗句使用“讶”“刀”“铁”“钩”“鼎”“锐”等瘦硬字。再比如《策彦和尚诗集》有诗《猿》“孤猿挂树夕阳斜，离索怜渠不耐夸。秋夜吟残巫峡月，春阴叫落楚山花”①。用字“挂”“离”“残”“叫”。还有《蛩雨》诗“雨在暗蛩嘶处吹，秋宵奈此老生涯。虫声欲断檐声续，并作愁人两鬓丝”②。用字“嘶”“老”“断”“愁”。诸如此类，不胜枚举。这是策彦有意为之吗？其日记《初渡集》中的两则记录，可以为我们提供一些线索：

嘉靖十九年十一月十三日

斋后，过正使和上打谈，谈及明日十四联句会之事。和上上句云：阳乌梅展翼。主：山麝柏熏脐。予：炉话寒三舍。主：路难雪半泥。天初竺上句。予谓：“三舍”之字出《左传》。“半泥”之字，取“半泥半雪半梅花”之句，句面软弱。予偶设对云：笔耕雨一犁。③

嘉靖二十年三月廿六日

今夜，梦与天用和尚、河清和上联句。少焉，江心座元亦自外而至，文盛上司亦在座侧，金倡玉应及数十句，醒而皆忘，唯记两句。河清和上

---

① 策彦周良．続群書類従//策彦和尚詩集［M］．東京：続群書類従完成会，1933：815.

② 策彦周良．続群書類従//策彦和尚詩集［M］．東京：続群書類従完成会，1933：815.

③ 牧田諦亮．策彦入明記の研究（上）［M］．京都：仏教文化研究所，1955：155.

句云：梦云多楚思。予言下对曰：鬓雪奈唐官。于后净书以需点于雪岭、月舟两和上，和上批上句圈抽对，雪岭和上批语云："唐"字奇也，月舟和上批云："唐"字妙也，盖两和尚之意其一致者乎。[①]

从第一条记录来看，"句面软弱"并非是策彦追求的诗歌风格，相较于"路难雪半泥"，策彦周良所对"笔耕雨一犁"更加瘦硬。其实，"雨一犁"出自黄庭坚诗作《戏和答禽语》"南村北村雨一犁，新妇饷姑翁哺儿"[②]。第二条记录中，对于策彦对句"鬓雪奈唐官"中的"唐"字，当时著名的五山诗僧雪岭永瑾和月舟寿桂给予高度评价，认为此字"奇""妙"，可见当时五山诗僧作诗用字尚"奇"的风尚。

黄庭坚作诗追求"不俗"，主张"宁律不谐不使句弱"[③]，故其诗篇用语尚奇好硬，句意生新。策彦汉诗和五山禅林尚奇的风习与黄庭坚诗风不谋而合，可以说策彦在创作汉诗时有意追求黄庭坚瘦硬奇崛的诗歌风格。

（五）典故的积累

因对黄庭坚诗作歌创作理论的认同，策彦在实际生活中也时时刻刻践行多读书、融古语。出使中国时应对繁忙公务之余，偷闲抄录典故。据笔者统计，就其入明日记《初渡集》《再渡集》中摘录的典故数量庞大，约有五六十之多，范围涵盖历史故事，如"宿瘤采桑""王门伶""雨霖铃""推篋中枣""江左第一""一座颜回"等；佛教人物故事如"真歇了禅师""水在瓶""黄檗断际禅师""五组演禅师"等；以及名篇名作，如《煎茶水记》《与曹操书论酒禁》等。其阅读的汉文书籍涉猎经史子集、佛教典籍等，比如《翰墨全书》《东汉文鉴》《碧岩录》《韵府群玉》《文献通考》等，不胜枚举。

在策彦摘抄的典故中有很多黄庭坚的诗句，比如嘉靖十七年（1538 年）七月二十九日抄录"宝泓，抚摩宝泓置道山，山谷杂言"[④]，这句诗出自黄庭

---

① 牧田諦亮. 策彦入明記の研究（上）[M]. 京都：仏教文化研究所，1955：189.

② ［宋］黄庭坚著；［宋］任渊，史容，史季温注；黄宝华点校. 山谷诗集注（上）（卷 1）[M]. 上海：上海古籍出版社，2003：24.

③ ［宋］黄庭坚. 四部丛刊：初编（163—164）//豫章黄先生文集（卷 26）"题意可诗后"[M]. 上海：上海书店，1989：11.

④ 牧田諦亮. 策彦入明記の研究（上）[M]. 京都：仏教文化研究所，1955：4.

坚的《再和公择舅氏杂言》“抚摩宝泓置道山，郁郁秀气似舅眉宇间”①；又如嘉靖十九年（1540 年）十二月五日抄录“雉以文翳”②，此句出自黄庭坚《奉和文潜赠无咎篇末多见及以既见君子云胡不》的“龟以灵故焦，雉以文故翳”③。

正因为平日的积累使策彦周良对黄庭坚诗作非常熟悉，触物即能联想到山谷诗，如嘉靖二十年（1541 年）三月二十三日：“走在街上，看见粗糙的马粪纸上写着‘草纸出卖’，由此想到了山谷诗‘出卖萦草纸’。——笔者译”④ 策彦在街上闲逛时，看到一个店铺的招牌，立即联想到黄庭坚的诗句“出卖萦草纸”，可见其对山谷诗的熟悉已达到出口即诵的程度。但查阅黄庭坚诗集，不见此句，只找到《和邢惇夫秋怀十首居实》（七）诗中的“丝虫萦草纸，笔力挟风雨”⑤。想必是策彦的记忆出现了偏差。

策彦亦步亦趋学习黄庭坚的诗作，从黄庭坚“点铁成金”的创作理念，到一点一滴地积累，再到创作汉诗时融入典故，斟酌用字以达到“点铁成金”的效果，追求奇崛瘦硬的诗歌风格，都在努力向黄庭坚靠近。但同时也会根据实际情况灵活运用，这即是策彦对黄庭坚诗作的嬗变，达到异曲同工之妙，也是黄庭坚诗作在日本的落地生花。策彦在汉诗创作中深受黄庭坚诗作的影响，仅仅是日本五山汉文学的发展受中国文化影响的个例，从一个侧面反映出日本汉文学的发展深受中国古代各时期诗人名家的影响。

---

① ［宋］黄庭坚著；［宋］任渊，史容，史季温注；黄宝华点校．山谷诗集注（下）//山谷外集诗注（卷 15）［M］．上海：上海古籍出版社，2003：981.

② 牧田諦亮．策彦入明記の研究（上）［M］．京都：仏教文化研究所，1955：161.

③ ［宋］黄庭坚著；［宋］任渊，史容，史季温注；黄宝华点校．山谷诗集注（上）（卷 4）［M］．上海：上海古籍出版社，2003：91.

④ 牧田諦亮．策彦入明記の研究（上）［M］．京都：仏教文化研究所，1955：188．日文原文：「町ヲ見レバ、馬糞紙ノソレノワルキ紙ノ上ニ、「草紙出賣」トカイテ置イタソ。山谷詩ニ「出賣縈草紙」トアルト思ソ。」

⑤ ［宋］黄庭坚著；［宋］任渊，史容，史季温注；黄宝华点校．山谷诗集注（上）（卷 4）［M］．上海：上海古籍出版社，2003：100.

第三节　文艺批评理论

苏黄在评论书画的过程中形成一套标准，这些标准也适用于诗文，其中一个标准是苏轼所言“诗画本一律，天工与清新”，即要达到“清新”的效果。苏轼在评价诗文时也常使用“清”字，如：

素节凛凛欺霜秋，清诗健笔何足数？

——《送文与可出守陵州》（《苏轼诗集合注》卷 6：233）

灵水先除眼界花，清诗为洗心源浊。

——《再游径山》（《苏轼诗集合注》卷 10：476）

清诗为题品，草木变芬菲。

——《和段屯田荆林馆》（《苏轼诗集合注》卷 13：589）

清诗草圣俱入妙，别后寄我书连纸。

——《送颜复兼寄王巩》（《苏轼诗集合注》卷 15：718）

高论邈河汉，清诗鸣佩环。

——《二鲜于君以诗文见寄作诗为谢》（《苏轼诗集合注》卷 34：1755）

黄庭坚在评价诗文时也常用“清”字，如：

五十清诗是碎金，试教掷地有余音。

——《宋楙宗寄夔州五十诗三首知命》（其一）（《山谷诗集注》卷 12）

五十清诗一段冰，持来恰得慰愁生。

——《宋楙宗寄夔州五十诗三首知命》（其二）（《山谷诗集注》卷 12）

博学似刘子政，清诗如孟浩然。

——《和东坡送仲天贶王元直六言韵五首》（其四）（《山谷别集

诗注》卷下）

策彦在评论诗画时也常冠以“清”字，如：

犹有郑虔三绝在，添诗添画一般清。

——《梅崖云冠大人手亲写墨竹一两茎，添有声画，以赠焉。其画取“英”“明”“清”三字为轴子。即时和章而谢之》

祇道水边林下身，诗禅文熟本清真。

——《镜清寺》

以上说明，策彦不仅在炼字、用典等汉诗创作的具体方面深受宋代诗歌的影响，而且在诗画评论方面也深受宋代文艺批评理论的影响，不仅认为诗书画相通，也主张“清雅”“清真”的美学理念。

《谦斋南渡集》的汉诗中表现出深受中国文化影响，其深层原因出于策彦周良对中国文化的崇拜。比如《夜来乡志曲折，耿不安枕。时将彻晓，余适哦老杜“秋天不肯明”句之顷，乐音琅琅然，起自外面，顿有阳春冲融之气，使人散羁忧。凡中州之为州，千岁之下周孔礼义行世。虽樵竖牧童之口，唯非圣道则不谈。及礼叶将秋，复有乐花回春。所感弗，俾吾邦平生久要视此礼乐之美，感叹无措，作诗遣怀云》一诗，诗题中称赞中国周礼礼义，希望日本长久学习中国周礼礼乐之美。又比如《全仲山弟季山以书招余，余赴于彼，则关于扊扅，井于軿辖，约归以暮鸦，故焉不心于忽忽发游兴者也。砌下有数个盆壶，壶中贮榴树，每树开花者烨烨。余问曰：“吾邦亦有此花，五六月之交最其盛也，只今上国闰七月初二，花方盛鲜，奇哉。”仲山把笔书，答曰：“吾邦人多赏此花，花之久自五月及七八月，又至十二月再着花。”感赏罔措，请笔赋卒什一章》一诗，诗中称中国为“上国”，而且《入明记》中多次使用“大国”“上国”等称谓描述中国。比如嘉靖十八年八月二十四日，在与宁波知府的文书中言“上国在在处处名区”①，又如同年八月二十九日，与宁波知府的文书中再次言“万一过其节，浸离上国，漂滞中流”②。又如同年九月十三日，

① 牧田諦亮．策彦入明記の研究（上）[M]．京都：仏教文化研究所，1955：84.

② 牧田諦亮．策彦入明記の研究（上）[M]．京都：仏教文化研究所，1955：85.

策彦应日本钱通事的请求，撰写钱通事家谱，文中言“钱得保官人原上国定海县人也。（中略）。两观上国之光。（中略）。宗询亦从专使入上国”① 等。正因为出于此种心理，策彦才有内心的原动力如饥似渴地学习中国文化，热爱中国诗歌，如痴如醉地沉浸在汉诗创作的世界中。

第四节　日本要素

策彦是日本人，不管是平时与中国人交流，还是创作汉诗，都多多少少表现出日本文化的影响，在《谦斋南渡集》中具体体现在日本事物与日本汉诗方面。

一、日本事物

《谦斋南渡集》中出现的日本事物有两大类：一、在节日时联想日本；二、在了解中国事物时与日本事物相联系。

其一，策彦在节日时联想日本，比如《中秋之夕对月遣兴》诗云“两乡千里无私照，东大倭西又大明”②。中秋时节，策彦在中国赏月，联想到日本今日也是月满的一天。

其二，策彦了解中国事物时联系日本事物，比如《维时七月，到夜炎热酷，客睡不安，月色如昼。时闻砌下蛩声，与吾邦蛩声无异，不克靡感于怀，聊作此诗》一诗，策彦听到中国的蛩声，立刻联想到日本的蛩声，并对两者进行比较，相同的叫声使策彦倍感亲切，由此萌生思乡之情。一句“我有旧声唯暗蛩”，刻画出策彦身在异乡，语言不通，思乡心切的心情。又如《全仲山弟季山以书招余，余赴于彼，则关于庮庨，并于帕辖，约归以暮鸦，故焉不心于忽忽发游兴者也。砌下有数个盆壶，壶中贮榴树，每树开花者烨烨。余问曰：“吾邦亦有此花，五六月之交最其盛也，只今上国闰七月初二，花方盛鲜，奇哉。”仲山把笔书，答曰：“吾邦人多赏此花，花之久自五月及七八月，又至十二月再着花。”感赏罔措，请笔赋卒什一章》一诗，策彦到宁波文人全仲山家

① 牧田諦亮．策彦入明記の研究（上）[M]．京都：仏教文化研究所，1955：88.

② 策彦周良．妙智院所蔵史料//謙斎南渡集［M］．東京：東京大学史料編纂所，2007.

做客，看到院中有数盆榴花，花开朵朵，策彦联想到日本也有此花，花期为五六月，现今闰七月，中国的此花才盛开，于是与全仲山对此进行笔谈交流。全仲山告诉策彦，中国人喜欢种植此花，花期从五月至七八月，十二月又开花。策彦听后很感慨。又如《赵一夔先生来遇，惠以桃果，果大合吾邦三桃实，风味亦别也。先生游累刻，乞笔砚亲书“闰七夕”三字，需诗于余，余缀曰》一诗诗题所言，宁波文人赵一夔给策彦送来桃果，策彦联想到日本的桃果，通过比较发现两者大小与口感都不一样。

又如礼仪制度，策彦在诗《夜来乡志曲折，耿不安枕。时将彻晓，余适哦老杜“秋天不肯明”句之顷，乐音琅琅然，起自外面，顿有阳春冲融之气，使人散羁忧。凡中州之为州，千岁之下周孔礼义行世。虽樵竖牧童之口，唯非圣道则不谈。及礼叶将秋，复有乐花回春。所感弗，俾吾邦平生久要视此礼乐之美，感叹无措，作诗遣怀云》诗题中言中国周孔礼乐行世千年，不论是樵竖还是牧童，也只谈圣道。策彦对此非常感慨，由衷地觉得日本要长时间学习此种礼乐之美。由中国礼义制度联想到日本的文化制度，另一方面可见策彦对中国文化的崇拜心理。

二、日本汉诗

策彦在中国期间积极交往中国文人，彼此诗歌唱酬，成为中日交流史上的一段佳话。比如策彦唱和宁波文人赵一元（号南沧）的诗《南沧老人复见寄五言诗篇，再和而遣怀云》中言“君有同风句，吾无明月投”[①]。又如与伴送官李实唱和之诗《赐筵宴之翌日，伴送官李大人作川八见寓贺忱，聊赘其韵以奉谢圣恩万乙云》中云“正好清时扬侧陋，山川虽异此文同”[②]。

策彦在这两首诗中皆化用日本长屋王在袈裟上所绣之偈，偈曰“山川异域，风月同天。寄诸佛子，共结来缘”[③]。唐天宝元年冬十月，日本留学僧荣睿、普照到扬州大明寺顶礼鉴真和尚，请求大和尚东游兴化日本佛教。鉴真和尚答曰：“又闻，日本国长屋王崇敬佛法，造千袈裟，来施此国大德、众僧；其袈裟缘上绣着四句曰：‘山川异域，风月同天，寄诸佛子，共结来缘。’以此

① 策彦周良．妙智院所蔵史料//謙斎南渡集［M］．東京：東京大学史料編纂所，2007．
② 策彦周良．妙智院所蔵史料//謙斎南渡集［M］．東京：東京大学史料編纂所，2007．
③ ［日］真人元开著，汪向荣校注．唐大和上东征传［M］．北京：中华书局，1979：40．

思量，诚是佛法兴隆，有缘之国也。”① 日本长屋王造袈裟千件，请遣唐僧带到中国供养唐朝大德众僧，袈裟缘上绣着这首偈。鉴真大和尚因此感动，不顾危险，毅然东渡普法。这首偈自此成为中国文化交流史上的一段佳话，历来被用来歌颂中日两国互帮互助的友谊。

“风月同天”，中日共享同一天空与明月。策彦拆作两句，以“同风句”比喻中国文人南沧的好意寄诗，以“明月句”比喻自己友好地回应。“山川虽异此文同”化用“山川异域”，改“风月同天”为“此文同”，中日两国虽然山川不同，但是都使用汉文作诗。两首诗都化用恰当，准确、真挚地表达出中日人民的友好情谊。

---

① ［日］真人元开著，汪向荣校注. 唐大和上东征传［M］. 北京：中华书局，1979：40.

第六章　追本溯源

——汉学修养的养成

《谦斋南渡集》的汉诗典故化用恰当，平仄押韵合律。策彦出使中国期间，不论与中国官员，还是与当地文人雅士，通过笔谈，沟通顺畅，圆满完成朝贡任务。策彦作为一名日本人，汉学修养达到如此程度，令人称叹。究其原因，离不开策彦对中国文化的醉心与自身的不懈努力。仅就入明期间，策彦偷闲抄录大量典故、词语、诗句等，涉及十多部典籍，内容包含儒释道，儒家典籍中类书居多，比如《韵府群玉》《文献通考》《新编事文类聚翰墨全书》《排韵增广事类氏族大全》，还有《东汉文鉴》《新刊类编历举三场文选》《古今韵会举要》《海琼玉蟾先生文集》《雪窗心论》等，涵盖文学、理学等内容，身为禅僧却不避讳道家诗集。

入明的机会使策彦沉浸式体验中国文化，记录所到之处、所见之事，比如政府衙门招牌、名胜的匾额与题字、题诗等；积极搜购最新的学术著作与其他所需书籍。这两次经历进一步提高策彦的中国文化修养。日常生活中，策彦谦虚求教中国友人、日本友人，彼此间积极探讨，内容涵盖诗文、字词、植物等各个方面。拥有前期的积淀，策彦不断进行汉诗创作的练习，或作一句，或作一首，或参加联句会、诗会，与日本友人相互切磋，互相学习，以提高汉诗创作技艺。

第一节　饱读诗书

策彦自幼喜爱读书，“随侍之暇，《论语》《孝经》、杜诗、苏二黄九二集等，太半自书以诵唱矣”①，自小熟读儒家经典与中国名家诗人作品。在明期间，积极搜购中国书籍。② 对以上两方面，本节不再赘述。本节欲就策彦在明期间所学所录展开探讨，以管窥豹，以见策彦汉学修养之一斑。策彦在明期间，趁着处理公务的闲暇时间，见缝插针地学习吸收中国文化，记下大量的学习笔记，触类庞杂，书籍浩繁，可以说是如海绵吸水般来者不拒式地吸收中国文化。在这些珍贵的读书笔记中，涉及到中国的类书、文人诗集、哲学思想、佛学义理等。本节就其中主要书籍展开剖析，还原策彦学习中国文化的过程。

一、类书

自古以来，类书最常为日本学人所用。类书是一种资料类书籍，分门别类编集历代书中的资料，便于查索、征引。门类涉及典章制度、诗词文章、民俗交际等内容，《四库全书总目》称其“类事之书，兼收四部，而非经非史非子非集，四部之内，乃无类可归。”类书是一种工具书，有官修，如唐朝《艺文类聚》、宋代四大类书《太平御览》《太平广记》《文苑英华》《册府元龟》等，也有私撰，如唐虞世南著《北堂书钞》、元代《文献通考》《韵府群玉》等。对初学者而言方便集中学习，因此受到日本学人的喜爱。日本中世五山汉文学时代，五山学僧也多通过类书学习汉语知识、汉诗创作、中国文化。策彦也是此类书不离手，在被派往中国负责朝贡任务时，也随身携带，闲暇时拿出阅读，并抄录其中的内容。《入明记》中出现的类书有《文献通考》《韵府群玉》《氏族大全》《翰墨全书》等。

（一）《文献通考》

《文献通考》是中国典章制度的一部类书，作者是宋末元初时期马端临，书籍名称因“引古经史谓之文，参以唐宋以来诸臣之奏疏，诸儒之议论谓之献”，故曰文献通考。该书时间跨度自古至宋宁宗时代，共 348 卷，依次分田赋考、钱币考、户口考、职役考、征榷考、市籴考、土贡考、国用考、选举考、学校考、职官考、郊社考、宗庙考、王礼考、乐考、兵考、刑考、经籍考、帝系考、封建考、象纬考、物异考、舆地考、四裔考等 24 门。策彦是如

---

① 牧田諦亮. 策彦入明記の研究（上）[M]. 京都：仏教文化研究所，1955：78.

② 详见陈小法. 日本入明僧携回的中国物品——以策彦周良为例 [J]. 甘肃社会科学，2010，5：88—92.

何学习的？他又是如何着重学习了哪些方面内容？以下是策彦摘录的内容：

表 6.1 《入明记》中摘录《文献通考》内容

序号	抄录日期	抄录《文献通考》内容
1	嘉靖十八年（1539 年）十月六日	卷 46 • 学校考 7
2	嘉靖十九年（1540 年）十二月五日	卷 308 • 物异考 14 卷 244 • 经籍考 71 卷 338 • 四裔考 15 卷 124 • 王礼考 19 卷 331 • 四裔考 8
3	嘉靖十九年（1540 年）十二月六日	卷 245 • 经籍考 72
4	嘉靖十九年（1540 年）十二月晦日	卷 246 • 经籍考 73
5	嘉靖二十年（1541 年）正月十五日	卷 249 • 经籍考 76
6	嘉靖二十年（1541 年）二月朔旦	卷 345 • 四裔考 22
7	嘉靖二十年（1541 年）二月二日	卷 110 • 王礼考 5
8	嘉靖二十年（1541 年）二月九日	卷 110 • 王礼考 5 卷 234 • 经籍考 61 卷 33 • 选举考 6 • 卷 271 • 封建考 12
9	嘉靖二十年（1541 年）二月十日	卷 148 • 乐考 21
10	嘉靖二十年（1541 年）二月十六日	卷 248 • 经籍考 75 卷 84 • 郊社考 17
11	嘉靖二十年（1541 年）二月十七日	卷 186 • 经籍考 13 卷 185 • 经籍考 12 卷 245 • 经籍考 72
12	嘉靖二十年（1541 年）二月十九日	卷 218 • 经籍考 45
13	嘉靖二十年（1541 年）二月二十一日	卷 253 • 帝系考 4 卷 257 • 帝系考 8
14	嘉靖二十年（1541 年）二月二十二日	卷 128 • 乐考 1 卷 92 • 宗庙考 2 卷 163 • 刑考 2
15	嘉靖二十年（1541 年）二月二十五日	卷 334 • 四裔考 11

续表

序号	抄录日期	抄录《文献通考》内容
16	嘉靖二十年（1541 年）二月二十六日	卷 37・选举考 10 卷 318・舆地考 4 卷 320・舆地考 6 卷 333・四裔考 10 卷 334・四裔考 11 卷 303・物异考 9
17	嘉靖二十年（1541 年）二月二十八日	卷 246・经籍考 73
18	嘉靖二十年（1541 年）三月朔旦	卷 264・封建考 5
19	嘉靖二十年（1541 年）三月三日	卷 333・四裔考 10 卷 80・郊社考 13
20	嘉靖二十年（1541 年）三月五日	卷 264・封建考 5 卷 265・封建考 6 卷 295・物异考 1
21	嘉靖二十年（1541 年）三月十三日	卷 344・四裔考 17
22	嘉靖二十年（1541 年）四月十六日	卷 141・乐考 14
23	嘉靖二十年（1541 年）四月二十六日	卷 84・郊社考 17 卷 81・郊社考 14
24	嘉靖二十年（1541 年）四月二十九日	卷 61・职官考 15 卷 62・职官考 16 卷 57・职官考 11
25	嘉靖二十八年（1549 年）九月三十日	卷 174・经籍考 1

从阅读时间看，主要集中于策彦初渡中国完成朝贡任务，在宁波等待归国顺风期间。进入嘉靖二十年二月，策彦几乎每天阅读并抄录此书。再渡时，策彦又将此书随身携带阅读。从抄录的内容而言，涉及选举考、学校考、职官考、郊社考、宗庙考、王礼考、乐考、刑考、经籍考、帝系考、封建考、物异考、舆地考、四裔考，共 14 类。其中抄录的经籍考内容涉及 12 门类，四裔考内容涉及 8 门类，郊社考与封建考分别是 4 门类，职官考、乐考、物异考分别涉及 3 门类。由此可见，策彦着重关心的是中国诗文，从而抄录诗句或诗集名称。策彦关心四裔考可能与其遣明使身份有关，抄录内容多是事物单词，比如单于、东瓜、西瓜、三州都督等此类，想必策彦是为自己与中方交涉时积累用

语，但其并未关心四裔相关制度问题。另外，还可看到策彦对中国礼乐制度、国家祭祀、管理制度方面的关注。而且，还有策彦对佛教事情的抄录，比如抄录“物异考十四”“隋大业六年正月朔旦，有盗，衣白练裙襦，手持香花，自称弥勒佛出世。云云。”① 等。

（二）《韵府群玉》

《韵府群玉》是元初阴幼遇在其父阴应梦的指导下完成，并由其兄阴幼达作注，是我国现存最古的一部研究音韵的类书。该书共二十卷，分106韵部，以词语最后一字归韵，收集古代诗文中的词语，首次开创“活套”一栏，便于初学者学习应用，是汉诗初学者的入门之书。《四库全书提要》对此书高度评价：“元朝押韵之书，今皆不传，传者以此书为最古。又今韵称刘渊所并，渊书亦不传。世所通行之韵，亦即从此书录出。是韵府诗韵皆以为大辂之椎轮，将有其末，必举其本，此书亦曷可竟斥欤?”

策彦使用此书学习汉诗创作，简便易行。其随手翻阅并摘抄该书卷一、三、五、六、七、八、九、十一等，共看了十一天。现将其摘抄内容列举如下：

表6.2 《入明记》中抄录《韵府群玉》内容

序号	抄录时间	抄录《韵府群玉》内容
1	嘉靖十七年（1538年）七月十七日	卷十·上声九蟹韵部：“妳”
2	嘉靖十七年（1538年）七月二十日	卷十一·上声十九皓韵部：“枣”
3	嘉靖十七年（1538年）七月二十六日	卷八·下平声十一尤韵部：“修” 卷六·下平声七阳韵部：“桑”
4	嘉靖十七年（1538年）七月二十八日	卷五·下平声一先韵：“禅”“便”
5	嘉靖十七年（1538年）七月二十九日	卷七·下平声八庚韵部：“秔”“泓”“鹊”“盛”“城”“伶” 卷七·下平声九青韵：“经”“蜓”“铃”“伶”“瓴”“囹”“零”“宁”“螟”“铭”“瓶”
6	嘉靖十七年（1538年）八月三日	卷十一·上声部十九皓韵部：“扫”

① 牧田諦亮．策彦入明記の研究（上）[M]．京都：仏教文化研究所，1955：157—160.

续表

序号	抄录时间	抄录《韵府群玉》内容
7	嘉靖十七年（1538 年）八月四日	卷二・上平声四支韵部："期"
8	嘉靖十七年（1538 年）八月十八日	卷十一・上声十九皓韵部："堕"
9	嘉靖十八年（1539 年）二月二十九日	卷十二・上声二十五有韵部："斗"
10	嘉靖十九年（1540 年）十二月五日	卷一・上平一东韵："笼" 卷三・上平声十灰韵部："梅""推" 卷三・上平声八齐韵部："奚""犀" 卷十九・入声十一陌韵部："策"
11	嘉靖二十年（1541 年）二月九日	卷六・下平声七阳韵部："墙"

从阅读时间看，策彦在博多等待入明顺风时大量翻阅并抄录，不是按照书籍编排顺序抄录，像是随手翻看随手抄录。抄录的韵部有上平声一东韵、四支韵、八齐韵、十灰韵，下平声一先、七阳、八庚、九青、十一尤韵，上声九蟹韵、十九皓韵、二十五有韵，入声十一陌韵部。其中东韵、支韵、先韵、阳韵、庚韵、十一尤韵为宽韵，韵字较多，是作诗时的常用韵部。下平声九青韵是窄韵，韵字较少，共 53 字。从上表看，策彦抄录最多的即是青韵，抄录 11 个韵字。这可能与其作诗爱用窄韵，追求奇险有关。除此之外，策彦还抄录了上声与入声韵字，从内容来看，可能为创作汉诗积累典故与名家名句，比如，抄录上声十九皓韵"白堕春醪"故事与王维名句"花落家童未扫"等。

（三）《排韵增广事类氏族大全》

《排韵增广事类氏族大全》（下文简称《氏族大全》），著者不详，概元人所编，以宋代《广韵》排列，以四声分隶各姓，每姓氏下著录历史名贤故事，以三四字为题，是一部姓氏类书，保存大量史传史料，可补正史。策彦在入明时随身携带，闲暇时便拿出阅读抄录，其抄录的内容详见下表：

表 6.3 《入明记》中抄录《氏族大全》内容

序号	抄录时间	抄录《氏族大全》内容
1	嘉靖十七年（1538 年）九月五日	卷五·二十文："韩·平定江表"
2	嘉靖十七年（1538 年）九月十九日	卷十二·三十一侵："任·婚姻·题叶之缘" 卷十八·十四泰："谢"·"西州五凤"
3	嘉靖十七年（1538 年）九月二十日	卷十二·三十一侵："琴"
4	嘉靖十七年（1538 年）九月二十一日	卷十七·一送："芮""计"
5	嘉靖十七年（1538 年）九月二十七日	卷十八·十四泰："贺·遗老集""谢·社稷元龟""谢·一座颜回""谢·江左第一" 卷二十一·十八药："郦·抱玉乘骥""墨·采薇、宗禹" 卷十五·十一荠："赵"
6	嘉靖十九年（1540 年）十二月二十日	卷四·十二齐："秦·饮上池"

策彦主要在博多等待顺风期间阅读此书。抄录内容涉及 7 个韵部，分别是二十文、三十一侵、十四泰、一送、十八药、十一荠、十二齐；11 个姓氏，16 个人物，分别是韩擒虎、任氏、谢发、芮烨、计然、贺铸、谢夷吾、谢尚、谢混、郦炎、墨允、墨智、墨翟、赵全时、扁鹊。抄录内容多为名家诗文，比如卷十二·三十一侵韵"琴"姓氏下，抄录"坡诗云：脚踏赤鲤公，跳下青冷中"。又如卷十五十一荠韵"赵"姓氏下，抄录苏轼《秋阳赋》等。策彦将在此书中抄录的典故灵活运用到自己诗作中，比如抄录卷十八·十四泰韵"谢"姓氏下：

> 江左第一。谢混，字叔源，为江左第一。桓玄欲以安宅为营，混曰："召伯仁及甘棠，文靖之德不能保五亩乎?"三世仆射。①

谢混是谢安之后，风华绝代，号称江左第一。桓玄打算改建谢安旧宅，谢混阻止说："邵伯的仁德可以惠及一棵甘棠，谢安（谥号文婧）的仁德难道不能保住五亩宅院?"桓玄由此作罢。

① 牧田諦亮. 策彦入明記の研究（上）[M]. 京都：仏教文化研究所，1955：13—14.

《谦斋南渡集》中有诗《邵伯庙》，内容如下：

邵公所憩有祠堂，古往今来慕德香。
意足不求遗像肖，居民千岁拜甘棠。①

这首诗是策彦于嘉靖十八年十二月十三日游览邵伯庙后所作。② 诗中化用邵伯甘棠树下行政的故事。想见策彦是从《氏族大全》中学习到此典，到访邵伯庙后，活学活用地将此典化用于诗作中。

（四）《新编事文类聚翰墨全书》

《新编事文类聚翰墨全书》（以下简称《翰墨全书》）为宋末元初刘应李所编，是一部民间交际应用类书。初刊于元成宗大德十一年（1307 年），现存元大德年刊本、元泰定年刊本、明初刊本三种版本。明初本共 134 卷，分 25 门，前集十集、后集十集。每门先收典故等事类，后收诗文类。所收诗人以福建、江西宋人居多。

据住吉朋彦研究，该书可能于日本南北朝时期由禅僧传入，盛行于室町时期。③ 东福寺岐阳方秀曾在注释中引用该书内容，景泰年间遣明使出使中国时积极搜购此书。策彦入明时随身携带此书，闲暇时翻阅并抄录其中文章词语典故等。抄录内容详见下表：

表 6.4 《入明记》中抄录《翰墨全书》内容

序号	抄录时间	抄录内容
1	嘉靖十七年（1538 年）八月十日	辛集卷七："序跋"·"题立雪文稿"
2	嘉靖十七年（1538 年）八月十一日	辛集卷七："序跋"·"题月湖诗集" 辛集卷八："艺文"·《论诗三十首》（其25） 癸集卷二："疏语·朝贺·阿弥陀佛生日十一月十七日"

① 策彦周良．妙智院所蔵史料//謙斎南渡集［M］．東京：東京大学史料編纂所，2007.

② 牧田諦亮．策彦入明記之の研究（上）［M］．京都：仏教文化研究所，1955：111—112.

③ 住吉朋彦．斯道文庫論集（関場武文庫長退職記念）［G］//『翰墨全書』版本考．東京：慶応義塾大学附属研究所斯道文庫，2007，42：231—348.

续表

序号	抄录时间	抄录内容
3	嘉靖十八年（1539 年）正月二十一日	丙集卷三：“词”·《喜迁莺 贺生双子》《鹊桥仙 贺生双子》《沁园春 贺生第二子》《喜迁莺 贺生第三子》《剔银灯 庆生第五子》《鹊桥仙 五十八岁方得子》《清平乐 贺交人生双女》《西江月 贺人生日生孙》《沁园春 贺生孙》等。
4	嘉靖十八年（1539 年）正月二十二日	丙集卷四：“排日事实·互见时令门”
5	嘉靖二十八年（1549 年）九月三十日	庚集卷九：“官职门·六部·事实·喉舌”

从抄录时间看，阅读此书也集中在策彦于博多等待顺风时间。抄录内容中值得注意的有以下两点：一、对“词”这一文体的大量抄录，较为少见。日本神田喜一郎与中本大认为日本五山禅僧对中国“词”的接受痕迹几乎没有。但策彦的此条抄录，可以成为日本五山禅僧接受“词”文化影响的一个证据。二、策彦完整地抄录丙集卷四之“互见时令门”，该节录中国民间风俗，反映民间宗教信仰，杂有诗文与历史史实、神话传说等。比如八月十五日，该书言“中秋节之极，玉皇降现。唐明皇游月宫。文萧遇吴綵鸾，成仙之日”，又比如九月九日，该书叙“重九。魏文帝书云：九为阳数，其日与月并应，故曰重九。佩茱武帝宫人九月九日佩茱饮菊，云令人长寿。”诸如此类。想必策彦着重抄录此节，是为即将出使中国作准备，提前了解中国风俗，抄录下来以便随时翻阅，在到达中国后能够更好地适应中国风俗，交际不失礼节，能够顺利完成朝贡任务。

二、诗文

（一）《海琼玉蟾先生文集》

白玉蟾本名葛长庚，海南人，号海琼子、海南居士等，被尊为道教南宗五世祖，擅长书画，工于诗文，博学多才，精通儒、佛、道，著有《海琼集》《老子注》《海琼玉蟾先生文集》等。据中国乔红霞研究，《海琼玉蟾先生文集》最早由白玉蟾弟子彭耜所编，共四十卷，刊印于南宋嘉熙元年（1237 年），此本今已失传。[①] 明正统七年（1442 年），朱权重新编纂该诗集为六卷、续集二卷、附录一卷。朱本成为后世编选刊刻的重要底本。此后，《海琼玉蟾先生文集》多次被重新编纂，有十卷本、十四卷本、七卷本、八卷本。日本所藏本子为六卷续集二卷本、十三卷附录一卷本。据日本大岛绘莉香研究，日本藏多种五山禅僧万里集九跋《海琼玉蟾先生文集》节本，其底本皆为南宋彭耜编四十卷本。[②] 芳贺幸四郎也提到日本五山禅僧的诗文集中多次引用《白玉蟾文集》或《海琼集》。[③] 由此可见，《海琼玉蟾先生文集》曾在室町时期五山禅林中大为流行，成为五山禅僧的爱读书目。但是该书何时传入日本，尚不明确。五山禅僧信奉佛教，却学习中国道教诗人的诗文集，说明其不避讳教派不同，海纳百川，博览群书。策彦身在其中，也深受影响，《初渡集》中有策彦抄录部分白玉蟾诗文，详见下表：

表 6.5　《入明记》中抄录白玉蟾诗文内容

抄录时间	抄录内容
嘉靖十七年（1538 年）七月十七日	卷三・《述古》 卷四・《浙江待潮》 卷廿九・《海琼问道集》 卷卅 补遗卷十九 卷十・《有怀》 卷十一・《武昌怀古十咏・奇章台》《赠相士徐碧眼》 卷七 卷四・《题三山天庆观三首》 卷十二・《顺昌即事》 卷十三・《张道士鹿堂》 卷十五・《暑热》《秋热》

日记中，策彦只提到“白玉蟾”，并未明确出于何书，但是从抄录内容而

① 详见乔红霞.《海琼玉蟾先生文集》版本流传考［J］. 图书馆建设，2016，11：96—101.

② 详见大島絵莉香. 国立公文書館内閣文庫蔵『海瓊白先生詩集』解題と翻刻［J］. 金城学院大学論集（人文科学編），2016，13（1）：127—101.

③ 芳賀幸四郎. 中世禅林の学問および文学に関する研究［M］. 京都：思文閣出版，1981：301.

言，该书有卷三十，还有补遗卷十九，那么该书至少三十九卷。由此推测，策彦所读白玉蟾诗文集应是南宋彭耜所编四十卷本《海琼玉蟾先生文集》。

（二）《古今韵会举要》

《古今韵会举要》是一部音韵书，成书于元大德元年（1297 年），编者熊忠。熊忠是音韵学家黄公绍的座上客，黄公绍曾撰《古今韵会》，训诂详细。熊忠觉《古今韵会》训诂繁重，于是删繁就简，撰成《古今韵会举要》。据日本住吉朋彦研究，该书于日本镰仓末南北朝初期传至日本，应永五年（1398 年）在日本开版刊印，室町时期开始盛行，成为五山禅僧的必读书目，他们常从中积累作诗典故。[①] 策彦在日记中也抄录过部分诗句，内容如下：

> 嘉靖二十年四月廿七日
>
> 归：《广韵》：还也。《增韵》：入也。又归往依投也。又指趋曰归。又州名，春秋夔子国，今归州，唐置州，有秭归县，屈原之乡，取归国为名。云云。《韵会》归字下。[②]

策彦在初渡等待归国顺风时，抄录《古今韵会举要》卷二平声上“五微独用”“归”字内容。

（三）《新刊类编历举三场文选》

《新刊类编历举三场文选》（以下简称“三场文选”）是元代程墨文献，类似现在的高考满分作文选编，“三场”指科举考试中的乡试、会试、殿试。现已发现三种《三场文选》，第一种题为《新刊类编历举三场文选》，编者元代刘仁初，全本共十二册，分十集七十二卷，孤本藏于日本静嘉堂文库；第二种题为《皇元大科三场文选》，编者元代周旉，全本共四册十五卷，孤本藏于日本内阁文库；第三种题为《新刊类编历举三场文选易义》，只一卷，现藏中国国家图书馆，编者不详，编选年代晚于第一种，陈维昭老师认为是集是第一种的续编。另外，日本内阁文库还藏有朝鲜翻刻本《新刊类编历举三场文选・古赋八卷对策八卷》，共五册，是刘仁初所编《新刊类编历举三场文选》的选集，

---

① 住吉朋彦．斯道文庫論集［G］//古活字本『古今韻会挙要』考．東京：慶応義塾大学附属研究所斯道文庫，2009，44：159—195.

② 牧田諦亮．策彦入明記の研究（上）［M］．京都：仏教文化研究所，1955：192.

只收录“古赋”与“对策”两类。《三场文选》何时传入日本，尚不清楚。策彦在嘉靖十八年（1539 年）八月十六日抄录该书部分内容，详见下文：

> △文王道化所以行，而西周人材所由盛也。《三場文選》三册アル本也。
>
> △《手植桧赋》。注：凡三林在孔氏家庭，先圣手所植者。○繄孔庭之乔木兮，自夫子之文章，象三林以毓秀兮，开万叶以流芳。云云。称后凋之松栢。云云。柏叶松身。云云。尼山之正色，泗波之余泽。访故家而爱其木兮，当百倍乎甘棠。云云。又云，开万叶之语，也可用于日本的《万叶集》。① ——笔者译
>
> 《三场文选》的卷二属庚集。② ——笔者译
>
> △古文论语亦出乎孔壁之间。云云。鹤书爪迹贝叶虫蹄。云云。同上
>
> △昌黎之山斗，足横绝乎古今。云云。露虎豹之一班，借辙鲋之余波。云云。同
>
> △井蛙不可以语海，小年实异于大年。始于商书而极于洙泗。同③

策彦言《三场文选》共三册，想必策彦所读是《三场文选》的选本。那么策彦所读《三场文选》是哪种本子呢？笔者未见这几种《三场文选》的本子。通过查阅清朝陈元龙所辑《历代赋汇》，得知《手植桧赋》的作者为元代祝尧。策彦日记记载，《手植桧赋》出自《三场文选》第二卷“庚集”，根据黄仁生所列《新刊类编历举三场文选·古赋八卷对策八卷》中“古赋”内容，第二卷中的确收录中书堂会试祝尧《手植桧赋》，而且“古赋”在刘仁初所编《新刊类编历举三场文选》中属庚集，共八科八卷。④ 由此可知，策彦所读《三场文选》为刘仁初所编《新刊类编历举三场文选》的一个选本，也有可能是《新刊类编历举三场文选》的一个新选本。

笔者试着根据清朝陈元龙所辑《历代赋汇》，找出其余摘抄的出处，其中

---

① 日文原文：「開萬葉ノ語、日本ノ萬葉集ノコトニモ可用ソ。」

② 日文原文：「『三場文選』ノ二巻庚集ニアルソ。」

③ 牧田諦亮. 策彦入明記の研究（上）[M]. 京都：仏教文化研究所，1955：81.

④ 详见黄仁生. 元代科举文献三种发覆 [J]. 文献，2003，1：95—105、177.

“昌黎之山斗，足横绝乎古今。云云。露虎豹之一班，借辙鲋之余波。云云。”出自元代方君玉的《龙虎榜赋》，该篇在《新刊类编历举三场文选》庚集“古赋”第三卷，是方君玉参加江浙乡试的作文。摘抄“井蛙不可以语海，小年实异于大年。始于商书而极于洙泗。”出自元代王廷扬的《登瀛洲赋》，此篇属《新刊类编历举三场文选》庚集“古赋”第四卷，是王庭扬参加湖广乡试的作文。“文王道化所以行，而西周人材所由盛也。”与“古文论语亦出乎孔壁之间。云云。鹤书爪迹贝叶虫蹄。云云。”未在《历代赋汇》中查阅到，很可能出自《新刊类编历举三场文选》其他类别。因笔者未见《新刊类编历举三场文选》，故无法得知其具体出处，有待今后进一步的研究。

策彦所读之《新刊类编历举三场文选》是请宁波范葵园所购，嘉靖十八年八月十六日，策彦寄书范葵园：

> 又与范葵园书
>
> 先度携诸公光贲，颇荷不遗之意。生旅寓弗便，茶供草酌，不足发雅兴，愧愧惭惭。《三场文选》、《山谷刀笔》乞即今付官夫拿来，要查本之好恶，议价之多少，勿违前诺。缕缕非面难陈。①

策彦信中所言前日范葵园与友人一道拜访策彦，应是八月十三日：

> 柯雨窗携周莲湖、卢月渔、范葵园而来，雨窗惠所诺只画一幅，莲湖惠以《升庵诗稿》一册，月渔惠以绫帕一方。②

柯雨窗引荐范葵园来拜访策彦，席间策彦请范葵园购买《三场文选》。十六日，策彦寄书与范葵园，请其当日之内交付书籍，并看书的质量决定价格。策彦的抄录也始于此日，想必是拿到书后迫不及待地翻阅几页，并抄录下所得。

（四）《东汉文鉴》

《东汉文鉴》编者是南宋福建人陈鉴，共二十卷，收录东汉时期文章，多

---

① 牧田諦亮．策彦入明記の研究（上）［M］．京都：仏教文化研究所，1955：81.

② 牧田諦亮．策彦入明記の研究（上）［M］．京都：仏教文化研究所，1955：80.

短小精悍。策彦称“偶把《东汉文鉴》遮眼，得益者多多”①，至于策彦是购买于中国还是从日本带来，尚不清楚。策彦在日记中抄录下得益者的内容如下：

表 6.6　《入明记》抄录《东汉文鉴》内容

序号	抄录时间	抄录《东汉文鉴》内容
1	嘉靖十八年（1539 年）七月二十四日	卷二十：孔融《与曹操书论酒禁》
2	嘉靖十八年（1539 年）闰七月五日	卷二：杜笃《论都赋》
3	嘉靖十八年（1539 年）闰七月二十五日	卷一：班彪《王命论》 卷二：马援《表上铜马式》 卷四：班固《说东平王用六士》《两都赋序》

策彦在初渡中国，登陆宁波后不久，偶尔翻阅此书。也许是喜欢喝酒的缘故，策彦全文抄录孔融的《与曹操书论酒禁》。《论都赋》与《王命论》抄录刘邦、商山四皓相关内容。

三、理学

程朱理学由入宋僧辨圆圆尔带到日本，经过中世五山汉文学的发展，在江户时期发展到顶峰。策彦除抄录诗文类，还对理学表现出极大的兴趣。《入明记》中抄录理学著作《雪窗心论》大量内容，《雪窗心论》不知何书，策彦录其作者为“江东郭大有著。南都儒者郭大有氏”②。郭大有，字用亨，明代江宁人，著有《评史心见》十二卷。抄录内容如下：

---

① 牧田諦亮．策彦入明記の研究（上）[M]．京都：仏教文化研究所，1955：69.

② 牧田諦亮．策彦入明記の研究（上）[M]．京都：仏教文化研究所，1955：157.

表 6.7 《入明记》中抄录《雪窗心论》的内容

抄录时间	抄录《雪窗心论》内容
嘉靖十九年（1540年）十二月五日	卷之一： “自家意思一般” “月落万川” “君子修之吉” “朱子有大造于万世学者” “盛德修而万民化” “天下化中” “圣人为治之迹” “体统正而朝廷尊” “人主致治之本” “君臣万化之原”

笔者试将其抄录内容举一两例，比如“月落万川”：

以道论道，则道无形而难言。假物论道则道因物而易见。君子引月落万川喻，以明吾心之一理。云云。是月也，孟子得之而有容光必照之旨，周子得之而有霁月之趣，程子得之而有弄月之乐，邵子得之而有梧桐月上之诗，朱子得之而有秋月寒水之句。云云。道无形也，而寓于有形之月。月有象也，而含乎无象之道。云云。充塞宇宙贯彻古今，无物不有，无时不然。云云。万物各具一理，万理同出一原。云云。彼天下之川，大而如洞庭彭蠡，小而如江汉伊洛缠涧，万有不一也。彼月落洞庭，而洞庭皆圆也；月落彭蠡，而彭蠡皆圆也；月落江汉伊洛缠涧，而江汉伊洛缠涧皆圆也。云云。万物各具一太极乎？云云。犹在天之一月，映而为万川之月。无处而非川，则无一处而非月矣。无处而非月，则无一物而非太极矣。然则物不在理外，观不在物外。月也，川也，吾心也，皆根于太极之一原也。云云。大抵天地间，何往而非物也，何物而非理也。何理而非太极也。云云。如月之明，如川之止。云云。孰为物乎？孰为心乎？孰为天乎？云云。每以月为陶情适兴之物，若李白之把杯问月，庾亮之乘梅咏月，谢惠之对饮堆月。醉生梦死，抑何敢望其能观物理乎？①

① 牧田諦亮. 策彦入明記の研究（上）［M］. 京都：仏教文化研究所，1955：158—159.

单从《入明记》中的抄录来看，书籍多元代著作。策彦生活在日本室町时代末期，处于与江户时期的过渡时期，联想江户时代兴盛明代七子，因此笔者浅显认为策彦对中国文化的接受也可以说是日本南北朝时期与江户时期对中国文化接受的过度时期。策彦抄录内容以诗文为主，日常积累好词好句与典故，并在创作汉诗时灵活运用其中。出使中国的经历使得策彦接触到最新的学术成果与中国最新的文化动态，丰富补充自己的知识体系。

第二节　移樽就教

策彦在读书学习之余，也常与友人交流，虚心向友人请教。与友人交流后，策彦常会记录下来。不仅向日本友人请教，策彦在出使中国期间，常抓住时机向中国友人询问汉诗创作等中国文化问题。

一、日本友人

（一）孤竹

孤竹，本名不详，嘉靖十八年随策彦一同入明，在遣明使团中的身份可能是从僧。孤竹与策彦交好，常一起作诗唱和，或下棋喝茶，或探讨学问。可惜孤竹在初到中国不久，因环境不适驾鹤西去，策彦从此失去一位志同道合的朋友。《初渡集》中多处记录两人探讨学问的情景，例举如下：

(1) 嘉靖十七年七月十七日

孤竹曰："先前友竹和尚在山口之日，丁胜音阅《华严经》，言今之《大藏经》皆是龙猛之说。其因天竺一时遭遇兵乱，《大藏经》全部烧毁，龙猛以神力将《大藏经》带至龙宫，《大藏经》得以重新流传弘扬。此是何种圣说，可再考。云云。"龙猛即龙树。

孤竹又曰："医书中以日为实，以月为缺，即阴阳。日因常满故为实，月至十六即始亏。病盖因阳起。”①

（2）嘉靖十七年八月十日

孤竹曰：“五山长老讲解《百丈清规》时讲到‘遊方’之字出自《论语》的‘游必有方’。”②

（3）嘉靖十七年八月十三日

有一种说法：“白发文殊，黑头普贤”。云云。孤竹夜话也。出处未知。③

（4）嘉靖十七年八月十六日

孤竹曰：“杜诗中‘龙门奉先寺’的‘奉先寺’读作浊音‘ほうぜん’。云云。”“我”（策彦——笔者注）认为应读作清音“ほうせん”。但是，各种读法都有。“我”（策彦——笔者注）由此想到庐山开先寺，其中“先”字读作浊音。日本惣别寺似发吴音。如此而言，读作浊音可能更好。④

（5）嘉靖十七年九月十二日

斋罢，孤竹来访，“我”（策彦——笔者注）以酒相待。就“交芦”一事请教孤竹。孤竹曰：《楞严经》中的“交芦”意为三根芦苇合在一起则坚韧不断。月翁和尚将“三芦”作为自己的表德号，即此意。云云。之后

① 牧田諦亮．策彦入明記の研究（上）[M]．京都：仏教文化研究所，1955：2．
日文原文：「孤竹曰：先に是友竹和上在山口之日、勝音にて閱華厳経、其次てに御話ありたは、今の大蔵経は悉く龍猛の説也。其故は一時天竺に兵乱ありして、大蔵のこらす焼失したを、龍猛神力を以て龍宮に到て傳てきて再び弘められたと云々。是何の経説ぞ。重て可考。云々。龍猛とは龍樹の事ぞ。又曰：医書に日を實とし、月を缺とするぞ。即ち陰陽ぞ。日は常に満たる物なれは實したかたぞ。月は十六夜になれば、やがて帯虧程にぞ、さる程に病は大概陽から起る物ぞ。」

② 牧田諦亮．策彦入明記の研究（上）[M]．京都：仏教文化研究所，1955：6．
日文原文：「孤竹曰：遊方の字は『論語』の「遊必有方」の字から出たと古尊宿の『清規』の講の時にいわれたと云ぞ。」

③ 牧田諦亮．策彦入明記の研究（上）[M]．京都：仏教文化研究所，1955：8．
日文原文：「白髪文殊，黒頭普賢と云説ありと。云々。孤竹夜話也。出処未知。」

④ 牧田諦亮．策彦入明記の研究（上）[M]．京都：仏教文化研究所，1955：8．
日文原文：「孤竹曰：杜詩にある「龍門奉先寺」をは、ほうぜんと濁って讀たと。云々。予は「ほうせん」と清んで讀たと思ぞ。しかれども、人のよむをきけば、どちへもよむぞ。予思に廬山の開先寺の時は、先の字を濁て計よむぞ。惣別寺の名は、呉音によむべきか、本なれば、濁て讀だもよいかと思ぞ。」

又举例长水之疏，其中有“三茎之芦交加而立”之语。[①]

孤竹是策彦的良师益友，两人共同探讨佛学、儒学、医学、语言学等知识，孤竹为策彦讲解一个又一个难题。除了孤竹，策彦还随时随地向身边日本友人学习。

（二）其他日本人

策彦随时随地地学习，在与日本友人交流过程中，及时将所学记录下来，比如：

> 嘉靖十八年九月二十八日
> 即休来访，话以古人诗，予记之。
> 《雨后春山》
> 即席得“弓”一字，乐之。东福湖月和上法弟。
> 爱雨余三十六尊，袈裟独立倚春风。
> 一年诗景此时好，秋夏冬山贼后弓。[②]

即休是遣明使团三号船居座即休周琳，此日造访策彦，聊起古人好诗好作，策彦赶忙记录下来。这首诗作者是东福寺湖月和尚的法弟，诗题《雨后春山》，得“弓”一字意为诗作韵脚最后一个字为“弓”。

二、中国友人

策彦在明期间，长期居住宁波，与当地文人来往密切，互相拜访与诗歌唱和，互相坦诚交往，策彦也不失时机地向中国友人询问所见所闻的不懂之处。试举一二例。

---

① 牧田諦亮．策彦入明記の研究（上）[M]．京都：仏教文化研究所，1955：10.
日文原文：「齋罷，孤竹来臨，予侑一盃，予偶交芦の事を挙て問之。楞厳にある交芦と云は、芦は三つ合せねばたたぬ物ぞ。月翁の三芦と表徳号に御つけありたも、その意歟と云々。後に長水の疏を見れば、三茎之蘆交加而立とあるぞ。」

② 牧田諦亮．策彦入明記の研究（上）[M]．京都：仏教文化研究所，1955：91.

（1）嘉靖十八年六月廿九日

过范南冈家里。……又盆里有花之如凤仙者，予指以请问其名，范老答以满塘红。[1]

策彦在宁波文人范南冈家中作客时，看见盆花似凤仙，便向范南冈请教花名，由此策彦认识了满堂红这种花。

（2）嘉靖十八年十月五日

斋后，价于三英，呈尺书于柯雨窗，且又出联句稿，需序于丰解元。

前日回帖哀哀，喜慰无涯。尔来卑冗相攻，不遑裁谢，非怠慢也。兹闻丰解元老大人，诗文字画妙于天下。公曾受学业于其门，可仰羡矣。余与乡友所唱酬之联句稿一册，即今录奉以露丑拙。伏冀，烦大手笔，序于始，跋于末，非公之绍价，难遂素愿。生等北行之期既在本月初十日，要乘余暇叙别情，不知不果否。缕缕付梵生，面陈不悉。外问十翰林之说未详，并翰林十人之才为一人之义乎？翰林学士之列实有十人乎？公为余解之。[2]

策彦寄书宁波文人柯雨窗，柯雨窗从学于著名文人丰坊。故策彦请柯雨窗代为介绍，请丰坊为其《城西联句》作序或跋。最后就“十翰林”一说请教柯雨窗。

学问渊博的日本友人为策彦答疑解惑，使其开阔视野，增长知识。同时相同的语言与生活背景，使得他们之间的交流具有日本五山禅僧的身份特征。因为都是外国人之间的探讨，难免有隔靴搔痒之感。来到中国，策彦直接请教土生土长的中国人，直接感受中国文化，进一步加深对中国文化的了解。

---

① 牧田諦亮．策彦入明記の研究（上）[M]．京都：仏教文化研究所，1955：64.

② 牧田諦亮．策彦入明記の研究（上）[M]．京都：仏教文化研究所，1955：94.

第三节　感受华夏

一、身临其境地感受

中国历史文化博大精深，策彦身临其境，使其所学书本知识变得生动鲜活，中国文化变得伸手可触，对中国文化的理解也更进一步。兹举几例如下：

> (1) 嘉靖十八年六月一日
>
> 所历过或五步而一门，或十步而一门，门不知其数，粗记其大概。有楼门，额以“四明伟观”四大字，或有“宣化”二大字，或有“承流”二大字，又有石门列于前后，一门揭“四明福地”四大字，一门揭“蓬莱真境”四大字。或额以“桂林”，或榜以“三世进士”四大字，或揭以“彩凤联飞”，盖及第门也，“彩凤联飞”疑是兄弟同时登乎。[1]

策彦记录下自己所见门额，对榜以“三世进士”“彩凤联飞”能给予解释，并知道“彩凤联飞”指兄弟同时登第。

> (2) 嘉靖十八年六月廿日
>
> 此街陌盖海道老管内也，其外门之在路中央者，不知其数。或有揭“解元”三大字者，或有揭“文宪”二大字者，“云龙嘉会”癸未科第一甲，“聚奎坊”兄弟解元父子进士，“甲午宾兴”“奎壁交辉”“进士坊”“登瀛楼”之类，光彩溢目，盖及第门也。[2]

策彦了解中国科举文化，来到中国后切身感受到科举制度在民间的影响，看到“云龙嘉会”等字样门额时明白是及第门。

① 牧田諦亮．策彦入明記の研究（上）[M]．京都：仏教文化研究所，1955：58.
② 牧田諦亮．策彦入明記の研究（上）[M]．京都：仏教文化研究所，1955：62.

（3）嘉靖十八年九月廿九日

正使、予及诸官列膳前方丈造做花样。案上有光辉，予会“华膳”之义。又欲彻之顷，给仕者或收器或拭盘，一座纷纭，予会“杯盘狼籍”之义。①

宁波官员设宴为遣明使一行即将赴京朝贡送行。宴会上，策彦从实际生活场景领会到“华膳”与成语“杯盘狼藉”的意义。在中国文化的环境下，书本上的知识一下子灵动起来，正如外语初学者的看图组词造句。

（4）嘉靖十八年十月廿二日

又书云：“弘治十四年辛酉”“顺天乡试第一名”，予窃自祝，辛酉余支干也，顺天乃顺皇天之义也。②

弘治十四年是辛酉年，策彦联想自己是这一年出生，很欣喜。“顺天乡试”一语，策彦能自解“顺天”之意。

（5）嘉靖十九年正月三十日

左胁有小门，揭“浪苑”二字，共金字也。以“阆”作“浪”，可为证也。③

策彦所学原本是“阆苑”，看到此门门额作“浪苑”，学习到“阆”可作“浪”，在中国有此用例。

一个门额，一个场景，都让策彦切身体会到活生生的中国文化。从一个字到一个词、一个短语，策彦都用心地体会其意义与用法。不仅如此，策彦还随时随地地学习新的中国文化知识。

---

① 牧田諦亮. 策彦入明記の研究（上）[M]. 京都：仏教文化研究所，1955：92.

② 牧田諦亮. 策彦入明記の研究（上）[M]. 京都：仏教文化研究所，1955：99.

③ 牧田諦亮. 策彦入明記の研究（上）[M]. 京都：仏教文化研究所，1955：120.

二、随时随地地学习

策彦充分利用在明期间，如饥似渴地学习中国文化。从《初渡集》《再渡集》来看，所到之处，无论是门额、匾额、柱上题句，还是官衙门额、店铺帘铭、景胜诗板，或是偶然所得，无一遗漏地记录下来，有时还记录下学习感想。即使公务缠身，也见缝插针地学习中国文化知识。兹举几例如下：

（1）嘉靖十八年六月十八日

卖买人家各各贴铭，“马尾出卖”“藏糟出卖”“棉花子出卖”“演易决疑”“中山毛颖”（盖制笔者之家里也）、“装印经书文籍”，如此之类，不足胜数。又有酒屋，或帘上书“新酒出卖”四字，或书“莲花白酒”四字。又帘铭云：“行客闻香下马”“行人知味停车”。又制扇者之家里无数贴牌，牌铭云：“自造时样各色奇巧扇”“各色泥金扇面”或洒金，“发卖诸般扇面”“配换各色扇面”“发卖各色巧扇”，或书：“远播仁风”四字，或书“半轮明月随人去”之句。①

策彦事无巨细地记录下所见店铺帘铭，酒屋、制扇者、装印经书文籍、制笔者等等。策彦应在积累以后写作的素材，在作诗描写酒、扇、笔等时即可拿来使用。

（2）嘉靖十八年十月廿一日

过一大人家里，堂中央挂二诗板，偶记焉。《车厩山》二绝句。

其一（笔者注）

勾践当年霸越时，停车秣马此山陲。

经过莫论兴亡事，野色涛声尽可悲。

其二（笔者注）

蠡也如何泛五湖，越王兵甲已吞吴。

秋风车厩山前路，谁忆行成种大夫。

① 牧田諦亮．策彦入明記の研究（上）[M]．京都：仏教文化研究所，1955：62.

嘉靖元年九月三日大梁李濂题[1]

策彦路过一位大户人家，见堂中央挂诗板，上题两首绝句，诗题《车厩山》，便记录下来。在中国游览景胜时，遇到诗板，策彦都会详细记录下来。比如在太白楼时，记录李如圭题诗《登太白楼》与《济宁游浣笔泉》：

(3) 嘉靖十八年正月廿一日

即刻，携三英、宗桂上岸，登太白楼。……又有诗板，诗云：

《登太白楼》

闲访谪仙迹，危楼瞰水边。探奇东鲁地，省咎夜郎天。

饮酒欣佳益，承思羡少年。骑鲸声息断，徒负月华园。

澧阳　李如圭

《济宁游浣笔泉》

济上清泉地，名贤自昔游。豪吟须浣笔，纵饮却登楼。

树色千村暮，烟光一涧秋。野亭聊寓意，怀古有余愁。

大明嘉靖丙申夏月吉旦

副都御史　澧阳李如圭[2]

又比如在嘉靖十八年十一月二十五日游览东坡祠诗，记录下祠内诗板题诗：

而有东坡祠，祠门无额。

……

又右上方有诗板，《拜文忠》一首。

家雪岷山北，文澜锦水东。

一龛遗像在，千载寄高风。

荣昌后学　冷宗元

① 牧田諦亮．策彦入明記の研究（上）[M]．京都：仏教文化研究所，1955：99.

② 牧田諦亮．策彦入明記の研究（上）[M]．京都：仏教文化研究所，1955：119.

甲申夏四月二十四日书[1]

这些题诗都是当时名家名作，李如圭（1479—1547）于嘉靖十八年升任工部尚书，十九年六月改任户部尚书。冷宗元，《明史·艺文》“戊戌进士两淮盐法副使”载：“冷宗元《长芦鹾志》七卷”[2]，《长芦盐法志》“附编援证·历代职官传·运同”载“冷宗元，字体仁，荣昌人，举人，嘉靖十一年任。”那么，冷宗元应于嘉靖十七年考取进士，著有《长庐鹾志》。策彦初渡中国时，李如圭与冷宗元也生活在同时期并各任其职，两人的题诗是最新诗作。

（4）嘉靖十八年十二月三日

先人遗作镌于石者不知几首，“树影中流见，钟声两岸闻”之句亦在其中。[3]

游览景胜时，除抄录诗板题诗，策彦对每一处的诗句都不放过，比如刻于石上者，并认出自己熟知的两句。比如墙壁间挂牌题句与门额题句：

（5）嘉靖十八年十二月廿五日

斋后，偕大光、钓云上岸，诣城隍庙。次到兴国寺。（中略）。

又左右壁间挂牌，牌各题句云：“野鹤孤云方外迹”“碧潭明月定中心”。又到一蜗房。……额左右有两句，句云：“潭空观月定”“水静见云流”。[4]

又如亭里题句与柱上题句，统统不落：

（6）嘉靖十九年八月十二日

---

① 牧田諦亮．策彦入明記の研究（上）[M]．京都：仏教文化研究所，1955：108.

② ［清］张廷玉，等．二十四史：简体字本//明史（卷 97）［M］．北京：中华书局，2000：1596.

③ 牧田諦亮．策彦入明記の研究（上）[M]．京都：仏教文化研究所，1955：109.

④ 牧田諦亮．策彦入明記の研究（上）[M]．京都：仏教文化研究所，1955：113.

亭里题句者多矣，有“石径穿云湿”“松窗避日凉”“夜欠一檐雨”“春无四面花”等之句。①

（7）嘉靖十八年十一月十九日

院壁书“茶话情怀好”“茶根滋味长”之句，又柱书“寺古存仙迹”“僧闲伴鹤眠”之句。②

（8）嘉靖十九年十二月二十

斋后，同正使和上诣补陀寺。……左右柱题句云“竺国宗枝大”“天台气象新”。“宗枝”之字新奇。③

宁波补陀寺柱上题“竺国宗枝大”，策彦未见过此语，故称“宗枝”二字新奇。除此之外，策彦还抄录景胜中镌刻于石上的故事，比如嘉靖十九年（1540 年）正月十四日，抄录歌风台前刻于石上的《汉高祖手敕太子书》④ 等。只要有文字的地方，策彦就会一字不落地记录下来。有时，偶尔得到好诗，策彦也会及时迅速地抄录下来，比如：

（9）嘉靖十九年正月五日

仁叔恕公上司索隐得八景诗以夸余，余迅笔记焉云：

（一）巨峰独秀

峄阳绝顶逼三台，天柱嵯峨翠作堆。帘卷西窗终日坐，诸山无色上楼来。

（二）沂武交流

支分两派地中行，昼夜潺湲绕岠峰。同入泗河更东下，直过清口去朝宗。

（三）圯桥进履

不是报韩心似铁，岂能忍辱污泥中。汉家四百年天下，错定萧何第一功。

---

① 牧田諦亮．策彦入明記の研究（上）［M］．京都：仏教文化研究所，1955：145.
② 牧田諦亮．策彦入明記の研究（上）［M］．京都：仏教文化研究所，1955：106.
③ 牧田諦亮．策彦入明記の研究（上）［M］．京都：仏教文化研究所，1955：179.
④ 牧田諦亮．策彦入明記の研究（上）［M］．京都：仏教文化研究所，1955：118.

（四）净胜横翠

古寺山头事梵生，非烟非雾霭苍苍。分明真是山灵气，莫作慈云绕佛场。

（五）官湖夏景

镜天万顷与民同，镜里乾坤巧制功。拂拂南风吹六月，采蓬人在画图中。

（六）羊寺晚钟

禅僧夜夜月前敲，逐水声闻两岸遥。昔日有人曾识破，至今都说是仙韶。

（七）渔亭晚照

斩茅卜筑鲁沂东，烟水生涯属钓翁。携取鲜鳞沽一醉，夕阳斜染半窗红。

（八）陵台夜月

红颜生把夫君累，同穴千年愿又违。天向荒台开镜匣，香魂夜夜共清辉。①

“潇湘八景”深受日本五山禅僧的喜爱。此日，从僧仁叔崇恕不知从何处得到一组“八景诗”，来向策彦炫耀。策彦看到后如获至宝，迅笔记下。

三、不失时机地寻访

策彦上京朝贡途经诸多历史古迹，所到一处，策彦会向水夫或当地人询问历史遗址。看见地名也会联想到相关历史故事。兹举三例如下：

（1）嘉靖十八年十月廿一日

午刻，同三英、仁叔上岸，徐步极目，有小山，号车厩，越王勾践憩车马之地也。②

在车厩驿，策彦与从僧三英梵生、仁叔崇恕上岸，举目见车厩山，知是越

① 牧田諦亮．策彦入明記の研究（上）[M]．京都：仏教文化研究所，1955：116—117.

② 牧田諦亮．策彦入明記の研究（上）[M]．京都：仏教文化研究所，1955：99.

王勾践休憩之所。

（2）嘉靖十八年十月廿四日

自曹娥驿门回舟少许而有石桥，舟过其下，绝渡少许有祠堂，疑是曹娥庙乎？又其次有楼门，颜“曹娥场”三大字，余问水夫曰：“是处有曹娥碑否？”水夫不晓。今为公程忽忽，故欲见其碑不得，此亦“曹娥读夜碑”者也。①

“曹娥读夜碑”一句出自释慧勤偈中“今日去年时，曹娥读夜碑”②。曹娥驿因曹娥命名，《后汉书》“列女传第七十四·孝女曹娥”载：

孝女曹娥者，会稽上虞也。父盱，能弦歌，为巫祝。汉安二年五月五日，于县江泝涛［迎］婆娑［迎］神，溺死，不得尸骸。娥年十四，乃沿江号哭，昼夜不绝声，旬有七日，遂投江而死。至元嘉元年，县长度尚改葬娥于江南道傍，为立碑焉。③

曹娥因寻父不果，投江而死。南朝元嘉元年，县长将曹娥改葬，并立碑纪念。策彦途经曹娥驿时，主动向水夫打探曹娥碑。

（3）嘉靖十八年十一月五日

巳刻，着湖州府苕溪驿。舟行百里，有楼门，揭“苕溪驿”三大字，盖胡苕溪所隐也。④

胡苕溪本名胡仔，南宋人，因垂钓隐居于湖州苕溪，故号苕溪渔隐，著有诗话集《苕溪渔隐丛话》。策彦途经湖州府苕溪驿时，联想此地盖是胡仔隐居之所。策彦由驿站名称联想到相关历史故事，与其熟知中国文化有关。策彦不

---

① 牧田諦亮．策彦入明記の研究（上）［M］．京都：仏教文化研究所，1955：100.

② ［宋］普济著，苏渊雷点校．五灯会元（卷19）［M］．北京：中华书局，1984：1259.

③ ［宋］范晔撰，［唐］李贤等注．二十四史：简体字本//后汉书（卷84）［M］．北京：中华书局，2000：1888.

④ 牧田諦亮．策彦入明記の研究（上）［M］．京都：仏教文化研究所，1955：103.

仅注重大量积累，而且注重活学活用。

第四节　业精于勤

策彦日常勤于实践，练习创作汉诗，有时自己独吟，随兴随感吟咏创作，或一句或一首；有时与日本友人一起共同创作，举办联句会、诗会小单尺、汉和诗歌会、倭汉联句会等，形式多样，汉诗创作兴致盎然。

一、吟独句

策彦对汉诗创作表现出极大的热情，随时随地即兴造句组诗。眼前的菊花、松树、庭院、藤花等，所见所闻皆可入诗。有时，策彦创作后还对诗句进行打磨与修改，使其尽善尽美。仅就《入明记》中，兹举几例如下：

(1) 嘉靖十七年七月四日

予过孤竹屋，解后发一句，句云：西吹梧将落，预期得月多。盖明日立秋也。[①]

(2) 嘉靖十八年正月廿二日

①苍髯所得能多少，枉被人呼秦大夫。予偶作松诗[②]，未受用。

②予偶口占松诗两句[③]：苍髯一被秦封污，宿鹤惊非旧主翁。

③又想到兵库藤树寺被烧后残留的藤花[④]，古砌藤花巍然在，一枝春色鲁灵光。[⑤]

(3) 嘉靖十八年八月七日

过包大人家，广厦可容数百人。砌下做山水佳趣，逸势可见。予把笔书云：咫赤之间，有远山远江之趣。[⑥]

---

① 牧田諦亮．策彦入明記の研究（上）[M]．京都：仏教文化研究所，1955：1.

② 日文原文：「予偶松詩ニ思アリタソ。」

③ 日文原文：「予偶松の詩を口占」

④ 日文原文：「又兵庫藤樹寺焼后の藤花を思出て。」

⑤ 牧田諦亮．策彦入明記の研究（上）[M]．京都：仏教文化研究所，1955：27、32.

⑥ 牧田諦亮．策彦入明記の研究（上）[M]．京都：仏教文化研究所，1955：77.

（4）嘉靖十八年十月三日

余偶独哦却韵：昨今山雨暗，枫有日新功。此句虽其意至，枫与功同韵，害在此。时倘春则，昨今春雨细，花有日新功。形容如此则佳①也。②

据日记记载，十月二日、三日皆雨，时值秋天，策彦即兴创作诗句“昨今山雨暗，枫有日新功”。“枫”与“功”犯挤韵，由是策彦将时节改为春天，改诗句为“昨今春雨细，花有日新功”。

（5）嘉靖十八年十月九日

午后，归船上延庆寺前上岸。同正使徐步入南门。……又过一院吃茶，主人迎接烧香。坐傍盆里养菊花者数丛，予即指菊吟曰：任他重九过，盆里菊犹存。觅对无人，予相见江心文友。③

策彦拜访宁波延庆寺，与一院主茶话。见座旁有菊花数丛，诗兴大发，即兴创作诗句，怎奈无人应对，开始想念文友江心承董。

二、联句会

策彦更喜欢与文友一起联句，切磋诗艺。策彦乃至五山禅僧常举办联句会一起吟诗作对。有时联句会结束后，策彦会对当天联句中使用的词语进行反思，或者与文友探讨。

（1）嘉靖十七年七月十一日

赴天德联筵，孤竹、三英随后，主翁骏岳甫和上发句，句云：春后相逢再，客如七月梅。主。夜阑更酌百，我有二天杯。良。参夜半终章。④

（2）嘉靖十七年七月廿五日

---

① 按，“佳”：牧田谛亮翻刻本与大日本佛教全书翻刻本皆作“住”，东京大学史料编纂所写真帐策彦周良手稿本《初渡集》作“佳”。根据句意，“佳”更符合句意，“佳”与“住”字形相近，易混淆。故本书作“佳”。

② 牧田諦亮．策彦入明記の研究（上）[M]．京都：仏教文化研究所，1955：93.

③ 牧田諦亮．策彦入明記の研究（上）[M]．京都：仏教文化研究所，1955：96.

④ 牧田諦亮．策彦入明記の研究（上）[M]．京都：仏教文化研究所，1955：1.

朴中设联会，上句云：虚左迎诗祖，江西时已秋。朴。扶桑称的裔，济北水重流。良。①

（3）嘉靖十七年七月廿九日

方室诸公上司设联会于续翠轩，发句云：先节露私白。主。予对云：虽秋山旧青。及昏鸦后终章。②

（4）嘉靖十七年八月五日

仁叔恕公上司设联会。发句：残暑不推去，近公雪满襟。云云。③

（5）嘉靖十七年八月十三日

镜灯庵菊心、金公上司设联会。发句：除月无佳设。金。与堰有旧盟。良。④

（6）嘉靖十七年八月十八日

天初竺上司设联会。发句云：松吹入清话，胥潮八月寒。天。莲筹修旧约，远设五更阑。良。孤竹有微恙，怠。⑤

（7）嘉靖十七年八月廿八日

安心楞书记设联会。⑥

（8）嘉靖十七年九月十三日

菊心金公上司设联会，发句云：野生无愧色，节后菊犹存。金。旅寓多归思，秋来叶已翻。孤竹。⑦

（9）嘉靖十七年九月十七日

输上司设联句，句云：早枫梅堕二。输。晚菊桂居前。良。⑧

（10）嘉靖十七年九月廿八日

顺心庵仁叔恕上司见设联会，发句云：温间小春近。恕。佳期千里同。良。⑨

---

① 牧田諦亮．策彦入明記の研究（上）[M]．京都：仏教文化研究所，1955：3.
② 牧田諦亮．策彦入明記の研究（上）[M]．京都：仏教文化研究所，1955：4.
③ 牧田諦亮．策彦入明記の研究（上）[M]．京都：仏教文化研究所，1955：6.
④ 牧田諦亮．策彦入明記の研究（上）[M]．京都：仏教文化研究所，1955：7.
⑤ 牧田諦亮．策彦入明記の研究（上）[M]．京都：仏教文化研究所，1955：8.
⑥ 牧田諦亮．策彦入明記の研究（上）[M]．京都：仏教文化研究所，1955：9.
⑦ 牧田諦亮．策彦入明記の研究（上）[M]．京都：仏教文化研究所，1955：10.
⑧ 牧田諦亮．策彦入明記の研究（上）[M]．京都：仏教文化研究所，1955：11.
⑨ 牧田諦亮．策彦入明記の研究（上）[M]．京都：仏教文化研究所，1955：14.

（11）嘉靖十七年十月廿八日

以中庸公书记设联会，上句云：梅事雪资始。庸。松朋月不孤。良。至五十句而彻。①

（12）嘉靖十七年十二月十二日

方室诸上司见设联会，与天初竺公上司、以中庸书记、仁叔恕上司已下会。发句：与客雪联璧。主。为谁月续灯。良。参夜半终章。②

（13）嘉靖十七年十二月十四日

顺心庵仁叔恕上司设联会。与天初上司、方室上司、景胤翰上司、菊心金上司会。德禀藏主执笔，上句：莫道寒如此。主。置春蔫月棠。主。少留谈未了。良。彻夜水沉香。至晓终章。③

（14）嘉靖十八年正月十八日

斋后，谒妙乐，谢昨日不面，西堂出应，虚左置酒。酒阑，倡以隔句，句云：余寒梅较晚，似待客题诗。主。十里松犹古，缅怀祖辟基。良。

鸥邻非孟下。三英。牺历先尧时。主。帘罅山微黛。晤公。窗阴月半规。良。

沙楼钟色薄。主。白社漏筹福。三。十里松乃妙乐十境之一也。④

（15）嘉靖十九年二月五日

今日于正使联句，三正统上司开筵，及二更终章。⑤

（16）嘉靖十九年十一月十三日

斋后，过正使和上打谈，谈及明日十四联句会之事。和上上句云：。主。山麝柏熏脐。予。炉话寒三舍。生。路难雪半泥。（天初竺上句）。予谓："三舍"之字出《左传》。"半泥"之字，取"半泥半雪半梅花"之句，句面软弱。予偶设对云：笔耕雨一犁。⑥

① 牧田諦亮．策彦入明記の研究（上）［M］．京都：仏教文化研究所，1955：16.
② 牧田諦亮．策彦入明記の研究（上）［M］．京都：仏教文化研究所，1955：19.
③ 牧田諦亮．策彦入明記の研究（上）［M］．京都：仏教文化研究所，1955：19.
④ 牧田諦亮．策彦入明記の研究（上）［M］．京都：仏教文化研究所，1955：26.
⑤ 牧田諦亮．策彦入明記の研究（上）［M］．京都：仏教文化研究所，1955：121.
⑥ 牧田諦亮．策彦入明記の研究（上）［M］．京都：仏教文化研究所，1955：155.

(17) 嘉靖十九年十一月十四日

斋后，正使和上设联会，继光、即休以下四五辈列座，予携三英赴之。[①]

(18) 嘉靖十九年十一月廿一日

在正使和上馆联句，盖明日乃浦云百个日也。正使上句云：梅祖西来意，天然忌日香。药师南膜佛，流出自家方。良。鸳睡失蓬股。恕。猿啼断楚肠。"楚肠"之字如何[②]，予偶设对云：麟注发谷盲。又蟹胥无越肠，村校烧麻骨，土宜富荔商。苋肠也可。[③]

(19) 嘉靖二十年八月十日

斋于觉雄寺，三英、宗桂同伴，有联句。[④]

(20) 嘉靖二十年十月廿四日

扣洗衣轩联句。[⑤]

有时联句会是临时起意，两三人闲谈间突发诗兴，即兴创作诗句，在场他人接着酬对。策彦周良日记中，有 23 处记录。现列举如下：

(1) 嘉靖十七年九月四日

余欣然，即指梅吟五字句。继光言下酬对。[⑥]

(2) 嘉靖十七年九月十一日

小仆擎杯，杯中有菊花，予卒吟曰：良：酌残杯有菊。于时安心楞书记在座，对之曰：安心：舍则扇无蕉。实际：话吟秋风榻。菊心：期佳星夕桥。菊心：孤闺嫌佞鹊。良：倦枕厌鸣蜩。心：蜕大诗仙传。良：遗恨胡妾昭。凑公：雾晴山拭黛。心：夜静水成韶。心：天下舞叶阴。良：河边张柳条。菊：愁工夫绣蝶。良：瞌睡虎欺猫。实：学废窗前月。心：宾

① 牧田諦亮．策彦入明記の研究（上）[M]．京都：仏教文化研究所，1955：156.
② 日文原文：「楚腸の字如何」
③ 牧田諦亮．策彦入明記の研究（上）[M]．京都：仏教文化研究所，1955：156.
④ 牧田諦亮．策彦入明記の研究（上）[M]．京都：仏教文化研究所，1955：206.
⑤ 牧田諦亮．策彦入明記の研究（上）[M]．京都：仏教文化研究所，1955：209.
⑥ 牧田諦亮．策彦入明記の研究（上）[M]．京都：仏教文化研究所，1955：9.

嘉市亦朝。①

(3) 嘉靖十七年十月十一日

谒正使和上，和上见挽袂留，而联句二十句。②

(4) 嘉靖十七年十二月二日

午前携恕上司谒承天和上，和上出应，联句二十句，熊公少年执笔，盖天庵宁馨也。发句云：牡丹冬话洛。熊。玺净古裁倭。良。及昏钟而归矣。③

(5) 嘉靖十七年十二月八日

斋罢，以中庸书记来访，遂诱予以设晚炊，方室诸上司亦来，联句七十句④

(6) 嘉靖十七年十二月十八日

午，观音。为唐船祈祷，就于新篁院转大部般若。粥饭，饭罢正使湖心和上上句：看阅真般若，雪翻白鹭池。活吞他衲子。良。气毒黑蚖儿。良。烟笛认樵舍。生。朋樽拥菊篱。良。⑤

(7) 嘉靖十八年正月廿二日

为客鹃缄口。栋。此游莫劝归。栋。在僧龙挟翼。义。若用岂劳飞。⑥

(8) 嘉靖十八年正月廿六日

正使于座上梅椿戏发一句，句云：木母产春木。予对云：花王朝野花。⑦

(9) 嘉靖十八年三月廿三日

予发上句，句云：苏渴温汤水，吾翁德泽余。至十六韵而止。⑧

(10) 嘉靖十八年六月二日

---

① 牧田諦亮. 策彦入明記の研究（上）[M]. 京都：仏教文化研究所，1955：10.
② 牧田諦亮. 策彦入明記の研究（上）[M]. 京都：仏教文化研究所，1955：15.
③ 牧田諦亮. 策彦入明記の研究（上）[M]. 京都：仏教文化研究所，1955：18.
④ 牧田諦亮. 策彦入明記の研究（上）[M]. 京都：仏教文化研究所，1955：18.
⑤ 牧田諦亮. 策彦入明記の研究（上）[M]. 京都：仏教文化研究所，1955：20.
⑥ 牧田諦亮. 策彦入明記の研究（上）[M]. 京都：仏教文化研究所，1955：27.
⑦ 牧田諦亮. 策彦入明記の研究（上）[M]. 京都：仏教文化研究所，1955：33.
⑧ 牧田諦亮. 策彦入明記の研究（上）[M]. 京都：仏教文化研究所，1955：39.

即休琳上司来话，予卒倡云：不赏过冰节，吾侪亦夏虫。琳酬云：未归秋衣日，各自是秋鸿。①

（11）嘉靖十八年六月廿二日

此日炎热甚殊，有一秀才，携轻罗小扇来，予卒哦却句，句云：罗扇纵消暑，恨无日本风。正使和上有对，才至六句而止。②

（12）嘉靖十八年八月廿六日

余卒然哦却句：把杯先赏节。掬可酌残秋（题句又依旧）。忠酬。枫宁拾得沟，御前山献状。即休。良代延上司：老去雪蒙头。休：励业虽看镜。良：钓名悔掷钩。休：清狂客与絮。多子什兼榴。休：林际僧烧叶。良：中叟橘斗楸。延：猿鸣巴寺磬。忠：鱼入孟津舟。休：诗战君无敌。良：文盟谁愿侯。③

（13）嘉靖十八年十二月廿四日

正使和上招余联句，遂留而晚饮，彻夜归。④

（14）嘉靖十九年正月廿五日

今日于正使联句，及夜归矣。⑤

（15）嘉靖十九年二月十三日

予醉后，哦狂句云：鱼树平波上。即休言下对云：麝香深水头。⑥

（16）嘉靖十九年五月十八日

散步于深柳之阴，以大光、钓云发句：深柳藏蝉雨。即休对曰：折芦彰鹭洲。⑦

（17）嘉靖十九年五月廿三日

斋后，于正使船联句，即休亦在席，正使上句云：玩月三尊宿，至今公案联。今夜待月人多，故句意及之。予对云：摩云一由缮，遍家士峰连。⑧

---

① 牧田諦亮．策彦入明記の研究（上）[M]．京都：仏教文化研究所，1955：58.
② 牧田諦亮．策彦入明記の研究（上）[M]．京都：仏教文化研究所，1955：63.
③ 牧田諦亮．策彦入明記の研究（上）[M]．京都：仏教文化研究所，1955：84.
④ 牧田諦亮．策彦入明記の研究（上）[M]．京都：仏教文化研究所，1955：113.
⑤ 牧田諦亮．策彦入明記の研究（上）[M]．京都：仏教文化研究所，1955：120.
⑥ 牧田諦亮．策彦入明記の研究（上）[M]．京都：仏教文化研究所，1955：121.
⑦ 牧田諦亮．策彦入明記の研究（上）[M]．京都：仏教文化研究所，1955：134.
⑧ 牧田諦亮．策彦入明記の研究（上）[M]．京都：仏教文化研究所，1955：134.

（18）嘉靖十九年六月十日

正使和上见招，于以打谈，遂比辞八韵。①

（19）嘉靖二十年三月廿六日

今夜，梦与天用和尚、河清和上联句。少焉，江心座元亦自外而至，文盛上司亦在座侧，金倡玉应及数十句，醒而皆忘，唯记两句。河清和上句云：梦云多楚思。予言下对曰：鬓雪奈唐官。于后净书以需点于雪岭、月舟两和上，和上批上句圈拙对，雪岭和上批语云："唐"字奇也，月舟和上批云："唐"字妙也，盖两和尚之意其一致者乎。②

（20）嘉靖二十六年十一月六日

景辙辀上司来话，话次及萨之安国联句之事，真韵之会。纸上句云：随鸥闲日日，比凤者申申。菅东堂。予偶设对曰：占鹊喜津津。又曰：挥尘刹尘尘。③

（21）嘉靖二十六年十一月十二日

遂招继光暨景辙辀公而联句，于是，即休偶然而来，发句。继光：雪飞梅哙伍。良：风致竹夷清。休：半榻谈全璧。景：五车读短檠。至十六句而止矣，各举杯者三盏。④

（22）嘉靖二十六年十一月十八日

景辙辀上司来扣予，挑上句，句云：景：吟境梅无俗。良：隐庐升可人。予：负暄胜凤炭。景：近水得蟾轮。景：醉白苏何慕。予：老卢秀不均。予：鬓非南雪地。景：颜污北胡尘。景：琶响荷盘雫。予：席温曲未春。⑤

（23）嘉靖二十六年十二月三日

设晚炊，招继光、辀上司联句。⑥

---

① 牧田諦亮．策彦入明記の研究（上）[M]．京都：仏教文化研究所，1955：136.
② 牧田諦亮．策彦入明記の研究（上）[M]．京都：仏教文化研究所，1955：189.
③ 牧田諦亮．策彦入明記の研究（上）[M]．京都：仏教文化研究所，1955：211.
④ 牧田諦亮．策彦入明記の研究（上）[M]．京都：仏教文化研究所，1955：212.
⑤ 牧田諦亮．策彦入明記の研究（上）[M]．京都：仏教文化研究所，1955：212.
⑥ 牧田諦亮．策彦入明記の研究（上）[M]．京都：仏教文化研究所，1955：214.

三、汉诗会

日本五山禅林常用“单尺”指代汉诗会和歌会。“单尺”又称“短尺”“短册”“短籍”“单册”“短策”“探策”等，它既指书写汉诗、和歌或俳句的工具，因常出现在诗会或歌会中，故又指诗会或歌会。

策彦的《初渡集》中发现五处地方出现“小单尺”一词，其中四处出现在策彦入明前在博多等待顺风期间，兹举用例如下：

（1）嘉靖十七年十二月十日

今日，于新篁山中单尺，以《松寺看雪》为题。①

新篁山指日本博多新篁院，是策彦首次入明时担任使团正使的湖心硕鼎所住寺院。此日，于新篁院举行“单尺”，题为《松寺看雪》。

（2）嘉靖十八年正月廿一日

于兴德小单尺，新篁虽坚诱，予不出，以《宫莺》为题，诗四首代少年，（诗略）；又代统上司，（诗略）；又代仁叔恕上司，（诗略）；（诗略），未受用。②

此日在博多兴德寺举行“小单尺”，以《宫莺》为诗题，策彦未参加，但代少年、统上司、仁叔恕上司作诗六首，还有一首未被采用。

（3）嘉靖十八年正月廿五日

正使和上招致大光、东禅、吉治、钓云并予等，而就新篁院见设斋，ﾐ斋③小单尺，以《梅边会友》为题，诗罢后晚羹，酒四五行。（诗略），良。（诗略），代三英。（诗略），代东禅。（诗略），代玄履。（诗略），代三

---

① 牧田諦亮．策彦入明記の研究（上）[M]．京都：仏教文化研究所，1955：19.

② 牧田諦亮．策彦入明記の研究（上）[M]．京都：仏教文化研究所，1955：26.

③ 按，“ﾐ斋”：牧田谛亮翻刻本作“斋。小单尺”，东京大学史料编纂所写真帐策彦周良手稿本《初渡集》作“ﾐ斋小单尺”，因此本书作“ﾐ斋小单尺”。

正统上司。(诗略)，代椿叟。①

此日正使湖心硕鼎招待策彦、大光、东禅、吉治、钓云等人在新篁院吃斋饭，饭后举行“小单尺”，诗题为《梅边会友》，策彦除为自己作诗一首外，还代三英、东禅、玄履、三正统上司、椿叟作诗五首。

(4) 嘉靖十八年正月晦日

圆觉寺小单尺，以《春雨移药苗》为题，予代新篁、诸少年作诗，(三首诗略)；又代三正统上司，(诗略)；翻忧人道杀风景，不觅花栽觅药栽，三四句未受用。②

此日博多圆觉寺举行“小单尺”，以《春雨移药苗》为诗题，策彦代正使湖心硕鼎、诸少年、三正统上司各作诗一首，最后一首诗的后两句未被采用。

还有一处“小单尺”出现在策彦周良完成勘合贸易任务，归国之后：

(5) 嘉靖二十年十月十二日

定林主盟设斋见待予，国清、觉雄光伴。斋后小单尺，以《枫寺暮钟》为题。③

策彦回到日本向大内义隆复命，此时刚完成复命，暂居山口。定林主盟设斋饭招待策彦，国清、觉雄陪同。饭后举行“小单尺”，以《枫寺暮钟》为题。

日本中世时期的汉诗会一般有三种形式：一、提前告知诗题，提前作好汉诗并写在单尺上，汉诗会当日，带着写好汉诗的单尺赴会；二、汉诗会时当场宣布诗题，参会者根据同一诗题即兴创作汉诗并写在单尺上；三、提前在多个单尺上写上不同的诗题，汉诗会时参会者抽取，后按照所抽到的单尺上的诗题即兴作诗，并将诗作写在单尺上的诗题下。诗题多为四字，参会者创作完成后，将单尺收集起来由专人朗读，在场参会者一起评判所作汉诗的优劣，并不

---

① 牧田諦亮. 策彦入明記の研究（上）[M]. 京都：仏教文化研究所，1955：32—33.

② 牧田諦亮. 策彦入明記の研究（上）[M]. 京都：仏教文化研究所，1955：33.

③ 牧田諦亮. 策彦入明記の研究（上）[M]. 京都：仏教文化研究所，1955：208.

排列名次。汉诗会多在五山禅僧间举行，有时也会加入公家贵族。兹举《荫凉轩日录》① 中的部分用例如下：

(1) 长享三年七月三日

(前略)。数刻后典厩②持单尺纸并总题目录来，赋之。横川《残暑》、景徐《初雁》，愚《蛩》，东启、苇洲、月关、季龙、元龄、伯龟，诗众十员，皆各题也。景徐、愚、在典厩东居，脱衣按诗。无几小补亦同所按诗。愚自典厩被出帷披之。此日于万松轩常德院殿御佛事有之，点心了修忏，半斋斋会，愚此会先约之故辞万松斋会，小补者万松斋会了来。八鼓前各书诗袖之，往禅昌。先柏木殿诸诗一见，而与诸歌同所置之。无几京兆来，张诗场。大平③读歌，东启读诗，诗了张宴，大概如今朝，宾位：京兆、东启、苇洲、月关、典厩、玄蕃、神六、牟礼次郎、秋庭、长盐、庄、波贺部，十二员，主位：横川、柏木殿、愚、二乐、景徐、冷泉、南阳、中将殿、右马助殿、大平、丰前守、赤泽，十二员，廿四员，二员减，二员增。与今朝同出杯，二三献过辞座，横川二献过归，愚四献过归，及归点灯，一时盛会也。④

此段内容详细记录日本五山禅林汉诗会的情形。此次诗会共有 11 人参加，分别是龟泉集证、横川景三、景徐周麟、东启、苇洲、月关、季龙、元龄、伯龟、典厩、小补，每个人有各自的诗题。诗会开始前，典厩⑤拿来单尺纸与诗题总目录，横川景三的诗题是《残暑》，景徐周麟的诗题是《初雁》，龟泉集证

---

① 按，《荫凉轩日录》是日本室町中期，京都相国寺鹿苑院荫凉轩的历任轩主所记录的公用日记，共 61 册。其中永享七年—文正元年（1435—1466 年）由季琼真蘂所录，文明十六—明应二年（1484—1493）由龟泉集证所录，故本书所举例（1）、（2）、（4）、（5）、（6）中的第一人称皆指龟泉集证，例（3）的作者为季琼真蘂。本书所使用的《荫凉轩日录》本是仏書刊行会. 大日本仏教全書（卷136）//蔭涼軒日録（第四）［M］. 東京：大法輪閣，2007。凡引自《大日本佛教全书・荫凉轩日录》的内容，笔者皆重新标点。

② 按，本书不用专名号，但为读者辨别不增加难度，特增加人名号。以下同。

③ 按，“平”：此字后有小注：“考此间有二字许余白”，本书省略。

④ 仏書刊行会. 大日本仏教全書（卷 136）//蔭涼軒日録（第四）［M］. 東京：大法輪閣，2007：2.

⑤ 按，“典厩”：公家细川氏典厩一族的人。在此使用典厩代称。

的诗题是《蛩》，其他人的诗题不详。诗会开始后，景徐周麟与龟泉集证位于典厩的东边，二人脱下外套开始作诗。诗作完成后在八鼓前写在单尺上，塞入袖中带到禅昌院。

在禅昌院，首先由柏木殿通览全部诗作，后将汉诗单尺与已作好的和歌短册放在一起。京兆[①]来后，举行诗歌大会。大平朗读和歌，东启朗读汉诗。读毕举行宴会，共 24 人参加，两三轮上菜后宴会解散。

> （2）延德三年九月八日
>
> 今朝九峰来请诗题，书“子瞻帽”三字塞命。[②]
>
> 同年九月九日
>
> 芳洲、九峰、惟俊持《子瞻帽》诗之草案来，劝赤饭。……《子瞻帽》五首作之，各分之诚莎谷者也。……晚来于栖老轩评《子瞻帽》诗，会者二十员，秉笔悦、菅、骏、俊、昙、及第芳洲首座，诗后有宴，行杯者二返。[③]
>
> 同年九月十日
>
> 斋前，一览《子瞻帽》单尺诗翰，不好者皆命诸童令改书。[④]

九月八日早晨，九峰来请龟泉集证命名诗题，龟泉命题为《子瞻帽》。九日，芳洲、九峰、惟俊一起拿来以《子瞻帽》为题所作的五首汉诗，请龟泉集证点评。于是当晚，龟泉集证在栖老轩开会评定《子瞻帽》诗作，参会者 20 人，会时记录者 6 人，会后举行宴会。十日，斋饭前，龟泉集证又看了一遍写在单尺上的以《子瞻帽》为题的诗作，写的不好的都令侍童通知修改。

与上一条不同的是，这次是提前统一命题，并不当场评诗，而是诗会后请德高望重者评定。诗题也与其他应季或临时起意的诗题不同，从作诗的人群来

① 按，“京兆”：公家细川氏京兆一族的人。在此使用京兆代称。

② 仏書刊行会．大日本仏教全書（卷 137）//蔭涼軒日録（第四）［M］．東京：大法輪閣，2007：102.

③ 仏書刊行会．大日本仏教全書（卷 137）//蔭涼軒日録（第四）［M］．東京：大法輪閣，2007：102—103.

④ 仏書刊行会．大日本仏教全書（卷 137）//蔭涼軒日録（第四）［M］．東京：大法輪閣，2007：103.

看，当是年轻一辈的汉诗创作练习与互相切磋。从策彦到五山禅林，再到公家社会，从德高望重者到初出茅庐者，频繁举办汉诗会，并在诗会时使用“单尺”，表现出日本中世知识分子对汉诗创作的极大热情与互相切磋、互相学习的态度。

四、倭汉联句与汉和诗歌会

五山禅僧还喜欢倭汉联句，一句和歌与一句汉诗交替创作。策彦出使中国期间，与友人钓云常举行倭汉联句，在联句中，策彦担当汉诗的部分。钓云两次与策彦入明，在策彦再渡入明时，担任遣明船一号船居座。钓云与策彦交好，常一起下棋、斋饭、饮酒等。兹举例《入明记》中策彦倭汉联句，如下：

(1) 嘉靖二十年二月十三日

斋后，又出杯，遂有梦想倭汉联句，四十四句止。①

(2) 嘉靖二十六年十一月十九日

倭汉一折，发句云：夕千鳥　声の玉散る　霰や，钓云。篷窗月愈寒，良。②

(3) 嘉靖二十六年十二月六日

就钓云倭汉会。□令哲兴行。发句：年のうちに　春やいり江の　梅花，钓云。村南寒意轻，良。此中警句，鬓昨少今白，玄叔。众皆浊独清，良。夜参半而彻矣。③

有时策彦还与友人举行汉和诗歌会，以同一题目，分别作汉诗与和歌。《入明记》中嘉靖十八年（1539 年）三月五日条，记录策彦与日本友人钓云（本名雪窗等越）、浦云三人举行诗歌会，但策彦只记录了其中的汉诗，未记录和歌。原文如下：

月朗清，同钓云见文殊堂前花，浦云提壶来，催以诗歌会，以“月来

① 牧田諦亮．策彦入明記の研究（上）[M]．京都：仏教文化研究所，1955：182.

② 牧田諦亮．策彦入明記の研究（上）[M]．京都：仏教文化研究所，1955：212.

③ 牧田諦亮．策彦入明記の研究（上）[M]．京都：仏教文化研究所，1955：214.

花弄影”为题。

今宵春色恼人无，月映山楼影不孤。

压倒赵昌天水墨，一花散作百花园。①

正因为策彦如饥似渴地阅读中国书籍，感受中国文化，如痴如醉地沉浸在中国诗歌等中国文化的世界里，反复不断地琢磨练习，日积月累，策彦的汉诗写作才能达到用典醇熟自如，情感真挚动人。这应该也是策彦能够先后胜任遣明副使与正使，圆满完成朝贡任务的重要原因，使策彦在中日文化交流史上留下浓墨重彩的一笔。

① 牧田諦亮. 策彦入明記の研究（上）[M]. 京都：仏教文化研究所，1955：37.

结　语

在古代，东亚同属汉字文化圈，以中国为中心，向四周辐射，文化流动遵循从高文化向低文化传播的规律。日本是善于学习的民族，古代日本积极吸收中国先进文化，从隋唐时期的遣隋使、遣唐使，至宋元明时期，以佛教为载体的文化学习，模仿中国南宋佛寺制度，建立本国的五山十刹制度。从平安时期全民学习白居易，到五山汉文学时期崇尚李白、杜甫、苏轼、黄庭坚，再到江户时期推崇明七子与程朱理学，古代日本一直在积极学习中国文化。同时，中国文化流向日本后，在异文化的土壤里，与异文化相互碰撞、融合，发酵成有别于中国文化的日本本土新文化。《谦斋南渡集》是汉字文化圈中文化交流的具体一例，体现出中国文化对日本文化的影响及中日文化的交流融合，是研究中日文化交流与中国文化传播的宝贵资料。因此，该书对今日中外文化交流等问题具有重要的启发作用与现实意义。

对于策彦《谦斋南渡集》，笔者已经从多个角度展开讨论，论述了《谦斋南渡集》的诗集名称与成书、流传情况、辑录标准、诗作内容、策彦汉学修养的养成过程等内容，取得一些成果。但是严格来说，由于写作时间与个人学识有限，研究尚不够深入、全面。该课题复杂、难度较大，涉及内容广泛，本书只是其中一小部分，还有很多问题亟待解决，有待今后继续开辟与深入研究。现择要以下几点，与大家共同探讨：

一、迄今为止，《谦斋南渡集》有多少写本？有多少种传承系统？虽然笔者竭尽所能搜集到 12 个本子，但不排除还有笔者尚未发现或尚未公诸于世的珍贵本子。诗集为何时所编，编纂的过程如何？因条件有限，笔者未能在本书解决这几个问题，有待今后进一步发掘，以便对该诗集的成书与流传情况有更为清晰的认识。今后笔者将继续策彦《谦斋南渡集》这一研究，欢迎志同道合的研究者们提供相关线索。

二、关于策彦改号“谦斋”与“谦菴雨玉”的关系，“谦菴”与“雨玉”有何关系，“谦菴雨玉”与“山谷一文”又有怎样的关联？“雨玉”一词见于苏轼的《喜雨亭记》：

> 既以名亭，又从而歌之，曰：“使天而雨珠，寒者不得以为襦；使天而雨玉，饥者不得以为粟。一雨三日，伊谁之力？民曰：“太守”。太守不有，归之天子。天子曰：“不”，归之造物。造物不自以为功，归之太空。太空冥冥，不可得而名。吾以名吾亭。①

策彦读过此文，并作有一诗《读东坡喜雨亭记》：

> 亭以苏仙文物夸，雨声未断喜色加。
> 只今圣代为多露，复睹舜田秋谷花。②

苏轼将雨命名为亭子的名字。而“谦庵”既可指别号，亦可指室名。策彦也可用“雨玉”来表示自己的室名，既效仿先贤，又取其深意。这只是一种推测，“谦菴雨玉”究竟是何种寓意，有待今后的研究，也欢迎老师、学友点拨指教。

三、《谦斋南渡集》的令彰本系统与宫书乙本系统的诗句差异较大，产生诗句差异的原因是什么？将两者有差异的诗句与《入明记》所载诗句相较，宫书乙本与《入明记》完全一致，令彰本则完全不同。从诗句水平而言，宫书乙本要优于令彰本。《入明记》所载诗句肯定是策彦所作，那么令彰本诗句出于何人之手？修改的原因是什么？这一问题也需今后进一步深入研究。

四、《谦斋南渡集》中只有 34 首汉诗也载于《入明记》，其余大部分汉诗究竟记录在何处，是策彦何时、何背景下所作？本书只是简单梳理《入明记》所载汉诗与《谦斋南渡集》中的汉诗的关系，并未对其他问题展开深入分析。这也是笔者今后着力的一点。

五、《谦斋南渡集》中有多首汉诗描写策彦游历中国风景名胜，根据《入

---

① ［宋］苏轼著，孔凡礼校注．苏轼全集［M］．北京：中华书局，2004：349．
② 策彦周良．謙斎稿［M］．東京：国立公文書館．

明记》与其他史料，笔者考证出《谦斋南渡集》的若干首汉诗描写的景胜是策彦不可能到访的，比如《曲江》《雁塔》《奉敕见花萼楼牡丹》等。故为何策彦没有到访此处，却作诗歌咏此地，写得有模有样，就像自己亲自到访一般。这是非常值得玩味的问题，有待今后深入研究。

六、一些已有结论的问题，笔者认为有待商榷。比如《八月十七日之晚驻桥于浙江驿。土人云：明日十八，当县候潮之辰也。因幸之一宿于兹，翌日斋后，将日众而赴观潮塘。坡老诗："八月十八潮，壮观天下无"之句，今日熟于目者也》一诗，须田牧子根据《入明记》与《谦斋南渡集》所载观潮时间的不同，认为策彦并未实地观潮，而是由于仰慕苏轼，因苏轼有一首描写钱塘江观潮的诗作，所以憧憬、幻想自己体验了观潮，写下这首诗。据《入明记》载，策彦于嘉靖十九年（1540 年）九月五日观潮，除农历八月十八日最佳观潮时间外，农历每月初与月中皆有大潮可观，故笔者提出假设，是否有可能《谦斋南渡集》中的钱塘江观潮是策彦九月五日所见，时间的讹误是后人在编辑诗集时不小心弄错？又如诗集中的《于浙江驿，诣南禺外史丰存叔，叔相见，予讲礼后请归，叔挽留前导以引于游宴之堂。（中略）。故以小杯酌之，仍乞笔赋即事云》一诗，关于这是策彦第几次拜访丰坊，范金民认为策彦作客丰坊家两次，第一次是《再渡集》所载嘉靖二十七年九月廿日，第二次是该诗所载内容，其从"于浙江驿"推测，时间在策彦南返途径杭州时，约嘉靖二十八年十一月、十二月间。[①] 朱莉丽则认为该诗内容是嘉靖二十七年九月廿日，策彦拜访丰坊时的细节描写。[②] 牧田谛亮也持策彦作客丰坊家一次说，认为该诗所言"于浙江驿"可能是策彦老年后记错了或后人在编辑时混淆了。[③] 笔者较为认同朱莉丽与牧田谛亮的说法。《谦斋南渡集》多处出现张冠李戴等讹误，而且《再渡唐之时，归宁波府，谢南寓外史丰解元制予〈谦斋记〉文》一诗言"丰解元，字存叔，杭州浙江驿人也"，将丰坊误作杭州浙江驿人，丰坊实为宁波人。因此该诗言在浙江驿拜访丰坊，可能也是将丰坊误作浙江驿人。该诗到底作于何时，这是策彦第几次拜访丰坊，有待进一步商榷。

---

① 范金民. 从《入明记》看明代嘉靖年间日本使者与浙江士人的交游活动［J］. 史林，2013，3：64.

② 朱莉丽. 行观中国——日本使节眼中的明代社会［M］. 上海：复旦大学出版社，2013：189.

③ 牧田諦亮. 策彦入明記の研究（下）［M］. 京都：法蔵館，1959：174.

七、策彦汉诗的艺术特色是什么？其汉诗中体现出哪些日本因素？由于笔者学力有限，本书对《谦斋南渡集》汉诗特色的考察浅尝辄止，初步论述，未加深入分析。《谦斋南渡集》收录的汉诗只是策彦汉诗的一小部分，故不能通过其全面评价策彦汉诗的艺术特色。因此，有必要将策彦的其他汉诗纳入考察范围，横向比较策彦的汉诗与其他五山诗僧汉诗的不同与水平高低，从而整体把握策彦汉诗的特色及其在日本五山汉文学、乃至日本汉文学史上的地位。学界对日本五山汉文学的研究多集中在前中期，研究对象一般集中在义堂周信、绝海中津、虎关师炼、雪村友梅、万里集九等代表人物，对于五山汉文学的后期涉及不多，对于策彦的汉诗研究更是几乎空白。作为五山汉文学后期的代表人物，策彦的汉诗水平如何，应作何客观评价？笔者对这一系列问题非常感兴趣，深觉有进一步挖掘的意义。今后，笔者将努力积累中国古典诗词知识，加强自身中国古典文化修养，努力解决此类问题。

总之，在《谦斋南渡集》这一课题上，笔者虽取得一些进展，但研究深度与广度远远不够。该课题的研究意义重大，故在本书基础上，笔者愿意继续躬耕《谦斋南渡集》与策彦这一学术田地，把诸如上述需要了解的问题，尽毕生之力，努力攻克，以不辜负老师的培养、学友的帮助。同时，笔者作为日语学习者与日本文学文化研究者，也理应利用所学，对上述问题作出准确深入的回答。

附录A：

《谦斋南渡集》整理本

凡　　例

一、此整理成果以天龙寺妙智院藏本中的三章令彰写本为底本，通校其余各本，整理而成。

二、校勘所用《入明记》为妙智院所藏策彦周良手稿本。

三、通校本没有收录某首汉诗时，注明没有收录。通校本诗句与三章令彰本一致时，省略不注。妙智院本与三章令彰本一致时，不作注解。

四、关于各本异文，不录形近字讹误，只录各本诗句异文，出异文校，而不作文字处理，保存三章令彰本原貌。妙智院本卷首增补的五首汉诗，本书中附录诗集其后。

五、在不改动三章令彰本的基础上，标注三章令彰本原文的史实错误。错误的判断，根据中国地方志、《宋史》《明史》、古驿站研究等可靠史料校正。

六、《谦斋南渡集》各本中的通假字、异体字、俗体字皆换做通用规范汉字。

七、校勘所用天龙寺妙智院所藏的策彦周良手稿本《入明记》、三章令彰写本《谦斋南渡集》等史料，皆参考东京大学史料编纂所公开的《妙智院所藏史料》写真帐。

谦斋南渡集

渡唐行年四十一再渡五十二岁①

1. 鹿岛文殊堂

远踰烟水叫南来，利剑借持将断灾。

我如归去到斯地，再见文殊复善财。

2. 洋中遣郁怀

回首西东不看山，岂应南北有人阛。

蓬窗难结故乡梦，声冷洪波浩渺间。

3. 二号船孤竹老人寄一绝，聊次厥韵

复水重山意转迷，人如鸟失旧时栖。

朝来日与夜来月，初辨海东初辨西。

4. 洋中始见大唐之山

出五岛后，船中之众卒，每日上樯头，着眼于杳霭，窥见大唐之一峰，指示其实者即与孔方十缗、太刀一腰，以为褒美也。旧例如此矣。

酷欢山亦欲迎吾，遥捧孱颜天一隅。

占得大明天子诏，篙师急急运舟舻。

5. 补陀洛寺②（其一）

在宁波府南海之中央，灵境而非人间之地

梵音潮下度迷流，千手相分为楫舟。

慈眼活开辉刹海，何攸是匪大悲洲。

6. 补陀洛寺（其二）

优昙吐蘂色香浓，不逐四时尘外丛。③

众鸟悉皆含佛性，声声二十五圆通。

---

① 按，妙智院本右加纸订正“三十九岁再渡四十七岁”，宫书乙本作“初渡三十九岁”“再渡四十七岁”。据《入明记》载，初渡时策彦三十八——四十岁，再渡时策彦四十六——五十岁。

② 按，《入明记》作“补陀寺”，《（乾隆）鄞县志》也作“补陀寺”，该寺院所在山的山号是补陀洛山。

③ 妙智院本作“不逐四时㊍凋尘外丛”，宫书乙本作“不逐四时尘外丛”，桂窗本作“不分（旁注）逐四时不凋尘外丛”。《入明记》与宫川本无此诗。该诗是七言绝句，故从平仄与句意来看，妙智院本句中的“不凋”应是衍字。

7. 赓宁波府竹所大人见寄吾友珠宣公之韵以同酬

未见清容意先足，风流文物久闻诸。

呼为天下奇男子，况称世南行秘书。

愧我胸襟无一字①，知君早岁惜三余。

冰霜志操可消夏，云水生涯不爱庐。

盟约若修同竹马，归期何必在莼鲈。

中华若木莫言远，红日朝朝照碧虚。

8. 赵一夔大人前日忝赐尊诗，再诵三读，舒又卷卷又舒，何惠加焉。尔来官事纷纭，弗遑裁答似慢乎。聊缀蜂腰强续貂尾云。

圣代靡疏亲，他乡忘主宾。

灯前十年面②，门外九衢尘。

举酒因知己，参诗不祭神。

探花何处是，有待洛阳春。

9. 维时七月，到夜炎热酷，客睡不安，月色如昼。时闻砌下蛩声，与吾邦蛩声无异，不克靡感于怀，聊作此诗

万语千言几日通，逢人却若③不相逢。

今宵唤起还乡梦，我有旧声唯暗蛩④。

10. 谢范南冈赍酒肴来访

感君携酒慰烦襟，交义未深恩渥深。

预恐归期恼离思⑤，他乡亦有故人心。

11. 游月湖之次，诣会泉大人，谢昨日袖诗来，辄和前韵以二篇（其一）

鉴湖孰与月湖清，此去他时要纪行。

为慕贺公终老地，几回屈指算游程。

12. 游月湖之次，诣会泉大人，谢昨日袖诗来，辄和前韵以二篇（其二）

景自月湖晴后清，只疑身在画图行⑥。

---

① 《入明记》作“愧我旅程无一物”。

② 宫书乙本、《入明记》作“雨”。

③ 宫书乙本、《入明记》作“逢人道是不相逢”。

④ 《入明记》作“闻似旧声唯暗蛩”。

⑤ 《入明记》作“预恐明年忘归兴”。

⑥ 《入明记》作“只题身在画中行”。

再游眷眷访君处，欲续佳篇愧客程[①]。

13. 古岩大人有令子，顷丧其母[②]，赠一偈以助其哀云。

五十余年[③]四大床，无阴阳地涉阴阳。

金风体露生铁面[④]，妆镜台成正觉场。

14. 南沧老人向赐同韵诗二章，宛如锦上花束，而附韵尾者一绝。余日夜侍天诏之降，故末句及之，以投几右云。

孤馆萧条无客来，佳篇落手兴悠哉。

几回北望帝京立，不识诏书裁未裁。

15. 南沧老人复见寄五言诗篇，再和而遣怀云

乡情犹未忘，夜夜几刀州。

君有同风句，吾无明月投。

芋羊难辨错[⑤]，兰鲍岂堪俦。

他日如相许，披襟共倚楼。

16. 张东津大人未面先有书简之赉，作诗以谢之

未见清容先识心，书中下㮶胜明箴[⑥]。

讲交若入文章社，寸刻唯应直万金[⑦]。

17. 钱龙泉大人来问，笔谈移时。予将出酒杯，大人再三辞之，故以吾邦宇治茶代之。座已终，大人归去。黄南原继踵而来，携一少年，云此儿昔苏玉堂所亲李节推遥遥华胄也，为令慰翁旅寓，引之而至，云云。少年自袖中出诗一篇付予

茫茫万里发扶桑，秉志来观上国光。

乳燕出巢成矣翼，一宵愿染衲衣香。[⑧]

18. 予的当和而遮少年之美目

持戒难如何宿桑，他生若在约恩光。

---

① 《入明记》作“欲续佳篇惭旅程”。

② 《入明记》作“妻”。

③ 《入明记》作“二十余年”，宫川本作“二十四年”。

④ 宫书乙本、《入明记》作“吾翁宣偈颁香后”。

⑤ 《入明记》作“芋羊难辨误（错）”，宫川本作“枣龟何足恃”。

⑥ 宫书乙本、《入明记》作“昨来慰寂寄嘉音”。

⑦ 宫书乙本作“一诺唯应直万金”，《入明记》作“一诺只须轻百金”。

⑧ 宫书乙本、《入明记》作“果是车书同四海，袈裟端染御炉香”。

节推孙叶月中桂，古也香兮今也香。

19. 愚访戴子望秀才，俾豪忠通事前导，盖为谢昨之书问也。秀才出而倒履挽留，笔谈移晷，以建溪叶字茶代酒水，茶味甜而又香矣。又假道于此，诣前翰林全仲山大人[①]，大人喜而迎接，出杯更酌，烂醉扶人归。

杯环四海酒波澜，酬献筵中天地宽。

唐宋谪仙君以合，古今何隔一毫端。

20. 全仲山弟季山以书招余，余赴于彼，则关于扊扅，井于輨辖，约归以暮鸦，故焉不心于忽忽发游兴者也。砌下有数ヶ盆壶，壶中贮榴树，每树开花者烨烨。余问曰："吾邦亦有此花，五六月之交最其盛也。只今上国闰七月初二，花方盛鲜，奇哉。"仲山把笔书，答曰："吾邦人多赏此花，花之久自五月及七八月，又至十二月再着花。"感赏罔措，请笔赋卒什一章。

惊人春色柘榴浓，及夏及秋秋又冬。

红映酒杯青映茗，一盆花叶主翁悰。

21. 予驻锡于宁波之府六旬余，闻柯雨窗之名不识雨窗之面，造次颠沛，仰慕惟深矣。新凉入郊之顷，适有苍头捧一缄来，披而视之，见和余投范氏诗之佳作也，盖唐人句法晋人楷法出一手者，且复副以新画一幅、古文两策。余获此三绝，十袭而秘，何赐加焉。吁未晤对之，先眷惠如此，何况一往一来之后哉？古人以画诗书为三绝，则文策其余波之及也。非可默止，磨瓦砾代琼瑶之报云。

先识才名未见君[②]，愿闻[③]清话解尘纷。

一朝赠我余三绝[④]，赍画诗书赍古文[⑤]。

22. 赵一夔先生来遇，惠以桃果，果大合吾邦三桃实，风味亦别也。先生游累刻，乞笔砚亲书"闰七夕"三字，需诗于余，余缀曰

送七宵重迎七宵，女牛愁自闰余消。

---

① 按，全仲山不是翰林，恐是其兄弟全元立。

② 宫书乙本作"久识才名未遇君"，《入明记》作"久稔才名未遇君"。

③ 宫书乙本、《入明记》作"何当"。

④ 宫书乙本作"一朝赠我以三绝"，《入明记》作"一朝惠我以三绝"。

⑤ 宫书乙本、《入明记》作"新画新诗又古文"，宫川本作"新画新书又古文"。

天如[1]借一只乌鹊，用[2]作人间再渡桥。

23. 俾馆夫王铛[3]呈金紫光录大夫陆亶大人

圣朝久息兵，无处不升平。

进拜待明诏，远来抽赤诚。

李圆方外友，陆远社中盟。

君玉鞍我屦，推敲约送迎。[4]

24. 新篁翁有悼孤竹老人之一偈矣，余与老人有青眼之旧者久矣，依厥韵遣哀伤云

欲霜秋叶未辞枝，何事忽忽去先时。

月落前溪无觅处，虚空失却一弯眉。

25. 连日秋雨不晴，客窗素月不来，聊筑小诗之城以遣郁怀云

客愁易倍梦难成[5]，细听[6]檐间积雨声。

缅忆吾乡水西寺，今宵月色暗耶明。[7]

26. 昨夜及三更，梦梅树大者，枝枝交参，标格可见，未着花萼，不知何兆。余卒缀野诗，远献北野圣君。

不待江南春色加，夜来入梦小横斜。

吾胸别有全梅在，百咏花中无此花。

27. 夜来乡志曲折，耿不安枕。时将彻晓，余适哦老杜“秋天不肯明”句之顷，乐音琅琅然，起自外面，顿有阳春冲融之气，使人散羁忧。凡中州之为州，千岁之下周孔礼义行世。虽樵竖牧童之口，唯非圣道则不谈。及礼叶将秋，复有乐花回春。所感弗，俾吾邦平生久要视此礼乐之美，感叹无措，作诗遣怀云。

樵竖牧童谈孔姬，中州风物未曾衰。

乐花丛里春犹在，不逐山川摇落时。

---

① 《入明记》作“若天”。

② 宫书乙本、《入明记》作“汝”。

③ 妙智院本作“王铛（镗）”，宫书乙本作“王镗”，《入明记》作“王镗”。

④ 宫书乙本、《入明记》作“君若许同志，何曾谈利名”。

⑤ 宫书乙本作“客愁易倍梦难成”，《入明记》作“旅愁难忘梦难成”。

⑥ 宫书乙本、《入明记》作“数”。

⑦ 宫书乙本、《入明记》作“卧内无人四邻暗，多情鸡犬报天明”。

28. 二号船船头河上木工为三艘祈祷，修懺摩一座，余副使、从僧、两居座、土官以下为请众矣，斋了施浴，新篁翁于室中作颂，余即冲口而和云

奴视扬州阴子春，当年忍垢是何因。

宣明妙触圆通水，一洗人人客舍尘。①

29. 四明有先生号梅崖，盖以楷法鸣中华者也，其人和气温然，如春在花，实明道迭山流亚乎？一日访余于旅馆之顷，需缀卑作渎美称，弗获险拒，裁二章塞其请云（其一）

梅花标格点无尘，最映②江南野水滨。

俗紫凡红望崖郄，一枝别置四时春。

30. 四明有先生号梅崖，盖以楷法鸣中华者也，其人和气温然，如春在花，实明道迭山流亚乎？一日访余于旅馆之顷，需缀卑作渎美称，弗获险拒，裁二章塞其请云（其二）

花有魁君只一人，雪为肌骨月精神。

苏仙佳实满枝熟，德色相传必有邻。

31. 梅崖云冠大人手亲写墨竹一两茎，添有声画，以赠焉。其画取“英明清”三字为轴子，实时和章而谢之

是翁③笔力万人英，铁画银钩冠大明。

犹有郑虔三绝在，画图诗句备员清④。

32. 中秋之夕对月遣兴

秋已清时月更清，中宵何处不关情。

两乡千里⑤无私照，东大倭西又大明⑥。

33. 镜清寺⑦

寺有诗文之僧，人所识也。一日作诗寄余，余即和之，求交友之亲者也。

---

① 宫书乙本、《入明记》皆作“祖园分得温汤水，离却人人脚下尘”。

② 《入明记》作“掩映”。

③ 宫书乙本、《入明记》皆作“多君”，妙智院本作“是翁（多君）”。

④ 宫书乙本作“画图诗句一般清”，《入明记》作“添诗添画一般清”，妙智院本作“画图诗句备员（一般）清”。

⑤ 宫川本作“万里”。

⑥ 宫书乙本、《入明记》皆作“东满大倭西大明”，妙智院本作“东大倭西又大明（东满大倭西大明）”。

⑦ 按，《入明记》作“境清寺”，令彰本讹，当为“境清寺”。

祗道水边林下身，诗禅文熟本清真。

才名千古以谁比，越彻杭标是此人。

34. 于浙江驿，诣南寓外史丰存叔，叔相见，予讲礼后请归，叔挽留前导以引于游宴之堂。俾予坐七宝瑠璃床榻，居座琇首座、从僧生首座坐中宾之榻。视左右则青贝曲录之榻、金漆花纹之榻，十五、六脚并而置之。主人床榻之右边，十五、六岁美童十二三人，廿岁许侍从十六、七人，着履踞于长连床。堂内环堵立古画屏风，屏风有脚，以金铜造之，画图咸李唐名笔也。少焉，出杯盘，酌天赐黄封之酒，主宾互请，隗始，予遂从存叔之命资始。酒味之芳醇不在我邦矣。嘉肴再三出之，以予杯进存叔，次琇首座，次生首座，前后五行而止矣。中庭有莲池，花未开也，画船二艘泛泛然。存叔请予船中，琇、生二首座也同矣，叔于船中复宴饮，出豫北之竹叶酒，淡而如水。叔云："不可累觞，醉三五日也。"故以小杯酌之，仍乞笔赋即事云。

池磨菱镜绝纤尘，桂棹兰舟常载宾。

学海渊源吾始见，文澜浩渺孰相论。

才贤亲垂渭滨钓，仁惠频迁合浦蠙。

天下李膺翁继踵，龙门登陟属斯津。

35. 丰存叔即和云

上人衣钵净离尘，今日偶然迎上宾。

吐句周诗声入律，挥毫晋帖法难论。

释而儒墨共该服，席上珎璋不纳蠙。

归便得波涛远稳，布帆无恙海东津。

36. 八月十七日之晚，驻轿于浙江驿。土人云："明日十八，当县候潮之辰也。"因幸之一宿于兹，翌日斋后，将日众而赴观潮塘。坡老诗："八月十八潮，壮观天下无"之句，今日熟于目者也。[1]

雪作山耶云作花，崔嵬白浪及天涯。

势风沙矣声雷霆，肠断钱塘十里家。

37. 题吴子胥庙

香火是晨灯火霄，祭如在几百年祧。

---

① 按，据须田牧子研究，策彦两次入明期间未在八月十八日观潮，故判断该诗是策彦运用"歌枕"方法的虚构之作。

忠臣岂于君移怒[1]，欲没越山身后潮。

38. 晚过西湖（其一）

余杭门外日将晡，多景朦胧一景无。

参得雨奇晴好句，暗中摸索识西湖。

39. 晚过西湖（其二）

日兹暮矣兴何佳，暗度西湖湖水涯。

眼似老年看不见，六桥风景雾中花。

40. 再渡之时，以先年遗憾，白昼渡西湖，先上涌金门楼

湖在西余杭在东，一门两面道相通。

楼头直得不劳步，万境佳奇一览中。

41. 绕西湖六桥（其一）

湖之中外有十景名胜矣

六桥昨日夕阳斜，征袖匆匆无兴加。

不忆元晖真水墨，今新见锦样莺花。

42. 绕西湖六桥（其二）

湖水真为天下眉，重来全解雪堂诗。

吟游一刻贵于玉，十景变千多若丝。

43. 题西湖四贤堂

堂中画乐天、李白[2]、和靖、东坡四贤之像。

苏子吟残数株柳，林君栖老一枝梅。

乐天李白无遗爱，笑指西湖当酒杯。

44. 上孤山

山态虽孤德不孤，回头四面是西湖。

秋宜月也冬宜雪，地主眼中皆画图。

---

① 妙智院本作“忠臣岂扵于君移怒”，宫书乙本作“忠臣岂扵君移怒”，桂窗本作“忠臣岂为君移怒”。古“于”同“扵”，《康熙字典》收“于”，不收“扵”，故本书作“于”。

② 按，“李白”为讹，依据《驿程录》，应是李泌。

45. 林和靖庙（其一）

无童无鹤又无碑[①]，才[②]有寒梅似旧时。

邂逅逢花苦相问，逋仙去后主人谁。

46. 林和靖庙（其二）

千岁犹香和靖诗，横斜疏影几抽枝。

何须别尽先生去，花自冻吟清瘦姿。

47. 十里松（其一）

在北冈峰之下，东坡在杭州之时，多出游于此间。

青松十里影婆娑，老鹤结巢生卵多。

出蟹清风良有以，散为四海百东坡。

48. 十里松（其二）

夹路苍松见始奇，周折枝枝中矩规。

十里应容天下半，风声尽是玉堂诗。

49. 保叔寺

在北高峰之顶，开山善导和尚也。佛殿之胁塑木像，像挂金襕衣。

善导开山一境彰，新添湖景遗僧房。

云成衣钵凫成履，山水捧来行道场。

50. 同寺有八角塔婆

孤塔不孤千佛宫，重重相迭别兼同。

转回个个圆成相，八角磨盘势走空。

51. 到净慈寺上宗镜阁

阁上有永明寿禅师语录十卷，宗镜录百卷矣。

清净慈门（总门之额也）高耸空，推敲宾客月兼风。

---

① 宫川本作“基”。

② 宫书乙本作“才”，妙智院本作“才（尚）”。

今年今日永明旨，宗镜百函湖水中。①

52. 灵隐寺

总门横榜“灵隐寺”三字，葛洪仙人所笔也。

篆字高于门上颜，葛洪笔迹墨斑斑。
不求向西竺②移步，举首飞来灵鹫山。

53. 同上飞来峰

峰顶有堂，安释迦坐像，左边有最高峰，流出瀑布，可观者焉。

天上独尊擘山来，百亿分身法会开。
风前瀑韵炽然说，大藏五千盈耳哉。

54. 中天竺寺

有一山门，兼上天竺、下天竺，故自此门入三天竺寺。

一山门实两山门，白傅诗章无异论。
上竺下天钟易色，僧来僧去弄黄昏。

55. 佛足泉

在上天竺寺

一瓶一勺汲三天，冷暖自知消睡眠。
昔日双趺鹤林泪，远流此地又为泉。

56. 径山寺

远上径山途有无，草深一丈法堂衢。
一枝佛法渐东海，早指扶桑回履凫。

57. 长安驿

此地长安宫阙墀③，何为今作野人歧。
缙绅冠盖皆陵墓，惟有山河存旧时。

---

① 令彰本作“今年今日识永明旨，宗镜百函湖水中”，妙智院本作“今年今（始）日识永明旨，宗镜百函湖水中”，宫书乙本作“如今始识永明旨，宗镜百函湖水中”，国会本作“如今始识永明言，宗镜百函湖水中”，桂窗本作“今始识永明旨，宗镜百函湖水中”，宫书甲本作“今年今日识永明，□镜百卷乎湖水中”，富冈本作“今年今日识永明，宗镜百卷乎湖水中”，《翰林五凤集》作“今年今日永明日”，《入明记》与宫川本无此诗。《翰林五凤集》中收录的策彦周良汉诗最有可能是三章令彰提供，该本中“日”疑为“旨”之讹，故本书据《翰林五凤集》，作“今年今日永明旨”。

② 妙智院本作“西竺（竺乾亻）”，宫书乙本、宫川本皆作“西竺”。《入明记》无此诗。

③ 按，“长安驿”在浙江杭州，明嘉靖年间革。长安驿作为水路驿站，异于长安，当地应无宫阙墀。

58. 太白楼（其一）

楼上有李白醉像，又其左胁有贺知章像。

谪仙醉像总神丹，九转炼成长不干。

愧我非诗人轻上，支倭两地得欺瞒[1]。

59. 太白楼（其二）

知章太白友非常，身后并成鸥鹭行。

人影月前迎此客，夜筵两酌乐何央。

60. 太湖七十二桥

一一溢目画桥也，在苏州松陵驿。

跨湖有物为谁容，着意看时不是龙。

浸影桥桥何所似，洞庭七十二诸峰。

61. 枫桥

在苏州姑苏驿

枫桥未断仅存踪，人物难逢境易逢。

张继去来无宿客，旧时山答旧时钟。

62. 寒山寺

殿之上面安寒山、拾得二像，像形与画图无异矣。左右立二牌：南无寒山文殊师利菩萨、南无拾得普贤行愿菩萨。云云。

古佛堂中空色并，寒山拾得貌如生。

客船张继题诗后，夜半钟声天下鸣。

63. 寒山井

寺僧云：山中及旱，则动无水，寒拾穿二井而为遗物。云云。

寺主从来以水夸，夏凉冬暖净无瑕。

才将一滴洒胸臆，钝地新开智慧花。

64. 拾得井

井华秾绿若琅玕，殊栖芳芳于白檀。

行愿海深千尺水，人间热恼洗无端。

---

① 令彰本作“得支倭两地得欺瞒”，宫书乙本作“支倭两地得欺瞒”。《入明记》无此诗。笔者推测令彰本恐衍第一个“得”字，故本书作“支倭两地得欺瞒”。

65. 虎丘寺

在苏州姑苏驿，开山罗什法弟生公也。

古寺基荒苔蚀碑，炉香烟薄仅量时。

壁间留得昔年事，前度刘郎一首诗。

66. 千人坐石

在虎丘寺

岩上盘焉与镜同，一千古佛坐谈空。

浮云若覆及肤寸，法霈雨人西又东。

67. 点头石

在虎丘寺，生公说法之时，每石竖，点头。云云。

小大岩姿带雨清，方圆个个自然成。

讲筵何事点头上，灭不灭兼生不生。

68. 剑池

在虎丘寺

模匪龙泉匪太阿，活人手段日砻磨。

金刚王若近斯水，退倒三千不奈何。

69. 惠山寺

在苏州，寺内有茶水，揭“天下第二泉”榜，子昂书之。

泉重惠山山重泉，泠泠岩溜不知年。

客愁滴破松堂雨，僧梦燃残茶灶烟。

五里街头虽堕世，大慈阁上别开天。

他生愿入此佳境，长伴闲云借榻眠。

70. 东坡先生祠堂（其一）

榜曰“延陵馆”，在毗陵驿

一非一是不干情，身后文章千载行。

除却欧阳谁出右，几生修得到先生。

71. 东坡先生祠堂（其二）

胡为垂翅赴琼海，只合终身在玉堂。

名与乾坤齐不朽，文兼日月永争光。

72. 东坡书院

同在祠堂之傍，堂院有守官二员。

来见玉堂云雾窗，笔枯砚破不干江。
案头旧物今空在，一点山萤影是釭。

73. 张子房庙（其一）

榜曰“天枢庙”，在京口驿。庙守话云：兵将祷此庙，必有应。

真个[①]留侯定汉储，谁言羽翼属商于。
卯金四百年天下，功在圯桥一卷书。

74. 张子房庙（其二）

辞刘辟谷鬓斑斑，荣达皆忙不若闲。
祇道曾从赤松去，犹留遗像在人间。

75. 金山寺

在扬子江中，开山裴头陀也。方丈额曰“大彻”，圆悟禅师书焉。

解道金山山里寺，上方隔在翠微间。
龙为行者点灯去，鸥与残僧结社闲。
茶鼎烹泉销午睡，蒲团坐劫杜禅关。
过船日暮重多少，稛载钟声树影还。

76. 妙高台

在金山寺，台上安文殊像，台下有善财岩。

台筑妙高天下闻，百城烟水座前分。
善财何者我何者，非别峰亲见德云。

77. 中泠泉

揭“天下第一泉”榜，在金山寺。

此泉未掬意先清，天上人间第一名。
若以玉川茶试得，蓬莱万里片时行。

78. 猩猩洞

在金山山腰

卧屐衣生经几年，岩扉深锁洞中天。
猩猩化作僧僧否，唯有茶泉无酒泉。

79. 六亭

在金山之绝顶，曰江山一览，曰烟雨奇观，曰观澜，曰留云，曰吞海，曰回涧，又山

① 宫书甲本作“真是”。

号金鳌也。①

山容龟又不同龟，亭筑六难藏六仪。

栏上展开有声画，雨来湘景澜吴潮。

80. 再渡②之时复上金山寺

金山古寺记吾曾，一叶扁舟两度登。

瓦鼎煎茶谈到暮，眼青头白旧时僧。

81. 焦山寺

在扬子江中，与金山相对，汉焦光隐于此山，因名之。寺内有焦光祠，揭“隐士祠”之榜。

谁言小隐隐山阴，可惜不知仁者心。

昔日焦光有遗韵，古祠松柏带风吟。

82. 渡扬子江

扬子大江天下无，暗中独渡老臊胡。

等闲用汝作舟楫，万里沧波一叶芦。

83. 甘露寺

在北固山上门

天下奇观惬素闻，江山犹未丧斯文。

门开甘露苏群渴，塔耸层霄千尺分。

梵呗唱残深夜汐，木鱼吼破半岩云。

登临少憩逢僧话，自笑忘归对夕曛。

84. 九层铁塔

在甘露寺内

天匠运斤铁塔工，重重法界样皆同。③

九层高耸射星斗，易地将飞都率宫。

---

① 按，策彦周良游览时只剩四亭，江山一览亭与观澜亭毁。

② 按，据《入明记》载，该诗作于策彦初渡南返回程途中，并非再渡时。

③ 按，令彰本作“天匠运云斤铁塔工重重法界样皆同”，宫书乙本作“天运云斤铁塔工，重重法界样皆同”，牧田本作“天匠运云斤铁塔，工重重法界样皆同”。《入明记》无此诗。笔者认为该句化用《庄子》“匠石运斤”的典故，“云”与“运”字形相近，“云”字当为衍字，故该句疑是“天匠运斤铁塔工，重重法界样皆同。”

85. 鹤林寺[①]

方丈有旧诗板，刻李涉鹤林寺之诗。

鹤林僧舍以诗鸣，李涉一联遗墨明。
七七鹃花来偶见，化为乌有一先生。

86. 邵伯庙

在扬州邵伯驿

邵公所憩有祠堂，古往今来慕德香。
意足不求遗像肖，居民千岁拜甘棠。

87. 舟中值立春

赴北京之舟行也

蓬窗斜掩昼冥冥，忽值立春如梦醒。
遮莫他乡知己少，东君依旧眼终青。

88. 淮阴侯祠

在淮阴驿

秦楚平来未赏功，云梦游猎失良弓。
当时若用蒯通计，汉祖乾坤掌握中。

89. 漂母祠

在同处

漂母身亡心未灰，女中有此丈夫才。
曾将脱粟半炊饭，分与无双国士来。

90. 王祥孝河

王祥，淮阴人[②]也。

河以王祥鸣古今，卧冰保母不寻常。
行人一度漱斯水，不孝亦能为孝心。

91. 除夜

于北京海道舟中值除夜

半是尤人半怨天，明朝四十下滩船。
残灯一点千金价，未到晓钟犹旧年。

---

① 按，据须田牧子研究，策彦两次入明并非到过此处，该诗为策彦使用“歌枕”的虚构之作。

② 按，王祥，山东琅琊临沂人，非淮阴人。

92. 又用前韵

荣辱升沉虽付天，天涯愧我迹如船。

有何颜色对春色，生不成名四十年。

93. 楚项羽庙

在钟吾驿，门揭“西楚霸王”四大字。

执锐被坚亡暴秦，岂图天下属宽仁。

监司休扫庙前草①，又有春风生美人。

94. 进履桥

在下邳驿之城里，其傍有授书坊，坊内有黄石公、张子房像。

蹶项颠嬴天下分，运筹帷幄树元勋。

黄公一授素书后，更使圯桥高似云。

95. 歌风台

汉高威气盖王畿，歌大风来云忽飞。

白雪阳春皆第二，非宽仁和者应希。

96. 汉高祖遗像

木像也，在歌风台上

隆準龙颜颜若天，望为云就又星躔。

斩三秦虎狼蛇了，一剑霜寒四百年。

97. 瑠璃井

在歌风台前，井傍有石碑，镌以汉高手敕惠太子之书。

出山四皓耸其眉，羽翼储君飞九天。

高祖旧盟真不变，黄河如带井中泉。

---

① 按，令彰本作“司休扫庙前草”，宫书甲本作“祠司休扫庙前草”，富冈本作“□司休扫庙前草”，宫书乙本作“贤司休扫庙前草”，桂窗本作“庙前休扫无名草”，《入明记》作“监司（庙前）休扫庙前（无名）草”，宫川本作“监司休扫庙前草”，会余本作“司休扫庙前草”。《入明记》中的此句最初为“□□（此二字因涂改无法辨识）休扫庙前草”，“□□”左有“庙前”二字，右有“监司”二字，“庙前草”的“庙前”两字左有“\”符号，右有“无名”二字。由此判断，策彦最初创作的诗句不得而知，后改为“监司休扫庙草”与“庙前休扫无名草”。故本书据《入明记》，作“监司休扫庙草”。

98. 齐桓公庙

在临齐县①水马驿

九合诸侯古庙才，正而不谲遗松哉。

夷吾一语昨非耳，旧雨雨人今雨苔。

99. 宋太祖庙

在临齐县甲马营驿②

十六月亏昏宋家，小星翳又北辰斜。

年年写出韩堂夜，庙里犹吹白雪花。

100. 老子庙③

在鱼侪县④乾宁驿，庙门揭“三清殿”三字。

低头金色大龟氏，西释袈裟东道冠。

易地易时多救众，慈恩太重几千般。

101. 桃花口

在兴济县杨青驿⑤

九陌尘中还得闲，无言桃李掩仙坛。

天余上巳好风景，节去也停行客鞍。

102. 日近皇都堂

在潞河驿，堂内上面颜“日近皇都”四大字，自此驾车入北京。

堂前大道震雷哗，来往相连长者车。

槐叶成阴隔天际，长安益近日边遐。

103. 会同馆

在北京顺天府之中馆也，万邦正贡聚于兹。

四海九州来会同，土宜献纳各旌功。

吾何求辙行天下，今日亲逢率土雄。

104. 玉河馆

在北京顺天府，河水流而入禁中之凤凰池，故有巡河官人，而不流污秽之物矣。

---

① 按，齐桓公庙在山东临淄县。

② 按，宋太祖庙在河南洛阳夹马营。

③ 宫书乙本作“孝子庙”，《入明记》无此诗。

④ 按，老子庙在河北沧州兴济县。宫书乙本也作“鱼侪县”，《入明记》无此诗。

⑤ 按，杨青驿不属兴济县，属顺天府武清县。

河磨珠玉得佳名，流入禁池扬至清。
旱不减兮霖不溢，君舟臣水保升平。

105. 入燕京参内

即席应制

万里使星朝奉天，五云捧上玉楼前。
献君唯以无疆寿，我是日东蓬岛仙[①]。

106. 皇帝赐御诗

东夷有礼信真缁，远越潮溟明国彝。
入贡从今应待汝，归来勿忘朕敦仪。

107. 应制和御诗

即席于御前涉笔

入贡古今无磷缁，我邦久仰大明彝。
三千礼乐珠帘卷，紫凤翩翩舞羽仪。

108. 奉敕见花萼楼[②]牡丹

天下群花效此妍，色香不凡实神仙。
李唐三百年嘉运，朵朵开来置御前。

109. 再渡唐参内献野诗

熟路洋中船翼轻，天书早召验吾诚。
禁池再浴恩波水，弊垢袈裟影尚清。

110. 赐御和

氏姓声名俱不轻，曰谦曰策尽其诚。
前来锡杖今杯渡，戒律再三如水清。

111. 四月二十三日于上林苑赐宴（其一）

五官人同题诗，七伶人同奏乐，皆是为予者也。
今日天恩与海深，凤凰池上洗凡心。
回头群卉花犹在，始见青春归禁林。
——日本使臣僧周良

---

① 宫书甲本、富冈本作“我是日东蓬莱仙”。
② 按，花萼楼建于唐玄宗时期，唐末毁于战乱，至今未重建。

112. 四月二十三日于上林苑赐宴（其二）
仁义相并日本僧，乘槎来慕孔丘曾。
上林苑内荣华宴，美誉芳名高九层。
——翰林朱氏佑
113. 四月二十三日于上林苑赐宴（其三）
见使华知其国光，接人气宇太煌煌。
天朝恩赐稛舟楫，锦帆向荣归故乡。
——相国李氏恒
114. 四月二十三日于上林苑赐宴（其四）
碧眼胡僧到帝城，禅心道体二如琼。
险难遥历正其使，归便乡榆昼锦荣。
——前翰林程氏询
115. 四月二十三日于上林苑赐宴（其五）
正人胸宇有椒兰，言语吹香日不殚。
乡国鹖哉何陋有，禅衣片片绝尘端。
——大监韩氏纻
116. 四月二十三日于上林苑赐宴（其五）
释而儒又道而墨，三教相该斯上人。
天子宣言颁御宴，九夷九国绝比伦。
——金紫光禄杨氏謇
117. 上林苑会拙作翌日达明聪，龙颜改观而赐御和
奇哉才业与渊深，佳作一章波澜心。
贤衲所栖春色永，禅林花发又诗林。
118. 曲江[①]
景似吾朝吉野川，落花漾水锦机鲜。
无声诗与有声画，墨客骚人费万笺。

① 按，在今陕西省西安境内。

119. 雁塔①

在曲江院

雁变浮图脱卵生，风铃高响自然鸣。
图知佛塔记登第，进士庶几儒释并。

120. 再渡唐之时，归宁波府，谢南寓外史丰解元制予《谦斋记》文

丰解元，字存叔，杭州浙江驿人②也，远劳使令投记文于当府者也。

南董笔端令属翁，重于九鼎画麟功。
斯文恩惠加何赐，字字成珠辉我东。

121. 初渡之时于洋中赋一绝

回首西南是白云，摩睫东北近乡枌。
棹夫莫倦皈舟重，载大唐来献我君。

增补：

1. 和韵呈张大人执事下

交盟缱绻以诗酬，亲则他州胜故州。
遮莫西东语音异，良媒幸有管城侯。

2. 和靖读书台

路自翠微深处过，荒台无主粉墙空。
书声断后泉声续，却讶先人读未终。

3. 副使竺裔游天童，于密庵塔有偈，次其芳韵

一山门是两山门，震旦扶桑皆子孙。
胜似鹫峰四华瑞，普天甘露雨翻盆。

4. 薛兰室先生有诗，即次其韵

博爱许吾兰室下，公诗清雅可为宗。
明年六月棹舟去，载得新诗到日东。

5. 赐筵宴之翌日，伴送官李大人作川八见寓贺忱，聊赘其韵以奉谢圣恩万乙云

摩云楼阁几重重，知是紫宸移紫蓬。

---

① 按，在今陕西省西安境内。

② 按，丰坊是宁波鄞县人，非杭州浙江驿人。

卿棘公槐筵宴丽，乐花礼叶禁班隆。
沛然德雨凉天下，浩荡恩波注日东。
正好清时扬侧陋，山川虽异此文同。

附录B：

《入明记》中策彦周良读书笔记举要

一、《海琼玉蟾先生文集》

1. 嘉靖十七年七月十七日

(1)《白玉蟾》卷三

黍大青混沌，此即万化鞘。云云

(2) 同卷之四

六角扇起解热风，三杯酒为浇诗雨。

(3) 卷之二十九

世尊与蝼蚁共胎。云云。

(4) 同卷之卅

四方云水，闻风来者如蚁也。云云。

(5) 补遗　同卷之十九

学伯夷者未得其清，先得其隘。学柳下惠者未得其和，先得其不恭。

(6) 卷之十

明珠怀夜月，孤剑匣秋霜。气魄今诸葛，襟期旧子房，云云。

(7) 同十一

冰辞雹语。

(8) 卷之七

桂花对金蚁。

(9) 卷之四

三山天庆观，宝炉烹日月。铁尺鞭雷霆，晓炼西山云。夜煎北斗星。云云。

(10) 同十二

活瞿昙　笔下千机锦，胸中一滴金。

(11) 卷之十三

新茶寻雀舌，独芋煮鸱头。云云。

(12) 卷之十五

暑热詈　玉友避嫌，竹奴专宠。

(13) 秋热　槐窗过两顷雨，竹榻无一张凉。

二、《韵府群玉》

1. 嘉靖十七年七月十七日

奶　奴蟹切，唐人呼昼睡为黄奶。《韵府》

2. 嘉靖十七年七月二十日

推箧中枣

上林献枣，汉武以杖击殿槛，呼方朔，曰：叱叱朔来，此箧中何物？朔曰：上林之枣四十九枚。上曰：何以知之？曰：呼朔者上也，以杖击槛者两木也，朔来朔来者枣也，叱叱者四十九也。上大笑。《外传》

3. 嘉靖十七年七月二十六日

(1) 修：

诸葛元修，诸葛以姓行，元修以字行。

洪舜俞《老圃赋》，二菜名，详“菜”。

人名，杨修，解曹娥碑。

阮修，字宣子。

杖头钱，详“刄”。

冯修，河伯名。

闻思修，观世音菩萨由闻思修入三摩地。《观音经》。

(2) 宿瘤采桑

齐女项有大瘤，闵王游至东郭。百姓尽观，女采桑如故。王怪问，曰：“受教父母采桑，不受教观王。”王曰：“此奇女。”聘之。《列女传》，并《韵府》。

4. 嘉靖十七年七月二十八日

(1) 野狐禅　何似东坡铁拄杖，一时惊散野狐禅。详“狐”。

杜撰禅　清公非往时杜撰禅。《谷答李德素》。

参黄杨禅　允和尚曰：“这汉参黄杨木禅，却倒缩去。”《大惠语录》《韵府》“禅”下。

(2) 腹便　边孝先腹便。详“笥”。肥貌，同上。

5. 嘉靖十七年七月二十九日

(1) 秔，《说文》：稻属，或作粳。

长腰秔，江南有长腰秔米，详“腰”。

(2) 陶泓，毛颖与绛人陈玄、弘农、陶泓相友善。《毛颖传》。陶泓，砚也。

宝泓　抚摩宝泓置道山。《山谷杂言》。砚也。

又涵星泓トモ書タソ。涵星砚ハ常ソ。“泓”ハメスラシイソ。

(3) 鶄，子盈切。《说文》。

鶄鸡，似凫，脚高，有毛冠，辟火灾。韩：浮迹侣鸥鶄。

(4) 盛，是征切。

笼解盛　东轩只是虚空物，何处人家笼解盛。子由，子由号东轩长老，详“轩”。

老瓦盛　莫笑田家老瓦盆，自从盛酒长儿孙。杜。

(5) 愁城，攻许愁城终不破，荡许愁城终不开。庾信·《愁》诗。

不夜城　汉·《地理志》：不夜县。注：古有日夜出于东莱，故莱子立此城，以“不夜”为名。风花误入长春苑，雪月长临不夜城。坡·《雪后》诗。

(6) 伶，吕贞切。《说文》：弄也，从人令声。一曰伶人，弄臣也。《诗》：仕于伶官。注：伶伦，古乐师，因号乐官为伶官。《事文》，并详青韵“伶”下。

(7) 白马驮经：汉明帝时，摩腾竺法兰以白马驮经至东都，即四十二章经，中国佛经始于此。《事物纪原》。

(8) 蜓

蜻蜓，色青而大曰“青蛉”“青亭”，小而黄曰胡黎，小而赤曰赤卒，一曰绛驺，亦名赤辨丈人。淮南呼蝀蛜，为江鸡。又孤竹云：“青辨使者トモ云々。”未考。

(9) 雨霖铃：明皇幸蜀，霖雨弥旬，栈道中闻铃声，悼念贵妃，因为雨霖铃曲。《杨妃外传》

菊万铃：菊黄色而员者，曰金铃。《梦华录》亦曰：万铃千叶，纯白曰玉铃。《菊谱》。

(11) 伶，与庚韵伶字下通看。

水伶　伯牙作水伶操。《唐乐府序》。

王门伶　戴逵能琴，武陵王召之，逵破琴曰：“安道不能为王门伶人?”《晋本》。

(12) 瓴　似瓶。《汉书》：高屋之上建瓴水也。注：盛水瓶。

(13) 囹，狱也。韩：守官类拘囹。活套：空囹。

(14) 零

蜚零，蜂名。活套：露霄零。

昔周公躬吐握之劳，故有囹空之隆。注：周公吐握，以礼贤士，故能太平，囹圄空虚。是は王子淵か「聖主得賢臣頌」の中の語ぞ。囹の字に付て引て考之。《古文真宝》六。

(15) 宁

黄宁，故能不死入黄宁，《黄庭经》。黄宁即黄庭。

(16) 螟，莫经切。《说文》：虫食谷叶者，吏冥冥犯法即生螟。一曰：螟食苗心者。禾始发，有虫生苗心中，如蚕而细，能吐丝包缠其心，使不生穗。又螟蛉桑虫。

书螟　《春秋》：书螟为灾也。

焦螟　焦螟巢蚊睫，《晏子春秋》一作冥。

(17) 铭

霞鹜新铭　落霞孤鹜换新铭，坡。

(18) 瓶

夜瓶　小杓分江入夜瓶，坡。

口如瓶　尝郑公书坐屏，云：“守口如瓶，防意如城。”

酒瓶花瓶　可是近来疎配盏，酒瓶今已作花瓶。杜小山《梅亭》。

净瓶　　梵云军持，此云瓶，常贮水随身净手，《寄皈传》。

华林与佑师争住沩山，百丈曰：“若能下得一句出格，乃与主持。”指净瓶曰：“不得唤作净瓶。”林曰：“不可唤作木㓞也。”百丈不肯。佑师乃踢倒净瓶。百丈笑，云：“输却山子也。”《灯传》。

水在瓶　刺史李翱问药山惟俨禅师：“如何是道?”师曰：“云在天，水在瓶。”翱作偈曰：练得身形似鹤形，千株松下两函经。我来问道无余话，云在青天水在瓶。

6. 嘉靖十七年八月三日

家童扫　重重迭迭上瑶台，几误家童扫不开。《花影诗》。

花未扫　花落家童未扫，王维。

7. 嘉靖十七年八月四日

雨不失期

魏文侯与虞人期猎，以饮酒乐。天雨，文侯曰：“虽雨，岂可无一会期哉。”

8. 嘉靖十七年八月十八日

白堕，河东人。刘白堕能酿酒饮之，醉而不醒，又谓之擒奸酒。有过盗以酒饮之，醉皆被擒。时语曰：“不怕张弓挟矢，惟怕白堕春醪。”

9. 嘉靖十九年十二月五日

（1）笼，庐红切，义之举，群之鹅。

智笼，圣人以智笼群愚，狙公以智笼群狙。《列》。

天下为笼，以天下为笼则雀无所逃。故汤以庖人笼伊尹，秦以五羊皮笼百里奚。《庄》。尹好厨，故汤用为庖人。奚拘于家，穆公以五羊皮赎之，或云奚好五色皮裘。

折梅逢驿使，寄与陇头人。江南无所有，聊赠一枝春。范晔。

（2）玉山推，～～倒自非人推，李。《韵府》灰台推字下。

（3）奚

酒奚，～～人，三百人。《礼天官》：今之侍史官婢。

诗奚，李贺：小奚奴背古锦囊，遇所得诗投囊中。详“囊”。

跛奚，奴之跛者。山谷有《跛奚文》。

羊奚，比乎石笋子，注：草名。

（4）犀

水犀，吴王夫差有水犀甲三千，坡诗注。

木中犀，我爱木中犀，不是凡花数。白卿林《桂花》。

（5）周得上策，汉得中策。《韵府》策字下。

10. 嘉靖二十年二月九日

莺过墙

司马温公同幕于僧舍私幸莺妓，荆公往追之，乃使妓踰垣去。荆公集句戏云：年去年来来又忙，暂偷闲卧老僧房。惊回一觉游仙梦，又逐流～～短～。后山盛。《韵府》“墙”字下。

客踰墙

韩魏公门～～～宿妓。公因咏竹，云：莫遣狂枝乱出墙。客诗曰：莫为狂枝赠斧斤。公赐女妓。同上。

三、《新编事文类聚翰墨全书》

1. 嘉靖十七年八月十日

题立雪文稿　邓中斋

立雪年少，才气卓荦，似刘季孙，中年连蹇不第，危得施失，似李方叔，知己得路，借誉引重，迄无成功，似孟浩然。中更世故，蹙额悲吟，虽科目未收，忠爱不买，似罗隐令。年踰七十，鳏居隐处，似郑白云。乱后居吟，研味外味，似休休居士，或曰立雪雪翁耳。何多变也，曰：不然，世变则境变，境变则诗变，非其人变也。使立雪当承平取上第，以看花之得意，洗哭雪之醸寒，当不在孟东野下。党贵近推挽，特达奏赋，如杜草堂，擒词如白小，却犹应以列荐官，无已以史馆命放翁，硕才命雅不相谋，而朝市陵谷，宫庙禾黍，已咄咄逼人，后草木未黄，美人先暮，东屯西淹，寒云枯树，拜杜宇，哀江南，往往愁绝，已而倚高临流，抚松对菊，旷然自怡，诗兴日浩，盖齿宿意新，不知老之将至也。予尝评君一生，琢对匠语，洗削治择，齿牙间，纚纚有声，大率成就，精切二字而已。当其精切得意处，前无古人，古之人或不然，必皆两精切也。今皮毛落尽，孤骨兀然，雷霹之琴，大成之镰，潮湍激啮之山，皆自然成趣，有不假绎削而合，盖于是门外雪三尺矣。得其髓者非齐腰子不能，后巽翁作序之，四十有三年，岁上章摄提格。中秋日，同门生郄光荐书，为立雪先生第五稿序。《翰墨全书》七辛。

2. 嘉靖十七年八月十一日

（1）题月湖诗稿　恕斋

何地非月，与月有情者莫如水。盖动静百变，而容光随之而变，月水于是乎有情焉。沉而静，则棹穿波底，无伤月之明。浮而动，则金波不定，益以增月之丽。掬而在手，水与月俱采而洒泓。月与水，尘匣开镜，月之吐也。金轮翻盆，月之落也。愚不知，月有情于水邪，水无情于月邪。应和以月湖名集，是又诗与水月之情，三而一，一而三者也。老眼昏毫而欲眠，听新诗之情，闻佳句，輒技痒。尝令稚子披诵是编数过，似觉充然有得，不翅湖水以味其情，吸月以挹爽也。玩昌黎南山之作，则六鳌驾峰，不足以状其雄。读钱塘潮之咏，则海鲸吞月，不足以喻其怪。羡泉石之辈于一炉之熏，则风恬浪定者，此湖也。荡秦火之灰于一派之泉，则湮云扫空者，此湖也。山园寂莫，梅秀落花，发逋仙暗香疏影未至之言，树影昏黑，人烟有无。则又王维鸡声茅店，人迹板桥，自意所不至者也。留之累日，但觉湖光月影，沉浸研席，照耀凡格，冯夷望舒，环列吾侧。楮生展卷而索吟，管城脱帽而效职，吟云：鬼勃勃梦魄受役，乃作而叹曰：月湖月湖，得无扰闲窠老子之闲乎？遂亟为之返璧。《全书》七　辛集之终。

（2）元遗山：乱后玄都失故基，看花诗在只堪悲。刘郎也是人间客，枉向春风怨兔葵。同上八。

（3）种菩提子于婆娑境上，驾般若船于寂灭海中。《全书》二。

3. 嘉靖十八年正月二十一日

○《翰墨全书》：欢欢喜喜，蛮柳眠风，妃棠醉日。

江西派冷，谁嗣宗风。喜迁莺　楽府の名ト見ヘタソ。

宝氏五龙，柳家五马，陶家五柳。云云。元家道保。元稹。白家阿雀。白居易。梅兄梅弟长生酒，鼎梓一门三秀才。南丰门户奇哉。

○九流异义，皆糠粃耳。龙门种定入龙门。机云双陆，同年弧矢。二女则鸦鸦学语，五男则雁雁成行。兄弟之子犹子，父母之心为心。

4. 嘉靖十八年正月二十二日

《翰墨全书》卷之四・丙集

○正月

初一日　元日　《玉烛宝典》正月为端月，履于始也。其一日为元日，天腊《道经》。天中节《道经》。长命杯　周庾信诗：新年长命杯。洞宾成仙。云云。

初二日　宝胜佛生，出藏经。

初三日　先庚，三日。先甲，三日。太白，降现。北斗翊圣下降。

初四日　开基节。是日玉晨大道君，登玉霄体宫，四眄天下。

初五日　大慈佛生。出佛书。

初六日　定光佛生。江州武平田安白花岩主定光佛生日。

初七日　人日。东方朔占书七日人。

初八日　谷日。东方朔占书云：八月谷日。

初九日　五通仙诞。南斗下降。太素三元朝真日。

十三日　挂塔灯。张乖崖帅蜀，增十三夜灯，谓之～～～。三元集圣之辰。出《道经》。

十五日　上元节。天宫降福之辰。

十七日　增上元。宋干德五年，诏曰：朝廷无事，年谷履登，宜土民之从乐。上元可增十七、十八两夜。

十八日　开重门。唐天宝六年正月十八。诏～～～，夜开以达阳气。

十九日　收灯。《梦华录》：上元放灯，增十九日。北阴圣母降。

二十日　补天穿。正月二十为天穿日。李白诗云：一枚煎饼～～～。南斗星降。

二十五日　北斗出游。

二十七日　北斗下降。《道经》。

〇二月

初一日　中和节。天正节，出《道经》。翊圣神君下降。

初二日　挑菜节。花朝，洛阳风俗。以初二日为挑菜节。士庶游玩，陆天师飞升。陆修静。

蹈草节。壶中录蜀中风俗。以二月初二为～～～。

初三日　北极降。北斗降。《道经》。

初五日　辟支佛生。佛书。

初七日　宜春谢真人飞升。

初八日　芳春节。二月八日为～～～。玉晨太道君登玉霄琳房，四盻天下。罗汉成道。出佛书。

初十日　长生护身天尊下降。每月初十下降。

十五日　真元节。三教宗师太上老君混元上德皇帝诞圣。花朝。

十六日　长春节。《宋史》太祖生于后唐，天成二年二月十六日，生于洛阳大内甲马营。是夕神光满室照耀，异香馥郁，经夕不散。胞如宿蒸而黄，体被金色，三日而变。观音成道日。出《藏经》。

十九日　观音生辰。佛书。

二十日　北斗出游。保德真君降。

二十五日　新罗金真人飞升。

二十九日　圣母元降日。

三十日　大慧真人下降。

○三月

初二日　玉皇诞圣日。玉皇上帝。陆天师生日。陆修静。

初三日　上己节。唐德宗以上己为令节。玄天上帝生辰，《道经》。葛仙翁上升。

初八日　王母赐念珠。王母为黄帝赐念珠日。

初九日　蓬莱都水使者升仙。陶隐士。

十三日　展上巳。《容斋续笔》：唐文宗归融为京兆府，以事繁。又近十巳曲江宴，奏请改日。上曰：去年取九月十九为重阳，未为失重阳之意。遂展十三日为上巳。

十八日　会游勾曲山。云云。东海青童君会游～～～。看洞室日。

○四月

初一日　南方七宿下降日。

初二日　太虚元君生日。出《道经》。

初三日　北斗北极翊圣下降日。

初四日　竹下围棋。天帝游东井。支珠生日。出佛书。善财童子出参。《华严经》。

初八日　释氏生。《藏经》：是日常星不现云。浴佛日。《高僧传》云：四月八日，浴佛。以都梁香为青色水，郁金香为赤色水，丘隆香为白色水，附子香为黄色水，安息香为黑色水，灌佛顶。明星出，顾况歌：四月八日明星出，摩耶夫人降前佛。

初十日　同天节。《宋史》：神宗诞日，为同天节。

十三日　三皇帝君降。《道经》。

十四日　干元节。宋仁宗诞圣。紫极洞天纯阳灵宝真人生，吕洞宾。

十五日　洞宾飞升。吕洞宾以四月十五日纯阳飞升。僧尼结夏。《荆楚岁时记》：天下僧尼，此日就禅刹挂搭，谓之结夏。《禅苑清规》云：当法王禁足之辰，是释子护生之日。樱笋厨，《岁时记》：四月十五日自堂厨至百司厨，通谓之～～～。

十七日　翊圣真君下降。

二十一日　普贤菩萨生辰。佛书。

二十八日　天休节。

〇五月

初一日　端一日，《岁时记》：京师人以五月一日为端一，初二日为端二，初五日为端午。天帝游东井。

初三日　扇市。端午前二日谓之～～。在东市车马特盛。

初四日　孔子生日。端四日。

初五日　端阳，地腊。《道经》：是日五帝校定生人官爵否泰。孟尝君生。崔信明生，是日方中有异雀鸣集庭。太史占曰：五日属火，火主《离》，《离》为文，日中文之盛也，雀五色而鸣，此儿将以文章显。

胡广生，汉人。万回和尚生。

十二日　宁贶节。天真上圣示现之辰。炳灵公诞日。

十三日　龙生日。《岳州风土记》：五月十三日谓栽竹多茂。竹醉，鲁直诗注。

十五日　老君降现鹤鸣山。南极老人星下降。药王韦真人仙日。

十七日　天地交日，天地二气交，造化万物之日。

二十日　北斗出游。保德真君降。并《道经》。

二十五日　太平真君升仙。

二十九日　分龙节。《图经》：池州俗为～～～。

三十日　商山四皓降现。

〇六月

初六日　祝贶节。清暑日，《道经》。

初九日　蓬莱殿赐橘，唐蓬莱殿赐群臣橘。

栗乎可考

初十日　金乘如来生日。出佛书。

十五日　六祖落发。印宗法师为六祖惠能落发日。太虚元君降现。六祖上真落发。紫微王夫人同落发日。

二十六日　清源真人生日。

〇七月

初一日　先天节。乞巧市。《岁时记》：东京七月一日，置先天节。圣祖天尊诞日。

初三日　三日雾。《望气经》云：三日有雾，岁熟。

初六日　蹈层冰。杜诗：七月六日苦炎热，安得赤脚蹈层冰。左厢乞巧，《岁时记》：京师人家左厢以七月六日乞巧，右厢七日。

初七日　巧夕。《东京录》：七夕京师多结綵楼于庭乞巧。乘鹤飞升。王子乔。王母降现。西王母降。麻姑仙降王方平宅。太平真君降，冠大师。汉武帝生。

十四日　生上相。宋・寇莱公生日，献诗云：向时生上相，明日是中元。

十五日　中元节。《道经》：以是日为～～～。天真朝元，又地官下降，定人间善恶，集福会。《崔经》。

十八日　太真西王母诞生日。《列仙传》。

十九日　圣母化生。佛书。力吉祥国圣母化生。贤劫千佛之日。

二十二日　希夷先生升仙。陈抟。

二十八日　西洛刘真人升仙

三十日　地藏菩萨生辰。出《藏经》。

〇八月

初一日　天炙。《荆楚岁时记》：八月一日，楚俗以朱点小儿额上，名天炙，以厌疾病。

初五日　千秋节。唐明皇生。欧阳太守生日。云云。朱孺子真人上升。

初九日　元成节。

初十日　朱点额。《岁时记》：八月十日，泗民以朱点小儿额，名为天炙。

十五日　中秋节之极，玉皇降现。唐明皇游月宫。文萧遇吴綵鸾，成仙之日。

十八日　龙王会日。《道经》：四海龙王神会之日。

二十一日　然灯佛生日。出《藏经》。

二十六日　寿星现。南极老人星。

二十七日　佛会。《藏经》：诸佛庆会东海之日。

二十八日　四天会事。出《道经》。

二十九日　同赤色。《道经》：太阴月宫星君满月色变形，万物感其阴气，盛化辰宜颂夜香。

○九月

初八日　药市。梓州易玄子以九月初九日上升，今梓州每当初八夜，于易玄龙池中货药，谓之药市。

初九日　重九。魏文帝书云：九为阳数，其日与月并应，故曰重九。

佩茱　武帝宫人九月九日佩茱饮菊，云：令人长寿。

初十日　小重阳，《岁时记》：京师士庶多于重九后一日再会，谓之小重阳。两重阳，白乐天诗。

十一日　罢药市，四川梓州以九月八日夜于易玄子龙池中货药，名药市。宋燕肃知郡事，展三日至十一日而罢。

十五日　水晶宫。阳汉公诗：江南地暖少严冬，九月炎凉正得中。溪上玉楼楼上月，清光合在水晶宫。

十七日　天曹增福相公生日。

十九日　展重阳。见三月十三日展上巳。列宿朝天。《道经》云：日月宫会合诸天列宿。上无始北斗大帝下降日。

二十日　天帝游东井。

二十五日　天符节。南极长生大帝降现。

二十七日　清源真人生辰。

二十八日　星源诞圣。

○十月

初一日　民岁腊。出《道经》。松花酒，《原化记》：崔希真十月初一日雪遇父老于门，献松花酒，老父曰："花酒无味。"乃于怀中取丸药置酒中，味极美。后问天师，师曰：此真人葛洪第三子，其药乃千岁松胶也。东皇大帝生辰。

初三日　龙聚日，《道经》：四海三元龙王奏水府日。

初五日　凤来曲，《赵飞燕外传》汉故事：十月初五日，歌凤来曲。

十五日　下元节。《道经》。

十八日　三天奏禄，《道经》。五百罗汉会经。《藏经》。

二十四日　降圣节。圣祖保生天尊降现。

二十五日　老君过关度尹真人。

二十七日　紫微星降。紫微北极太帝下降。

〇十一月

初一日　天正，周子建以十一月朔为岁首。《三礼宗义》：周以天正为岁，夜半为朔。

赐玉堂法酒，《宋朝文鉴》：东坡直玉堂。十一月一日苦寒，诏赐官烛法酒，坡有诗云：分光御烛星辰乱，拜赐官壶雨露香。

十五日　启福之辰。天帝游东井。西斗降。

十七日　妙善佛生，《藏经》：西方妙善弥陀佛生之日。

十九日　天子生，佛书：日光天子生日。佛出世，佛书：诸天华严菩萨及文殊佛出世之日。圣母降，北阴圣母元君下降。

二十三日　南斗生辰。《道经》：奏长生箓，南斗六司星君奏录生籍之日也。

二十七日　谢灵运生日。

〇十二月

初一日　地正，殷以十二月朔为岁首。《三礼宗义》曰：殷以地正为岁，鸡鸣为朔，鸡朔，见上注。蓬莱会，八仙聚会蓬莱。

初二日　承天节。宋真宗诞圣日为承天节。

初八日　兴龙节。宋哲宗诞日。佛道成，释迦佛道成日。

初十日　萼绿华仙人降现。

十二日　百福日玉晨大道君登玉霄琳房，四顾天下。太素三元君朝真之日。

十六日　星回节。南诏是日为星回节。

十九日　坡仙寿旦。

二十一日　多宝佛生。《藏经》。

二十二日　太平护国天尊降。

二十四日　交年节。《岁时记》：是日为交年节。又《梦华录》云：都人于交年日，以酒抹灶门，谓醉司命。

二十五日　三清会。《道经》：三清玉帝同会之辰。

二十八日　老君化胡。太上老君化胡，降伏九十六种邪魔日。

二十九日　华严菩萨生辰。《藏经》。

三十日　献寿。欧阳詹诗：望家思献寿。守岁饮。《岁时记》：接长筵。杜诗：守岁接长筵。

5. 嘉靖二十八年九月三十日

尚书为陛下喉舌。《翰墨全书》。

四、《排韵增广事类氏族大全》

1. 嘉靖十七年九月五日

韩擒虎

字子通，初名擒，容貌魁岸，有雄杰之表。隋文帝委以平陈之任，功成进位上柱国。死作阎罗王。《排韵》。

2. 嘉靖十七年九月十九日

（1）婚姻

题叶之缘

任氏能诗，一日题诗于叶，云：拭翠敛蛾眉，为郁心中事。搦管下庭除，书成相思字。此字不书石，此字不书纸。书向秋叶上，愿逐秋风起。天下有心人，尽解相思死。侯继图本儒，素倚大慈寺楼。因秋风四起拾此叶，贮巾箧五六年。与任氏婚，任见，曰：此吾在左绵时书叶。侯仕至尚书。

（2）西州五凤

谢发：永康人，五子，固、田、因、圆、困，迭魁太学，号西州五凤。

3. 嘉靖十七年九月二十日

琴高　水仙也。坡诗云：脚踏赤鲤公，跳下青冷中。《排韵》。

4. 嘉靖十七年九月二十一日

(1) 芮烨

宋人，因赋牡丹诗，忤秦桧得谪。桧死，再和牡丹韵云：宁令汉社稷，变作莽乾坤。起为江西漕。

(2) 计然

计然，名研，范蠡之师也。蠡既雪會稽之耻，叹曰：计然之策十，越用其五而得志。今吾欲用之家，乃之陶。治产致巨万，为朱公。《史记·货殖传》。

5. 嘉靖十七年九月二十七日

(1) 遗老集

贺铸字方回，好学，藏书万卷。工文辞，有《庆湖遗老集》、小词二卷，名《东山寓声乐府》，题定林，云：破冰泉脉漱篱根，坏衲遥疑挂树猿。蜡屐旧痕寻不见，东风先为我开门。舒王见之大称赏，由此知名。春愁云：攲枕有时成雨梦，隔帘无处说春心。元佑中倅泾州。

(2) 谢夷吾

字尧卿，永平中为巨鹿太守。第五伦令班固为文荐之，曰：才兼四科，行包三德。诚社稷之元龟，大汉之栋甍。

(3) 一座颜回

谢尚，字仁祖，八歲神悟。父携之送客，或曰："此儿一座颜回也。"尚曰："座无尼父，焉别颜回。"镇牛渚，秋夜乘月泛舟，会袁宏在舫中讽诵，即迎之升舟，谈论达旦。晋镇西将军。

(4) 江左第一

谢混，字叔源，为江左第一。桓欲以安宅为营，混曰："召伯仁及甘棠，文靖之德不能保五亩乎？"三世仆射。

(5) 抱玉乘骥

郦炎，字文胜，有文才志气。汉灵帝朝，辟命皆不就。云云。诗云：抱玉乘龙骥，不逢乐与和。安得孔仲尼，为世陈四科。云云。

(6) 采薇

墨允，字公信，即伯夷也。墨智，字公达，即叔齐也。伯长也，叔少也。夷齐其谥也，义不食周粟，隐余首阳山。歌曰：登彼西山兮，采其薇矣。以暴易暴兮，不知其非矣。云云。

(7) 宗禹

墨翟着《墨子》，宗禹之道。韩文云：墨突不得黔。言急于济人也。列子云：墨子悲丝。谓可以黄，可以墨。

(8) 秋阳赋

赵全时，字德麟，封安定郡王，恭俭如寒士。东坡作《秋阳赋》以讽，其辞云：赵王之孙有贤公子，告予曰：吾心皎然如秋阳之明，肃然如秋阳之清。吾好善而欲成之，如秋阳之坚百谷。吾恶恶而欲刑之，如秋阳之陨群木。是以乐而赋之。

6. 嘉靖十九年二十日

扁鹊，姓秦，字越人。载于《排韵》。

五、《东汉文鉴》

1. 嘉靖十八年七月二十四日

辰刻，余偶把《东汉文鉴》遮眼，得益者多多。

《东汉文鉴》二十·《与曹操书论酒禁》　孔融

酒之为德久矣，古先哲王，类帝禋宗，和神定人，以济万国，非酒莫以也。故天垂酒星之耀，地列酒泉之郡，人着旨酒之德。尧不千钟，无以建太平；孔非百觚，无以堪上圣；樊哙解厄鸿门，非豕肩钟酒无以奋其怒；赵之厮养，东迎其王，非引卮酒无以激其气；高祖非醉斩白蛇，无以畅其灵；景帝非醉幸唐姬，无以开中兴；袁盎非醇醪之力，无以脱其命；定国不酣饮一斛，无以决其法。故郦生以高阳酒徒，着功于汉，屈原不哺醩歠醨，取困于楚。由是观之，酒何负于政哉！全。

2. 嘉靖十八年闰七月五日

《东汉文鉴》第二

光武朝，杜笃《论都赋》云云。

大汉开基，高祖有勋，斩白蛇，屯黑云，聚五星于东井，提干将而呵暴秦。云云。

3. 嘉靖十八年闰七月二十五日

偶见《东汉文鉴》，其中语少少记之。

(1) 驽蹇之乘，不骋千里之涂。燕雀之畴，不奋六翮之用。楶（音节）梲

(之说反)之材，不荷栋梁之任。(颜曰：榮，桁也；棁，梁上之短柱也。)斗筲之子，不乘帝王之重。云云。

(2) 当食吐哺，纳子房之策。拔足挥洗，揖郦生之说。云云。高四皓之名，割肌肤之爱。云云。英雄陈力，群策毕举。云云。

(3) 表上铜马式，马援。夫行天莫如龙，行地莫如马，马者甲兵之本。云云。

(4) 卞和献宝以离断趾，灵均纳忠，终于沈身。而和氏之璧，千载垂光，屈子之篇，万世归善。云云。

(5)《两都赋序》班固

或曰：赋者，古诗之流也。昔成、康没而颂声寝，王泽竭而诗不作。大汉初定，日不暇给。至于武宣之世，乃崇礼官，考文章，内设金马石渠之署，外兴乐府协律之事，以兴废继绝，润色鸿业。是以众庶说豫，福应尤盛，白麟、赤雁、芝房、宝鼎之歌，荐于郊庙。神雀、五凤、甘露、黄龙之瑞，以为年纪。云云。三代同风。云云。

六、《新刊类编历举三场文选》

1. 嘉靖十八年八月十六日

(1) 文王道化所以行，而西周人材所由盛也。《三場文選》三册アル本也。

(2)《手植桧赋》。注：凡三林在孔氏家庭，先圣手所植者。

繄孔庭之乔木兮，自夫子之文章，象三林以毓秀兮，开万叶以流芳。称后凋之松栢。云云。柏叶松身。云云。尼山之正色，泗波之余泽。访故家而爱其木兮，当百倍乎甘棠。云云。又云，開萬葉ノ語、日本ノ万葉集ノコトニモ可用ソ。《三场文选》ノ二卷　庚集ニアルソ。

(3) 古文論語亦出乎孔壁之間。云云。鹤书爪迹贝叶虫蹄。云云。同上。

(4) 昌黎之山斗，足横绝乎古今。云云。露虎豹之一班。借辙鲋之余波。云云。同。

(5) 井蛙不可以语海，小年实异于大年。始于商书而极于洙泗。同。

七、《文献通考》

1. 嘉靖十八年十月六日

班固《东都赋》曰：四海之内，学校如林。云云。《文献通考》。

2. 嘉靖十九年十二月五日

(1) 隋大业六年正月朔旦，有盗，衣白练裙襦，手持香花，自称弥勒佛出世。云云。

(2) 林逋，字君复，杭州钱塘人，少刻志为学，结庐西湖之孤山。真宗闻其名。云云。终作一绝曰：茂陵他日求遗稿，犹喜初无封禅书。云云。《通考》。

(3) 莺声不逐春光老，花影长随日脚流。曼卿诗ソ。

(4)《渔舟集》，《文献通考》。

(5)《甘棠集》，同上。《清风集》，同。

(6) 百年便作万年计，一波纔动万波随。船子。

(7) 登大山，小天下。开百越，置日南。《通考·海南序略》。

3. 嘉靖十九年十二月六日

《醒庵遗珠》，《通考》。

4. 嘉靖十九年十二月晦日

(1)《默轩词》。《通考》。

(2)《岫云词》。同上。

5. 嘉靖二十年正月十五日

骚翁墨客代不乏人。《通考》二百四十九。

6. 嘉靖二十年二月朔旦

西瓜、东瓜，出《文献通考》。

7. 嘉靖二十年二月二日

女有余布，男有余粟。《通考》。

8. 嘉靖二十年二月九日

(1) 甘露零其庭，醴泉流其塘，凤凰巢其木，黄龙游其沼，麒麟臻其囿，神爵栖其林。《通考》。

(2) 野凫眠岸有闲意，老树着花无丑枝。平淡体，《渔隐丛话》。

(3) 股肱之臣。云云。《通考》。

9. 嘉靖二十年二月十日

(1) 陈氏乐书曰：诗者，民之情性。歌者，民之欢心。《文献通考》百四十八。

（2）东夷、南夷、西夷、北夷。同。

10. 嘉靖二十年二月十六日

（1）池塘生春草，窗间列远岫。天际识归舟，云中辨江树。蝉噪林逾静，鸟鸣山更幽。庭草无人随意绿，宫漏出花迟，枫落吴江冷，空梁荷燕泥，微云淡河汉，疎雨滴梧桐。已上《通考》载之。

（2）天子诏曰：古今之制，文质不同。今封禅以玉牒金绳，而瓦尊匏爵桔席，宜改从文。云云。《通考》。

11. 嘉靖二十二月十七日

（1）《文献通考》一百八十六

《小胡笳子十九拍》一卷。

《崇文总目》：伪唐蔡翼撰，琴曲有《大小胡笳》《大胡笳十八拍》。

《沈辽集》世名“沈家声”。小胡笳又有契声一拍，共十九拍，谓之“祝家声”，祝氏不详何人，所载乃小胡笳子。

《琴史六卷》，同。

《乐苑五卷》，同。

《琴德谱》一卷。

《琴手世谱》一卷。同。

《琴经》，同。

（2）《通考》一百八十五

《西山读书记》凡三十九卷。同。

（3）《通考》二百四十五

①寂寞黄昏愁吊影，雪窗怕上短檠灯。又独与梅花共过冬，淡月故移疎影去。

②睡魔正与诗魔战，窗外一声婆饼焦。又早行云：鸡犬未鸣潮半落，草虫声在豆花村。

③西风五更雨，南雁数行书。细雨双飞鹭，寒蓑独钓船。梦回千里外，灯转一窗深。谁知花过半，才与酒相寻。故人惊会面，新恨说从头。天上张公子，云间陆士龙。月白玄猿哭，更残络纬悲。语离遽如许，话旧复何时。巷南巷北人招饮，一雨一晴花耐看。有客过门湖海士，隔篱呼酒咄嗟间。梦回金马玉堂上，文在冰瓯雪椀中。青山如故情非故，芳草唤愁诗遣愁。扰扰征人相顾

语，萧萧落木不胜秋。风色似传花信到，夕阳微放柳梢晴。千里归来人事改，十年犹幸此身存。

④恋树残红湿不飞，杨花雪落水生衣。年来百念成灰冷，无说送春春自归。

⑤桑麻得雨更青葱，芍药留春结晚红。怪得鸟声如许好，此身还在乱山中。

⑥为怜红杏亚枝斜，看到斜阳送乱鸦。又是一春穷不死，天教留眼看莺花。

⑦篷窗卧听疎疎雨，却似芭蕉夜半声。烟浪蔽天天倚盖，署容一点白鸥明。

⑧《疎寮集》

⑨《瀑泉集》

⑩《醒庵遗珠》十卷

《梅山诗稿》

《冷然斋集》

12. 嘉靖二十年二月十九日

(1)《煎茶水记》一卷

晁氏曰：唐张又新撰。其所尝水凡二十种，因第其味之优劣。陈氏曰：唐涪州刺史张又新撰。本刑部侍郎刘伯刍称：水之与茶宜者凡七等。又新复言：得李季卿所笔，陆鸿渐水品凡二十，欧公《大明水记》尝辨之，今亦载卷末。余足迹所至不广，于水品仅尝三四。若惠山泉甘美，置之第二不恭。特未知康王谷水何如尔。其次，吴松第四桥水亦不恶。虎邱剑池殊未佳而在第四，已不可晓。至于雪水，清甘绝佳而居其末，尤不可晓也。大抵水活而后宜茶活，而不清洁犹不宜。故浮泉石池漫流者为上，为其活且洁也。若夫天一生水，蒸为云雨。水之活且洁者，何以过此。余尝用净器承雨水，试以烹煎，不减雪水。故知又新之说妄也。《文献通考》二百十八。

(2)《惠庭录》。同。

(3) 越中牡丹花二品

陈氏曰：僧中林撰。其序言：越之所好尚惟牡丹。其绝丽者三十二种，始乎郡斋、豪家、名族，梵宇、道宫、池台、水榭植之无间。来赏花者不间亲疎，谓之看花局。泽国此月多有轻云微雨，谓之养花天。里语曰：弹琴种花，陪酒陪歌，末称丙戌岁八月十五日移花日序，丙戌者当是雍熙三年也。越在国初繁富如此，殆不减洛中。今民贫到骨，种花之风遂绝。何今昔之异邪？其故有二，一者镜湖为田，岁多不登；二者和买白着，数倍常赋，势不得不贫也。同。

13. 嘉靖二十年二月二十一日

（1）高祖吕皇后，名雉，单父人。《通考》。

（2）《文献通考》二百五十三　汉孝哀

哀帝崩，王莽奏徙桂宫，后月，复与孝成赵后俱废为庶人，就其园自杀。

（3）《通考》二百五十七

晋成帝二男，太妃周氏生，哀帝、海西公。

14. 嘉靖二十年二月二十二日

（1）《通考》百二十八

凡乐函钟为宫，大簇为角，姑洗为征，南吕为羽。云云。凡乐黄钟为宫，大吕为角，大簇为征，应钟为羽。云云。

（2）一方有急，三面救之。同九十二。

（3）《通考》一百六十三

朝有进善之旌，诽谤之木。云云。指鹿为马，指野鸟为鸾。指菌为芝，指氛祲为庆云。云云。

15. 嘉靖二十年二月二十五日

弱甲孱将。《通考》。

16. 嘉靖二十年二月二十六日

（1）僻书曲学。《文献通考》。淫词，学问精通，文章美丽。受虚爵。

（2）东越王数反，居泉山之上，一人守险，千人不得上。同三百六十。

（3）陈留郡郡城西古城，战国时魏惠王所筑。秦攻魏，引河水灌城而拔之。同。

（4）种枳棘于良田，养虺蛇于室内也。《通考》。

（5）三州都督，七州都督府。云云。同三百三十四。

（6）宋端拱二年二月，甘露降，寿州廨园栢及资圣寺桧，状若华蕌，色如凝脂。

（7）宋干德四年二月，长春节。云云。《通考》三百三。

（8）虽外和而阴衔怒。云云。同三百三十四。

17. 嘉靖二十年二月二十八日

《通考》二百四十六

《逃禅集》一卷。陈氏曰：清江杨无咎补之撰，世所传江西墨梅即其人也。

18. 嘉靖二十年三月朔旦

翦其荆棘，驱其狐狸。《通考》。

19. 嘉靖二十年三月三日

（1）汉祖困于白登。《通考》。

（2）通考八十

元符祀风师、雨师、雷师。儀注：风师、雨师ハ常ノコトソ。雷師ハ面白ソ。雷公電母トハ白玉蟾モ云タソ。

又班固「史遷」ト云タソ。「遷史」トハ常ニスルソ。「史遷」ハ興カツタソ。

20. 嘉靖二十年三月五日

（1）我在伯父，犹衣服之有冠冕，木水之有本源，民人之有谋主也。云云。注：谋主，宗族之师长。

（2）时不唐虞，君不尧舜。云云。各亲其亲，各子其子。云云。同上。

（3）周得木德而有赤乌之祥，汉得火德而有黄龙之瑞。《通考》。

21. 嘉靖二十年三月十三日

高祖吕皇后，名雉，单父人。《通考》。

南单于、北单于。同上。

22. 嘉靖二十年四月十六日

（1）君马黄　古词云：君马黄，臣马苍。云云。《文献通考》百四十一·乐部

（2）钓竿篇　伯常子避仇河宾，为渔夫，其妻思之而为《钓竿歌》。云云。遂传以为乐曲。同上。

23. 嘉靖二十年四月二十六日

（1）封禅者封土于山，而禅祭于地也。《通考》八十四。

（2）今凤凰麒麟不至，嘉禾不生，而蓬蒿藜莠茂，鸱枭群翔。注：蓬蒿藜

莠皆秽恶之草，枭，不祥之鸟也。同上。

（3）封禅　正义曰：泰山上筑土为坛，以祭天，报天之功，故曰封。泰山下，小山上，除地，报地之功，故曰禅。言禅者，神之也。《白虎通》云：或曰封者金银绳，或曰古泥绳封之，印玺也。同。

（4）赤汉德兴。同。

（5）赤刘。同。

（6）季冬藏冰，仲春开冰。同上。

（7）唐制先立春三日，用因黑牡秬黍，祭司寒之神于冰室。云云。同。

24. 嘉靖二十年四月廿九日

（1）前车既覆，后辙未改。《通考》六十一。

（2）茶场、茶马ノ司、茶司，置茶马官。同六十二。《都大提举茶马》下。

（3）《文献通考》五十七 职官考，殿中监部，尚药。

尚药局奉御，自梁陈以后，皆大医兼其职。

25. 嘉靖二十八年九月三十日

陆贾，秦之巨儒也。郦食，其秦之儒生也。《通考》百七十四。

八、《雪窗心论》

嘉靖十九年十二月五日

南都儒郭大有氏。

《雪窗心论》

江东郭大有着。南都儒者郭大有氏。

△卷之一

○自家意思一般

云云。盖仁者与万物为一体也，物之所在，道之所在也。以道观道，则道难知。假物观道，则道易见。君子指窗前之草，而知与吾心造化者游，是乃于无情之中而得有情之趣，因有形之物而知无形之理。云云。得其偏者为物，得其全者为人。但至灵至贵者，人也；至蠢至贱者，物也。性不相同矣，情不相似矣。云云。若水之周流，其与智者意思一般也；山之厚重，其与仁者意思一般也；松柏之坚真，其与有节之君子意思者一般也。以至虎狼至于父子，蝼蚁之于君臣，关雎之于夫妇，鸿雁之于兄弟，鸧鹒之于朋友，吾性分之理亦一般也。何独至于惑而疑之。观其群芳竞秀交翠满窗，不尧阶之萱，不谢砌之兰；不商山之芝，不泮宫之芹，可以适吾心之趣，可以契吾心之天。云云。心外无道，而所遇之物，无非道。道外无见，而所见之物，无非道。时乎？春光晴霁庶草蕃芜。云云。故发荣滋长，即吾意思之发育也。畅茂条达，即吾意思之流行也。绿叶呈露，即吾意思之沾濡也。鼓舞以吾道之光风，草色入帘青，而意思寓于襟怀矣。照临以吾道之霁月，忘机对芳草，而意思寓于胸项矣。欲去其本根欤，窗牖虽曰可清也，宁不斩吾之意思乎。欲芟其滋蔓欤，庭阶虽曰可洁也，宁不遏吾之意思乎。故乃存之而不去，留之而不除非爱草也，爱道也。非爱道也，爱吾之意思也。顺其一日之天，足以适吾一日之趣矣。全其一日之性，足以怡吾一日之情矣。养其一日之生意，足以冀吾一日之生意矣。然则道无形也，而寓于有形。云云。草自草也，我自我也，道自道也。云云。大抵宇宙之间，何者非物也，何物非道也，何道非生意也。云云。奚独一草欤？故，孔子之观川流，子思之观鸢鱼，孟子之观澜，邵子之观兔，明道之观桃李，伊川之观鸡雏，张子之观驴鸣，朱子之观源头活水，何物而非理，何理而非意思也。虽然周子固不忍去窗前之草，至于胸中之草必锄之、斩之、去之、除之，惟其无胸中之草以塞其良心，所以灵台湛若而见窗前之草化育流行也，噫一草之微，周子尚欲全其生意，则其吾心之生意，必不为牛羊所牧斧斤所伐，富贵贫贱利害死生所汩，使其得时行道，吾知必能沛胸中之生意，以泽润天下之民，无一物而不各得其所矣，岂特一草沾其惠而已哉。

〇月落万川

云云。以道论道，则道无形而难言。假物论道则道因物而易见。君子引月落万川喻，以明吾心之一理。云云。是月也，孟子得之而有容光必照之旨，周子得之而有霁月之趣，程子得之而有弄月之乐，邵子得之而有梧桐月上之诗，朱子得之而有秋月寒水之句。云云。道无形也，而寓于有形之月。月有象也，而含乎无象之道。云云。充塞宇宙贯彻古今，无物不有，无时不然。云云。万物各具一理，万理同出一原。云云。彼天下之川，大而如洞庭彭蠡，小而如江汉伊洛缠涧，万有不一也。彼月落洞庭，而洞庭皆圆也；月落彭蠡，而彭蠡皆圆也；月落江汉伊洛缠涧，而江汉伊洛缠涧皆圆也。云云。万物各具一太极乎？云云。犹在天之一月，映而为万川之月。无处而非川，则无一处而非月矣。无处而非月，则无一物而非太极矣。然则物不在理外，观不在物外。月也，川也，吾心也，皆根于太极之一原也。云云。大抵天地间，何往而非物也，何物而非理也。何理而非太极也。云云。如月之明，如川之止。云云。孰为物乎？孰为心乎？孰为天乎？云云。每以月为陶情适兴之物，若李白之把杯问月，庾亮之乘梅咏月，谢惠之对饮堆月。醉生梦死，抑何敢望其能观物理乎？云云。

〇君子修之吉

云云。匪尧存而桀亡，匪贤丰而愚啬。云云。君子以诚敬为入门，以践履为实地。视如对曰星，听如警雷霆，食如诵盘铭，寐如宣九箴，行如随纠。云云。百欲交攻。云云。挽吾道于将坠之余。云云。

〇朱子有大造于万世学者

云云。苔侵鲁壁，天丧斯文。云云。老氏之虚无，佛氏之寂灭。云云。五行一太极也。云云。万物一太极也。云云。百千万世宗之。云云。不幸孔楹梦奠，柯死无传，宋德隆盛，五星聚奎。云云。

〇盛德修而万民化

云云。荀子曰：积土成山，风雨兴焉。积水成渊，蛟龙生焉。积善成德而万姓归焉。云云。

〇天下化中

云云。传之以琴瑟，奏之以钟鼓，饰之以干戚，舞之以羽毛。云云。童子有康衢之谣，云云，老人有击壤之歌。黎民有鼓腹之乐，云云。黄钟动而品物萠露也，金风肃而万宝告成也。云云。

〇圣人为治之迹

云云。一字之褒，荣于华衮。一字之贱，严于斧钺。而赏罚之迹见于春秋矣。云云。

〇体统正而朝廷尊

云云。一百川之趋东海耳。云云。一众星之拱北极耳。云云。一葵霍之倾太阳耳。云云。

〇人主致治之本

人君成天下之大化，以其具天下之大本而然也。云云。兆民赖之以安，百官赖之以正，蛮夷赖之以攘，庶政赖之以举，天地万物赖之以位。云云。角力。云云。燕乐之需，已蛊其心。云云。牝鸡晨鸣，而有女后乱之者，云云。善种树者，必培其本，善治水者，必浚其源。云云。本固而叶自茂也，治水者源洁而流自清也。云云。庶草蕃芜，而万物治矣。云云。古之帝王有曰惟精，曰日新，曰纯一，皆清心也。曰则哲，曰克知，曰灼见，皆知人也。曰风动，曰允殖，曰诚和，皆致治也。但清心知人，自古为难，三代之后，虽英君崧辟，全之者少矣。高祖能制项羽，而不能去一戚姬之宠。宣帝能屈单于，而不能去一石显之奸。至于明皇初，政励精图治，虽武惠妃、萧崧、杨思勉，不能易其志，所以致开元之太平也。及天宝以来，晚节不坚，媚于贵妃之爱，中于林甫力士之谗，以致天下大乱，不可复救。云云。诗云：靡不有初，鲜克有终。云云。

〇君臣万化之原

云云。虽有万几之繁，莫不各就其绪，而无丛脞之失矣。君垂其庆，臣承其美。云云。君日骄，臣日謟。或蠱之以新声美色，或迷之以奇技玩好，或诱之以驰骋田猟，或荒之以宫室台树，神仙佛老纷纷扰扰，不胜其害，而天下之乱实基于此。云云。君以任臣为职，臣以辅君为功。云云。公尔忘私也，国尔忘家也。有难则捐生而不避也，有善则开心以敷陈也。云云。君曰是，臣曰非，君曰可，臣曰不可，都俞呼咈。而陶镕万化之机，同寅协恭，而圭璋至治之美。云云。其推行也有本，其设施也有方，其经纶也有道，其运筹规画也有法，当大任而不动心，临大节而不可夺，处大事而不为难。云云。化行于海外也，边不侵，贡不绝，四夷左袵，罔不咸赖。云云。阴阳调，风雨时，山不崩，泽不涸。四灵至，五谷登。云云。唐虞三代，光岳气完。故尧舜之明良赓歌，成汤之学焉后臣，高宗之舟楫霖雨，文武之推心委任。所以共成一代正大光明之业也。但后世不明君臣之义，为君者不知所以下贤，为臣者不知所以自重，以王通贤者也。云云。其钓功名取青紫，蝇营狗苟无所不至矣。云云。流毒天下。云云。至于苏氏之学，虽与王氏异，然早拾苏张之余绪，晚醉佛老之糟粕。云云。圣道行则乡间有善俗，而国家有善治矣。云云。此心正而文之着于简牍者，皆此道之英华，不期其纯雅而自纯雅。云云。

九、《古今韵会举要》

嘉靖二十年四月廿七日

归：《广韵》：还也。《增韵》：入也。又归往依投也。又指趋曰归。又州名，春秋夔子国，今归州，唐置州，有秭归县，屈原之乡，取归国为名。云云。《韵会》归字下。

参 考 文 献

中文文献

一、古代文献

[1] [东汉] 郑玄注，[唐] 贾公彦疏. 周礼注疏 [M]. 北京：北京大学出版社，2000.

[2] [汉] 司马迁撰. 二十四史：简体字本//史记 [M]. 北京：中华书局，2000.

[3] [汉] 王充撰. 宋本论衡 [M]. 北京：国际图书馆出版社，2017.

[4] [晋] 陈寿撰，[宋] 裴松之注. 二十四史：简体字本//三国志 [M]. 北京：中华书局，2000.

[5] [梁] 徐陵着；刘玉伟，黄硕评注. 古诗十九首//玉台新咏 [M]. 北京：中华书局，2016.

[6] [民国] 叶昌炽撰，张维明校补. 寒山寺志 [M]. 南京：江苏古籍出版社，1999.

[7] [明] 胡宗宪修；[明] 薛应旂，等撰. （嘉靖）浙江通志 [M]. 上海：上海书店，1990.

[8] [明] 黄宗羲. 续修四库全书（第 1397 册）//南雷文定 [M]. 上海：上海古籍出版社，2014.

[9] [明] 李东阳，等撰；申时行，等修. 大明会典 [M]. 南京：江苏广陵古籍刻印社，1989.

[10] [明] 刘若愚着. 明宫史 [M]. 北京：北京古籍出版社，1982.

[11] [明] 陆容撰. 元明史料笔记丛刊//菽园杂记 [M]. 北京：中华书局，1997.

[12] [明] 陆釴，等. 天一阁藏明代方志选刊续编（51）//（嘉靖）山东通志 [M]. 上海：上海书店，1990.

[13] [明] 田汝成辑撰. 西湖游览志 [M]. 上海：上海古籍出版社，1980.

[14] [明] 王鏊，等纂. 天一阁藏明代方志选刊续编（12）//（正德）姑苏志 [M]. 上海：上海书店，1990.

[15] [明] 徐象梅. 两浙明贤录 [M]. 徐氏光碧堂刊印，1621（明天启元年）.

[16] [明] 张时彻，等纂修. 浙江省宁波府志 [M]. 台北：成文出版社有限公司. 1983.

[17] [明] 朱纨撰. 四库全书存目丛书（集部第 78 册）//甓余杂集 [M]. 济南：齐鲁书社，1997.

[18] [南宋] 白玉蟾着，盖建民辑校. 白玉蟾诗集新编 [M]. 北京：社会科学文献出版社，2013.

[19] [清] 董诰，等编. 全唐文 [M]. 北京：中华书局，1983.

[20] [清] 邓性修，李焕章纂；临淄区史志办公室校注. （康熙）临淄县志（校注）[M]. 北京：方志出版社，2017.

[21] [清] 黄之隽，赵弘恩. （乾隆）江南通志 [M]. 扬州：广陵书社，2010.

[22] [清] 李铭皖，谭钧培修；[清] 冯桂芬纂. （同治）苏州府志 [M]. 南京：江苏古籍出版社，1991.

[23] [清] 彭定求，等修订. 全唐诗 [M]. 上海：上海古籍出版社，1988.

[24] [清] 钱维乔，等撰. （乾隆）鄞县志 [M]，1788（清乾隆 53 年）.

[25] [清] 田文镜修，孙灏纂. （雍正）河南通志 [M]，1735（清雍正 13 年）.

[26] [清] 王先谦集解. 庄子 [M]. 上海：上海古籍出版社，2013.

[27] [清] 张廷玉，等撰. 二十四史：简体字本//明史 [M]，北京：中华书局，2000.

[28] [清] 周家楣，缪荃孙编纂.（光绪）顺天府志 [M]. 北京：北京古籍出版社，1987.

[29] [日] 伊藤松辑. 邻交征书 [M]. 王宝平，郭万平等编. 上海：上海辞书出版社，2007.

[30] [日] 真人元开着. 汪向荣校注. 唐大和上东征传 [M]. 北京：中华书局，1979.

[31] [宋] 潜说友撰.（咸淳）临安志 [M]. 杭州：浙江古籍出版社，2012.

[32] [宋] 尹焞. 景印文渊阁四库全书//和靖集 [M]. 台北：台湾商务印书馆，1986.

[33] [宋] 陈鉴编. 东汉文鉴 [M]. 台北：台湾商务印书馆，1981.

[34] [宋] 范晔撰，[唐] 李贤等注. 二十四史：简体字本//后汉书 [M]. 北京：中华书局，2000.

[35] [宋] 黄庭坚着；[宋] 任渊，史容，史季温注. 山谷诗集注（上下）[M]. 上海古籍出版社，2003.

[36] [宋] 黄庭坚着；陈永正，何泽棠注. 山谷诗注续补 [M]. 上海：上海古籍出版社，2012.

[37] [宋] 黄庭坚着. 四部丛刊：初编//豫章黄先生文集 [M]. 上海：上海书店，1989.

[38] [宋] 黄庭坚撰. 黄庭坚全集 [M]. 四川：四川大学出版社，2001.

[39] [宋] 李昉，等编. 太平广记 [M]. 上海：上海古籍出版社，1990.

[40] [宋] 李昉着. 太平御览 [M]. 京都：中文出版社，1980.

[41] [宋] 马端临着. 文献通考 [M]. 北京：中华书局，2011.

[42] [宋] 普济着. 五灯会元 [M]. 北京：中华书局，1984.

[43] [宋] 苏轼着，[清] 冯应榴辑注. 苏轼诗集合注 [M]. 上海：上海古籍出版社，2001.

[44] [宋] 苏轼着，[清] 王文诰辑注. 苏轼诗集 [M]. 北京：中华书局，1982.

[45] [宋] 苏轼着，孔凡礼校注. 苏轼全集 [M]. 北京：中华书局，2004：349.

[46] [宋] 王称. 东都事略 [M]. 台北：文海出版社，1979.

[47] [宋] 赞宁撰. 宋高僧传 [M]. 上海：上海古籍出版社，2014.

[48] [宋] 周弼. 文渊阁景印四库全书//三体唐诗 [M]. 台北：台湾商务印书馆，1986.

[49] [宋] 朱长文编. 景印文渊阁四库全书//墨池编 [M]. 台北：台湾商务印书馆，1986.

[50] [唐] 白居易着，谢思炜校注. 白居易诗集校注：典藏本 [M]. 北京：中华书局，2017.

[51] [唐] 杜甫撰，[清] 仇兆鳌注. 杜诗详注 [M]. 北京：中华书局，2015.

[52] [唐] 房玄龄，等撰. 二十四史：简体字本//晋书 [M]. 北京：中华书局，2000.

[53] [唐] 韩愈着，马其昶校注. 韩昌黎文集校注（2 版）[M]. 上海：上海古籍出版社，2014.

[54] [唐] 李白撰，安旗等笺注. 李白全集编年笺注 [M]. 北京：中华书局，2015.

[55] [唐] 李绰撰. 大唐传载：外三种//尚书故实 [M]. 北京：中华书局，2019.

[56] [唐] 李延寿撰. 二十四史：简体字本//南史 [M]. 北京：中华书局，2000.

[57] [魏] 王弼，[晋] 韩康伯注；[唐] 孔颖达疏. 周易正义 [M]. 北京：中华书局，1980.

[58] [元] 刘应李辑. 续修四库全书//新编事文类聚翰墨全书 [M]. 上海：上海古籍出版社，2014.

[59] [元] 骆天骧撰. 类编长安志 [M]. 北京：中华书局，1990.

[60] [元] 脱脱等撰. 二十四史：简体字本//宋史 [M]. 北京：中华书局，2000.

[61] [元] 佚名撰. 景印文渊阁四库全书//排韵增广事类氏族大全 [M].

台北：台湾商务印书馆，1986.

［62］［元］阴幼遇．景印文渊阁四库全书//韵府群玉［M］．台北：台湾商务印书馆，1986.

［63］高亨注．诗经今注（2版）［M］．上海：上海古籍出版社，2010.

［64］刘克庄编集；李更，陈新校证．分门纂类唐宋时贤千家诗选校证［M］．北京：人民文学出版社，2002.

［65］王国轩，王秀梅译注．孔子家语［M］．北京：中华书局，2009.

［66］王景佑，等纂．（民国）临沂县志［M］．台北：成文出版社，1968.

［67］箫统编．文选［M］．郑州：中州古籍出版社，1990.

［68］徐崧，张大纯辑．中国名山胜迹志丛刊//百城烟水［M］．台北：文海出版社．1971.

［69］薛瑞兆，郭明志编纂．全金诗［M］．天津：南开大学出版社，1995.

二、研究著作

［1］［日］木宫泰彦着．日中文化交流史［M］．胡锡年译．北京：商务印书馆，1980.

［2］白政民．黄庭坚诗歌研究［M］．银川：宁夏人民出版社，2001.

［3］曾枣庄，等着．苏轼研究史［M］．南京：江苏教育出版社，2001.

［4］陈福康．日本汉文学史［M］．上海：上海外语教育出版社，2011.

［5］陈小法，江静．径山文化与中日文化交流．上海：上海辞书出版社，2009.

［6］陈小法．杭州与日本交流史［M］．北京：中国社会科学出版社，2015.

［7］陈小法．明代中日文化交流史研究［M］．北京：商务印书馆，2011.

［8］陈小法．坐看风云起：日本室町时代史研究［M］．北京：中国社会科学出版社，2019.

［9］杜文玉．大明宫研究［M］．北京：中国社会科学出版社，2015.

［10］杜泽逊．文献学概要：修订本［M］．北京：中华书局，2008.

［11］郭万平，张捷主编．舟山普陀与东亚海域文化交流［M］．杭州：浙

江大学出版社，2009.

［12］黄宝华．黄庭坚评传［M］．南京：南京大学出版社，2010.

［13］黄永年．古文献学讲义［M］．上海：中西书局，2014.

［14］靳明全．日本文论史要（古代中世）［M］．北京：中国社会科学出版社，2010.

［15］梁启超演讲；周传儒，姚名达，吴其昌笔记．古书真伪常识［M］．北京：中华书局，2012.

［16］林语堂着．苏东坡传［M］．宋碧云译．南京：江苏人民出版社，2014.

［17］莫砺锋．江西诗派研究［M］．济南：齐鲁书社，1986.

［18］莫砺锋．漫话东坡［M］．南京：凤凰出版社，2019.

［19］莫砺锋．莫砺锋讲杜甫诗［M］．桂林：广西师范大学出版社，2019.

［20］聂友军．取醇集　日本五山文学研究［M］．上海：上海交通大学出版社，2015.

［21］裴伟选注．镇江诗文［M］．苏州：苏州大学出版社，2007.

［22］孙东临，李中华编着．中日交往汉诗选注［M］．沈阳：春风文艺出版社，1988.

［23］王伯祥选注．史记选（2 版）［M］．北京：人民文学出版社，2018.

［24］王福祥，汪玉林，吴汉樱编．日本汉诗撷英［M］．北京：外语教学与研究出版社，1995.

［25］王力．汉语诗律学（上下）［M］．北京：中华书局，2015.

［26］王水照，朱刚．苏轼评传［M］．南京：南京大学出版社，2004.

［27］王晓平．近代中日文学关系史稿［M］．长沙：湖南文艺出版社，1987.

［28］王晓平．中日文学经典的传播与翻译（上下）［M］．北京：中华书局，2014.

［29］王勇，大庭修主编．中日文化交流大系//典籍卷［M］．杭州：浙江人民出版社，1996.

［30］王勇．中日“书籍之路”研究［M］．北京：北京图书馆出版

社，2003.

［31］夏应元，夏琅．策彦周良入明史迹考察记及研究［M］．北京：中国社会科学院，2016.

［32］徐志锐．《易传》今译［M］．沈阳：辽沈书社，1991.

［33］严绍璗．汉籍在日本的流布研究［M］．南京：江苏古籍出版社，1992.

［34］严绍璗．中日古代文学关系史稿［M］．长沙：湖南文艺出版社，1987.

［35］杨庆存．黄庭坚与宋代文化［M］．开封：河南大学出版社，2005.

［36］杨正泰．明代驿站考：增订本［M］．上海：上海古籍出版社，2006.

［37］杨知秋编注．历代中日友谊诗选［M］．北京：书目文献出版社，1986.

［38］叶嘉莹．叶嘉莹说杜甫诗［M］．北京：中华书局，2008.

［39］叶嘉莹．叶嘉莹说中晚唐诗［M］．北京：中华书局，2008.

［40］余嘉锡．目录学发微　古书通例［M］．上海：上海古籍出版社，2013.

［41］张舜徽．中国文献学［M］．上海：上海古籍出版社，2005.

［42］张晓希．五山文学与中国文学［M］．北京：中央编译出版社，2014.

［43］张毅．宋代文学思想史［M］．北京：中华书局，2016.

［44］张哲俊．东亚比较文学导论［M］．北京：北京大学出版社，2004.

［45］张哲俊．中国古代文学中的日本形象研究［M］．北京：北京大学出版社，2004.

［46］郑梁生．明代中日关系史研究——以《明史日本传》所见几个问题为中心（1368—1644）［M］．台北：文史哲出版社，1985.

［47］郑梁生．明史日本传正补［M］．台北：文史哲出版社，1981.

［48］郑梁生．元明时代东传日本的文献［M］．台北：文史哲出版社，1984.

［49］郑梁生．中日关系史研究论集（二）［M］．台北：文史哲出版

社，1992.

［50］郑梁生. 中日关系史研究论集（六）［M］. 台北：文史哲出版社，1996.

［51］郑梁生. 中日关系史研究论集（三）［M］. 台北：文史哲出版社，1993.

［52］郑梁生. 中日关系史研究论集（四）［M］. 台北：文史哲出版社，1994.

［53］郑梁生. 中日关系史研究论集（一）［M］. 台北：文史哲出版社，1990.

［54］郑梁生. 朱子学之东传日本与其发展［M］. 台北：文史哲出版社，1999.

［55］中国中日关系史研究会，北京市社会科学院《中日文化与交流》编辑部编. 中日文化与交流（第3辑）［M］. 北京：中国展望出版社，1987.

［56］朱莉丽. 行观中国——日本使节眼中的明代社会［M］. 上海：复旦大学出版社，2013.

三、期刊论文

［1］卞东波. 东亚汉文化圈的文本旅行：黄庭坚《演雅》在东亚汉文学中的拟效与创新［J］. 江海学刊，2018，4：197—205、239.

［2］蔡毅. 五山禅僧的苏诗别解——以《四河入海》为例［J］. 域外汉籍研究集刊，2016，14：3—18.

［3］曹逸梅. 杜诗在日本五山禅林文学中的典范地位的形成——以杜诗阅读与阐释为中心［J］. 新国学，2017，1：1—25.

［4］车林. 一生几许伤心事 不向空门何处销——唐代诗人的游寺诗与宿寺诗［J］. 法音，1992，4：24—25.

［5］陈茜. 策彦周良《谦斋南游集》版本考论［J］. 汉学研究，2020，1：448—460.

［6］陈小法. 汉语词汇在域外的传承与创新——以中世日僧策彦周良的《初渡集》为例［J］. 浙江大学学报（人文社会科学版），2011，6：18—22.

［7］陈小法. 日本入明僧携回的中国物品——以策彦周良为例［J］. 甘肃

社会科学，2010，5：88—92.

[8] 陈自力. 南北朝佛寺题咏诗初探 [J]. 南开学报，2003，2：118—124.

[9] 成荫. 宋元时期名贤祠的特质——以杭州西湖三贤堂为例 [J]. 西北师大学报（社会科学版），2010，4：54—58.

[10] 丛振. 《入明记》所见运河区域字牌文化研究 [J]. 兰台世界，2016，11：115—117.

[11] 范金民. 从《入明记》看明代嘉靖年间日本使者与浙江士人的交游活动 [J]. 史林，2013，3：60—69、188.

[12] 范金民. 明代嘉靖年间日本贡使的经营活动——以策彦周良《初渡集》《再渡集》为中心的考察 [J]. 中国经济史研究，2012，4：3—13.

[13] 付定裕. 夜雨对床：苏轼与苏辙的诗歌对话 [J]. 文史杂志，2007，3：31—33.

[14] 高贝. 雪村友梅汉诗与中国文化的关联——以《岷峨集》为中心 [J]. 日语学习与研究，2017，2：25—32.

[15] 洪成邱. 两个外国人眼中的 15、6 世纪的中国：崔溥《漂海录》与策彦《入明记》比较 [J]. 明清史研究，2005，24.

[16] 胡梦飞. 策彦周良《入明记》所见明代徐州风物考述 [J]. 江苏地方志，2016，6：75—76.

[17] 胡梦飞. 明清京杭大运河留给外国人的印象 [J]. 珠江水运，2016，22：49—51.

[18] 黄仁生. 元代科举文献三种发覆 [J]. 文献，2003，1：95—105、177、2.

[19] 贯慧如. 元代类书存佚考 [J]. 图书馆杂志，2009，9：63—67、97.

[20] 姜聿华. 黄公绍词韵与《古今韵会举要》 [J]. 赣南师范学院学报，1987，3：39—46.

[21] 李小玲. 策彦周良《入明记》汉字词汇初探 [J]. 现代语文（学术综合版），2012，11：150—153.

[22] 李寅生. 日本汉诗引证中国历史典故得失刍议 [J]. 东亚文学与文

化研究，2012，0：83—90.

[23] 李志梅，陈小法. 明代纺织品流传日本之研究——以入明僧策彦周良为例 [J]. 唐都学刊，2009，2：75—79.

[24] 林瑶. 日本五山文学中的“苏轼”[J]. 乐山师范学院报，2013，9：5—8.

[25] 凌金祚. 策彦周良两次入明朝贡与海禁 [J]. 浙江海洋学院学报（人文科学版），2002，4：26—30.

[26] 刘亮. 白玉蟾早年及嘉定、宝庆年间行踪考 [J]. 海南大学学报（人文社会科学版），2013，5：118—123.

[27] 刘晓东. “服远”与“治近”：嘉靖二十六年明廷的遣明使处置 [J]. 明代研究，2017，28：5—37.

[28] 龙延，陈开勇. 黄庭坚禅林交游考略 [J]. 文献，2002，3：87—96.

[29] 吕树芝. 明代北京宫城图 [J]. 历史教学，1982，9：64、66.

[30] 绿川英树. 山谷诗在日本五山禅林的流传与阅读——以万里集九《帐中香》为例 [J]. 新宋学，2017，0：132—152.

[31] 马歌东. 日本五山禅僧汉诗研究 [J]. 唐都学刊，2003，1：5—10.

[32] 孟昭毅. 日本汉诗及其汉魂 [J]. 岱宗学刊，1998，3：3—5.

[33] 孟昭毅. 日本汉诗及其汉魂 [J]. 唐都学刊，2003，2：20—25.

[34] 牟玉婷. 中国宋代文学与日本文学 [J]. 贵州文史丛刊，2002，3：32—34、87.

[35] 南炳文，时培磊. 明代朝贡交往中存在的三个问题 [J]. 烟台大学学报（哲学社会科学版），2020，1：89—96.

[36] 戚其章. 近代日本的兴亚主义思潮与兴亚会 [J]. 抗日战争研究，2008，2：26—52.

[37] 乔红霞. 《海琼玉蟾先生文集》版本流传考 [J]. 图书馆建设，2016，11：96—101.

[38] 邱美琼，曾素芸. 黄庭坚诗歌在日本的刊刻与流布 [J]. 国学学刊，2016，2：136—140、144.

[39] 邱美琼. 20 世纪以来日本学者的黄庭坚诗歌研究 [J]. 佛山科学技

术学院学报（社会科学版），2010，2：13—16.

［40］邱美琼. 20世纪以来日本学者的苏轼诗歌研究［J］. 内江师范学院学报，2010，1：90—94.

［41］任晓彤. 艺林之珍品，大辂之椎轮——简述《韵府群玉》的性质、体例及价值［J］. 辞书研究，2014，1：76—78.

［42］尚永亮. 论前期五山文学对杜诗的接受和嬗变——以义堂周信对杜甫的受容为中心［J］. 中华文史论丛，2006，4：181—217.

［43］宋红. 黄庭坚诗在日本［J］. 九江师专学报，1986，1：19—24.

［44］孙东临. 日本来华五山僧侣与日本中世纪汉文学的繁荣［J］. 日本问题，1987，6：47—55.

［45］孙立尧. 论黄庭坚的“典故程序”［J］. 浙江大学学报（人文社会科学版），2018，2：138—150.

［46］滕军. 论文化名僧在日本遣明使中的历史作用［J］. 福建文博，2010，1：77—84.

［47］滕宇鹏，刘恒武. 明代日本、朝鲜的中国认知——以策彦周良、崔溥为中心的考察［J］. 当代韩国，2016，3：34—48.

［48］王辉. 早期日本五山禅林的中国文艺接受管窥——以诗僧天岸慧广《送笔》诗为例［J］. 兰州学刊，2012，3：217—219.

［49］王京钰. 概论日本汉文学中的杜甫受容［J］. 辽宁工学院学报（社会科学版），2005，1：35—38.

［50］王京钰. 试论五山句题的新特点——以典出杜甫《夜宴左氏庄》句题为例［J］. 常熟理工学院学报，2011，11：91—94.

［51］王水照. 苏轼作品初传日本考略［J］. 湘潭师范学院学报（社会科学版），1998，2：3—6.

［52］王文洪. 日本遣明使策彦周良眼中的江南茶俗［J］. 中国茶叶，2017，3：38—40.

［53］王晓东，周晓波. 日本中世的五山禅林文化［J］. 法音，2015，10：62—67.

［54］王永东，李慧. 日本中世汉学家多元身份及其影响力研究［J］. 哈尔滨学院学报，2019，10：142—144.

［55］王勇．近40年来中日海上交流研究综述与展望——以跨国人物为主线［J］．海交史研究，2020，1：1—18.

［56］王志钢．五山诗人对苏轼诗歌语典借鉴特点及其反映出的美学倾向［J］．文化学刊，2016，9：49—53.

［57］吴春燕．论陶渊明对中岩圆月作品的影响［J］．日语学习与研究，2019，1：93—99.

［58］羊列荣．五山诗学主题初探——以宋代诗学的影响为视点［J］．文学研究，2010，107：67—93.

［59］杨家毅．京杭大运河与陆海丝绸之路关联的历史考察［J］．江南大学学报（人文社会科学版），2020，3：55—60.

［60］张淘．苏轼转世故事的异域回响：日本五山禅僧对文人僧化典故的引用及误解［J］．四川大学学报（哲学社会科学版），2018，5：175—183.

［61］张晓希．汉诗与文化交流——以遣明使策彦周良的《入明记》为中心［J］．汉学研究，2011，13：453—466.

［62］张晓希．明代中日文化交流的缩影——试论遣明使策彦周良《入明记》中的汉诗及其意义［J］．山东外语教学，2015，2：83—90.

［63］张晓希．中国文化的传播者——日本的五山禅僧［J］．日语学习与研究，2013，1：85—91.

［64］张永仟．明代江南与日本的待客茶俗之比较研究——以一位日本遣明使的所见为中心［J］．农业考古，2007，6：182—185.

［65］张哲俊．五山文学的研究与别集的校注［J］．日语学习与研究，2017，2：1—12.

［66］郑若萍．二苏唱和寄怀诗中“夜雨对床”意象的内涵［J］．华中师范大学研究生学报，2013，4：75—79.

［67］周一良．介绍两幅送别日本使者的古画［J］．文物，1973，1：7—11、65—66.

［68］周以量．义堂周信的阅读体验及其汉诗文创作［J］．日语学习与研究，2017，2：42—48.

［69］周裕锴．苏轼眼中的杜甫——两个伟大灵魂之间的对话［J］．四川大学学报（哲学社会科学版），2017，6：19—27.

［70］朱莉丽. 从遣明使记录看明朝地方在朝贡制度中的作用——以嘉靖年间宁波对日本贡使的接待为例［J］. 史林，2013，3：50—59、188.

［71］朱莉丽. 日本遣明使笔下的江南城市生活——以对文人生活的刻画为中心［J］. 东岳论丛，2013，7：88—93.

［72］朱莉丽. 日本室町时代禅僧日记中的中国情报——僧侣、商人与东亚的信息传递［J］. 复旦学报（社会科学版），2013，1：30—39、155.

［73］朱秋而. 试论五山文学对黄庭坚的接受与变化——以《山谷抄》为主［J］. 台大日本语文研究，2013，25：45—62.

四、学位论文

［1］鲍顾瑜. 日本遣明使与中日观音信仰［D］. 杭州：浙江工商大学，2010.

［2］陈越. 明代日本来使接待制度研究［D］. 杭州：浙江大学，2004.

［3］冯宇环. 苏轼作品在日本中世的流布与影响［D］. 杭州：浙江工商大学，2015.

［4］付利敏. 杜甫诗歌“无一字无来处”考论——以仇兆鳌《杜诗详注》为中心［D］. 桂林：广西师范大学，2007.

［5］葛小丽. 正德七年日本入明使研究［D］. 杭州：浙江工商大学，2013.

［6］辜承尧. 日本五山文学中的西湖题材作品考察［D］. 杭州：浙江工商大学，2013.

［7］郭星宏. 《韵府群玉》研究［D］. 呼和浩特：内蒙古师范大学，2015.

［8］胡盟雅. 五山汉诗中的岁时文化的研究及整理［D］. 开封：河南大学，2019.

［9］贾晓峰. 北宋佛寺与北宋诗歌考论［D］. 西安：西北大学，2017.

［10］兰文君. 从《蕉坚稿》看《三体诗》对五山汉诗的影响［D］. 北京：对外经济贸易大学，2007.

［11］李祥. 明中后期浙东学派与浙东地区书画市场研究［D］. 重庆：西南大学，2017.

[12] 李宜蓁. 入明使节的肖像：妙智院藏“策彦周良像”之研究 [D]. 台北：台湾大学，2010.

[13] 梁桂芳. 杜甫与宋代文化 [D]. 济南：山东大学，2005.

[14] 刘珂.《笑云入明记》研究 [D]. 杭州：浙江工商大学，2014.

[15] 刘伟. 李白杜甫诗歌引用人物典故比较研究 [D]. 长沙：湖南大学，2011.

[16] 马蕙颖. 义堂周信《空华集》汉诗研究 [D]. 南宁：广西大学，2016.

[17] 马丽梅. 苏轼诗用典研究 [D]. 南京：南京师范大学，2007.

[18] 穆松. 虎关师炼的诗学思想研究——以《济北诗话》为中心 [D]. 南昌：南昌大学，2017.

[19] 乔磊. 清拙正澄《禅居集》研究 [D]. 杭州：浙江工商大学，2011.

[20] 商海锋. 北宋室町诗禅综合研究 [D]. 南京：南京大学，2013.

[21] 苏浩. 中国明清史料における遣明使策彦周良の研究 [D]. 杭州：浙江工商大学，2013.

[22] 仝建平.《新编事文类聚翰墨全书》研究 [D]. 西安：陕西师范大学，2010.

[23] 汪磊. 义堂周信《空华集》及《空华日用工夫略集》研究 [D]. 杭州：浙江工商大学，2015.

[24] 王嘉宁. 北宋临济宗禅僧诗研究 [D]. 甘肃：兰州大学，2018.

[25] 王健. 关于日本汉诗的研究——以一休宗纯的《狂云集》为中心 [D]. 天津：天津师范大学，2013.

[26] 王金格. 时空视角下的唐长安佛寺诗研究 [D]. 西安：陕西师范大学，2018.

[27] 肖妩嫔. 黄庭坚诗歌用典研究 [D]. 哈尔滨：哈尔滨师范大学，2011.

[28] 闫秋君. 论绝海中津的《蕉坚稿》对中国古典文学的受容 [D]. 长春：吉林大学，2014.

[29] 张轶男. 杜诗佛禅世界 [D]. 长春：吉林大学，2013.

［30］赵昌俊．策彦和尚诗初探［D］．开封：河南大学，2017．

［31］赵文斌．苏黄诗歌与禅门公案［D］．广州：暨南大学，2010．

［32］朱志鹏．虎关师炼与《济北集》赋篇研究［D］．杭州：浙江工商大学，2013．

五、学会论文、论文集、报纸

［1］陈斐蓉．丰坊与策彦周良［C］．《天一阁文丛》第十二辑．：宁波市天一阁博物馆，2015：194—201．

［2］陈小法．遣明使策彦周良与明代道教［C］．“道教与日本文化”国际研讨会，2004．

［3］南炳文．明史学步文选［G］//明代中日朝贡贸易中的策彦周良与淮安．天津：天津古籍出版社，2014：419—428．

［4］陈维昭．新发现的另一种《新刊类编历举三场文选》［N］．文汇报，2017—3—24（W04）．

六、工具书

［1］［汉］许慎撰，［清］段玉裁注．说文解字注［Z］．上海：上海古籍出版社，1981．

［2］丁保福编．佛学大辞典［Z］．南京：江苏人民出版社，2017．

［3］罗竹风等．汉语大词典［Z］，上海：上海辞书出版社，2011．

［4］缪钺等撰．宋诗鉴赏辞典［Z］．上海：上海辞书出版社，2016．

［5］中华书局编辑部编．康熙字典（检索本）　［Z］．北京：中华书局，2014．

［6］周倜主编．中国历代书法鉴赏大辞典［Z］．北京：北京燕山出版社，1992．

日文文献

一、史料文献

［1］宮川道達．拾遺意行［M］．永原屋孫兵衛，1693．

[2] 玉村竹二. 五山文学新集（卷 5）//臥雲稿［M］. 東京：東京大学出版会，1971.

[3] 近藤瓶城編. 続史籍集覧［M］. 京都：臨川書店，1985.

[4] 景徐周麟. 五山文学全集（卷 4）//翰林葫蘆集［M］. 京都：思文閣，1973.

[5] 古事類苑. 東京：吉川弘文館，1997.

[6] 高楠順次郎等編. 大日本仏教全書（116 冊）//策彦和尚入明記［M］. 東京：仏書刊行会，2007.

[7] 国訳一切経・和漢撰述部 54－24［M］. 東京：大東出版社，1936－1940.

[8] 国訳一切経・和漢撰述部 93［M］. 東京：大東出版社，1963.

[9] 国訳一切経・和漢撰述部 93・史伝部 25（改訂）［M］. 東京：大東出版社，1989.

[10] 策彦周良. 会余録//謙斎南游集抄録［M］. 東京：亜細亜協会，1890.

[11] 策彦周良. 謙斎稿［M］. 東京：国立公文書館.

[12] 策彦周良. 謙斎南渡集［M］. 小津桂窓旧蔵.

[13] 策彦周良. 謙斎南渡集［M］. 東京：宮内庁書陵部.

[14] 策彦周良. 謙斎南游集［M］. 東京：東京大学史料編纂所.

[15] 策彦周良. 策彦南渡集［M］. 京都：京都大学人文科学研究所図書館.

[16] 策彦周良. 策彦南渡集［M］. 東京：静嘉堂文庫.

[17] 策彦周良. 南渡集［M］. 東京：宮内庁書陵部.

[18] 策彦周良. 南渡集［M］. 東京：国立国会図書館鶚軒文庫.

[19] 策彦周良. 妙智院所藏史料［M］. 東京：東京大学史料編纂所，2007.

[20] 策彦周良. 続群書類従//策彦和尚詩集［M］. 東京：続群書類従完成会，1933.

[21] 上村観光. 五山文学全集（卷 3）//真愚稿［M］. 京都：思文閣，1973.

［22］新井白石．大日本古記録（2）//新井白石日記［M］．東京：岩波書店，1952.

［23］新訂増補・史籍集覧［M］．京都：臨川書店，1967.

［24］瑞溪周鳳．善隣国宝記・新訂続善隣国宝記//善隣国宝記［M］．東京：集英社，1995.

［25］絶海中津．五山文学全集（巻 3）//蕉堅稿［M］．京都：思文閣，1973.

［26］村井章介、須田牧子．笑雲入明記［M］．東京：平凡社，2010.

［27］辻善之助．続群書類従//鹿苑日録［M］．東京：続群書類従完成会，1991.

［28］塙保己一原編，太田藤四郎補編．続群書類従//蠡測集［M］．東京：続群書類従完成會，1957.

［29］仏書刊行会．大日本仏教全書（第 133－137 冊）//蔭凉軒日録［M］．東京：大法輪閣，2007.

［30］以心崇伝．大日本仏教全書（144－146 冊）//翰林五鳳集［M］．東京：仏書刊行会，1983.

［31］牧田諦亮．策彦入明記の研究（上）［M］．京都：仏教文化研究所，1955.

二、研究著作

［1］伊井春樹編．古代中世文学研究論集（第 2 集）［M］．大阪：和泉書院，1999.

［2］伊藤幸司．中世日本の外交と禅宗［M］．東京：吉川弘文館，2002.

［3］蔭木英雄．五山詩史の研究［M］．東京：笠間書院，1977.

［4］蔭木英雄．中世禅林詩史［M］．東京：笠間書院，1994.

［5］羽田正．海から見た歴史［M］．東京：東京大学出版会，2013.

［6］玉村竹二．五山禅僧傳記集成［M］．京都：思文閣，2003.

［7］玉村竹二．五山文学——大陸文化紹介者としての五山禅僧の活動［M］．東京：至文堂，1955.

［8］佐久間重男．日明関係史研究［M］．東京：吉川弘文館，1992.

［9］住吉朋彦．中世日本漢学の基礎研究　韻類編［M］．東京：汲古書院，2012.

［10］小葉田淳．中世日支通交貿易史の研究［M］．東京：刀江書院，1941.

［11］上村観光．五山詩僧伝［M］．東京：民友社，1912.

［12］上村観光．五山文学小史［M］．東京：裳華房，1906.

［13］上村観光．禅林文芸史譚［M］．東京：大鐙閣，1919.

［14］深沢真二．「和漢」の世界——和漢聯句の基礎的研究［M］．大阪：清文堂，2010.

［15］菅谷軍次郎．日本漢詩史［M］．東京：大東出版社，1941.

［16］足利衍述．鎌倉室町時代の儒教［M］．東京：日本古典全集刊行会，1932.

［17］村井章介主編；橋本雄，伊藤幸司，須田牧子，関周一等編．日明関係史研究入門——アジアのなかの遣明船［M］．東京：勉誠出版，2015.

［18］大庭脩．古代中世における日中関係史の研究［M］．京都：同朋舎出版，1996.

［19］中島楽章，伊藤幸司編．寧波と博多［M］．東京：汲古書院，2013.

［20］朝倉尚．禅林の文学——中国文学受容の様相［M］．大阪：清文堂，1985.

［21］朝倉尚．抄物の世界と禅林の文学——中華若木抄・湯山聯句鈔の基礎的研究［M］．大阪：清文堂，1996.

［22］田中健夫．前近代の国際交流と外交文書［M］．東京：吉川弘文館，2007.

［23］田中健夫．対外関係と文化交流［M］．京都：思文閣，1982.

［24］東京大学史料編纂所編．日本史の森をゆく［M］．東京：中央公論新社，2014.

［25］東京大学大学院人文社会系研究科・文学部・日本史学研究室編．東京大学日本私学研究室紀要（別冊）//中世政治社会論叢：村井章介先生退職記念［M］．東京：東京大学大学院人文社会系研究科・文学部・日本史学

研究室，2013.

［26］湯谷稔. 日明勘合貿易史料［M］. 東京：国書刊行会，1983.

［27］徳富蘇峰. 新成簣堂叢書［M］. 東京：民友社，1931.

［28］武田科学振興財団杏雨書屋編. 曲直瀬道三と近世日本医療社会［M］. 大阪：はまや印刷株式会社，2015.

［29］芳賀幸四郎. 中世禅林の学問及び文学に関する研究［M］. 京都：思文閣出版，1981.

［30］芳賀幸四郎. 中世文化とその基盤［M］. 京都：思文閣出版，1981.

［31］芳賀幸四郎. 東山文化の研究［M］. 東京：河出書房，1945.

［32］北村沢吉. 五山文学史稿［M］. 東京：富山房，1941.

［33］牧田諦亮. 策彦入明記の研究（下）［M］. 京都：法蔵館，1959.

［34］堀川貴司. 五山文学研究——資料と論考［M］. 東京：笠間書院，2011.

［35］堀川貴司. 詩のかたち・詩のこころ——中世日本漢文学研究［M］. 東京：若草書房，2006.

［36］堀川貴司. 続五山文学研究　資料と論考［M］. 東京：笠間書院，2015.

［37］兪慰慈. 五山文学の研究［M］. 東京：汲古書院，2004.

三、论文

［1］オラー チャバ（Csaba Olah）. 遣明使節と明官僚との文書往来——入明記所収外交文書の内容、様式、作成過程［J］. 古文書研究，2010，70：37　59.

［2］オラー チャバ（Csaba Olah）. 日本の遣明使節と浙江巡撫朱［カン］——『甓餘雜集』からみる嘉靖二十七年の投書及び金銭詐取事件［J］. 東方学，2011，122：66—82.

［3］オラー チャバ（Csaba Olah）. 日明貿易における商慣習と信用取引について（小特集 日本中世の契約と取引慣行：中世経済史研究の現在）［J］. 歴史学研究，2015，928：39—48.

[4] オラー チャバ (Csaba Olah). 入明記からみる日本使者の中国における活動と職務の多様性』(特集　東アジア人物往来) [J]. 東アジア文化環流, 2009, 2 (1): 23—49.

[5] オラー チャバ (Csaba Olah). 浙江巡撫朱カンの遣明使節保護・統制策と「信票」の導入:『甓余雑集』と『嘉靖公牘集』からみる [J]. 史学雑誌, 2011, 120 (9): 1531—1552.

[6] 遠藤珠紀. 穴山信君と策彦周良 [J]. 日本歴史, 2011, 754: 86—91.

[7] 王京鈺. 海棠詩をめぐる五山詩人の杜甫享受——杜甫逸話の重視 [J]. 福岡教育大学国語科研究論集, 2003, 44: 27—40.

[8] 王京鈺. 五山句題詩の特徴——杜甫詩を出典とする句題を手がかりに [J]. 日本中国学会報, 2005, 57: 226—241.

[9] 岡部長章. 芭蕉の作品と策彦詩文との交渉について——特に「蘇新黄奇」を中心として [J]. 言語と文芸, 1962, 4 (5): 16—20.

[10] 岡本真, 須田牧子. 宮内庁書陵部所蔵『策彦周良等往来雑記』[J]. 東京大学史料編纂所研究紀要, 2014, 24: 102—114.

[11] 岡本真, 須田牧子. 天龍寺妙智院所蔵『入明略記』[J]. 東京大学史料編纂所研究紀要, 2017, 27: 118—131.

[12] 岡本真, 須田牧子. 天龍寺妙智院所蔵『明国諸士送行』[J]. 東京大学史料編纂所研究紀要, 2013, 23: 233—245.

[13] 海老根聡郎. 寧波の文人と日本人——十五世紀における [J]. 東京国立博物館紀要, 1976, 11: 217—260.

[14] 久保田量遠. 策彦和尚の入明の記録に就いて: 敢てこの研究を遊方傳叢書の編纂者に呈す [J]. 大正大学学報, 1939, 29: 55—76.

[15] 古川攝一. 館蔵品紹介 策彦周良賛「金山寺図」[J]. 大和文華, 2015, 128: 29—35.

[16] 山川剛人. 五山の盆石詩文に見られる蘇軾の受容: 中世日本の文化における「仮山」の思想 [J]. 思想史研究, 2014, 19: 19—33.

[17] 山本佐和子. 大阪府立中之島図書館蔵『増刊校正王状元集注分類東坡先生詩』の書誌の考察: 東坡詩の抄物の受容と展開の一例 [J]. 人文

学，2020，205：147—167.

[18] 小葉田淳. 牧田諦亮著『策彦入明記の研究』[J]. 東洋史研究，1959，18（2）：213—216.

[19] 上村観光. 入明使節としての周良禅師 [J]. 禅宗，1903，105.

[20] 上村観光. 入明使節としての周良禅師師 [J]. 禅宗，1904，107、110、111.

[21] 須田牧子. The Experiences of Japanese Monks Sent as Envoys to Ming China [J]. ACTA ASIATICA，2012，103：53—75.

[22] 西上實. 柯雨窗贊策彦周良像（特集　中国の肖像畫）[J]. 国華，2000，105（10）：39—42.

[23] 西田友広. 嘉靖二十六年六月五日寧波府諭の写本について [J]. 東京大学史料編纂所画像史料解析センター通信，2012，57：4—9.

[24] 石原清志. 中世歌論と江西詩派：黄山谷の詩風（谷山茂名誉教授喜寿記念号）[J]. 文学史研究，1988，29：44—57.

[25] 川上涇. 送源永春還国詩画巻と王諤 [J]. 美術研究，1962，221：1—22.

[26] 泉澄一. 近世初頭の堺商人・平野屋道夏とその一族 [J]. 日本歴史，1973，301：85—99.

[27] 泉澄一. 天竜寺第二百九世・中山玄中和尚について（関西大学文学部史学科創設25周年記念）[J]. 史泉，1975，50：234—244.

[28] 泉澄一. 天竜寺塔頭・宝徳院について——その建立と再興 [J]. 史泉，1973，47：39—50.

[29] 泉澄一. 天竜第二〇九世・中山玄中和尚について——対馬以酊庵輪番時代を中心にして—— [J]. ヒストリア，1973，63：79—89.

[30] 早川光三郎. 蘇東坡と国文学 [J]. 斯文，1954，7：4—10.

[31] 太田亨. 初期禅林における外集受容初探——杜詩受容を中心として [J]. 中国中世文学研究，2002，41：19—43.

[32] 太田亨. 日本禅林における杜詩受容——禅林初期における杜詩評価 [J]. 中国中世文学研究，2001，39：13—31.

[33] 太田亨. 日本禅林における杜詩受容——忠孝への関心（初期の場

合）・詩文詠出の様相［J］. 中国中世文学研究（四十周年記念論文集），2015，65：66—85.

［34］太田亨. 日本禅林における杜詩受容について——中期禅林における杜甫画図賛詩に着目して［J］. 中国中世文学研究，2004，45・46：370—403.

［35］太田亨. 日本中世禅林における杜詩受容：禅的要素に着目して（中期の場合）［J］. 愛媛大学教育学部紀要，2013，60：330—316.

［36］太田亨. 日本中世禅林における杜詩受容——中期における杜甫の困窮像について［J］. 愛媛大学教育学部紀要，2016，63：305—316.

［37］太田亨. 日本中世禅林における杜詩受容——中期における杜甫の情に対する関心［J］. 広島商船高等専門学校紀要，2007，29：82—72.

［38］太田亨. 日本中世禅林における杜詩受容——杜詩の援用について（中期の場合）［J］. 愛媛大学教育学部紀要，2018，65：305—320.

［39］太田亨. 日本中世禅林における杜詩受容——杜甫と自然の関係に着目して（中期の場合）［J］. 愛媛大学教育学部紀要，2017，64：352—362.

［40］大石利雄. 策彦周良の画賛をめぐって：十六世紀絵画史寸見（その一）［J］. 東京学芸大学造形芸術学・演劇学講座研究紀要，1996，1：35—54.

［41］大石利雄. 策彦周良の画賛をめぐって：十六世紀絵画史寸見（その二）［J］. 東京学芸大学造形芸術学・演劇学講座研究紀要，1996，2：67—79.

［42］大澤陽典. 牧田諦亮編『策彦入明記の研究』上［J］. 立命館文學，1956，130：228—230.

［43］大庭脩. 芳洲文庫の『嘉靖公牘集』について［J］. 関西大学東西学術研究所紀要，1977，10：1—22.

［44］中本大. 本邦禅林の「韓王堂雪」詩における李煜詞の受容をめぐって［J］. 国語国文. 1994，63（10）：35—48.

［45］朝倉尚.「李白飯顆山頭逢杜甫」逸話考：禅林における杜甫像寸見［J］. 国語教育研究，1980，26（上）：170—182.

［46］朝倉尚. 賛蘇軾作品小論一一素材としての蘇公堤・「西湖詩」に

ついて [J]. 岡山大学教養部紀要，1977，13：31—59.

[47] 陳茜. 策彦周良と杜甫——『謙斎南游集』を中心に [J]. 東アジア文化研究. 2020，5：69—82.

[48] 陳小法. 遣明船の祭祀 [J]. 日本思想文化研究，2009，2 (1)：67—82.

[49] 陳小法. 策彦周良と明代道教（特集「日本文化に見る道教的要素—異国での道教的体験」）[J]. アジア遊学，2005，73：139—152.

[50] 陳小法. 日本の遣明使と寧波 [J]. アジア文化交流研究，2009，4：555—566.

[51] 陳小法. 日明仏教交流に関する一考察——『策彦入明記』をめぐって [J]. 四天王寺国際仏教大学紀要，2005，41：41—64.

[52] 陳小法. 明代寧波人方仕と日本の文化交流 [J]. 日本思想文化研究，2008，1 (1)：45—54.

[53] 蔦清行. 中世文化人たちの蘇東坡と黄山谷 [J]. 日本語・日本文化，2017，44：136—107.

[54] 田中義成. 入唐記、戊子入明記、壬申入明記、策彦和尚初渡集、策彦和尚再渡集、大明譜 [J]. 史学会雑誌，1891，18.

[55] 筒井紘一. 茶の湯と仏教（第 14 回）大林宗套と策彦周良 [J]. 淡交，2017，71 (2)：46—52.

[56] 米谷均. 中世日明関係における送別詩文の虚々実々：死せる寧波文人、生ける遣明使団員をねぎらう [J]. 北大史学，2015，55：88—111.

[57] 牧田諦亮. 策彦入明記に現れたる明佛教 [J]. 印度学佛教学研究，1953，1 (2)：301—302.

[58] 矢数道明.『啓迪集』周良策彦題辞の中の難解人名「丁林曰」について [J]. 漢方の臨床，1996，43 (11)：2127—2129.

[59] 柳田征司. 策彦周良の手になる片仮名交りゾ体の資料について（中世語特集）[J]. 国文学攷，1976，72・73：85—95.

四、论集、学术讲演、报告书

[1] 荻野玉邦. 積翠先生花甲寿記念論纂 [G] //日明交通史料としての

一禅僧の消息．東京：凸版印刷株式会社，1942.

［2］オラー チャバ（Csaba Olah）．遣明使節の貿易活動と中国の牙行・商人：「信票」の導入とその背景をめぐって（研究発表，中世史部会，日本史部会，第一〇八回史学会）［C］．史学雑誌，2011，120（1）：94.

［3］住吉朋彦．斯道文庫論集［G］//古活字本『古今韻会挙要』考．東京：慶応義塾大学附属研究所斯道文庫，2009，44：159—195.

［4］住吉朋彦．斯道文庫論集（関場武文庫長退職記念）［G］//『翰墨全書』版本考．東京：慶応義塾大学附属研究所斯道文庫，2007，42：231—348.

［5］大島絵莉香．金城学院大学論集・人文科学編［G］//国立公文書館内閣文庫蔵『海瓊白先生詩集』解題と翻刻．名古屋：金城学院大学，2016，13（1）：127—101.

［6］楊昆鵬，中村健史．京都大学國文學論叢［G］//策彦紹巴両吟和漢千句（国会図書館本）翻刻と解題［J］．京都：京都大学，2014，32：39—63.

［7］鈴木智大．9096 金山寺大徹堂の変容（東洋建築史：中国（1）・モンゴル，建築歴史・意匠）［J］．学術講演梗概集．F—2 建築歴史・意匠 2007，2007：191—192.

［8］鈴木智大．9438 室町時代の渡海僧の日記にみる建築の見方［J］．日本建築史：一般，建築歴史・意匠，2012 年度大会（東海）学術講演会・建築デザイン発表会）．学術講演梗概集 2012（建築歴史・意匠），2012：875—876.

［9］朝倉和．「『翰林五鳳集』の基礎的研究」研究成果報告書［R］．2019.

五、学位论文

［1］オラー チャバ（Csaba Olah）．中世後期の日中関係史研究——「入明記」からみる遣明使節の外交及び貿易活動［D］．東京：東京大学，2014.

［2］福島真理子．室町水墨画と五山文学：十五世紀後半における周文派と禅林の詩画軸制作システム［D］．大阪：大阪大学，2009.

六、工具书

［1］国文学研究資料館編．古典籍総合目録——国書総目録続編［M］．東京：岩波書店，1990.

［2］市木武雄．五山文学用語辞典［Z］．東京：続群書類従完成会．2002.

后　记

2020年12月，我在南开大学提交了博士学位论文并顺利毕业。毕业后的三年半间，我对博士学位论文进行多次删减与修改，而今将其作为2022年度河北省社会科学基金青年项目“遣明使策彦周良汉诗中的中国形象研究”（项目批准号：HB22WW012）的结项成果，即将正式出版。拙作可以说是对自己过去八年研究的一个小结，同时也是我展开新的研究的起点。

拙作的写作与出版，得到诸多先学与友人的宝贵指导与热心帮助。要特别感谢导师刘雨珍教授对我从攻读博士学位以来的谆谆教诲、帮助与鼓励，在听闻拙作即将出版后欣然赐序并指导；南炳文教授、王晓平教授、周异夫教授、陈多友教授、李铭敬教授、刘岳兵教授、陈小法教授、韩立红教授、王新新教授在我博士论文开题、评审、答辩时给予的点拨指导，都让拙作内容更加深入与完善，尤其是陈小法教授作为博士学位论文的评阅老师与答辩老师，还与我慷慨分享研究所用史料，给予了细致的写作指导与思路点拨；河北大学叶慧君教授对我有知遇之恩，学院慷慨资助拙作出版；日本矢部健太郎教授、千千和到教授、村井章介教授、川合康三教授、金子修一教授、小川直之教授、榎原雅治教授、堀川贵司教授、住吉朋彦教授、须田牧子博士、冈本真博士等为我在日留学期间提供诸多便利，并在论文写作上提供指导，使我得以加入策彦周良读书会，在读书会学习所得成为拙作撰写的巨大养分；《汉学研究》主编阎纯德教授、《东亚文化研究》编委王凯副教授、《东方丛刊》主编麦永雄教授、《名作欣赏》主编赵斌老师以及上述期刊的编辑老师、审稿专家给予后生发表成果的宝贵机会；师兄华中师范大学占才成副教授在拙作写作到出版的各个环节都给予了无私帮助；河北大学出版社的杨显硕老师热心关切拙作的出版事宜，责任编辑冯博楠老师专业且敬业，为拙作的编校与出版付出了巨大心血，还有参与其中的各位编审老师的努力皆为拙作增色不少，在此一并表示衷心的感谢！

感谢南开大学、国学院大学、河北大学、河北省哲学社会科学工作办公室为青年学者提供优质发展平台与经费支持。感谢留日期间为我提供史料阅览与资料复印的日本国学院大学图书馆、东京大学史料编纂所、静嘉堂文库、宫内厅书陵部、国立公文书馆、京都大学人文科学研究所、京都大学附属图书馆、早稻田大学图书馆、国立国会图书馆、庆应义塾大学图书馆等藏书机构。

拙作正式付梓之际，我家小女也即将诞生，谨以此书与我挚爱的家人共享，感谢家人一直以来的爱与支持！祈愿小女一生平安！

陈茜

2024 年 3 月于天津